PRISCILLA COGAN

DER PFAD DER MEDIZINFRAU

PRISCILLA

COGAN

DER PFAD DER MEDIZINFRAU

ROMAN

aus dem Amerikanischen
von Ursula Gräfe

Knaur
MensSana

Die amerikanische Originalausgabe erschien 1998 unter dem Titel
»Compass of the Heart« bei Simon & Schuster, New York

Die Folie des Schutzumschlags sowie die Einschweißfolie sind
PE-Folien und biologisch abbaubar.
Dieses Buch wurde auf chlor- und säurefreiem Papier gedruckt.

Besuchen Sie uns im Internet:
www.knaur.de

Deutsche Erstausgabe 2002

Umschlaggestaltung: ZERO Werbeagentur, München
Umschlagabbildung: Artwork by ZERO
Satz: Ventura Publisher im Verlag
Druck und Bindung: Ebner & Spiegel, Ulm
Printed in Germany
ISBN 3-426-66054-7

2 4 5 3 1

INHALT

Für meinen Mann,
meinen besten Freund
C. W. Duncan
(Sings-Alone),
dessen vielschichtiges Wesen
ein lebendiges Zeugnis
unglaublicher Fantasie,
Warmherzigkeit
und eines unerhörten Sinns für Humor ist.

PROLOG

Die Geschichte von Kojotes Streit mit Maulwurfsfrau

Niemand im Winterlager duldete Kojotes Tipi neben dem seinen. Nicht nur machte Kojote sich an alle Frauen heran, nein, er war überhaupt ein arbeitscheuer und eingebildeter Taugenichts. Seine Angetraute, die arme Maulwurfsfrau, war nicht zu beneiden. Mit Müh und Not schaffte sie es, genügend Moos, Larven, Kräuter und Hagebutten zusammenzuscharren, um ihre Kleinen satt zu bekommen, während Kojote von Heldentaten träumte und mit lautem, prahlerischem Gesang die Geister beschwor.

Bis eines Tages das Volk der Hirsche Mitleid mit ihr hatte und ein gesprenkeltes Kitz auf Maulwurfsfraus Weg zurückließ. Maulwurfsfrau hielt es mit aller Kraft umklammert und beauftragte ihren Ältesten, seinen Vater zu holen, damit Kojote das Kitz tötete und die Familie Wildbret zu essen hätte. »Sag ihm, er soll sich beeilen, denn das Kitz ist kräftig, und lange kann ich es nicht mehr halten.«

Der Sohn rannte zur Hütte seines Vaters, wo Kojote sich gerade an Maulwurfsfraus kümmerlichen Vorräten gütlich tat. Atemlos berichtete er seinem Vater von dem gefangenen Kitz.

»Sag deiner Mutter, ich komme gleich. Sobald ich mir Pfeile und einen Bogen besorgt habe.« Doch Kojote war schlecht auf die Jagd vorbereitet, da er tief in seine Lieder und Träume versponnen war. Als Erstes musste er in den Wald gehen, um einen Ast für einen Bogen und zwei kleine Beerenzweige für die Pfeile zu schneiden. Aus einem Wildlederband von seinen

Mokassins bastelte er die Sehne. Er rupfte Federn aus seinem Kriegskopfputz und bestückte damit die Pfeile. Das alles dauerte natürlich ziemlich lange. Die Kräfte der armen Maulwurfsfrau ließen nach, und das Kitz kämpfte um seine Freiheit.
Endlich – als Maulwurfsfrau das Kitz schon nicht mehr halten konnte – kam Kojote. Das Kitz sprang ihr aus den Armen und hoch in die Luft. Kojote schoss seinen ersten Pfeil ab, der aber das Kitz verfehlte und im Schnee stecken blieb. Das Kitz stolperte. Kojote legte seinen zweiten und letzten Pfeil in den Bogen und zielte. Der Pfeil schwirrte über das Jungtier hinweg, und es verschwand im Wald.
In diesem Augenblick begriff Maulwurfsfrau, dass Kojote vergessen hatte, wie man jagte. Als sie zurück in die Hütte stürmte, entdeckte sie zu allem Überfluss, dass Kojote sich über ihre mageren Vorräte für die Kinder hergemacht hatte. Das war zu viel des Guten! Sie konnte seine Herzlosigkeit nicht länger ertragen. Kaum betrat Kojote das Tipi, erfuhr er in allen Einzelheiten, was seine Frau von ihm hielt. Von ihren Worten tödlich gekränkt, holte er mit seinem Steinmesser nach ihr aus. Sie wankte aus der Hütte und beschmierte sich mit der roten Farbe getrockneter Sumachsamen. Er verfolgte sie, bis sie sich reglos auf der Erde zusammenkauerte. Wieder stach er zu. Maulwurfsfrau wich ganz leicht zur Seite aus. Das Messer drang in die Erde ein und zerriss dabei ihre Kleider. Sie war so voll roter Farbe, dass er im Glauben, sie getötet zu haben, zufrieden nach Hause ging.
In der ersten Nacht, die er allein mit den Kindern war, empfand er Erleichterung; endlich hatte er seine Ruhe vor Maulwurfsfraus ewigem Gezänk. Doch in der zweiten Nacht bekam Kojote Hunger und begann, sich einsam und elend zu fühlen. Seine Kinder brauchten eine Mutter. Er gab die vier ältesten zu

ihrem Onkel Eisvogel in Pflege, aber das jüngste, noch ein Baby und sein Lieblingskind, behielt er bei sich.
Kojote und sein kleiner Sohn streiften mehrere Monate hungrig und auf der Suche nach einem Heim umher. Schließlich begegneten sie weit draußen in der Prärie einer Frau in rotgefärbtem Wildleder beim Ausgraben von Bitterwurzeln. Ihr Anblick erinnerte Kojote an seine treue Maulwurfsfrau. Er band seinen Kleinen fest auf ein Wiegenbrett und hängte ihn an einen Ast.
»Gute Frau, ich bin fremd hier. Gib mir Kunde«, sprach er die unbekannte Frau an.
Sie widmete sich weiter dem Ausgraben der Wurzeln und zeigte ihm nicht einmal ihr Gesicht. Sie schien seine Anwesenheit gar nicht zu bemerken.
Kojote kam näher und sagte diesmal lauter: »Gute Frau, erzähl mir eine Geschichte, denn ich habe eine lange Reise hinter mir.«
Immer noch mit dem Rücken zu ihm, grollte sie: »Oh, ich habe eine schlimme Geschichte zu erzählen. Kojote hat seine Kinder im Stich gelassen und seine Frau getötet.« Als sie zu ihm aufsah, erkannte er sie. Es war Maulwurfsfrau. Aus Sorge um das Wohlergehen ihres Kindes war sie Kojote gefolgt.
In alten Zeiten hieß es, Kojote habe wütend sein Messer gezückt und Maulwurfsfrau angegriffen, um sie endgültig zu töten, so dass sie sich in einen echten Maulwurf verwandelte und im dunklen Schoß von Großmutter Erde verschwand.
Doch heute, in unserer Zeit, gibt es Hoffnung auf ein neues und besseres Ende. Vielleicht ist Kojote durch sein einsames Umherstreifen zur Einsicht gelangt und hat sich mit Maulwurfsfrau versöhnt. Und vielleicht hat auch Maulwurfsfrau erkannt, dass ihre Worte zu oft einen schmerzhaften Stachel

hatten. Vielleicht haben sich beide daran erinnert, dass eine junge Liebe gehegt, behütet und wie in den zärtlichen Armen eines lebendigen Baumes gewiegt werden muss.

... weil nichts von einem Mann allein getan werden kann, werde ich zuerst ein Opfer darbringen und eine Stimme zum Geist der Welt entsenden, dass er mir helfen möge, wahrhaftig zu sein. Seht, ich fülle diese Heilige Pfeife mit der Rinde der roten Weide; doch ehe wir sie rauchen, müsst ihr verstehen, wie sie gemacht ist und was sie bedeutet. Die vier Bänder an ihrem Schaft sind die vier Bereiche des Universums. Das schwarze ist für den Westen, wo die Donnerwesen leben, um uns den Regen zu schicken; das weiße ist für den Norden, aus dem der große reinigende Wind weht; das rote ist für den Osten, dem das Licht entspringt und wo der Morgenstern lebt, um dem Menschen Weisheit zu geben; das gelbe ist für den Süden, aus dem der Sommer und das Wachstum kommen.
Doch diese vier Geister sind im Grunde nur ein Geist; und diese Adlerfeder ist für diesen Einen, der wie ein Vater ist, und auch für die Gedanken, die hoch fliegen, wie die Adler es tun. Ist nicht der Himmel ein Vater und die Erde eine Mutter und sind nicht alle lebenden Wesen mit Füßen, Flügeln oder Wurzeln ihre Kinder? Und diese gegerbte Haut am Mundstück hier ... ist für die Erde, aus der wir kommen und an deren Brust wir wie Säuglinge mit allen Tieren und Vögeln und Bäumen und Pflanzen unser ganzes Leben lang trinken. Und weil sie all dies bedeutet und noch mehr, als ein Mensch je begreifen kann, ist diese Pfeife heilig.

Black Elk
Ich rufe mein Volk

1

WAKAN TANKA

DAS GEHEIMNIS

EINS

Auf Kojotes Spuren

»Oh, trauer' nicht«, sagte er,
»Darüber, dass wir müde sind,
denn andere Lieben erwarten uns.«

William Butler Yeats
Eintagsfliege

Die Liebe geht manchmal verschlungene Pfade«, warnte die alte Lakota-Medizinfrau. »Und Kojotes Spuren finden sich überall im ganzen Land.« Sie rollte ein paar Salbeiblätter und legte sie unter ihre Zunge, während sie aus dem Fenster auf den bedrohlichen Himmel sah. In den letzten Monaten hatte sie gelernt, die wütende, Ehrfurcht gebietende Kraft der Stürme vom Michigansee zu fürchten, die ungezügelt über die Halbinsel Leelanau fegten.

Falke beobachtete sie und lauschte aufmerksam. Er kannte Winona, die Cousine seiner Mutter, seit einundvierzig Jahren. Sie hatte noch nie viele Worte gemacht. Als seine Lehrerin wusste sie besser über sein ramponiertes Liebesleben Bescheid als irgendjemand sonst. Er zog eine Zigarette hervor; es würde ein langer Winternachmittag werden.

»Manche Leute blasen eine Menge Rauch aus, um ihre Unwissenheit zu verbergen«, bemerkte sie.

Er zündete sich die Zigarette an, inhalierte langsam die bläulichen Schwaden und atmete tief aus. Sie hatte natürlich Recht.

Schwerfällig lehnte sich Winona im Sessel zurück, wobei ihre Mokassins gerade eben den Boden berührten. Über ihrem unscheinbaren Hauskleid trug sie ein braunes Flanellhemd unbestimmten Alters mit ausgefransten Manschetten. Obwohl ihr faltiges Gesicht von Jahren harter Arbeit in der Sonne zeugte, waren ihr Körper stark und gesund und ihre Augen schwarz und scharf. Wie flinke Spinnen eilten ihre Finger über eine durchgescheuerte Stelle auf dem Flanellhemd, wo ein Knopf fehlte.

Ihren Blick auf ihn gerichtet, fügte Winona hinzu: »Männer sind blind, wenn es um die Liebe geht. Ständig sind sie auf der Suche nach einer neuen und größeren Vision. Dabei vergessen sie das Wesentliche. Visionen bedeuten rein gar nichts, wenn ihnen der Boden fehlt. Ohne Maulwurfsfrau würde Kojote nie ein Heim finden.«

Falke nickte. Er dachte an seine ersten beiden Ehen. Jung und bis über beide Ohren verliebt hatte er den ruhelosen Blick seiner ersten Frau nicht erkannt. Schon ein halbes Jahr nach der Hochzeit gewann ein anderer ihr Herz und entführte sie in einem zerbeulten Chevy. Damals hatte er sich geschworen, nie wieder einer Frau zu vertrauen.

Doch er lernte bald, niemals nie zu sagen.

»Die Liebe ist äußerst verzwickt«, wiederholte Winona, »und wir zweibeinigen Wesen dürfen sie nicht auf die leichte Schulter nehmen. Wenn der Wind in die eine Richtung bläst, saugt er Energie aus der entgegengesetzten Richtung ab, oder etwa nicht? So entsteht ein Vakuum. Die Natur sucht immer einen Ausgleich. Siehst du das nicht?«

Aber was Falke sah, war, dass Maulwurfsfrau auch blind war.

»Wir spüren noch den Schauer des Todes, da beginnt das Leben schon wieder zu sprießen. Wir vollziehen den Kreislauf unserer

Jahreszeiten, Falke.« Winona betrachtete Falkes trauriges, nachdenkliches Gesicht. Der Sohn ihrer Cousine war ein herber, aber gut aussehender Mann. Die Mutter in ihr wünschte sich, die Hand auszustrecken und seine Sorgen zu beschwichtigen.
Als die Erinnerungen an seine zweite Ehe mit Aufsteigender Rauch seine Gedanken stürmten, verlor sich sein Blick …:

Ein Riesenrad dreht sich zum Gipfel der Welt,
und taucht hinab zum Grund des Universums.

Aufsteigender Rauch *auf dem Jahrmarkt*
ihre schwarzen, feuchten Augen, das glatte Ebenholzhaar,
das Lächeln weißer Zähne bringt die Welt zu Fall.
Wahnsinnig, wie wahnsinnig verliebt in sie.

Aufsteigender Rauch *rasend reitend beim Rodeo,*
Zähmerin wilder Pferde,
schlägt sie ihn um Längen.

Aufsteigender Rauch, *stolz ruht*
ihr schwangerer Bauch über dem Sattelknopf,
wild tobt das Publikum.
Ihr Pferd stolpert und fällt,
Die Menge verstummt,
Sie laufen, laufen zu ihr
Unter ihr
Das Baby begraben.

Aufsteigender Rauch *und er, sie trinken.*
Whiskey-Katertage verschmelzen zu Wochen,
zwei Leben vergeudet.

Kadaver einer Ehe:
Möbel, Fotos,
leere Flaschen,
Riesenrad-Erinnerungen

»Kaum erwacht die Liebe, setzt sich auch der Hass in Bewegung«, erklärte Winona. »Kaum gewinnt man Freude am Leben, schleicht sich schon der Tod heran. Die Schöpfung strebt in allem nach Gleichgewicht. Wir Menschen sind die Einzigen, die sich ständig einreden, wir könnten uns in der Liebe verewigen, die Liebe wäre unwandelbar und das höchste Ziel.« Sie wartete ab, ob er etwas sagte, aber sein Schmerz war zu groß.
»Jeden Morgen nach dem Aufstehen«, fuhr sie fort, »entzünde ich meine Pfeife, die Chanunpa Wakan, und bringe sie Wakan Tanka dar. Ich danke dem Schöpfer für mein Leben. Die Pfeife hat mir viel gegeben, die Lehren des Tier- und Pflanzenvolkes und die Güte Wakan Tankas. Im Namen der Pfeife habe ich Davis geheiratet. Seit er tot ist, fühle ich, dass auch mein Leben zu Ende ist. Ich weiß, er wartet dort drüben auf mich. Denn auch wenn ein Mensch stirbt, bleibt die Liebe am Leben.«
»Der Tod ist eine Sache, Scheidung ist eine andere.« Seine Stimme war voll Bitterkeit. Die erbarmungslose Härte des hölzernen Stuhles drückte gegen sein Rückgrat. Sein Blick wanderte zum Fenster. Ihrer Blätter entkleidet, schienen die Bäume den Himmel um ein weißes Winterkleid anzuflehen.
»Falke, hör mir zu, wir wissen beide, dass die Liebe große Freude und Erfüllung bedeuten kann«, unterbrach ihn Winona. »Aber Betrug und falsche Erwartungen können ein Herz brechen. Kojotes Spuren sind überall. Er ist auf der Suche nach den sorglosen Freuden der Liebe. Besonders wenn man dabei ist, die Hoffnung aufzugeben, muss man sich in Acht nehmen,

Falke! Vielleicht kommst du an den Eingang eines dunklen Tunnels, der in die Tiefe führt. Diesen Weg musst du gehen, denn in der Tiefe liegt dein Herz. Und wenn du dein Herz gefunden hast, findet die Liebe vielleicht dich.«

Natürlich, dachte er, *Maulwurfsfrau lebt ja unter der Erde.*

Die kleine stämmige Indianerin zog ihre Pfeife, die mit einem Blitz verziert war, hervor und begann sie zu stopfen. Winona fand, dass der gezackte Blitz aus Perlenstickerei so beruhigend war wie ihre Worte. Bisweilen kam es vor, dass die kleinen Perlen vibrierten und der Blitz auf dem Leder zitterte, wie um ihre Aufmerksamkeit auf die Pfeife zu lenken.

Falke wartete geduldig und wortlos. Das Hervorholen der Pfeife signalisierte, dass Winona noch mehr zu sagen hatte. Er lehnte sich zurück. Eifrig presste sie den Tabak mit einem Stück Hirschknochen in die Pfeife, als wollte sie ihm damit gleichzeitig ihre Worte einprägen.

»Von nun an musst du deinen Weg selbst finden. Ich werde nicht mehr hier sein. Das Nötigste habe ich dir beigebracht. Es wird Zeit für dich, nach einem neuen Lehrer Ausschau zu halten.«

Er erschauerte, denn er ahnte, was jetzt kommen würde.

Winona fuhr fort. »Ich lasse meine Medizinsachen in deiner Obhut, außer meine beiden Pfeifen. Die Blitzpfeife, meine Alltagspfeife, hat mir Davis ›zum Üben‹ geschenkt, damals, als wir zusammengezogen sind.« Sie streichelte den langen Schaft aus Sumach-Holz. »Jeden Morgen habe ich mit der Pfeife gebetet. Lange bevor mir bewusst wurde, dass ich in Davis verliebt war, wusste ich um die Liebe der Pfeife.« Mit ihrer rechten Hand brachte Winona den Rauch dazu, am Schaft der Pfeife hinaufzuwandern; die linke umschloss den Pfeifenkopf aus rotem Catlinit.

»Jeden Morgen betete ich zu Wiyohiyanpa, dem Großvater mit dem Gelben Gesicht, und wollte wissen, wo ich mein Lager aufschlagen sollte. Diese Chanunpa hat mir den Weg gewiesen. Manchmal sind wir Zweibeiner so blind, dass wir die Tür zur Liebe nicht einmal erkennen, wenn sie sperrangelweit offen steht.« Sie sah ihn scharf an.

Der vertraute, süßliche Tabakgeruch durchdrang das Wohnzimmer. Im Haus herrschte Stille. Ihre Enkel waren noch in der Schule. Winonas Tochter Lucy und ihr Mann Larry waren bei der Arbeit. Der frühe Nachmittag war die Tageszeit, in der Falke kostbare Augenblicke allein mit seiner alten Lehrerin verbringen konnte.

»Ich möchte, dass du diese Pfeife Meggie O'Connor, der Psychologin, gibst. Schließlich bin ich hier nicht die Einzige, die besondere Gefühle für sie empfindet.« Sie warf ihm einen verschmitzten Blick zu.

Er war verblüfft. Was wusste Winona?

»Aber sie ist eine Weiße«, wehrte er sich.

Sie wischte seine Bemerkung als unerheblich vom Tisch. »Sie ist eine gutherzige Frau. Du weißt, dass ich sie in den vergangenen Monaten unterrichtet habe. Lucy hatte mich zu Meggie O'Connor geschickt, in der Hoffnung, eine Psychologin könnte mich von der Idee heilen, bald sterben zu müssen. Also habe ich sie ein bisschen geheilt.« Ein schelmisches Lächeln huschte über ihr Gesicht.

Einen Augenblick lang hatte Falke Mitleid mit der bedauernswerten Meggie O'Connor. In den letzten Monaten war er Meggie ein wenig zur Hand gegangen und dabei Zeuge geworden, wie Winonas magische Künste auf die 39-jährige Psychologin gewirkt hatten. »Meggie O'Connor ist deinen Zaubertricks nicht gewachsen«, lachte er.

Aber Winona fand seinen Scherz nicht komisch. »Das waren keine Tricks, Falke. Ich habe sie nur das ein oder andere über die Zusammenhänge in der Welt gelehrt. Sie musste lernen, dass wir Menschen nicht *über* der Schöpfung, sondern mitten in ihr stehen. Und dass das Volk der Bäume, das Volk der Steine, der Hirsche, der Spinnen – dass sie alle ihre Brüder und Schwestern sind.«
Winona schüttelte den Kopf. »Ich bin keine Zauberin, Falke. Meine Worte haben an ihrem Herzen angeklopft und ihre Augen geöffnet. Meggie O'Connor war hungrig und wusste es nicht. Ich habe sie gelehrt, dass die Welt um sie herum am Leben ist. Dass die Großväter ihre Gebete hören. Dass die Großmutter ihr Kraft gibt, wenn sie sie braucht. Sie musste diese Dinge erfahren, denn sie war aus dem Gleichgewicht geraten.«
Falke bereute seine Andeutung, Winonas Medizin sei fauler Zauber – auch wenn sie im Scherz gemeint war.
»Magie ist etwas für Menschen, die aus Durst nach der Macht aus einem leeren Brunnen schöpfen«, fuhr sie fort. »Magie ist für die, die Macht für sich selbst gewinnen wollen. Medizin ist für die, die mit ihrer Macht anderen dabei helfen, als menschliche Wesen zu leben. Die einzige Macht, die ich besitze, ist die, die durch meine Chanunpa Wakan fließt. Es ist dieselbe Kraft, die von den vier Winden kommt, die die Großväter hinunter zur Großmutter schicken. Es ist die Kraft, die die Großmutter ihnen aus ihrem Körper zurücksendet. Du weißt, dass ich vom *Großen Geben* spreche?«
Er nickte stumm.
»Deshalb wirst du Meggie O'Connor die Pfeife mit dem Blitz geben, Falke. Sie muss an eine Frau weitergereicht werden. Vielleicht, nur vielleicht, wird Meggie das Glück haben, wie

ich einem Mann zu begegnen, der ihres Geistes würdig ist.«
Wieder warf Winona einen durchtriebenen Blick auf den Sohn ihrer Cousine.
Er tat, als bemerkte er ihn nicht.
»Die Chanunpa Wakan, meine Heilige Pfeife, begleitet mich. Wenn ich hinübergehe ...«
Unwillkürlich schüttelte er den Kopf. *Davon will ich nichts hören.*
Ihre Stimme wurde lauter, scharf, befehlend. »Du hörst mir zu, Falke. Du bist der Einzige, der das, was ich verlange, auch tun wird. Morgen Abend soll sich die ganze Familie hier im Wohnzimmer versammeln. Ich werde den Kindern ihre Weihnachtsgeschenke einen Tag früher geben und ihnen von der Kraft der Heiligen Pfeife erzählen; sie werden ihre Macht mit eigenen Augen sehen und das Geschehene nie vergessen. Es ist wegen der Kinder, dass ich es auf diese Weise mache.«
»Was mache?« Er hasste es, diese Frage zu stellen.
Sie wusste, dass er sich absichtlich dumm stellte. Doch wie eine Mutter ihrem widerspenstigen Kind erklärte sie ihm, was er schon ahnte. »Morgen Abend werde ich mit meiner Chanunpa Wakan ins Jenseits gehen. Mein Leben ist vollendet. Ich bin müde. Die Geister werden mich abholen. Und die Pfeife wird mich hinübergeleiten. Danach musst du mich zusammen mit meiner Heiligen Pfeife begraben. Lucy wird einen großen Sarg wollen, aber du musst darauf bestehen«, schärfte sie ihm ein, »dass ich im leichtesten Sarg, den es gibt, begraben werde, damit ich meinen Körper der Großmutter zurückgeben kann. Ich werde die Gräser speisen, die die Tiere nähren, die mir all die Jahre Leben gespendet haben. Legt mich in eine Chief Joseph-Decke gewickelt mit meiner Pfeife in den Händen in

den Sarg. Begrab mich, Falke, wo kein Anthropologe meine Knochen ausbuddeln kann.« Sie kicherte.

Falke vermied es immer noch, sie anzusehen. *Aber du bist doch nicht krank. Oder eine Selbstmörderin. Du bist nicht einmal depressiv. Warum willst du uns jetzt verlassen? Wer soll mich unterrichten?* Die Gedanken stürmten auf ihn ein. Mit ihren pragmatischen und klaren Worten hämmerte sie ihm die Gewissheit ihres Todes ein wie Sargnägel.

»Das Geld von Davis' Land habe ich in meinem Testament Lucy und den Kindern vermacht. Larry bekommt zwei von meinen Adlerfedern. Die übrige Medizin gehört dir. Wenn du dich irgendwann einmal entschließen solltest, den Weg der Pfeife zu verlassen, nimm die geheiligten Gegenstände und gib sie einem Medizinmenschen, bei dem sie sicher sind und geachtet werden.«

Er wollte protestieren. Nie würde er den Medizinpfad verlassen, aber sie winkte ab.

»Du weißt nicht, was in der Zukunft von dir verlangt wird. Such dir einen Lehrer, denn du wirst mehr Rat brauchen als je zuvor. Deine Kenntnisse reichen gerade aus«, sie lachte, »um dich in Schwierigkeiten zu bringen. Die bösen Geister haben kein Interesse an Unwissenden. Geh zu Lachender Bär in Pine Ridge. Vielleicht kann er dir helfen. Immerhin war Davis sein Lehrer. Aber hüte dich, auch Lachender Bär ist nur ein Zweibeiner.«

Was soll das nun wieder heißen? überlegte er.

»Ruf die Familie für morgen Abend zusammen«, nahm Winona ihren Faden wieder auf. »Damit sie die Macht der Heiligen Pfeife erleben können. Was wohl Lucy mit all ihrer modernen Wissenschaft und ihrem Krankenschwesterdiplom davon halten wird?« Bei dieser Vorstellung schüttelte sie den Kopf.

Winona rauchte die Blitzpfeife zu Ende, ließ sie zu Ehren der Großväter kreisen, hievte ihren steifen Körper aus dem Sessel, öffnete die Haustür der kühlen Luft und blies die Asche hinaus.
»Mitakuye oyas'in, All meine Verwandten«, sagte sie.
»Vergiss nicht, Falke«, fügte sie hinzu, »alles, was wir tun, geschieht im Namen unserer Verwandten.«
Winona ließ sich wieder in den Sessel fallen. »Du wirst alles für mich erledigen, Falke, nicht wahr?« Es war weniger eine Frage als eine Feststellung.
Natürlich würde er alles tun. Er liebte die alte Frau.
Sie seufzte behaglich, erwartungsvoll. »Davis wartet auf mich. Meine Pfeife ist bereit. Ich bin bereit. Die Zeit ist reif für meine Heimkehr.«

ZWEI

Heimkehr am Heiligen Abend

Ein Schmerz auf ihren Zügen –
Schneller geht der Atem –
Ekstase eines Abschieds
allgemein bekannt als »Tod« –

Angst beim Klang des Wortes
doch ist Friede dann erreicht
gewährt es die Erlaubnis
zur Rückkehr in sich selbst

Emily Dickinson
A Throe Upon the Features

»Aber Großmama, Weihnachten ist doch erst morgen«, protestierte die sechsjährige Eva und schüttelte den Kopf. Ihre ordentlich geflochtenen Zöpfe schlugen gegen ihren zarten Hals. »Vorher dürfen wir unsere Geschenke nicht auspacken.« Sie war stolz auf ihre Fähigkeit, richtig und falsch zu unterscheiden, besonders im Falle wichtiger Angelegenheiten wie dieser.

Winona umfasste mit ihren alten Händen das Kinn des schmollenden Kindes. »Die indianische Zeit verläuft anders als die Zeit der Weißen. Nach indianischer Zeit tun wir, was wir tun müssen, wenn es wichtig ist, nicht wenn die Uhr oder der Kalender es anzeigen. *Wi*, die Sonne, trägt keine Uhr und sagt:

›Oh, jetzt muss ich aufstehen und auf die lieben Leute in Peshawbestown scheinen.‹ Sie weiß einfach, wann es Zeit ist. Und ich *weiß,* dass jetzt die Zeit für Geschenke gekommen ist.«

Der achtjährige Adam, stämmig und mit kräftigen Ellbogen, schubste seine Schwester beiseite und überreichte seiner Großmutter einen in rotes Papier gewickelten Schuhkarton. Er hatte ein großes Papierherz draufgeklebt, auf das er »Großmama« gekrakelt hatte. Die Schachtel war schwer; behutsam löste Winona das Klebeband von den Rändern.

Lucy, die von der Seite zuschaute, bemerkte: »Er hat sich viel Mühe mit diesem Geschenk gegeben.« Adam warf seiner Mutter einen dankbaren Blick zu.

Winona öffnete den Deckel des Schuhkartons und nahm sieben auf Hochglanz polierte Petoskey-Steine heraus. Die Fossilien waren deutlich zu erkennen. »Oh, Adam«, murmelte sie überrascht. »Von all den Dingen auf Leelanau liebe ich diese Steine vom Michigansee am meisten. Zu Hause in Süddakota erzähle ich den jungen Leuten immer, dass das Volk der Steine, die *Inyan,* lebendig ist. Die Steine sind die ältesten Stimmen auf diesem Kontinent; dennoch betrachten die meisten Menschen sie als tot und leblos.« Sie hielt einen ins Licht. »Diese Steine tragen die Zellen des Lebens in sich. Ich danke dir von ganzem Herzen. *Pilamaya.«*

Eva war nicht bereit, sich von ihrem großen Bruder in den Schatten stellen zu lassen. »Hier, Großmama.« Sie drückte Winona eine kleine Schachtel in die Hand.

Die alte Frau setzte ihre Brille auf und öffnete vorsichtig das Papier. In der kleinen Schachtel kamen zwei Ohrringe aus roten Perlen zum Vorschein. Sofort nahm sie ihre Ohrringe (ein Paar, das ihr Lucy vor Jahren einmal geschenkt hatte) ab

und führte den Silberdraht durch die Löcher in ihren Ohrläppchen. Sie hob die leichtgewichtige Eva auf ihren Schoß.
Mit einem Blick auf ihre beiden Enkelkinder, die so verschieden in Größe und Anmut, in ihrer Hautfarbe einander jedoch so ähnlich waren, verkündete Winona: »Mit diesen Geschenken, die aus euren Herzen und Händen kommen, habt ihr beide mir sehr viel Freude gemacht. Sie werden mich auf meinem Weg begleiten.«
Lucy starrte auf die abgelegten Ohrringe. Sie war stolz auf ihre Kinder und freute sich, dass ihre Mutter sie liebte. Doch die Erinnerung an die Jahre der Vernachlässigung, in denen Lucy sich als kleines Mädchen nach Winonas Zuwendung gesehnt hatte, gab selbst so liebevollen Augenblicken wie diesem einen bitteren Beigeschmack. »Hier, Mama.« Lucy reichte ihr ein in Geschenkpapier gewickeltes Buch.
Einen Arm um Eva geschlungen, riss Winona das Papier mit der anderen Hand auf. Sie rückte ihre Brille zurecht und las den Titel laut vor: *Heilpflanzen.* Verwundert kniff sie die Augen zusammen und musterte ihre Tochter über den Brillenrand.
Lucys Lächeln verkrampfte sich zu einer Grimasse, als sie die kräftigen Zähne zusammenbiss und die dunklen Augenbrauen über der Nasenwurzel zusammenzog. *Nie kann ich es ihr recht machen.* »Es ist gerade erschienen, Mutter. Das ist doch dein Fachgebiet. Ich dachte, es würde dich interessieren.« Ihre Stimme klang hoch und erstickt.
»Wird das Buch zu mir sprechen, wie die Pflanzen, und mir sagen, was ich wissen muss?«, fragte Winona.
Lucy hörte einen spöttischen Unterton aus der Frage heraus.
Eva rutschte vom Schoß ihrer Großmutter.
Winona beabsichtigte, ihr mit dieser Frage etwas beizubringen.

Doch bei Lucy riss sie damit alte Wunden auf. *Du wirst mich nie kennen, Mutter. Hier bin ich, direkt vor dir.*

Blind für die Gefühle ihrer Tochter, nahm Winona die Brille ab. Sie klatschte in die Hände. »Kommt, wir essen das Gebäck von Dr. O'Connor.« Nur allzu bereit, die momentane selbstmitleidige Stimmung seiner Frau zu unterbrechen, holte Larry die Blechdose mit den Lebkuchenmännchen aus der Küche. Winona ließ sie herumgehen und nahm sich selbst das größte.

»Kennt ihr eigentlich die Geschichte über den ersten Mann und die erste Frau?«, fragte sie die Kinder und begann, ohne eine Antwort abzuwarten, zu erzählen. »Ihnen wurde aufgetragen, für Nachwuchs zu sorgen. Also nahmen sie Teig und kneteten Babys so wie diese Lebkuchenmännchen – mit Augen, Armen und Beinen.

Sorgfältig schoben sie die erste Ladung in ihren Lehmofen, aber da sie so etwas noch nie gemacht hatten, bekamen sie Angst und holten das erste Blech viel zu früh aus dem Ofen. Die Babys waren bleich, weiß und noch nicht gar. Hässlich.

Also beschlossen der Mann und die Frau, dass der Teig vielleicht etwas Extrafarbe brauchte, zum Beispiel Löwenzahnblüten, aber dabei kamen nur kleine und gelbliche Babys heraus.

Beim nächsten Mal waren der Mann und die Frau faul und unvorsichtig. Sie ließen die Teigkinder zu lange im Ofen. Knusprig gebackene, aber schwarze und verbrannte Babys waren das Resultat.

Schließlich erkannten sie, dass sie zum ursprünglichen Rezept zurückkehren und sich konzentrieren mussten. Diesmal gelang das Blech mit den Teigkindern vollkommen – sie hatten eine köstliche, rotbraune Farbe, denn der Mann und die Frau waren mit ihren Gedanken bei der Sache gewesen.

Ihr seht, Kinder,« verkündete sie mit vollen Backen kauend, »so

kamen die vier Rassen – weiß, schwarz, gelb und rot – zu Stande. Daran sieht man, wie wichtig es ist, bei allem, was man tut, bei der Sache zu sein.«
Die beiden Kinder hörten auf zu essen und begannen, ihre Lebkuchen zu inspizieren. Eva zupfte zierlich an den Rosinenaugen, während Adam mit einem Finger in dem Gebäck bohrte. Sogar Lucy hatte sich in ihrem Sessel zurückgelehnt.
Winona fuhr fort. »Kinder«, sagte sie, und alle Erwachsenen spitzten die Ohren. »Heute Abend werdet ihr mächtiges Wissen erlangen. Ihr müsst sehr aufmerksam sein. Seid stolz, dass ihr dem roten Volk angehört, dass das Blut der wahren Menschen durch eure Adern fließt. Heute ist der Abend vor der Geburt Jesu. Damals hatte noch kein anderes Volk als das unsere den Boden dieses Landes betreten. Wakan Tanka steht uns jämmerlichen Zweibeinern auf viele Arten bei. Es gibt den Weg der Pfeife, und es gibt den Weg Jesu. Viele Wege führen zu Wakan Tanka, denn er ist das große Geheimnis dieses Universums. Jeder von euch muss den Weg wählen, den ihm die Sprache seines Herzens weist. Heute Abend, meine Kinder, folge ich dem Weg der Pfeife. Um Mitternacht wird die Pfeife meinen Geist mit sich nehmen und heimführen.«
Lucy stockte der Atem, und unwillkürlich griff sie nach dem Arm ihres Mannes.
Die Kinder legten die Köpfe schief, denn sie verstanden nicht, wovon die Rede war, erschraken jedoch, als sie den Ausdruck der Angst über das Gesicht ihrer Mutter huschen sahen.
Larry blickte seiner Schwiegermutter forschend ins Gesicht und kam zu dem Ergebnis, dass es ihr ernst war. Schützend schlang er die Arme um seine Frau.
Falke, der in einem Sessel in der Ecke saß, wurde traurig.
»Kinder.« Winona beugte sich nach vorn. »Vor dem Tod muss

man sich nicht fürchten. Erinnert euch an das, was unsere Ahnen immer sagten: ›Heute ist ein guter Tag zum Sterben.‹ Der Tod ist nur ein Teil des Lebens, das ist alles. Er ist nicht das Ende der Geschichte.«

Doch Adam und Eva wirkten keinesfalls beruhigt und schmiegten sich an die Beine ihrer Mutter.

Winona spürte, dass sie ihnen erklären musste, warum sie sie verließ. »Eines Nachts im vergangenen Sommer betete ich mit meiner Chanunpa Wakan. Die Geister kamen zu mir. Sie sagten, ich hätte viel Gutes für die Menschen getan. Sie ließen mir die Wahl – im Dunkel des Winters hinüberzugehen oder noch etwas zu bleiben. Ich sagte ihnen, ich sei müde und bereit heimzukehren. Lange Zeit habe ich andere gelehrt, was ich von den Ahnen weiß, habe Körper mit der Hilfe des Pflanzenvolkes geheilt und verirrten Menschen geholfen, ihre ruhelosen Seelen wieder zu finden.

Zuerst glaubte ich, die Geister würden einfach eines Nachts kommen, sich meine Seele schnappen und meinen Körper im Bett zurücklassen. Doch das wäre zu leicht gewesen. Mein ganzes Leben lange habe ich es schwer gehabt.« Winona schüttelte den Kopf und lachte.

»Außerdem«, fuhr sie an die Kinder gewandt fort, »ist es zu eurem Nutzen, dass sie es so machen. Die Lehren der Chanunpa Wakan sind unerschöpflich. Passt gut auf. Was ihr heute Abend seht, werdet ihr niemals vergessen. Wenn ihr euren Schulkameraden davon erzählt, werden sie euch nicht glauben. Sie werden sagen, ihr hättet das alles erfunden. Euer ganzes Leben lang werden andere über unsere Bräuche sprechen wie über Rituale eines ausgestorbenen Volkes. Selbst Angehörige eures eigenen Volkes reden so.« Sie schaute Lucy an. Dann wandte sie sich wieder an Adam und Eva. »Ich möchte, dass ihr stolz auf eure Herkunft seid. Ihr stammt von zwei großen Nationen ab – den Oglala-Sioux und den Ojibwa. Alle Geschichten, die ich euch über unser Volk und unsere Lebensweise, unsere Traditionen und Bräuche erzählt habe, werden euch helfen, die Wahrheit in dem, was ihr heute Abend sehen werdet, zu erkennen. Also haltet die Augen offen.«

Winona machte eine Pause und musterte forschend die drei Erwachsenen Lucy, Falke und Larry. Sie saugte kurz an ihren Vorderzähnen und kicherte. »Die Weisen haben ein Wort, das besagt, man könne einem alten Hund keine neuen Kunststücke beibringen, aber die Geister wissen es besser. Ihr Erwachsenen sollt begreifen, dass die Pfeife nicht nur ein »religiöses Symbol« ist. Die Chanunpa Wakan lebt. Manchmal, wenn man den Pfeifenkopf mit der linken Hand umschlossen hält, spürt man den Herzschlag der Großmutter. Die Pfeife atmet. Mit jedem Atemzug werden unsere Gebete gesprochen. Mit jedem Atemzug werden unsere Gebete erhört. Wir Zweibeiner bekommen nicht, was wir wollen, sondern was wir brauchen, um einigermaßen menschlich zu leben.

Adam, ich habe kürzlich gehört, wie du zu deiner Mutter sagtest, du würdest sterben, wenn du ein bestimmtes elektronisches Spiel nicht bekommst. Zwischen wollen und brauchen liegen jedoch Welten. Das ist eine Lektion, die selbst alte Leute wie ich immer wieder aufs Neue lernen müssen. Adam, ich habe ein Weihnachtsgeschenk für dich. Ganz gewiss nicht irgend so ein Spiel. Aber es wird dich lehren, wer du bist. Ich habe dir etwas gemacht.« Mühsam erhob die alte Frau sich aus ihrem Sessel, griff nach hinten und zog ein Tanzkostüm hervor. Der Rücken des Umhangs bestand aus einem Fuchspelz mit Fuchskopf. Dazu gehörte ein mit rotem Stoff verkleideter Stab, an dem gefärbte Truthahnfedern befestigt waren und dessen Spitze im Kopf eines rotschwänzigen Falken mündete. Adams dunkle Augen wurden so groß wie Walnüsse. Winona zog ein Paar Mokassins hervor, die mit einem Fuchskopf aus Perlen bestickt waren, und gab sie dem Jungen.

»Für dich, Eva, habe ich ein anderes Kostüm gemacht.« Winona zog eine Schachtel hinter dem Sessel hervor. Eva hob den Deckel hoch und nahm ein kleines braunes Kleid aus Hirschleder heraus, dessen Vorderteil mit Muscheln auf roten Stoffstücken verziert war. Entzückt hielt Eva sich das Kleid an und stolzierte durchs Zimmer.

»Lucy«, sagte Winona, »es ist mir schwer gefallen, ein Geschenk für dich auszusuchen, da wir immer getrennte Wege gegangen sind. Heute Nacht wirst du etwas über die alten Mächte erfahren, das du dir mit deinem Glauben an die Wissenschaft nicht erklären kannst. Trotzdem habe ich mich entschieden, dir etwas ganz Modernes zu Weihnachten zu schenken.« Sie reichte tief in ihre Tasche und holte ein kleines Päckchen hervor, nicht größer als ihre Handfläche.

Lucy packte es aus. Es war eine nicht beschriftete Kassette in einem Plastikkästchen. Erstaunt sah sie ihre Mutter an. *So ist es immer gewesen; keine von uns hat die andere je verstanden, keine der anderen richtig vertraut.*

»Später«, erklärte Winona, mit einer abwehrenden Handbewegung. »Es ist für später, wenn du so weit bist.«

Das Werkzeug, das Davis ihr hinterlassen hatte, schenkte Winona ihrem gut aussehenden Schwiegersohn Larry. Der polierte rote Werkzeugkasten zauberte ein Lächeln auf sein Gesicht.

Nun erhob sich Falke und sagte: »Ich habe auch ein kleines Geschenk für dich.« Er zog einen abgeschabten Lederbeutel aus der Tasche seiner Jeans. »Vielleicht wird dir dieses Geschenk dort, wo du hingehst, von Nutzen sein.«

Mit vor Freude geweiteten Augen öffnete Winona den Beutel, der blaue Maissamen enthielt.
»Diesen Mais haben die Hopi jahrhundertelang angebaut«, erklärte Falke. »Er gedeiht vermutlich überall. Nimm ihn als eine Gabe aus dem Diesseits mit hinüber. Sag' den Geistern, dass wir nicht all ihre Lehren vergessen haben.« Bei den letzten Worten schluckte er schwer.
Winona nickte. Sie griff noch einmal hinter ihren Sessel und holte eine mit dem rotschwänzigen Falken bemalte Handtrommel aus Hirschleder hervor, die sie Falke überreichte. »Nur Männer können die Mächte durch die Trommel anrufen, denn die Trommel ist die Großmutter. Durch deine männliche Energie werden die Menschen ihren Herzschlag vernehmen. Aber vergiss nicht, davor Tabak auf der Trommel zu opfern.«
Lucy strich sich ihr kurzes, kohlschwarzes Haar aus dem Gesicht und schaute auf die Wanduhr; es war schon nach elf. Die Kinder, die im anderen Zimmer noch mit ihren Geschenken spielten, müssten längst im Bett liegen, dachte sie, aber ihre Großmutter hatte darauf bestanden, dass sie aufblieben.
Winona scharte ihre Kinder und Enkel noch einmal um sich. Sie erklärte, dass Dr. O'Connor die Pfeife mit dem Blitz bekommen sollte, Larry die beiden Adlerfedern und Falke die verschiedenen Medizin-Utensilien. Sie wolle in einem leichten Sarg auf dem Rücken, und mit der Heiligen Pfeife in den Händen, beerdigt werden. »Das macht es so viel leichter, meinen Körper der Großmutter zurückzugeben, um das Gras und die Tiere zu nähren, die mich am Leben erhalten haben.«
Während ihr breites Prärieindianergesicht um stoischen Gleichmut kämpfte, revoltierten Lucys Gedanken. *Nein, nein, nein. Das kann nicht wahr sein.*
Winona wandte sich ihrer bestürzten Tochter zu. »Viele Male

habe ich Wakan Tanka dafür gedankt, dass er dich beschützt hat, als ich dir keine gute Mutter sein konnte. Nun bist du selbst Mutter zweier Kinder, mit einem guten Mann verheiratet und hast sogar eine Ausbildung. Als Krankenschwester wirst du deine Familie immer ernähren können. Du hast dich vom Alkohol fern gehalten, weil du gesehen hast, wie er mich zerstört hat. Ich bin nicht stolz darauf, dass ich die Zeit deiner Kindheit im Rausch vergeudet habe, und wenn Davis nicht gewesen wäre …« Ihre Worte verloren sich.

»Ich weiß, Mutter«, sagte Lucy beruhigend und nahm Winonas Hand. *Aber etwas zu wissen heißt nicht, es auch zu vergeben,* flüsterte lautlos der Schmerz in Lucys Herz.

Winona sprach weiter. »Du und Davis, ihr wart der Beweis für mich, dass nach einem harten und erbarmungslosen Winter auch wieder der Frühling kommt. Und wenn du es nicht wusstest, Lucy, warst du der Grund dafür, dass ich schließlich aufgehört habe zu trinken. Ich konnte dir nicht mehr in die Augen sehen. So ist Scham – wie verdorbenes Fleisch, von dem sich das Selbst ernähren und von dem es sich gleichzeitig reinigen will. Deshalb, meine Kleinen«, sagte sie lächelnd zu den Kindern, »seid dankbar für eine Mutter, die so gut für euch sorgt.«

Lucys Herz krampfte sich zusammen, und sie dachte: *zu wenig, zu spät.*

»Ich kann es nicht wieder gutmachen, Lucy«, ermahnte Winona sie. »Du musst lernen, dich selbst zu lieben, auch wenn ich nicht mehr da bin. Wissen, dass ich dich liebe. Wissen, dass ich dich immer geliebt habe.«

Sie wandte sich an Falke, der zusammengesunken in einem Sessel in der Ecke saß. »Es wird Zeit für mich heimzukehren. Davis wartet. Ich werde jetzt meine Chanunpa Wakan stopfen.« Zögernd erhob sich Falke, wobei seine schlaksigen Beine zunehmend schwerer zu werden schienen. Er entzündete Salbei in einer Schale und fächerte den Rauch durch den Raum und zu den Anwesenden. Stille legte sich wie ein Leichentuch über die Familie. Die Kinder gingen wieder zur Couch und schmiegten sich an die Beine ihrer Mutter. Furchtsam, aber auch gespannt harrten sie der Dinge.

Die alte Frau kniete nieder und rollte ihr Medizinbündel auf. Sie legte etwas Salbei in eine kleine Räucherschale und entzündete ihn, um Arme und Gesicht im Rauch zu baden. Anschließend packte sie den langen Schaft und den Catlinit-Kopf ihrer Pfeife aus. Nach Westen gewandt befestigte sie den Schaft am Kopf und schwenkte die Pfeife durch den Rauch. Tabaksbeutel und Stopfer in der Hand, begann sie die Pfeife zu füllen:

»Wakan Tanka, Großes Geheimnis, mit dieser Pfeife grüße ich dich und bitte dich, meinen Geist hinüberzugeleiten.

Wiyohpeyatakiya, Großvater des Westens, mit dieser Pfeife danke ich für die Visionen meines Lebens. Deine Führung erbitte ich auf meinem Übergang.

Waziyata, Großvater des Nordens, ich danke dir für die Gabe zu heilen. Ich bitte dich, hilf mir auf meinem Weg, verlorene Seelen mit mir zu nehmen, die zwischen den Welten gefangen sind.

Wiyohiyanpata, Großvater des Ostens, hilf meiner Familie, meinen Abschied zu verstehen. Lehre ihre Herzen diese Reise.

Itokagata, Großvater des Südens, steh mir bei, wenn ich den geheimnisvollen Übertritt von einem Leben in ein anderes wage. Hilf denen, die zurückbleiben, die Chanunpa Wakan mit Ehrfurcht und Achtung zu behandeln, zu begreifen, dass sie heute Nacht nur Zeugen eines kleinen Teiles ihrer Macht geworden sind.

Mahpiyata, Himmelswesen, ich bitte euch, erhellt mir den Weg in die Dunkelheit.
Makatakiya, Großmutter, hilf mir, diesen Weg zu gehen. Gib mir Halt auf dieser Reise.«
Winona sang das Lied der Weißen Büffelkalbfrau. Adam summte mit. Seine Großmutter hatte Stunden damit verbracht, ihm den heiligen Gesang beizubringen. Die Pfeife vor sich her tragend, setzte sich Winona steif in den Sessel und ließ den Blick über ihre Familie schweifen. »Vor einer Woche suchten mich die Geister auf. ›Jetzt kannst du hinübergehen, wann immer du willst‹, sagten sie. Ich habe sie gebeten, bis heute Abend warten zu dürfen, denn ich hatte all diese Geschenke vorbereitet. Dort drüben in der Ecke«, sie nickte in Richtung des Fernsehers, »steht die Große Kriegerin und wird langsam ungeduldig.«
Aller Augen huschten in die Ecke.
Nichts zu sehen. Mutter halluziniert, dachte Lucy.
Also ich kann nichts entdecken. Larry sah nur den Fernseher.
Ich sehe nur ein schwaches Leuchten, seufzte Falke bei sich.
Mein neues Kleid ist toll, träumte Eva.
Adam war außer sich vor Staunen. *Ja, da steht sie. Sie hat ein Pferd. Sie lächelt Großmutter zu. Wie ist sie hierher gekommen?*
Winona sank in den Sessel zurück und wandte sich mit der Pfeife der Ecke zu. »Ich bin jetzt bereit.« Sie schloss die Augen.
Lucy war in ihre eigenen Gedanken versunken. *Das ist der reine Wahnsinn.* Mit tränenüberströmtem Gesicht trat sie an die Seite ihrer Mutter. Sie legte ihre Finger auf das rechte Handgelenk der alten Frau. Beruhigt nahm sie ihren gleichmäßigen Pulsschlag wahr. *Sie wird am Leben bleiben.*
Fünfzehn oder zwanzig Minuten lang schlug Winonas Herz in

einem konstanten Rhythmus. Die Zeiger der Uhr bewegten sich auf Mitternacht zu. Bumm*bumm,* Bumm*bumm,* Bumm*bumm* ... das Herz zählte die Stunden von Sonnenaufgang bis Sonnenuntergang, die Tage von der Kindheit zur Mutterschaft bis zum Alter, den beständigen Takt der Zeit über die Generationen hinweg. Bumm*bumm,* Bumm*bumm,* Bumm –

Das Herz stand still.

Winonas Leben war zu Ende.

Ein Donnerschlag ließ die Luft erzittern.

Lucy schrie. Die Kinder zuckten zusammen. Larry griff nach dem Telefon und wählte 110. Falke streute eine Prise Tabak auf Winonas reglose Zunge.

Später in dieser Nacht begann es zu schneien. Der Schnee bedeckte die nackten Glieder der kahlen Bäume und verwischte allmählich die Spuren des Krankenwagens in der Einfahrt. Larry stand gelassen am Fenster und hielt die verzweifelte Lucy im Arm. »Bei unserem Eintreffen war sie bereits tot«, erklärte der Notarzt. »Woran ist sie denn gestorben, Lucy?«

Eine unheimliche Stille legte sich über das Haus und ließ die Frage wie Hohn erscheinen. Alle waren tief in ihre eigenen Gedanken versunken.

Großmutter, mein Kleid ist so schön, schluchzte das kleine Mädchen in ihr Kissen.

Ich werde deinen Lehren folgen. Unter der Last seiner neuen Verantwortung vergrub Falke seinen Kopf in den Händen.

Lucy kochte vor Wut. Eine uralte Glut flackerte auf und versengte ihr das Herz. *Wieder verlassen. Warum, Mutter? Warum nur?*

Adam, der nicht wusste, was er sonst tun sollte, hockte sich in die offene Tür, die nach Westen wies, und winkte dem verschwindenden Geist seiner Großmutter nach. *Großmama,*

die Kriegerin – sie war so schön. Ich hab' gesehen, wie sie deine linke Hand nahm und dich vom Sessel hob. Ich hab' gesehen, wie du wie Rauch aus der Pfeife aus deinem eigenen Körper geglitten bist.
Großmutter, ich hab' gesehen, wie du gelächelt hast.

DREI

Anbruch der Dämmerung

Sein Schrei verscheucht die Nacht
Mit großen Federschwingen
stößt er auf die Finsternis hernieder;
der Adler, ich höre ihn,
wie er vom östlichen Himmel
die dunkle Decke zieht.

Irokesischer Willkommensgesang

Falke erwachte und war ruhelos, verfolgt vom Gespenst des Todes am Heiligen Abend und getrieben von der Notwendigkeit, Entscheidungen zu treffen, die sein eigenes Leben betrafen. Er sah aus dem Fenster seines Wohnwagens hinüber zu Lucys Haus. Die schneebedeckten Zedern, die stattlichen weißen Birken und die mit braunen und grünen Quasten versehenen Kiefern hatten eine ungewohnt einengende Wirkung auf ihn. So anders, dachte er, als die meilenweit ungehinderte Sicht im Pine-Ridge-Reservat zu Hause in Süddakota. Dort übersäten Pappelhaine das wogende Grasland, und mächtige Präriewinde fegten über die wenigen schäbigen Fertighäuser. Doch hier im Nordwesten von Michigan tobten die Stürme vom See mit plötzlicher, unerwarteter Gewalt heran, mit Winden, die heulten wie Güterzüge.

Der Grund, warum er damals Pine Ridge verlassen und in das kleine Ojibwa- und Ottawa-Reservat Peshawbestown in

Michigan gezogen war, hieß Winona. Von ihr hatte er alles über die Pflanzen und die alten Rituale lernen wollen. Doch jetzt, wo sie tot war, wurde es Zeit für ihn, seine Sachen zu packen und sich auf den Heimweg zu machen. Ihm fehlten die *Paha Sapa* – die Schwarzen Berge –, die sein Volk »Das Herz allen Daseins« nannte. Er sehnte sich nach dem Anblick von Maco Sica, den *Badlands,* mit ihren geheimnisvollen geologischen Formationen. Andererseits erwarteten ihn im Lakota-Reservat Arbeitslosigkeit und die Versuchung, seine Langeweile in Schnaps zu ertränken. Seit sieben Jahren war er nun schon trocken und musste immer noch auf der Hut sein.
Er setzte die Füße auf den Boden seines kleinen Wohnwagens und stemmte sich aus dem Bett, wobei seine Hüfte von alten Verletzungen beim Rodeo schmerzte; ein bisschen Arthritis war wohl auch dabei. »Tolle Art, das neue Jahr zu begrüßen«, brummte er.
Seine Rasierklinge war völlig stumpf – ungefähr so abgenutzt wie er selbst. Erst nach mehrmaligem Schaben und einigen Blutopfern war er zufrieden. Da er sich gerade erst sein schwarzes Haar wachsen ließ und hoffte, eines Tages zwei Zöpfe zu Stande zu bringen, musste er sich vorläufig mit einem mickrigen Pferdeschwanz abfinden. Er band sich ein rotes Stirnband um. Nachdem er sich ein sauberes Paar Jeans und ein Westernhemd angezogen hatte, bewunderte er sich im Spiegel seines winzigen Badezimmers. *Ein richtig gut aussehender Mann,* dachte er, zog den Bauch ein und streckte die Brust raus. *Auch noch mit einundvierzig.*
Er nahm seine Jacke vom Haken und zog sich Winterstiefel an. Nachdem er sich noch einen Beutel Tabak geschnappt hatte, öffnete er die Tür seines Wohnwagens und blinzelte in Richtung Osten. Rosa- und goldfarbene Streifen am Himmel

kündigten den Sonnenaufgang an. In der Nacht hatte ein Schneetreiben ein riesiges weißes Laken über die Erde geweht, auf dem die einheimischen Tiere ihre Spuren hinterlassen hatten: das gespaltene Oval der Hirsche, das Krixelkraxel hungriger Vögel, die Tatzenspuren von Adams Hund und die tiefen, ungleichen Tüpfel des Eselshasen.

Falke stampfte über den knirschenden Schnee auf Lucys Haus zu. Aus seinem Mund strömte ein kalter Hauch. Langsam glitt der große gelbe Feuerball über den Horizont. Sonnenpfeile schossen durch Kiefern und Zedern, breite Lichtspeere durchbohrten die Dunkelheit. Zum Dank für den neuen Tag streute Falke ein Tabakopfer auf den Boden und stimmte einen Begrüßungsgesang an.

Triumphierend stieg *Wi,* die Sonne, höher und höher. Offen für das Wunder des neuen Morgens lauschte Falke den Vögeln, die auf sein Lied mit einem kakophonen Wechselgesang antworteten – das Krächzen des Raben; der fordernde Schrei des Eichelhähers, das melodische *Puut, Puut* des Kardinals und das *Dii-dii-dii* der kleinen Meise. Seine Augen vor dem grellen Morgenlicht schützend, beobachtete Falke, wie die Vögel vor der Sonne hin- und herschossen, um den neuen Tag zu feiern. Plötzlich erhob sich unmittelbar vor ihm ein majestätischer Adler mit einem raubgierigen Schrei, stieg immer höher, bis Falke ihn schließlich in *Wis* Antlitz aus den Augen verlor.

»*Wanbli Gleska,* weiß gefleckter Adler, sei willkommen«, rief er. *Für diese Augenblicke lebe ich.*

Die Vögel zwitscherten ihre Antwort. Durchgefroren stapfte Falke durch den frischen Schnee zurück zu seinem Wohnwagen. Aus alter Gewohnheit und Wachsamkeit bückte er sich, um die Spuren betrachten und zu sehen, wer nachts auf der Suche nach achtlos weggeworfenem Abfall ums Haus geschnüffelt hatte. Er entdeckte neben den Spuren von Adams Hund noch andere, leichfüßigere. Ein Kojote. Das Tier hatte sich offensichtlich rechts von seiner Tür niedergelassen, vielleicht, um sich am Ohr zu kratzen oder um dem Menschen im Wohnwagen seine Achtung zu erweisen.

»Auch dir ein gutes neues Jahr«, murmelte Falke, ehe er wieder hineinging.

Er hatte kaum seine Jacke ausgezogen, als ein Klopfen seine Vorbereitungen fürs Frühstück unterbrach. Auf Strümpfen tappte er zur Tür und öffnete sie. Es war seine Cousine Lucy Arbre. Aus ihrem Mund strömte weißer Dampf wie bei einem Drachen. Die kalte Luft ließ seine guten Manieren gefrieren.

»Willst du mich nicht reinlassen?«, fragte Lucy mit entschlossener Stimme und scharrte mit den Füßen. Sie dachte nicht daran, in der Kälte stehen zu bleiben, und drängte sich an ihm vorbei in den Wohnwagen.

Lucy ließ sich an dem winzigen Küchentisch auf einen Hocker fallen. »Du könntest entschieden mehr Platz haben, wenn du mal aufräumen würdest«, schimpfte sie. Ihr Blick schweifte über die unordentlich auf seine spärlichen Möbel verstreuten Kleidungsstücke.

Wenn er ehrlich war, gefiel ihm sogar die mildernde Wirkung, die seine Kleider auf die scharfen Kanten der Stühle und Türen ausübten.

Sie nahm zwei Zigaretten aus ihrem Päckchen, gab ihm eine, zündete ihre an und reichte ihm das Feuerzeug. Für einen Moment genossen die beiden den vertrauten Duft und zogen schweigend an ihren Zigaretten. Falke erhob sich, machte zwei Becher Kaffee in der Mikrowelle, die er großzügig mit Milchpulver und Zucker verfeinerte, und reichte ihr einen davon. In den vergangenen Monaten hatte er seine Cousine besser

kennen gelernt, eine großartige, kraftvolle Frau, mit festen Ansichten und einem guten Herzen.
Ihre morgendliche Kritik störte ihn nicht. In seiner Hochstimmung über den neuen Tag flog er immer noch mit dem Adler der Sonne entgegen, umkreiste mit dem Kojoten den Wohnwagen und sang und schnatterte mit den Vögeln über den Sonnenaufgang. Er kniff die Augen zusammen, spitzte die Lippen und antwortete: »Dii-dii-dii. Dii-dii-dii.« Sogar Lucy, die Nörglerin, musste lachen.
»Du findest wohl, dass ich zu viel schnattere, was?« Sie zog an ihrer Zigarette und warf ihre Haare zurück.
»Ich hatte heute Nacht Besuch«, lenkte er ab.
»Wen?«, fragte sie neugierig. »Eine Frau?« Lucy argwöhnte, dass mit einem einundvierzigjährigen Mann, der frei und unverheiratet war, etwas nicht stimmte.
»Ich bezweifle, ob es überhaupt ein menschliches Wesen war. Deine Mutter hat mich schon vor ihm gewarnt.«
Lucy sah ihn verständnislos an.
»Kojote«, erklärte Falke. Er streckte seine langen Beine unter dem Tisch aus.
»Kann nicht sein«, erwiderte sie. »Kojoten und Wölfe gibt es nur auf der Upper Peninsula. Und in der Nähe von Detroit sind auch ein paar gesehen worden. Doch hier oben ist noch nie jemand einem Kojoten begegnet.«
Er grinste sie an. Winona hatte sich häufig bei ihm beklagt, dass Lucy mit ihrem »Kann nicht sein« so viele Dinge einfach abtat. »Menschen wie Lucy tragen Scheuklappen, um sich vor der Wahrheit zu schützen«, hatte sie gesagt, »um Wakan Tankas einschüchternde Macht zu schwächen.«
Lucy begann zu philosophieren. »Du denkst viel an sie, nicht wahr? Weißt du, Falke, ich habe ständig das Gefühl, sie ist

noch da, und ich kann sie bloß nicht finden. Ich verstehe immer noch nicht, wie sie gestorben ist, wie sie den genauen Zeitpunkt ihres Todes wissen konnte. Sie hatte schon immer einen Hang zum Theatralischen, und diesmal ist ihr wirklich eine Show erster Klasse gelungen. Warum sie sich wohl für Heiligabend entschieden hat? Warum hat sie nicht bis nach Weihnachten gewartet?« Der weinerliche Ton ihrer Stimme kündigte Tränen an.

»Vielleicht wollte sie zeigen, welche Macht in der Pfeife steckt, dass sie für unser Volk wichtiger ist als das Christentum. Vielleicht wollte sie ihren Enkeln damit sagen, dass der Tod vor dem Leben kommt. Woher, zum Teufel, soll ich das wissen?« Falke rieb sich das Kinn, bemerkte eine Stelle, die er beim Rasieren übergangen hatte, und dachte: *Wird es immer so bleiben, dass ich erst merke, was ich vergessen habe, wenn Menschen mit ihren Fragen zu mir kommen? Wer wird mir jetzt helfen?*

Lucys Stimme klang traurig. »Sie fehlt mir sehr.«

Falke nickte.

Sie nahm einen tiefen, hungrigen Zug von ihrer Zigarette, bis sie nur noch ein heißer Stummel war. »Zwischen uns ist so vieles ungesagt geblieben. Nachtragende Gedanken bei mir, alte Schuldgefühle bei ihr. Ich habe mir immer so gewünscht, dass sie stolz auf mich sein würde, mich als ihre Tochter lieben könnte. Und doch konnte ich ihr nicht vergeben. Zwischen uns blieb immer eine Mauer, und ihre Augen wandten sich von mir ab. Aus Scham vielleicht? Ich weiß es nicht. In meinem Herzen glaubte ich, dass sie mich nicht genug liebte, um mich in ihr Leben einzubeziehen. Ich war ihre ›moderne Tochter‹. Warum glaube ich, dass sie mich insgeheim immer ausgelacht hat, wenn sie mich so nannte?«

Weil sie wirklich über dich gelacht hat. Er behielt diesen Gedanken für sich.

»Von seiner Mutter geliebt werden zu wollen, aber ihr nie ganz zu vertrauen, ist schrecklich, Falke. Sie hat mich nie richtig gekannt, meine Hoffnungen, meine Sehnsüchte. Vielleicht bin ich keine ›Traditionelle‹, aber trotzdem liebe ich unser Volk. Ich bin Krankenschwester im Indianischen Gesundheitszentrum, weil ich will, dass unser Volk stark und gesund ist. Meine Kinder sollen einmal stolz auf ihre Herkunft als Ojibwa- und Oglala-Sioux sein. Wenn mein Sohn auf dem *Pow-Wow*-Fest tanzen will, werde ich ihn unterstützen. Ich möchte aber auch, dass meine Kinder alle Möglichkeiten haben und nicht zu einem Leben im Reservat verdammt sind, wo Alkoholismus, Arbeitslosigkeit und frühe Schwangerschaften an der Tagesordnung sind.«

Mit grimmigem Blick fuhr Lucy fort. »Nichts und niemand kann sie davon abhalten, das zu werden, was sie möchten – außer sie selbst. Deshalb habe ich ihnen die Namen der ersten Menschen auf Erden gegeben. Sie sollen es einmal leichter haben als ich. Sie werden nicht strampeln und zappeln müssen wie ich. Die Zukunft gehört ihnen. Ich verstehe nicht, warum meine Mutter so sehr an den alten Traditionen hing.« Lucy schüttelte den Kopf.

»Ohne die Vergangenheit gibt es keine Weisheit für die Zukunft, würde sie jetzt sagen«, entgegnete Falke. »Alles müsste von neuem gelernt werden.« Dann stand er auf, um sich die vergessenen Stoppeln zu rasieren; er war es leid, seine tote Lehrmeisterin ständig verteidigen zu müssen.

Lucy beobachtete Falke, während er vor dem Spiegel stand. Er war groß und stark, wenn auch nicht so muskulös wie ihr Mann Larry, dessen Gesicht schmaler und kantiger war. Falke hatte ein runderes, flacheres Gesicht mit hohen Backenknochen, tief liegenden schwarzen Augen, einer ausgeprägten Nase und einem entschlossen wirkenden Mund. Beide Männer hatten hingegen einen kräftigen Nacken und eine solide, an körperliche Arbeit gewöhnte Statur. Lucy war froh über Falkes Gegenwart. Er würde Winonas Lehren weiterführen.

Während er sein Spiegelbild anstarrte und sich mit den Händen übers Gesicht strich, fragte er sie: »Was sind deine Wünsche für die Zukunft, Lucy?«

Sie blies den blauen Rauch in seine Richtung, und ihr Bild verschwamm vor seinen Augen. Ihre Zigarette war nun völlig heruntergebrannt. Sie dachte über die Frage nach. »Zuerst wollte ich fort aus Pine Ridge. Als Nächstes wollte ich einen Mann finden, den ich lieben konnte. Dann wollte ich Kinder. Immer wenn ich einen Schritt hinter mir hatte, kam erst der nächste. Jetzt lebe ich für meine Kinder. Ich habe keine Wünsche für mich selbst, abgesehen von meinen Plänen für sie.«

Er wandte sich ihr zu. »Sie bleiben nur für kurze Zeit bei dir, Lucy. Bald werden sie erwachsen sein und dich verlassen, um ihr eigenes Leben zu führen.«

»Ich weiß, ich weiß.« Sie überspielte ihre Unruhe, indem sie nach einer neuen Zigarette griff und sie anzündete. In diesem Augenblick durchflutete die Morgensonne den Wohnwagen und zauberte Strähnen aus natürlichem Gold auf ihr schwarzes Haar.

VIER

Am Neujahrstag

... genügt eine Berührung, uns wissen zu lassen
wir sind nicht allein im Universum, nicht einmal im Schlaf.

Adrienne Rich
XII. Wenn wir im Schlaf uns um und um drehen wie Planeten

Die aufsteigende Sonne weckte Fritzie, Meggie O'Connors Drahthaarterrier, aus einem winterlichen Traum von einer Kaninchenjagd im Schnee. Er hatte ein lockiges weißes Fell mit einem großen sattelförmigen Fleck auf seinem Rücken, Knopfaugen, kurze kräftige Beine und einen Stummelschwanz – allesamt Eigenschaften, die ihm einen unverdienten Anflug von Würde verliehen. Statt der Kaninchen, nach denen er eigentlich schnupperte, nahm seine Nase den Geruch seines Frauchens wahr. Seine zuckenden Beine, die im Traum gerannt waren, standen still. Langsam öffnete er die Augen und erkannte den Schlafzimmerboden. Solange er noch den Kaninchenduft in der Nase hatte, wollte er seine Zweibeinerin wecken und sie bitten, ihn zu seinem Morgenspaziergang hinauszulassen.

Fritzie streckte sich und gähnte, ehe er zum großen Nest der Frau hinübertappelte, um seine kalte Schnauze an ihre regungslose Hand zu drücken.

Sie ächzte, stöhnte und seufzte, bis sie wach war. Um die Dringlichkeit seiner Lage hervorzuheben und ihre Aufmerksamkeit zu erregen, drehte er mehrere Pirouetten an der

Schlafzimmertür, wobei seine Hundemarke klapperte. Ihre Zehen berührten den Boden. Dann drehten ihre Hände am Türknopf der Veranda und machten den Weg frei nach draußen. Dort, sagte ihm seine Nase, wohnten die Kaninchen.

Meggie sprach ihr eigenes Spiegelbild in dem großen Spiegel im Flur an, ein Trick zum Selbstmotivieren, den sie schon des Öftern ihren Klienten verraten hatte. »Heute ist ein besonderer Tag«, sagte sie zu sich selbst. »Der erste Tag des neuen Jahres. Es heißt, dass einen die Gefühle am Neujahrstag das ganze Jahr über begleiten. Also, Dr. O'Connor, bedenken Sie wohl, was Sie tun, und vergessen Sie auch nicht, dankbar für Ihr Leben zu sein.«

Nach dieser Ansprache konzentrierte sich Meggie wieder auf ihr Gesicht. Längst waren ihre Sommersprossen verblasst. Dünne Linien umrandeten ihre blaugrünen Augen. Mit zielstrebigen Bewegungen griff sie in ihr schulterlanges, welliges, braunes Haar und riss sich ein paar der wenigen grauen Haare aus. Die Zeit machte vor ihrer Haut und ihrem Körper nicht Halt. In drei Wochen schon würde sie die Mitte ihres Lebens erreicht haben: ihr vierzigster Geburtstag.

Beim Frühstück – es gab heißen Haferbrei und Kaffee – fasste Meggie einen Entschluss. Sie würde diese neue Phase in ihrem Leben mit einer Geburtstagsparty auf Chrysalis feiern. Südlich von Suttons Bay und auf einem Hügel gelegen, erstreckte sich das prächtige Anwesen, das sie bewohnte, mit Äckern, Wildwiesen, Zedernwäldern, wucherndem Sumach und zahlreichen Obstgärten auf über dreißig Hektar. Das große weiße Haus aus Zedernholz stammte aus den Jahren vor der Großen Depression und war das Vermächtnis von Meggies Großmutter mütterlicherseits. Französische Fenster zierten das Erdgeschoss und Gauben mit grünen Läden das obere Stockwerk. Bevor Meggie vor zwei Jahren ganz nach Chrysalis gezogen war, hatte das Haus die langen Winter über leer gestanden, ohne die Familie, abgesehen von ein oder zwei alten Gespenstern.

Meggie machte eine Liste von den Freunden, die sie zu ihrer Geburtstagsfeier einladen wollte: ihre Kollegin Dr. Beverly Paterson; ihre Nachbarn, Katya und Paul Tubbs; den Tierarzt Sam Waters und die ältlichen Zwillinge Sascha und Savannah Todd, die in der Nähe wohnten. Nachdem sie einen Moment überlegt und geistesabwesend an ihrem Bleistift gekaut hatte, schrieb sie kurz entschlossen auch Falke auf die Liste. Es wurde Zeit, dass ihre Freunde ihn kennen lernten. Meggie beschloss, von jedem Gast eine Liebesgeschichte, ein Gedicht oder ein lustiges Lied als Geschenk zu erbitten – etwas, das aus dem Herzen oder zumindest dem Musikantenknochen stammte. Bei diesem Gedanken musste sie grinsen und merkte kaum, wie ihre Hand noch einen Namen in die Liste aufnahm: Winona.

»Das Leben geht weiter«, ermahnte Meggie sich selbst und strich den Namen wieder.

Trotzdem ging ihr die alte Frau nicht aus dem Kopf. *Du warst ein Rätsel für mich, Winona. Du hast alles angenommen, was ich über Symbole und Psychologie zu berichten wusste. Und dann hast du mich in eine Welt voller Zeichen und paranormaler Phänomene eingeführt, die direkt »auf den Kern der Dinge« wiesen. Dein Wissen machte mir Angst, Winona.*

Meggie schüttelte den Kopf, um diese Gedanken zu verscheuchen.

Auf dem Weg zur Tür – sie wollte Schnee schippen – hielt Meggie plötzlich inne und drehte sich um. Ihr Blick fiel auf den ausgestrichenen Namen. Die Macht dieses so arglos auf eine Einladungsliste gekritzelten Namens rief sie zurück, erklärte ihr, dass es Dringenderes gab, als Schnee zu schaufeln. Meggie machte kehrt und ging auf einen Schrank zu.

Im oberen Fach, eingehüllt in einem Lederbeutel, ruhte die Pfeife mit dem Blitz. Zu Meggies Überraschung hatte Falke ihr nach der Totenfeier Winonas Pfeife als Geschenk überreicht. »Sie wollte, dass du sie bekommst, damit du von ihr lernen kannst.« Mehr hatte er nicht gesagt, aber seine Augen und der zögernde Tonfall in seiner Stimme hatten Bände über seine Besorgnis hinsichtlich dieses Geschenks gesprochen. Meggie hatte sich gefragt, was ihm solche Sorgen bereitete. Schließlich hatte Winona ihr beigebracht, wie man der Pfeife Achtung erwies.

Die Pfeife war ihr vertraut geworden. In ihren Therapiesitzungen mit Winona hatte die alte Medizinfrau die Blitzpfeife und alte Überlieferungen dazu eingesetzt, Meggie von ihrer wissenschaftlichen, agnostischen Weltsicht loszueisen und sie in eine andere Welt zu führen – eine Welt der Geister, der Ahnen und des Medizinrads. Winona hatte Meggie mit Hilfe der Blitzpfeife gelehrt, wie man betete. Mit ihren Geschichten hatte die alte Frau Meggie beigebracht, ihrem eigenen Herzen zu lauschen. Nach der Tradition der Lakota war Winona eine Heilerin der verlorenen Seelen. Anfangs war Meggie den Lehren der alten Frau gefolgt, da sie hoffte, sie auf diese Weise in die Therapie einbeziehen zu können. Doch schon bald darauf fragte sich Meggie, wer hier eigentlich wen therapierte.

Alles, was Winona lehrte, wies auf die Pfeife. Selbst ihr durchgestrichener Name auf einer Liste. Meggie nahm den hirschledernen Pfeifenbeutel aus dem Schrank und machte sich damit auf den Weg ins Freie, um zu beten.

Nachdem sie einen alten Teppich auf der Veranda ausgebreitet

hatte, wickelte Meggie die Pfeife aus dem Beutel und nahm den langen dunklen, mit einem Blitz aus Perlenstickerei und Fransen verzierten Schaft aus Sumach-Holz und den lachsfarbenen Pfeifenkopf aus seinem Nest aus leichtem, getrocknetem Salbei. Daneben legte sie einen Beutel mit einer dunkelbraunen heiligen Tabakmischung und einem braunen Zopf aus Süßgras.
Um das neue Jahr zu begrüßen, kniete Meggie nieder, dankte für ihr bisheriges Leben und wünschte Winona Glück für ihre Reise auf die andere Seite; und schließlich bat Meggie auch um Wegweisung für ihre eigene Zukunft.

Fritzie umtanzte sein Frauchen in der kalten Morgenluft und stupste mit einem gefrorenen Tennisball im Maul gegen ihre Hand. Statt mit ihm beschäftigte sie sich mit einem Lederbeutel. Sie sang mit hoher Stimme und erwähnte dabei nicht einmal seinen Namen. Nach vielen Worten quoll ein beißender Rauch aus dem Stein und dem Stock in ihrer Hand. Sie zeigte kein Interesse daran, mit ihm Ball zu spielen, ganz gleich, wie oft er sie aufforderte.
Enttäuscht ließ er den Ball zu ihren Füßen fallen und machte sich auf, um der allmählich nachlassenden Witterung der Nachttiere zu folgen. Wenn sie den Ball nicht werfen wollte, dann eben nicht – auch er hatte Wichtiges zu erledigen. Die frühe Morgensonne spiegelte sich in seinen pechschwarzen Augen, während er nach Osten zu einem Erkundungsgang aufbrach. Sein Frauchen war inzwischen in tiefes Schweigen versunken.

»Winona«, rief Meggie in die Stille. »War ich eine der verlorenen Seelen, die du heilen solltest?« Die Finger ihrer rechten Hand strichen den Schaft der Pfeife entlang, wie um den Rauch durch die Blitzpfeife zu leiten. Sie erwartete keine Antwort. *Wo du jetzt wohl bist?*

Der Tod war schnell gekommen, als Winona endlich ihr Einverständnis gegeben hatte. In rasender Geschwindigkeit hatte Winona Schichten um Schichten von fasrigem Licht und ganze Dimensionen durchbrochen und dabei kreischende Geister, die seit Äonen in Zwischenwelten gefangen waren, mit ihren Armen aufgelesen. Sie riss die Gespenster mit sich in die geballte, blendende Helligkeit vor ihr. Den Kopf weder nach rechts noch nach links wendend, hielt sie sich auf dem Rücken des kraftvollen Rosses der Kriegerin fest.
Die letzte Barriere ins Jenseits attackierte all ihre Sinne, drohte sie und die Geister zurück in die Leere zu schleudern, doch sie zog die Spukwesen an sich und hielt sich an die Weisungen der Geister. Drüben auf der anderen Seite glitt sie erschöpft vom Pferd und ließ die Geister frei. Sie entwichen in die Vier Richtungen, flüchteten voller Entsetzen vor der zurückliegenden Leere, die ihnen jahrelang ihre Energie ausgesaugt hatte.
Die Kriegerin brachte sie zu einer Kreuzung. »Hier verlasse ich dich«, sagte sie. »Meine Aufgabe ist es, über den Großen Graben zurückzukehren und andere zu suchen, die bereit sind, die Reise zu unternehmen.« Sie wendete ihr Pferd und verschwand mit ihm auf dem qualvollen Pfad, den sie gerade gekommen war.
Winona ließ sich an einer weichen Stelle nieder, unfähig, sich

an dem fremden Ort zurechtzufinden. Nichts von dem, was um sie herum war, ergab einen Sinn. Es war, als würde eine geheimnisvolle Kraft ihr Augenlicht trüben und ihr lediglich gestatten, wirbelnde Bewegungen, grelle Lichtbänder und wechselnde Schatten wahrzunehmen. Es war eine der seltenen Gelegenheiten, bei denen Winona ihren nächsten Schritt nicht vorausplanen konnte. Wenn der Raum ihr keinen Hinweis gab, tat es vielleicht die Zeit ...

Ihre Heilige Pfeife, die Chanunpa Wakan, fest umklammernd, beschloss sie zu warten. Benommen und erstaunt merkte sie erst nach einer Weile, dass die Pfeife, die sie kurz vor ihrem Tod gestopft hatte, nun leer war. Irgendwie war die Pfeife auf dem Weg durch Zeit, Raum und andere Dimensionen geraucht worden. Sie drückte sie an sich, denn sie war ihre einzige Quelle der Gewissheit in der neuen Welt.

Jedes Mal, wenn ein Mensch im Diesseits ihren Namen rief oder ihr Bild beschwor, verspürte sie ein sanftes Ziehen von spinnwebartigen Fäden an ihrem Rücken, die zwischen den verschwommenen Grenzen zwischen dem Diesseits und Jenseits schwangen.

Anfangs war das Ziehen häufig.

Winona blickte in die Richtung, die die Pfeife ihr als Westen anzeigte. Sie konnte warten. Auf Davis oder einen Führer. Auf ein Zeichen oder ein Signal, das ihr sagen würde, wohin sie gehen oder was sie als Nächstes tun sollte.

Auch wenn es ewig dauerte.

Meggie hatte fest für Winonas Übergang ins nächste Leben gebetet. Nach dem Pfeifenritual verspürte sie einen Energiestoß und stürzte sich auf die noch zu erledigende Hausarbeit. Sie schippte Schnee und schleppte Feuerholz auf die östliche Veranda. Sie zündete den Holzofen an, kochte eine Linsensuppe mit Schinken auf dem Elektroherd, backte Haferbrötchen und reinigte den Hundenapf. Sie wechselte die Bettwäsche, wusch drei Maschinen Wäsche, rief die Nachrichten ihrer Klienten bei ihrem Telefondienst ab und sank schließlich erschöpft mit einem Buch auf die Wohnzimmercouch. Ein ausgesprochen ertragreicher Vormittag.

Im Grunde aber hatte sie einfach nur zum Telefon gehen und diesen geheimnisvollen Mann Falke anrufen wollen.

Falke war bald nach Meggies und Winonas erster therapeutischer Sitzung in Suttons Bay aufgetaucht. Eines Tages hatte Meggies erkrankter Hausbesorger ihn als Vertretung zu ihr geschickt. Falke hielt sich in der Gegend mit Gelegenheitsjobs über Wasser, um in der Nähe seiner Medizinlehrerin Winona zu sein.

Ein wenig linkisch hatte Falke sich Meggie mit seinem »weißen« Namen Slade vorgestellt. Wortkarg, was seine eigene Person anging, offenbarte Slade erst nach und nach, dass er ein Mischling war: zum Teil Lakota, zum Teil Cherokee und Apache, sowie jeweils einen Anteil deutsches, irisches und mexikanisches Blut. Seite an Seite hatten Slade und Meggie auf dem Anwesen gearbeitet, mit der Kettensäge Bäume gefällt und Holz gestapelt. Meggie wäre nie auf die Idee gekommen, dass Slade mit ihrer Klientin Winona verwandt oder gar der mysteriöse »Falke« war, den Winona häufig während ihrer Sitzungen erwähnte.

Desillusioniert von ihrer Ehe und den Männern im Allgemeinen, ging Meggie anfangs auf Distanz. Ihr Terrier Fritzie jedoch schwärmte vorbehaltlos für den neuen Gehilfen, denn dieser steckte ihm unter dem Tisch immer heimlich Kekse zu. Doch der Zufall hatte sich verschworen, Meggie und Slade einander näher zu bringen. Während eines bösen Schneesturms war eine Birke umgestürzt und hatte Meggie am Kopf getroffen. Wäre Slade nicht rechtzeitig eingetroffen, um sie ins Krankenhaus zu bringen, wäre sie vielleicht gestorben.

Nach diesem Abenteuer begann Meggie zu ahnen, dass weit mehr in Slade steckte, als sie bisher vermutet hatte. Kurz vor Weihnachten schenkte er ihr ein buntes Paar Ohrringe aus Borsten von einem Stachelschwein, das sie auf einer gemeinsamen Jagd selbst geschossen hatte. Aus Dankbarkeit und wachsender Zuneigung hatte Meggie ihre Hände auf seine Wangen gelegt und ihn auf den Mund geküsst. Später hatte Slade, ohne nachzudenken, ihren Kuss erwidert.

In den Therapiesitzungen machte Winona Meggie den Namen Falke weiter schmackhaft. Sie schwärmte von Falkes Charme, seiner Achtung vor der Überlieferung, seinem Scharfsinn und seinem Wunsch nach einer Frau an seiner Seite. Meggie kam langsam der Verdacht, dass Winona die Absicht hatte, sie zu verkuppeln. In Wirklichkeit durchschaute Meggie die Lage nur schlecht, denn sie hielt Lucys gut aussehenden Mann Larry für Winonas Falke. Erst bei Winonas Totenfeier hatte sie erfahren, dass ihr Freund Slade Träger der Pfeife und Medizinmann war und sein ritueller Name Falke lautete.

Meggie seufzte. Jetzt, wo Winona gestorben war, gab es wohl nichts mehr, was Falke/Slade von einer baldigen Rückkehr nach Süddakota abhielt. Sie hielt sich den Roman vors Gesicht und beschloss, dass es wohl besser wäre, sich schnell an den Gedanken seiner Abreise zu gewöhnen.

Fritzie spürte, dass sein Frauchen nicht glücklich war. Er sprang aufs Fußende der niedrigen Liege, stupste seine feuchte Schnauze unter ihr Buch und verlangte, gekrault zu werden. Seine Kapriolen brachten sie zum Lachen, und sie kratzte ihn hinter den Ohren. Nach diesem Erfolg drehte sich Fritzie dreimal auf dem weichen Diwan im Kreis, kuschelte seine Nase an ihr Bein und machte es sich zu einem winterlichen Nickerchen gemütlich.

Falke hatte einen Schneepflug an seinem Truck angebracht und rumpelte die lange Auffahrt von Chrysalis hinauf. Obwohl der Wagen altersschwach und verrostet war, hatte er noch Leben in sich. Der Motor hustete unwillig, als er ihn abstellte. Er bemerkte, dass der Pfad zur Küchentür vor kurzem freigeschippt worden war. Nach zweimaligem Klopfen stieß er die Tür auf und rief nach Fritzie. Der Drahthaarterrier kam aus dem Inneren des Hauses gerast wie ein weißer, hyperaktiver Mopp, schlitterte über den gekachelten Küchenboden und warf sich begeistert auf den Mann. Mit ihrem Buch in der Hand folgte Meggie.

Lächelnd machte sie ihm Zeichen, aus der Kälte ins Haus zu kommen, aber er winkte sie ins Freie und lud sie ein, gemeinsam das Leuchten und Funkeln von Sonne und Schnee zu genießen.

»Gut, ich hole meine Jacke und meine Stiefel. Solange kannst du ja Fritzie unterhalten«, antwortete sie.

Der Hund war bereits ums Haus auf die Ostveranda geflitzt, wo er seinen geliebten, aber malträtierten Tennisball zuletzt gesehen hatte. Mit dem Ball in den Fängen forderte er Falke zu einem Zieh-und-Zerrspiel heraus. Jedes Mal wenn es Falke gelang, ihm den Ball aus dem Maul zu reißen, schnellte Fritzie gen Himmel und schlug die Zähne aufeinander wie ein Hai im Fressrausch. Hoch oben wirbelte der gelbe Ball in der gleißenden Nachmittagssonne herum, um anmutig wieder in die Schneewehen zu stürzen. Fritzie verfolgte seinen Flug, indem er steifbeinig in die Höhe sprang und die Augen starr auf den fallenden Ball richtete.

Ein Schneeball streifte Falkes rechte Schulter und unterbrach das Spiel abrupt. Falke drehte sich gerade rechtzeitig herum, um ein zweites Geschoss auf seine Brust zukommen und Meggies freches Lachen zu sehen.

Meggie erkannte sofort, dass Falke auf Rache aus war, und rannte auf die Küchentür zu. Doch als alter Rodeoreiter hatte Falke sie längst eingeholt, ehe sie den Schutz des Hauses erreichte. Er stellte ihr ein Bein, und sie fiel in einen großen weichen Schneehaufen. Als wäre sie nicht viel schwerer als ein Sack Kartoffeln, wirbelte er sie herum und sie rollten quietschend und lachend den Hügel hinunter. Und mitten auf dem Abhang, als Meggie um Gnade bat, gab Falke ihr mit roten Wangen und einer Ladung Schnee im Gesicht einen Neujahrskuss.

Sich den Schnee abklopfend, sah er triumphierend zu ihr hinunter und sagte: »Dass wird euch weiße Frauen schon lehren, uns rote Männer nicht so plump zu überfallen.« Galant streckte er Meggie die Hand hin, um ihr aufzuhelfen.

Sie tat, als wollte sie aufstehen, spannte aber insgeheim ihre Muskeln an und streckte ihm lächelnd die Hand entgegen. Falke zog sie hoch und lehnte sich dabei ein wenig zurück. Genau auf diesen Moment hatte sie gewartet und riss ihn nach vorn. Seine Füße verloren den Halt, und er fiel mit rudernden Armen buchstäblich auf die Nase, ganz wie ein Dodo-Vogel bei einem Flugversuch. »Haha«, rief sie und stieß ihn mit einem übermütigen Schubser den Abhang hinunter. Erst jetzt stand sie auf. »Und das wird dich lehren, uns weiße Frauen nicht zu unterschätzen!«, verkündete sie, die Hände in die Hüften gestemmt.

Und damit trat Meggie an die Seite ihres niedergestreckten Freundes und schenkte ihm den zweiten Kuss im neuen Jahr.

So begann das neue Jahr mit Trauer, einem Geschenk, einem Gebet, Kaninchenträumen und einem Aufbruch.

Und zwei Küssen.

FÜNF

Mitte Januar

All unsere Kenntnis führt uns näher an die Unkenntnis.

T. S. Eliot
Chöre aus ›The Rock‹

»Zwei Küsse, Meggie, und das war alles?«, rief Bev Paterson ungläubig. »Vor zwei Wochen? Und du schwebst immer noch auf Wolken?« Amüsiert schüttelte sie ihren Kopf. Die beiden Frauen verzehrten gerade ihre Frühstücksbrote in ihrer gemeinsamen Praxis in Suttons Bay. Von ihren Büros in dem bläulich-grauen Gebäude hatten sie einen herrlichen Ausblick auf das winterliche Gesicht des Michigansees.

»Ich hab' dir doch gesagt, dass er nicht da ist. Er musste ins Reservat zurück, um einen neuen Lehrer zu finden. Zu meiner Geburtstagsparty will er aber wieder hier sein«, erwiderte Meggie die Neckereien ihrer Freundin. Vorsichtig führte sie den Becher mit dem heißen Kräutertee an die Lippen und verbrannte sich prompt die Zunge. Sie hatte sich bemüht, in ihren Worten mehr Zuversicht mitschwingen zu lassen, als sie besaß.

»Klar, das sagen sie alle.« Bevs Worte hörten sich sarkastisch an. »›Ich komme wieder‹, versprechen sie alle und schwupps, sind sie weg!« Ihre silbernen Ohrringe schwangen wie zustimmend nickend gegen ihren langen Hals.

Erst vor zwei Monaten hatte Bevs Freund Coulter die Stadt nach einem heftigen Streit verlassen. Als Psychologinnen und

Freundinnen hatten Meggie und Bev sich nächtelang darüber unterhalten, die Affäre in all ihren Episoden seziert und so nach und nach Coulters Flucht verarbeitet.
Wieder davon anzufangen, würde nichts bringen. Daher wechselte Meggie das Thema und kam auf ihren Geburtstag zu sprechen. »Falke wird zum ersten Mal Gelegenheit haben, dich und meine anderen Freunde kennen zu lernen. Du kannst ihn dir genau anschauen und mir dann sagen, was dir an ihm gefällt.«
»Mir fällt deine sorgfältige Wortwahl auf«, rügte Bev. »Du willst, dass ich dir nur positive Dinge sage. Du liebe Güte, Meggie, Frauen sind so blind, wenn's um die Liebe geht. Wir stellen die Männer auf ein Podest, bauschen ihre Leistungen auf und halten sie für wundervoll einfühlsame Geschöpfe, wenn sie uns nur das geringste bisschen Aufmerksamkeit schenken und zehn Minuten am Stück zuhören. Wie kommt es, dass wir das, was unter Frauen als ganz normales Gespräch gilt, bei Männern so außergewöhnlich finden? Ist dir schon mal aufgefallen, dass unser höchstes Lob, das wir für einen Mann übrig haben, lautet: ›Er ist gar nicht so wie die anderen‹? Als ob für uns nur die Ausnahme von der Regel in Frage käme.« Bev biss heißhungrig in ihr Truthahn- mit Alfalfasprossen-Sandwich.
»Ich bin wirklich gespannt, was du von ihm hältst«, sagte Meggie. »Wie du wohl jemanden findest, der so anders ist? Er ist überhaupt nicht wie die Männer, die ich bisher gekannt habe.«
»Siehst du! Da haben wir's. Um Gnade vor den Augen einer Frau zu finden, muss ein Mann eine Ausnahme sein.« Bev gestikulierte triumphierend und fügte versöhnlicher hinzu: »Aber ich verspreche dir, mich am Samstagabend gut zu benehmen und meine Zunge zu zügeln.«
Meggie nickte dankbar. Die Freundschaft der beiden Frauen

war in den vergangenen zwei Jahren an ihren Erfahrungen und ihrer emotionalen Offenheit gewachsen. Sie konnten aufrichtig miteinander umgehen, ohne jegliche Furcht davor, etwas Falsches zu sagen.

»Es wird Zeit, Körper und Geist zu stärken«, sagte Bev und schlug die Metallschublade ihres Aktenschranks zu, die vor schmerzlichen Lebens- und Fallgeschichten nur so überquoll. Beide Therapeutinnen hatten ihre Sitzungen für den Tag beendet.

Meggie sah von ihrer Schreibmaschine hoch, auf der sie den Bewusstseinsstrom ihrer letzten Klientin in verständliche Strukturen kanalisiert hatte. Sie hegte große Bewunderung für die energische Disziplin ihrer schlanken, athletischen Kollegin, verspürte jedoch nicht die geringste Lust, sich auch am Abend noch körperlich zu stählen. »Ich jogge nicht gern im Dunkeln«, redete sie sich heraus.

»Aber nein, Dummerchen. Trainiert hab' ich heute schon. Komm, wir nehmen im Firehouse Deli ein leichtes Abendessen zu uns und schauen uns dann die neue Ausstellung in der Galerie Tamarack in Omena an.« Bevs Unternehmungslust war ansteckend.

Es war ein verlockender Vorschlag. Aber ...

Bev erriet den Grund ihres Zögerns. »Du lieber Himmel, du machst dir unnötige Sorgen um diesen Hund. Du hast Angst, er sitzt auf einem deiner Küchenstühle, beschnüffelt mit seiner langen Schnauze die Frühstückskrümel und zerkratzt dabei mit den Vorderpfoten die Tischplatte, während er die Hinterläufe zusammenkneift, damit er sich nicht bepinkelt.«

Meggie musste lachen. »Na gut, zwei Stunden mehr oder weniger machen ihm wahrscheinlich nichts aus.«
»Pass auf, du kannst doch Gyros nehmen und ihm die Hälfte mitbringen. Dafür wird Fritzie dich ewig lieben.« Bev öffnete die Tür und warf noch eine Bemerkung über die Schulter zurück. »Wenn man einmal weiß, was sie wollen, sind Hunde und Männer leicht zufrieden zu stellen.«
Die Galerie Tamarack hatte eine große Auswahl an kunsthandwerklichen Objekten ausgestellt: Schalen aus mundgeblasenem Glas in schimmernden Farben, Lampen aus Birkenholz, Steinketten, riesige Vasen, aus deren Keramikschicht Hirsche hervorsprangen, Opossums aus Hundehaar und Stachelschweine aus Zahnstochern, lebensgroße Stoffomas und -opas in ungewöhnlichen, liebenswerten Posen und Gemälde in Aquarell-, Öl- und Acrylfarben oder Mischtechniken. Die meisten der künstlerischen Exponate waren originell und geistreich.
Links über einer Seitengalerie wies ein Schild auf die Sonderaustellung hin: *Innere Landschaften.* Bev ging voraus mit der Bemerkung: »Ein Glück, dass niemand in mein Inneres gucken kann!«
Ein großes Schwarzweißfoto zeigte die Silhouette eines Mannes, die das Bild einer kleineren weiblichen Figur überlagerte. Deren verschwommene Umrisse wiederum umschlossen das Bild eines schlafenden Säuglings mit einem winzigen roten Herzen. Bev trat zurück, um sich das Werk anzuschauen, und bemerkte trocken: »Ein sexistisches Bild. Mann denkt an Frau. Frau denkt an Baby. Als wäre das das A und O der weiblichen Existenz.« Sie ging weiter, während Meggie sich das Bild näher ansah.
Hinter ihr mischte sich eine raue weibliche Stimme ein. »Der

Mann hält die Frau in sich verborgen. Sie ist diejenige, die seine Seele nährt. Sie ist zugleich erwachsen und Kind; und doch weiß er nicht, dass sie Teil von ihm ist.«

Meggie drehte sich um und sah eine attraktive Frau mit honigblondem Haar, die ihre Hände in die Hüften stemmte. Sie war in ein marineblaues Cape mit leuchtend lila Wirbeln gehüllt und trug modische kniehohe Stiefel und schwarze Lederhandschuhe. Ohrringe aus durchscheinenden rosa Edelsteinkugeln hingen an ihren Ohrläppchen. Da sie offenbar gerade aus der kalten Winternacht in die helle Wärme der Galerie getreten war, war ihre Brille beschlagen. Sie nahm sie ab, um sie mit einem bestickten Taschentuch zu putzen.

»Sie sprechen von der *anima* eines Mannes, seinem Bedürfnis, die weibliche Seite in sich zu entdecken«, sagte Meggie, doch ihre Terminologie schien die Frau zu verwirren. Zur Erklärung fügte Meggie hinzu: »Mein Name ist Meggie O'Connor, ich bin Psychologin in Suttons Bay.«

Die Frau nickte, nannte aber ihren eigenen Namen nicht. Da sie fortfuhr, das Bild zu betrachten, folgte Meggie Bev zum nächsten Exponat. Mitten in einem Bild, das die New Yorker Börse in leuchtenden Acrylfarben zeigte, stand ein großes, weißes Kaninchen in einer karierten Weste und sah auf seine Taschenuhr.

»Wer war die Frau?«, flüsterte Bev in Meggies rechtes Ohr.

Meggie zuckte die Achseln. »Aber den Typen hier kenne ich.« Sie deutete auf das Kaninchen. »Er ist bestimmt zu spät dran zu einer Verabredung.«

»Die Künstler haben's leicht, die Finanzwelt als Wunderland zu bespötteln. Sie nehmen schließlich nur selten dran teil.« Bev senkte die Stimme für den Fall, dass die andere Galeriebesucherin Künstlerin war.

Hinter Metallskulpturen von sich gegenseitig verschlingenden

Tieren stießen die beiden auf ein anderthalb Meter hohes, hellbraunes Gehirn aus Holz mit kleinen, übereinander eingelassenen Schubladen. Ein Tisch mit Papierstreifen und Stiften lud die Galeriebesucher ein, einen Gedanken niederzuschreiben und ihn in eine der Schubladen des Gehirns zu legen. Bev zog eine Schublade heraus und nahm ein Stück Papier heraus, auf dem mit Schreibmaschine stand:

Ambrose Bierce definiert das Gehirn »als eine Vorrichtung, vermittels der wir denken, dass wir denken«. Aus dem Wörterbuch des Teufels, 1906.

»Aha, der Künstler meint, wir bräuchten einen Souffleur.« Sie legte das Zitat in die Schublade zurück und kritzelte auf ein Blatt Papier: *Das Gehirn ist ein elektrischer Zaun; bei Stromausfall werden Babys gemacht.* Grinsend zeigte sie es Meggie und legte es in eine der Schubladen.

Meggie öffnete eine andere Hirnschublade und spürte dabei den aufmerksamen Blick der anderen Frau. Ein einsames Stück Papier lag in der Schublade: *Der Verstand mag die Konturen der Bilder umreißen, doch erst das Herz verleiht der Welt Farbe.* Meggie sah, wie die Frau gerade im großen Saal der Galerie verschwand.

Von dem angrenzenden Tisch nahm Meggie ein leeres Blatt und schrieb: *Ein Wunder – ich habe mich wieder verliebt.* Sie öffnete eine Schublade in der Mitte und ließ ihr Geheimnis im Inneren des Gehirns verschwinden.

»Ich heiße Andrea.« Die Frau streckte Meggie die Hand entgegen, während sie sich von der Couch erhob. Eine neue Klientin, aber Meggie kannte das Gesicht und die Stimme. Sie brauchte einen Moment, um sich zu erinnern, wo sie sich schon einmal begegnet waren. In der Galerie.

Andrea war schlank, trug eine konservative graue Hose, einen blassroten Pullover und strahlte nervöse Energie aus. »Ich war bisher noch nie bei einer Therapeutin«, erklärte sie. »Aber mir hat gefallen, was sie über den Mann gesagt haben, der seine weibliche Seite finden muss. Vielleicht trifft das auch auf einige Frauen zu?«

»Natürlich«, erwiderte Meggie. »Bitte nehmen Sie Platz, wo Sie möchten.« Sie deutete einladend auf mehrere bequeme Sessel und eine große weiße Couch voller Kissen, die mit keltischen Motiven bestickt waren. Die Lachs- und Lehmfarbtöne ihrer Praxis strahlten Wärme und Ruhe aus.

Andrea setzte sich in einen Sessel, ließ den Blick durch den Raum schweifen und betrachtete die Kunstdrucke an den Wänden. »Sie haben diesen Raum hübsch eingerichtet«, bemerkte sie.

»Ich habe Ihren Nachnamen nicht verstanden«, sagte Meggie und nahm einen Versicherungsfragebogen zur Hand.

»Weil ich ihn nicht genannt habe.« Die Augen der Frau leuchteten auf, als ihr Blick auf einen großen Stoffwolf im Schafspelz fiel, der gefährlich nah an der Kante des Bücherregals saß. Sie lächelte.

»Keine Versicherung, keine Nachnamen. Einfach nur Andrea. Ich werde Sie bar bezahlen.«

Meggie legte den Fragebogen beiseite. Warum nicht gleich an dieser Stelle mit der Therapie beginnen? »Darf ich fragen, warum?« Andrea legte ihre Tasche ab, die sie bis dahin auf ihrem Schoß umklammert gehalten hatte. »Niemand soll wissen, dass ich zu Ihnen komme. Weder mein Mann, noch meine Versicherung, noch sonst jemand.«

»Nicht einmal Ihr Mann?«

»Gerade er nicht. Wenn ich ihm sagen würde, dass ich zu einer Psychologin gehe, würde er vor Scham im Boden versinken.«

»Scham?« Meggie beugte sich vor, denn sie wusste, dass die ersten Minuten der Therapie heilig waren. In diesen ersten Augenblicken gaben die meisten Klienten darauf Acht, ob ihre Stimme gehört würde und ob sie vertrauensvoll von ihren Problemen sprechen konnten. Nur wenn sie den Worten ihrer Klientin aufmerksam lauschte, konnte Meggie gewährleisten, diesen Prozess nicht zu unterbrechen.

»Ja, Scham.« Sie sprach das Wort scharf aus. Meggie nickte ermutigend.

»Mein Mann glaubt, dass alles, was ich empfinde, das Resultat *seines* Verhaltens oder *seiner* Vernachlässigung ist. Als ob ich überhaupt nur durch sein schuldhaftes Verhalten existieren könnte. Nicht, dass er keine guten Gründe für seine Schuldgefühle hätte ...«

»Wie ist es für Sie, wenn er annimmt, dass alles, was Sie empfinden, mit ihm zu tun hat?« Meggie hielt es für besser, die Fragen zurück auf die Person ihrer Klientin zu lenken.

»Es ist, als würde *ich* nicht existieren.«

Meggie rechnete mit einem Ausbruch von Unwillen, aber eine Therapie nimmt oft einen ganz ungeahnten Verlauf durch die Winkel des menschlichen Herzens. Sie hakte nach. »Und?«

»Es ist, als würde ich *gar nicht* existieren.« An Stelle von Zorn schwangen Kummer und Zweifel in diesem Satz mit. Ihr Mann war nicht mehr der Auslöser der Worte.

»Und wie ist das für Sie, wenn Sie nicht existieren?« Meggie wusste, dass sie sich rasch auf den Kern zubewegte, aber ihre Klientin sollte erkennen, dass die Therapeutin sich für ihre Empfindungen interessierte.

»Ein schwarzes Loch folgt mir, wohin ich auch gehe. Ich müsste nur einen Schritt rückwärts gehen, und es würde mich für immer verschlingen. Also schaue ich einfach nicht zurück. Nie.« Sie nickte in Richtung eines Keramikbildes auf einem Tischchen, auf dem ein drolliger Drache hinter einem schnurrbärtigen Ritter in voller Rüstung hervorspähte und mit seinen Pranken die Augen des Ritters bedeckte.

Die bewusste Entscheidung, blind zu sein. Meggie fragte sich, wie ein Mensch ohne Vergangenheit ein Bewusstsein von sich selbst aufrechterhalten konnte. »Ändert es manchmal die Farbe?«, fragte sie.

»Was?«

»Das Loch. Hat es manchmal eine andere Farbe als Schwarz?«

Andreas Gesicht hellte sich auf. Sie lachte. »Was für eine kluge Frage! Und Sie haben nicht einmal gewusst, dass ich Künstlerin bin.«

»Das heißt, Ihnen steht eine ganze Palette von Farben zur Verfügung.« Meggie gefiel Andreas Fähigkeit, von einer Gesprächsebene zu einer anderen zu wechseln.

»Ich male Landschaften. Deshalb sind wir uns auf dieser Ausstellung begegnet. Der Raum, den ich als Atelier benutze, hat einen Ausblick auf den Michigansee, den Yachthafen von Leland und die Manitou-Inseln. Meistens male ich das Wasser und die Inseln, die Wolken und die Möwen. Ich male häufig in Blau.«

»Kommen in Ihren Bildern Menschen vor?«

Andrea schüttelte den Kopf.

»Was geschieht mit dem schwarzen Loch, wenn Sie malen?«

»Es lauert direkt hinter mir. Manchmal visualisiere ich es als ein Grab, aber es gibt keinen Grabstein. Nichts, das mir sagt, was darin ist. Es ist leer wie ein Echo und so tief, wie mein Verstand es graben kann.«

»Und wenn Sie sich umschauen, sehen Sie es dann?« Meggie wollte wissen, wie konkret diese Erscheinung für ihre Klientin war.

»Nein, es ist so, wie ich es Ihnen gesagt habe. Das schwarze Loch ist immer *hinter* mir. Es bewegt sich mit mir.«

»Was würde geschehen, wenn Sie das schwarze Loch in einem Ihrer Gemälde festhalten würden?« Meggie drehte die Worte und Bilder der Frau wie einen geschwärzten Diamanten in der Sonne, auf der Suche nach dem Aufblitzen eines neuen Lichts.

Andrea sah entsetzt aus.

Meggie begriff sofort, dass sie einen therapeutischen Fehler begangen hatte.

»Ja dann«, entgegnete Andrea mit toter Stimme, »müsste ich mich wohl umbringen, oder?«

»Wie nahe daran sind Sie, sich umzubringen?« Meggie musste diese Frage stellen.

Andrea lächelte, als bereitete ihr der Gedanke an Selbstmord insgeheim Freude. »Ziemlich nah. Jeden Tag frage ich mich, was wohl besser ist, so weiterzuleben oder zu sterben. Und jeden Tag«, sie machte eine Pause, »muss ich mich aufs Neue entscheiden. So nah stehe ich am Rande meines Lebens. Malen bedeutet jedoch Schaffen und Lebensbejahung. Ich weiß nicht, was ich tun würde, wenn ich nicht mehr malen könnte. Ich glaube, das Loch würde sich ausdehnen und mich verschlingen. Schauen Sie, Dr. O'Connor, ich habe es bisher nie gewagt, eine Therapeutin aufzusuchen, weil ich weiß, dass die meisten Therapeuten mich auffordern würden, mich einfach herumzudrehen und in den stinkenden schwarzen

Abgrund zu schauen. Und das kann ich mir nicht erlauben. Stattdessen male ich.«

Man darf sie auf keinen Fall dazu drängen, ihre Vergangenheit zu konfrontieren, zumindest eine gewisse Zeit nicht, dachte Meggie. »Was bringt Sie nun in die Therapie, wo Sie doch fürchten, eine Therapeutin würde Sie in eine Richtung drängen, in die Sie nicht gehen wollen?«

»Vor zwei Tagen«, erwiderte Andrea, »ging ich am Strand in der Nähe vom Northport State Park entlang. Es war keine Menschenseele zu sehen. Doch an diesem Tag wurde mir bewusst, dass ich nicht allein war. Im Wasser, ganz in der Nähe des Ufers, bemerkte ich ein Auge, das mich anstarrte. Während ich den Strand entlangging, folgte es mir, und wenn ich stehen blieb, hielt es ebenfalls inne. Vielleicht war es auch kein Auge, sondern einfach eine schimmernde Flosse, jedenfalls verfolgte es meinen Spaziergang am Meer. Ich ging nah ans Ufer heran und suchte nach einer Stelle, wo der Grund sandig und das Wasser klar war, und wartete auf meinen Begleiter. Ich konnte seinen Weg an den kleinen Wellen auf der ruhigen Oberfläche des Michigansees verfolgen.

Er schwamm immer näher zu mir heran, und als er ganz nah war, erkannte ich, dass es nicht nur ein Fisch war, sondern eine ganze Schule fetter Karpfen, deren Anführer mir folgte. Ich wandte mich um und ging ihnen entgegen. Dann blieb ich stehen, und die Fische schwammen auf einer Höhe mit mir im Kreis. Ich verfolgte meine Fußspuren zurück, und wissen Sie was? Auch sie drehten um und schwammen den Weg zurück, den wir gekommen waren.«

Andreas Stimme klang ehrfurchtsvoll.

»Schauen Sie, Dr. O'Connor, wenn so ein Wesen wie ein

Karpfen meine Existenz wahrnehmen kann, dann sollte *ich* doch ganz bestimmt in der Lage sein, dasselbe zu tun.«
Da erkannte Meggie die Wahrheit: Es war Hoffnung, nicht Leid, die Andrea und ihr schwarzes Loch in ihr warmes, lehmfarbenes Büro geführt hatte.

SECHS

Der vierzigste Geburtstag

Geschichten sind Medizin.

Clarissa Pinkola Estés
Die Wolfsfrau

Die Geburtstagsgäste ließen sich die vielen feinen Speisen des Büffets schmecken. Meggie fiel auf, dass alle Falke und seinen gelassenen Sinn für Humor auf Anhieb mochten. Paul Tubbs Geschichten aus dem Büro brachten alle zum Lachen, während Sam Waters Fritzie heimlich Leckerbissen zuschanzte. Sascha und Katya Todd erzählten aus den alten Tagen von Suttons Bay, als es kaum größer als ein Fischerdorf war. Sogar Bev und Katya Tubbs, inoffizielle Rivalinnen um Meggies Freundschaft, tauschten Klatschgeschichten aus der Stadt miteinander aus. Meggie genoss es, alle ihre Freunde bei diesem Fest um sich zu haben.

Nachdem nicht ein Krümel vom Abendessen übrig geblieben war, begaben sich die Gäste ins Wohnzimmer und scharten sich um den Kamin. Der unterhaltsame Teil des Abends konnte beginnen: Geschichten, Lieder und die tanzenden Flammen, die durch den stürmischen Winterwind, der an den Fenstern rüttelte, noch gemütlicher wirkten.

Nachdem es sich alle bequem gemacht hatten, erhob sich Meggie, um ihnen für ihr Kommen zu danken. »Es ist mir eine Ehre, euch alle bei mir willkommen zu heißen. Ich weiß, es ist eine etwas ungewöhnliche Geburtstagsparty, aber vierzig zu werden, ist auch ein besonderer Zeitpunkt im Leben. Die Vierzig markiert den Beginn des mittleren Lebensabschnitts. Wer ist neben der Familie wichtiger als der Freundeskreis? Was haben wir einander anzubieten, das einmalig ist? Gewiss ist es nichts, was man in einem Laden kaufen kann. Aus diesem Grund habe ich euch gebeten, mir eine süße oder eine traurige, eine ernste oder eine lustige Gabe mitzubringen, die wir miteinander teilen können, um unsere Freundschaft zu feiern.«

Meggie setzte sich und sprang wieder auf, weil ihr etwas einfiel: »Ach ja, Katya hat mich gefragt, ob sie anfangen darf.«

»Ich leide nämlich unter schrecklichem Lampenfieber«, erklärte Katya, während sie aufstand und sich nervös räusperte. Sie summte einen Moment vor sich hin. Dann begann sie in einem silberhellen Sopran zu singen:

Amazing Grace!
Ein schöner Tag
wird uns beschert,
wie es nicht viele gibt.

Zart, aber nicht zaghaft verknüpfte Katya die einsamen Töne zu einem klagenden, eindringlichen Gesang.

Von reiner Freude ausgefüllt
und Sorgen ungetrübt.

Mit Liedern, die die Lerche singt,
so fing der Morgen an.
Die Sonne schenkte goldnen Glanz,
dem Tag, der dann begann.

Katya sang die nächsten drei Strophen, aber Meggie hörte nur noch hier und da ein paar hymnische Worte, da sie tief in Gedanken versunken war. *Winona hat mir das Geschenk meines Lebens gemacht, als sie mich lehrte, die Welt mit anderen Augen zu sehen. Überall um mich herum ist Leben. Und in der Mitte stehen die Pfeife, das Herz und die Seele der Menschen.*

Ein schöner Tag
voll Harmonie
ist wie ein Edelstein.
Er strahlt dich an
und ruft dir zu:

Vor Dankbarkeit traten Meggie die Tränen in die Augen. Katya lächelte sie wissend an. Ihre Stimme erhob sich hell über den nächtlichen Wind, der seinen eigenen wilden Takt gegen die Scheiben schlug.

Heut sollst du glücklich sein
und was das Schicksal auch bringt
was immer kommen mag,
es bleibt dir in Erinnerung
ein schöner Tag.

Paul glühte vor Stolz, als die Zuhörer in Applaus ausbrachen, und klatschte am lautesten von allen.
»Ich wusste gar nicht, dass du so gut singen kannst«, rief Meggie.
»Ich auch nicht«, sagte Katya und errötete. »Manchmal kann die richtige Melodie eine Stimme zum Tragen bringen.«

»Das ist mir noch nie passiert«, bemerkte Bev. »Wenn ich singe, fangen meine Pflanzen zu welken an.«
Meggie beobachtete, wie Sam Waters Bev einen scharfen und spöttischen Blick zuwarf. Sie hatte gehofft, dass er vielleicht Interesse an ihrer Kollegin entwickeln würde. Aber er zog nur eine alte Bruyèrepfeife hervor und begann, sie gemächlich zu stopfen. Meggie lächelte. Sie merkte nicht, dass Falke sie beobachtete.

Sascha und Savannah stießen sich gegenseitig und geheimnisvoll flüsternd an. Die Zwillinge waren achtundsiebzig und hatten dem Leben auf unterschiedliche Art getrotzt. Savannah, die Extrovertierte von den beiden, war sportlich und kräftig gebaut. Sie hatte nie geheiratet und galt als geschickte Anglerin. Sascha war ruhiger, hatte für kurze Zeit als Immoblienmaklerin gearbeitet und war zwanzig Jahre lang mit einem Geschäftsmann verheiratet gewesen, der Gerüchten zufolge mit einer Sekretärin durchgebrannt war. Nach der Scheidung war Sascha zu ihrer Schwester in das alte Haus der Familie in Suttons Bay gezogen. »Es war, als wäre ich nie fortgewesen«, hatte sie einmal gesagt.
Die beiden gerieten nie ernsthaft in Streit. Höchstens kabbelten sie sich, wie es im täglichen Zusammenleben eben schon mal vorkommt. Was die Todd-Zwillinge allerdings beide über alles liebten, war das Feiern. Ihre Grundeinstellung ließ sich in etwa so wiedergeben: Wer sich nicht amüsiert, mit dem stimmt was nicht.
Wenn mehr von meinen Klienten sich diese Ansicht zu Eigen machen würden, könnte ich meinen Beruf an den Nagel hängen, dachte Meggie.
Savannah verkündete, dass sie, da sie nun einmal Zwillinge

seien, das Recht hätten, ihre Liebesgeschichte gemeinsam zu erzählen. Beide hopsten von der Couch, kicherten und tuschelten, wer welchen Teil erzählen sollte. Die Extrovertierte begann. Savannah wandte sich an die Sitzenden und sprach insbesondere die Männer an:

»Wie ihr vielleicht wisst, war ich eine außergewöhnliche *Schönheit* hier in Suttons Bay. Entschuldige«, sie verbeugte sich vor ihrer Schwester, »ich muss mich korrigieren. Wir beide galten als Schönheiten.«

Sascha nahm die Berichtigung mit einem Lächeln zur Kenntnis.

In kokettem Ton fuhr Savannah fort. »Im Sommer pflegte unser Vater sich immer über die vielen jungen Männer zu beschweren, die sich um unser Haus herumdrückten. Wir litten nie unter einem Mangel an Kavalieren, die uns zum Tanz ausführten.«

Sascha unterbrach sie. »Weißt du noch, die reichen Jünglinge, die immer aus Leland herüberkamen?«

»Wisst ihr«, erklärte Savannah, »schon damals kamen wohlhabende Familien aus Chicago hier herauf, um der Hitze in der Stadt zu entfliehen und bis spät in die Nacht Mah-jong zu spielen.« Sie winkte ab, als ihre Schwester sich anschickte, sie nochmals zu unterbrechen. »Keine Sorge, zu unserer Geschichte komme ich gleich.«

Sascha drängelte, denn es war auch ihre Geschichte.

Savannah senkte die Stimme, um ihrer Darstellung einen Hauch von Dramatik zu verleihen. »An einem schönen Sommerabend, als der Duft von Geißblatt schwer in der Luft hing, wusste ich, dass sich nun bald meine Träume von der wahren Liebe erfüllen würden, und zwar in Gestalt eines Jungen, auf den ich schon seit Jahren ein Auge geworfen hatte. Endlich

hatte er gefragt, ob er mir offiziell den Hof machen dürfe; mein Vater hatte mein Geschmolle satt und gab nach. Ich war im siebten Himmel.
In jenen Tagen war das Werben um eine geliebte Person eine wesentlich förmlichere Angelegenheit als das, was ihr jungen Leute heute tut. Es war voller Romantik und Spannung. Ich verbrachte den ganzen Tag mit der Auswahl meines Kleides, kniff mir in die Wangen, bis sie einen rosigen Ton hatten, und ging meinem Vater um den Bart. Ich hatte vor, mich unsterblich zu verlieben. Mein Verehrer war ein gut aussehender Bursche mit Seitenscheitel und gestriegeltem Haar. Oh, wie mich alle Mädchen der Stadt beneiden würden. Vor allem wünschte ich mir, Arm in Arm mit ihm durch die Stadt zu flanieren, damit jedes heiratsfähige Mädchen in Suttons Bay mich mit ihm sehen konnte.«
Sascha konnte nicht mehr an sich halten. »Sag ihnen seinen Namen.«
»Unterbrich mich nicht«, wies Savannah sie zurecht.
Sascha beharrte: »Sag ihnen den Namen!«
Savannah blickte in die Runde, machte eine Pause und musste verdrießlich zugeben: »Sascha, ich weiß seinen Namen nicht mehr.«
Sascha räusperte sich missbilligend. »Habe ich's mir doch gedacht. Er hieß George Turner. Was ihr allerdings nicht wisst«, Sascha übernahm das Erzählen, »ist, dass George Turner Savannahs langes goldenes Haar liebte, obwohl es gefärbt war. Er sagte immer, er wolle sein Leben damit verbringen, ihre flachsfarbenen Locken durch seine Finger rinnen zu lassen. Meine liebe Schwester hingegen wollte unbedingt eine moderne Frau sein. Also ließ sie sich am Tag vorher ihr schönes Haar zu einem Bob schneiden. Sie sah aus wie ein

Junge. Erst als sie in den Spiegel schaute, erkannte sie, was für einen entsetzlichen Fehler sie begangen hatte. Eine vollkommene Katastrophe.

Oje, oje. Ihr könnt euch vorstellen, wie grauenhaft sie sich fühlte. So lange hatte sie von einer Romanze mit George Turner geträumt und nun, da ihr Traum kurz davor war, Wirklichkeit zu werden, hatte sie sich die Haare geschoren. Großzügig bot ich ihr an, meine Haare färben zu lassen und an ihrer Stelle zu dem Rendezvous zu gehen. George hätte es sowieso nicht gemerkt, weil wir genau gleich aussahen. Ach, wir haben andauernd die Verehrer getauscht, ohne dass es je einer gemerkt hat.«

Savannah konnte einfach nicht mehr schweigen. »Aber Sascha, wenn du zu der Verabredung mit George gegangen wärst und er sich in dich verliebt hätte, was wäre dann aus mir geworden? Es war die Chance meines Lebens. George war ein Mann, den eine Frau lieben und heiraten konnte. Ojemine. So einem Mann begegnet man nicht alle Tage.«

Bev nickte heftig und zustimmend.

Sascha zuckte die Achseln. »Savannah beschloss also, eine Perücke mit langen blonden Locken zu kaufen. Zum Glück war George so verrückt nach ihr, dass er wahrscheinlich nicht bemerkt hätte, wenn Farbe und Länge sich vom Original unterschieden. Trotzdem war es ein alberner Plan.«

»Das spielt jetzt keine Rolle«, entgegnete Savannah. »Ich trug ein wunderschönes weißes Baumwollkleid mit Lochstickerei am Hals. Mein Lippenstift leuchtete rubinrot, meine Nägel glänzten, und die Perücke sah auch ziemlich echt aus. O mein Gott«, lachte sie. »Ich war drauf und dran, mir den Bankiersohn zu schnappen und ihn für den Rest meines Lebens zu behalten.«

Sie machte eine effektvolle Pause. »Kurz nach Sonnenuntergang kam er; der Mond ging gerade auf, und die Zikaden zirpten in der sommerlichen Dämmerung. Als ich ihn dann an der Verandatür klopfen hörte, begann mein Herz zu flattern wie die Flügel eines Schmetterlings.« Theatralisch legte Savannah ihre zart geäderte, mit Altersflecken übersäte Hand auf ihre linke Brust, als umschließe sie ein wehes Herz.

»Inzwischen«, schaltete sich Sascha wieder ein, »hatte ich beschlossen, dass die Perücke weg musste. Savannah ist nicht die Einzige, die eine Angel auswerfen kann«, erklärte sie. »Also postierte ich mich mit meiner besten Barsch-Angel am Fenster im ersten Stock, von dem aus man die vordere Veranda im Blick hatte, so dass ich George Turner gut sehen konnte. Ich wartete. Meine Schwester kam ins Erdgeschoss runter und stolzierte in ihrem weißen Baumwollkleid herum. Der arme George Turner. Ehrfurchtsvoll und mit heraushängender Zunge stand er da und wusste nicht, was ihm bevorstand.«

Savannah warf ihrer Schwester einen bösen Blick zu und fuhr fort. »Schon an der Tür konnte George den Blick nicht von mir nehmen. Er bat mich um einen kurzen Kuss, aber ich wusste, dass mein Vater in der Nähe lauerte. ›Vielleicht nach einem Spaziergang in der Stadt ...‹, hauchte ich ihm zu.«

»Sie machte ihren Verehrern immer solche Versprechungen«, unterbrach Sascha. »Völlig gebannt legte der arme alte George ihr den Spitzenschal um. Dann gingen die beiden die Stufen der Veranda hinunter zu der Stelle, die ich mir als die beste für mein Vorhaben errechnet hatte. Noch ehe George überhaupt ihre Hand nehmen konnte, warf ich meine Angel aus, und der Haken verfing sich in ihrer Perücke. Während meine liebe Schwester mit ihrer wahren Liebe in die Dunkelheit entschwand, segelte die Perücke hinauf zu mir in den ersten

Stock. George traute seinen Augen nicht. In der Dämmerung konnte er die Schnur und den Haken nicht sehen. Sein schönes Rendezvous mit den langen goldenen Locken sah plötzlich kahl aus, und ihre Frisur schien hinaufzuschweben, um den Mond zu grüßen.«

Unter dem Gelächter der Zuhörer bemerkte Savannah: »Und das war das letzte Mal, dass sich George Turner bei uns sehen ließ. Die Chance meines Lebens. Aber ich muss zugeben«, sagte sie und sah ihre Schwester lächelnd an, »dass es eine sensationelle Show war.«

Alle applaudierten.

Immer noch der verborgenen Romantik der Geschichte nachhängend, fragte Katya: »Aber was geschah mit George Turner?«

»Oh«, antwortete Sascha, »George ist als Pilot im Zweiten Weltkrieg ums Leben gekommen. Wahrscheinlich hat er eines Nachts die blonde Perücke auf ihrem Flug zum Mond am Himmel vorbeisegeln sehen und beschloss, sie zu verfolgen.«

Offensichtlich zufrieden mit ihrer gemeinsamen Darbietung, ließen sich die Zwillinge wieder auf die Couch fallen. Meggie ließ ihren Blick durch den Raum schweifen, um zu sehen, ob sich ihre Gäste wohl fühlten. Falke zwinkerte ihr zu und streckte behaglich seine Beine aus. Anscheinend hatte er nicht so bald vor, seine Geschichte zu erzählen. Der süße Duft von Sam Waters' Bruyèrepfeife versetzte Meggie zurück in ihre Kindheit, als ihr Großvater im selben Raum gesessen, Pfeife geraucht und ihr von den Sommerfesten ihrer Mutter auf Chrysalis erzählt hatte, als die Todd-Mädchen noch jung und in George Turner verliebt waren.

Die Ereignisse überlappen sich, dachte Meggie.

Falke sah, wie die Erinnerung über Meggies Gesicht huschte wie eine dünne Wolke, die die Sonnenstrahlen einen Moment lang unterbricht und sie zu ihrer Quelle zurückwirft. Ihr Blick kehrte in den Raum zurück und ertappte ihn bei seiner Betrachtung. Er wandte die Augen ab. Den ganzen Herbst über, während seiner Arbeit auf Chrysalis, hatte er die Frau heimlich beobachtet; und mit jeder Begegnung war seine Achtung vor ihr gewachsen.

»Schließlich bin ich hier nicht die Einzige, die ihr besondere Gefühle entgegenbringt«, hatte Winona gesagt.

Von Winona in Meggies Richtung gedrängt und von seiner eigenen Einsamkeit und Sehnsucht gezogen, hatte Falke sich dennoch wegen einer unabänderlichen Tatsache zurückgehalten – Meggie war weiß und er Indianer. Er hatte sein Leben seinem Volk geweiht. Und die Liebe zu einer weißen Frau kam einem Verrat an seinem Lebensideal gleich.

Doch sein Herz und seine Lenden scherten sich keinen Deut um seine hehren Ideale. Wenn es um Meggie ging, sah Falke sich unaufhaltsam in die Rolle des betörten George Turner rutschen.

Paul Tubbs erhob sich aufgeregt von seinem Sessel. »Soll ich als Nächster?« Er wartete, sichtlich in der Hoffnung, dass Meggie oder jemand anders ihn von seiner Aufgabe erlösen würde. Alle lehnten sich zurück, um ihm Zeit zu geben, seine Gedanken zu sammeln. Es war offenkundig, dass ihm keiner aus der Patsche half. Er rieb sich die Stirnglatze, als könnte ihm dies Glück bringen.

An Meggie gewandt, begann er: »An diesem deinem vierzigsten Geburtstag möchte ich ein Lagerfeuergedicht aufsagen, das ich als Kind gelernt habe. Mit der Zeit habe ich herausge-

funden, dass es sehr hilfreich ist«, ein verschmitztes Lächeln kräuselte seine Mundwinkel, »wenn man den Ursprung der Schwierigkeiten begreifen möchte, die Männer und Frauen so häufig in ihren Beziehungen zueinander erleben.«
»Ah Hau!«, stimmte Falke zu.
Bev beugte sich aufmerksam nach vorn.
Paul griff auf den Boden, als wollte er etwas Erde aufheben, und knetete das imaginäre Material. Er begann:

Der liebe Gott, der dachte,
ich mache einen Mann.
Und Er nahm ein bisschen Sand,
und Er nahm ein bisschen Schlamm.

Er wedelte mit den Händen durch die Luft und wandte sich an seine Frau Katya:

Und der liebe Gott, der dachte,
ich mach' auch gleich 'ne Frau.
Doch wie Er sie machen musste,
wusste er nicht so genau.

Da nahm Er eine Rippe
aus Adams Seite raus.
Und machte Fräulein Eva
die junge Braut daraus.

Er setzte sie in den Garten,
den Paradies man nennt,
Und sagte, so nun macht mal,
nehmt alles, was ihr kennt.

Pauls Stimme dröhnte im Ton mächtigster Autorität:

»Doch dieser Baum,
meidet seine Nähe.
Überlasst die Äpfel
alle einer Krähe.«

Paul schlängelte seinen rechten Arm durch die Luft und ließ seine Stimme verführerisch und listig klingen. Das Publikum war Wachs in seinen Händen.

Da kam die Schlange an
und wand sich um den Stamm
Und Fräulein Eva plinkerte,
kaum dass die Schlange zwinkerte.

Paul griff nach oben, um eine unsichtbare Frucht von einem unsichtbaren Ast zu pflücken, und wandte sich Bev zu:

Zuerst zupfte sie,
nur einen Zoll,
doch dann pflückte sie,
die ganze Schürze voll.

Sie gab Adam dann
nur ein kleines Stück
so dass er schmatzte,
und sprach: Welch ein Glück!

Er stand auf und marschierte vor dem Herd auf und ab.

Da kam der liebe Gott
zufällig mal daher
sah die Schalen liegen,
und wusste auch gleich wer.

Abwechselnd klang Paul göttlich erzürnt und menschlich kleinlaut:

»Adam, Adam!
Wo bist du?«
»Hier, oh Herr.
Ich komm' im Nu.«

»Meine Äpfel essen!
Ich glaube gar!«
»O nein, o Herr!
Das tat gewisslich Eva.«

»Raus aus diesem Garten!
Da gibt es nichts!
Dein Brot verdienen sollst du
Im Schweiße deines Angesichts!«

Paul ließ die Schultern hängen, streckte seine Beine aus und machte mit ausgebreiteten Händen eine entschuldigende Geste.

So lautet die Geschichte
ist es nicht zum Kotzen
Eva kriegt den Apfel,
und Adam nur den Krotzen.

Die Männer lachten am lautesten und in vollstem Einverständnis. Paul verbeugte sich vor den Damen, während diese mit gespielter Empörung schnaubten.
»Es ist die Wahrheit, ich schwöre es«, erwiderte er. »Lest doch die Bibel!«

SIEBEN

Die Würze

Gott erschuf Adam und ruhte danach.
Doch seit Adam Eva schuf, hat keiner mehr geruht!

Anonym

Nach einer Runde Kaffee und einer Toilettenpause versammelten sich alle wieder ums Kaminfeuer. Das Heulen des Winterwindes, der das Haus umkreiste wie ein dunkles einsames Tier, stand in krassem Gegensatz zur Wärme und Behaglichkeit des Beisammenseins.

Falke nahm seine lässige, langbeinige Haltung in dem alten Großvaterstuhl wieder ein, und Sam entzündete nochmals seine Bruyèrepfeife. Bev und Meggie tauschten Blicke aus. Bev erhob sich von der bequemen Couch, wo sie neben den Todd-Schwestern gesessen hatte. Meggie nahm ihren Platz ein. Ihr Gesicht leuchtete im Abglanz der warmen Schatten des Feuers. Bev begann:

»Ich wollte euch eigentlich eine Geschichte aus meinem Leben erzählen, aber dank Sascha und Savannah habe ich mich entschlossen, euch eine Geschichte aus einer anderen Zeit zu erzählen. Nennen wir sie das historische Gesicht der Liebe.

Während des Zweiten Weltkriegs befand sich das ganze Land in Aufruhr. Die Truppen wurden an die Küste geschickt, um nach Übersee verfrachtet zu werden. In Illinois erhielt ein junger Mann namens Walter, er war gerade achtzehn, den Befehl, sich einer Kompanie an der Westküste anzuschließen. Nun hatte er aber sein ganzes Leben im ländlichen Illinois verbracht. Er war gespannt, aber er fürchtete sich auch. Seine Eltern waren Bauern und Nachkommen arbeitsamer, robuster Schotten. Stolz auf ihren Sohn, aber unfähig, ihre Zuneigung auszudrücken, brachten sie ihn nach Chicago bis an den Zug, der die Truppen transportierte. Sie wussten genau, dass sie ihn vielleicht zum letzten Mal sehen würden.«

Bev beugte sich hinunter zu dem kleinen Beistelltisch und nahm einen Schluck aus ihrer Kaffeetasse. Alle schwiegen. Sie richtete sich auf und wandte sich wieder an ihr Publikum. »Walter war sehr stolz auf seine neue Uniform und hielt die Tränen zurück, die ihm beim Abschied von seinen Eltern in die Augen traten, denn er schämte sich vor all den anderen Männern. Aus dem Zugfenster sah er, wie seine Mutter winkte, als der Zug den Bahnhof verließ. Sein Vater stand kerzengerade und aufrecht, das Gesicht ernst und streng. Mit der einen Hand berührte er leicht seine Frau, um sie zu trösten. Es war, als lösten sich die letzten Reste von Walters Kindheit im Rauch und Ruß der entschwindenden Lokomotive auf.

Es war eine langsame Reise, Tage und Nächte verbrachten sie im Zug, hielten nur, um noch mehr Soldaten aufzunehmen, und fuhren durch Landstriche, die er noch nie gesehen hatte. Er betrachtete die Landschaften mit den Augen eines Bauern und erkannte, dass die schwarze Erde auf der Farm seines Vaters in Illinois die beste im ganzen Land war. Jeder Tag brachte neue, fesselnde Eindrücke. Er speicherte Erinnerungen an die vorbeifliegenden Szenen, um sie in langen Briefen an seinen Vater zu schildern.«

Bevs Augen schauten traurig ins Leere. Dann fuhr sie fort. »Bei der Fahrt durch die Weiten von Montana hielt der Zug mitten in einem starken Schneesturm an einem Bahnhof. Glücklicherweise war der Bahnhof warm und gut beleuchtet. Frauen eilten mit Sandwiches, heißem Kaffee und Donuts für die Soldaten herbei. Walter brauchte nur einen Blick auf die Bewohner des Ortes zu werfen, um sich zu Hause zu fühlen. Es waren hauptsächlich Bauern, die von ihrem Land lebten.«

Bev warf ihr Haar zurück. »Dann fiel ihm plötzlich eine junge Frau auf, die in der Kantine arbeitete. Auch sie bemerkte ihn – sein kräftiges, ausgeprägtes Kinn, das stolze junge Gesicht. Sie bot ihm eine Zigarette an. Es dauerte nicht lange, und sie unterhielten sich, erzählten einander ihre Leben. Er verlor sich immer mehr in der Tiefe ihrer braunen Augen. Sie sah in ihm den tapferen Krieger, der sein Leben für sein Land riskierte.

Ihr Name war Lily, und der Klang dieses Namens ließ ihn den süßen, erdigen Duft von Sommertagen beim Angeln am Bach erinnern. Sein Name, Walter, wies für sie auf eine Ernsthaftigkeit hin, die weit über seine achtzehn Jahre hinausging. Sie tauschten ihre Adressen aus, damit sie einander schreiben konnten – seine vorläufige Frontadresse, ihre ständige in Montana.

Traurig schüttelte Bev den Kopf. »Der Sturm ließ nach. Die Truppen bestiegen wieder den Zug. Walter und Lily verabschiedeten sich mit einem leidenschaftlichen Kuss nach diesem Abend mit zu viel Kaffee, zu vielen Zigaretten und zu wenig Zeit zum Kennenlernen.«

Mit betrübtem Gesicht fügte sie hinzu: »Natürlich schrieb er ihr nicht. Bald beherrschten dunkle Nächte und blutige Tage in einem fremden Land sein Dasein. Und Lily? Sie dachte häufig an ihn und fragte sich, ob er wohl noch am Leben war, jener ernsthafte junge Mann aus Illinois, mit dem sie einen Kuss getauscht hatte. Viele Soldaten passierten Montana mit dem

Zug, aber keiner beeindruckte sie so wie Walter. Sie bediente weiter in der Kantine und erwartete beinahe bei jedem eintreffenden Zug, dass er frisch und munter und unberührt vom Grauen des Krieges abspringen würde.

Lily war in jenem Städtchen in Montana geboren und aufgewachsen, und nie kam ihr der Gedanke, es zu verlassen. Als der Krieg zu Ende war, brachten die Züge – diesmal aus der entgegengesetzten Richtung kommend – die erschöpften jungen Männer zurück. Ein bisschen älter und ein bisschen weiser begrüßte Lily sie erneut mit heißem Kaffee und Schinkenbroten, wenn sie in ihrer Stadt Station machten.

Eines Abends, als die letzten Soldaten gegessen hatten und Lily gerade aufräumen wollte, bemerkte sie einen bärtigen Mann, der in einer Ecke stand und sie anstarrte. Auf den zweiten Blick erkannte sie Walter, der aus dem Krieg gegen Japan zurückgekehrt war. Sein linker Arm lag in einer Schlinge. Ihm fehlten zwei Finger. Aber nicht Traurigkeit oder Erschöpfung standen in seinem Gesicht. Nein, es war Freude. Seine Erinnerung an einen stürmischen Abend in Montana, an dem er einer jungen Frau namens Lily begegnet war, hatte ihn zurückgeführt.

Natürlich hat diese Geschichte noch viele Seiten. Die Liebe nimmt immer einen dramatischen Anfang, aber mehr muss ich euch nicht erzählen. Außer vielleicht, dass der Mann Walter Paterson hieß – und meine Mutter einen Namen hat, der einem den süßen, erdigen Geruch eines klaren Bachs in Illinois in die Nase steigen lässt.«

Ein kollektiver Seufzer begleitete das Ende von Bevs Geschichte, und die beiden Todd-Schwestern wischten sich mit stark parfümierten Taschentüchern die Tränen aus den Augen.

Bev setzte sich wieder, zufrieden, dass sie die Geschichte gut erzählt hatte. Meggie lächelte ihre Freundin an. In den Geschichten, die Bev früher über ihre Eltern erzählt hatte, hatte sie härtere Töne angeschlagen. Dabei war es um wilde Alkoholexzesse gegangen und um ein vernachlässigtes Kind namens Beverly. *Doch es gab wohl auch einmal eine Zeit der süßen Träume und der Verheißung eines Liebsten,* dachte Meggie.

Sie warf einen verstohlenen Blick zu Falke hinüber, aber der schüttelte den Kopf. Er war noch nicht so weit. Sam Waters erhob sich, schlenderte zum Kamin und klopfte seine Pfeife an der inneren Kante des Kaminsimses aus. Die Hände auf den Rücken gelegt, begann er, vor dem flackernden Schein des Feuers auf und ab zu gehen. Plötzlich hielt er inne und wandte sich den anderen zu.

»Bis jetzt hatten wir einen unterhaltsamen Abend mit einem schönen Lied, romantischen Geschichten und biblischer Weisheit. Nun möchte ich meinen Beitrag leisten.« Mit hochgezogenen Augenbrauen und ernstem Gesicht rezitierte er:

Im Garten Eden lag Adam
und streichelte seine Madam,
groß war sein Glück,
als sein bestes Stück
bei ihr so gut ankam.

Der ganze Raum brach in Gelächter aus. Die Todd-Zwillinge taten schockiert, obgleich es bekannt war, dass sie in Wahrheit häufig mit ihren Freundinnen in unanständigen Geschichten schwelgten. Sam lächelte und zwinkerte Bev bedeutungsvoll zu.

Bev konnte der Herausforderung einfach nicht widerstehen. Sie stand auf, um Sam mit einem eigenen Limerick zu antworten:

Die Triebe bestimmten sein Leben –
in ihm war stets Brodeln und Beben.
Als diese dann schwanden,
war nichts mehr vorhanden –
und schon hat's ihn nicht mehr gegeben.

»Touché!«, rief Katya befeuert. »Ich weiß auch eins, ich weiß auch eins!«, quietschte Sascha.

Sie trafen sich dort auf dem Stege,
hier kreuzten sich noch mal die Wege.
Da keiner wollt weichen,
so fand man die Leichen
flussabwärts – wo's Wasser fließt träge.

»Ach Quatsch, du weißt, dass das gar nicht stimmt!«, protestierte Savannah, konnte es aber auch nicht lassen:

Er hatte mal eine Geliebte.
die, wenn er sie fasste, laut piepte.
Das traf ihn so sehr,
er griff zum Gewehr
womit er sie fluchend durchsiebte.

Um nicht völlig die Kontrolle über seine Darbietung an die Begeisterung seines Publikums zu verlieren, fasste Sam knapp zusammen:

Von Anstand hat er nichts gehalten,
so war sein Benimm sehr gespalten.
Und er – so zumeist,
war grob und war dreist
und konnt' so als Mensch sich entfalten.

Alle klatschten, als Sam sich verbeugte und seinen Platz wieder einnahm.

Falke nickte Meggie zu. Sie war als Nächste dran. Nicht, dass er keine Lust hatte zu reden, er wusste nur nicht, welche Geschichte er erzählen wollte. Falke zog es vor, den Augenblick bestimmen zu lassen, und dieser Augenblick war noch nicht gekommen.

Meggie stand auf. »Mir fällt auf, wie viele ethnische Traditionen heute in diesem Raum vertreten sind. Katyas Familie stammt aus Polen, Bevs aus Schottland, Saschas und Savannahs aus England, Sams aus Wales, Pauls aus der Schweiz und Falkes von diesem Kontinent. Und wie ihr alle wisst, bin ich sehr stolz auf meine irisch-amerikanische Abstammung.«

Meggie warf Falke einen bedeutungsvollen Blick zu.

»Einigen von euch ist vielleicht der irische Segen bekannt, in dem es heißt, dass sich der Weg, der vor einem liegt, von selbst entfaltet. Aber das ist alles Humbug. Der wahre irische Segen geht ungefähr so:

Für die, die uns lieben,
Gottes Segen!

Die, die uns hassen,
möge Gott verlassen.

Wenn Gott sie nicht verlassen will,
soll er ihnen die Knöchel verdrehen,
auf dass wir sie hinken sehen!«

»Genau!«, applaudierte Bev. Der Gesangswettbewerb der Geschlechter war nicht gerade subtil.

»Finden die Polinnen auch!«, rief Katya und stieß Paul in die Rippen.

Meggie ging hinüber zu Falke und verkündete: »Jetzt bist du dran. Ich setze mich auf deinen Platz, wenn es dir nichts ausmacht.« Ihre Augen blitzten kokett im Schein des Feuers. Sie bot ihm ihre Hand, um ihm vom Sessel aufzuhelfen, dieselbe Hand, mit der sie ihn den Hügel hinuntergestoßen hatte.

»Danke, es geht schon«, lachte er, denn er traute ihr kein bisschen.

Anfangs hatte er vorgehabt, eine zu Herzen gehende Geschichte aus der Überlieferung der Cherokee zu erzählen, aber da Sam die Stimmung in eine anzügliche Richtung gelenkt hatte ... Eine Geschichte der Blood Piegan kam ihm in den Sinn.

»Ich werde euch jetzt die wahre Geschichte erzählen, wie die Männer und die Frauen zusammengekommen sind. Es war nicht so einfach, wie ihr es euch vielleicht vorstellt.« Das Interesse war geweckt.

»Als vor langer Zeit der Alte Mann die Erschaffung der Erde abgeschlossen hatte, war alles, wie es sein sollte – bis auf eine winzige Kleinigkeit. Alle männlichen Menschen hatte er in einem Lager angesiedelt, das vier Tagesmärsche von dem der weiblichen Menschen entfernt lag. Während nun also der Rest der Welt fröhlich Familien gründete, bekam das Volk der Zweibeiner keine Babys.

Der Alte Mann erkannte, dass er einen schrecklichen Fehler begangen hatte. Er nahm sich vor, das Problem selbst zu lösen, stieg ins Lager der Männer hinab und ernannte sich eigenmächtig zum Häuptling. Er sprach zu den Männern: ›Ich glaube, vier Tagesreisen von hier entfernt leben einige außergewöhnliche Geschöpfe, die wir unbedingt kennen lernen sollten. Ich werde einen Kundschafter in ihr Lager aussenden.‹
Vier Tage und vier Nächte war der Kundschafter unterwegs, ehe er das Lager der weiblichen Menschen erreichte. Er beobachtete es von einem Hügel. Was für ein seltsames und wunderbares Volk! Die Frauen hatten Tipis aus gegerbtem Büffelleder, trugen wunderschönen Schmuck aus Knochen und Stachelschweinborsten um den Hals und hatten feine Kleider. Auch in anderer Hinsicht waren sie höchst interessant.«
Falke lächelte Meggie, Bev und Katya anerkennend zu. »Sie hatten eine sonderbare, verlockende Gestalt. Der Kundschafter eilte ins Lager der Männer zurück, um das Gesehene zu berichten.
Die Älteste des Frauenvolkes entdeckte jedoch die Spuren des Kundschafters und wusste sofort, dass niemand aus ihrem Lager so große Fußspuren hinterlassen haben konnte. Sogleich entsandte sie ihre eigene Kundschafterin, die den Spuren vier Tage und vier Nächte bis ins Lager der Männer folgte, wo sie von einem Versteck aus Beobachtungen anstellte. Was für ungewöhnliche Geschöpfe! Die männlichen Menschen lebten in plumpen Hütten aus Gestrüpp und rohen, stinkenden Häuten. Ihre Kleidung war einfach und grob. Aber sie besaßen ausgezeichnete Waffen, Bögen und Pfeile und eine Menge Fleisch, das in der Sonne trocknete.
Auch in anderer Hinsicht waren sie recht interessant.« Falke

spannte seinen Bizeps an, während er schelmisch die Augenbrauen hochzog. »Ihre Körper waren stark und muskulös und hatten eine völlig andere Form als die der Frauen. Die Kundschafterin eilte zurück ins Frauenlager und erstattete Bericht. Inzwischen hatte der Alte Mann die Männer mit seinen Reden neugierig gemacht, und sie beschlossen, dem Frauenlager einen Besuch abzustatten. Drei Tage später wurde ihr Nahen von den Kundschafterinnen entdeckt. Die Frauen zogen auf der Stelle ihre besten Kleider an und stellten sich auf, um die fremden und faszinierenden Geschöpfe zu begrüßen. Doch welch eine Enttäuschung! Denn die Männer kamen schmutzig, schmierig, ungewaschen, mit verfilztem Haar und nur ein paar Fetzen aus ungegerbten Häuten um ihre Lenden aus den Wäldern.

›Mit diesen stinkenden Zweibeinern wollen wir nichts zu tun haben‹, schrie die Alte Häuptlingsfrau. Sie nahm einen Stein und warf ihm dem Alten Häuptling an den Kopf. Bald warfen alle Frauen mit Steinen nach den Männern und verscheuchten sie in die Wälder.«

Falke hob schützend seinen Arm vors Gesicht und stolperte rückwärts.

Katya kicherte.

»Verwundet und wütend zogen sich die Männer in ihr Lager zurück und schworen, diese feindseligen Zweibeiner fortan zu meiden. Der Alte Mann schnaubte: ›Jetzt weiß ich auch, warum ich ihr Lager so weit entfernt errichtet habe. Die weiblichen Menschen sind hinterhältige und gefährliche Wesen. Ich hätte sie nie erschaffen dürfen.‹

Mittlerweile jedoch überkamen die Alte Häuptlingsfrau Zweifel. ›Die Männer sind unwissend‹, erklärte sie den Frauen, ›und wir müssen sie unterrichten. Sie wissen es eben nicht besser.

Vielleicht sollten wir uns nicht mehr so bemühen, sie zu beeindrucken.‹«

Bev lächelte.

Falke schüttelte den Kopf. »Der Alte Häuptling wusste, wenn ihm keine Lösung einfiel, war das Volk der Menschen zum Untergang verurteilt. Also schlug er zögernd vor, noch einmal zum Lager der Frauen aufzubrechen. Doch diesmal zerrte er alle Männer zuerst zum Fluss und zeigte ihnen, wie man sich wusch, indem man den Körper mit Sand abrieb. Anschließend befahl er ihnen, ihre beste und sauberste Kleidung zu tragen.

Wieder machten sich die Männer zum Lager der Frauen auf.

Die Kundschafterinnen entdeckten sie. Diesmal kamen die Frauen gerade von der Büffeljagd. Sie hatten eine ganze Herde in eine Schlucht getrieben und waren dabei, die Tiere auszuweiden und zu häuten. Die Alte Häuptlingsfrau wies ihre Frauen an, blutverschmiert von oben bis unten, wie sie waren, die Männer zu empfangen. ›Es wird ihnen gefallen, wenn wir so aussehen wie sie.‹

Doch als die Männer aus dem Wald traten, entsetzte sie der Anblick der blutverschmierten, stinkenden Frauen mit den wirren Haaren fürchterlich.« Falke zog angeekelt die Nase kraus.

»›Sind die hässlich!‹, rief der Alte Häuptling. ›Bin ich froh, dass ich ihr Lager so weit von unserem geschaffen habe.‹ Angewidert zogen sich die Männer in die Wälder zurück.

Die Alte Häuptlingsfrau fauchte: ›Denen kann man es auch nie recht machen.‹ Aber sie musste zugeben, dass die Männer etwas hatten, das sie brauchten, und überredete ihre Frauen zu einem letzten Versuch. Sie befahl ihnen, sich das Haar zu waschen und sich zu reinigen, ihre schönsten Ketten, Ohrringe und Hirschkuhlederkleider anzulegen und ihre Wangen rot

anzumalen. In dieser Tracht brachen die Frauen ins Männerlager auf.
Der Alte Mann war gereizt und hatte schlechte Laune, ebenso wie all die anderen Männer auch. ›Warum sind die Frauen so hässlich und heimtückisch und stürzen sich mit Messern und Steinen auf uns? Warum können sie nicht schön, süßduftend und lieblich sein?‹«
Falke grinste Meggie verschmitzt an.
»Ein Kundschafter kam ins Lager gestürzt und verkündete: ›Die Frauen kommen! Schnell, nehmt Pfeil und Bogen und verjagt sie, ehe sie uns etwas antun.‹
Doch der Alte Mann befahl den Männern, sich im Fluss zu waschen und ihre besten Kleider anzuziehen. ›Malt eure Gesichter rot an. Tragt eure besten Felle. Stellt euch in Zedernrauch und reibt Brust und Arme mit Fett ein.‹
Die Frauen näherten sich mit Gesang.« Falke nickte Katya zu.
»Nie zuvor hatten die Männer solch erlesene wunderschöne Geschöpfe gesehen und fielen geradezu in Verzückung. ›Lasst mich reden‹, sagte der Alte Mann.
Entzückt ging er auf die Alte Häuptlingsfrau zu. Er sah sie nun mit ganz anderen Augen. Auch die Frauen musterten die Männer erfreut, da sie eine gewisse rohe Kraft ausstrahlten, die ihnen außerordentlich gefiel.
Der Alte Mann sagte zur Häuptlingsfrau: ›Möchtest du in den Wald gehen, um dich mit mir zu unterhalten und etwas auszuprobieren, was noch nie jemand getan hat?‹
›Ich probiere gern mal etwas Neues aus‹, entgegnete sie, und sie verließen die anderen.
›Dieses Gespräch ließe sich besser im Liegen führen‹, sagte der Alte Mann. Und so legten sich die beiden auf die Erde und begannen sich zu unterhalten. So führte eins zum anderen.

›Das ist ja herrlich‹, begeisterte sich der Alte Mann. ›Ich wusste nicht, dass es etwas so Vergnügliches gibt.‹
›O ja‹, seufzte die Alte Häuptlingsfrau entzückt. ›Es ist sogar besser als Büffelzunge.‹«
Bev und Meggie brachen in Gelächter aus, Katya errötete und die Todd-Zwillinge blinzelten verwirrt.
Ohne Unterbrechung fuhr Falke fort. »Und die beiden kehrten ins Lager zurück, um den anderen davon zu erzählen, aber wisst ihr was? Alle Männer waren schon mit allen Frauen immer zu zweien im Wald verschwunden, um sich zu unterhalten. Mit lächelnden Augen kehrten sie zurück.
Binnen kurzem zogen alle Frauen in das Lager der Männer. Sie bestickten die Kleider der Männer mit Stachelschweinborsten. Sie gerbten Hirschleder, und die Männer gingen auf die Jagd. Viele Gespräche fanden statt, und es gab Liebe und Glück. So kam es zu Hochzeiten, und Babys wurden geboren.
Ah Hau!«

Alle applaudierten. Bev konnte sich einen Kommentar nicht verkneifen: »Aber manchmal stinken Männer immer noch.«
Sam gluckste und klopfte mit seiner Pfeife gegen den Kamin. »Und manchmal greifen uns die Frauen immer noch mit messerscharfen Worten und steinernen Augen an.«
»Ah Hau!«, bestätigte Falke.
»Wage es nicht, ein einziges Wort zu sagen«, warnte Katya und warf ihrem Mann einen drohenden Blick zu.
Unter Gelächter und gutmütigen Scherzen löste sich die Party auf. Beim Aufbruch dankten die Gäste Meggie für den unterhaltsamen Abend. Besonders Paul Tubbs betonte, wie die Geschichten und Scherze ihn aufgeheitert hätten. Bev und Sam Waters gingen zusammen, völlig in ein Gespräch vertieft.

Die Todd-Zwillinge lachten und neckten einander. Katya hatte es eilig, ihren Babysitter zu Hause abzulösen. Nur Falke blieb, um Meggie beim Aufräumen zu helfen.

»Es gibt noch eine Geschichte, die ich dir erzählen möchte, bevor wir das Geschirr abwaschen«, sagte er zu Meggie. Er setzte sich auf die Couch, neben der noch die Reste des Kaminfeuers glühten. »Sie ist mir den ganzen Abend nicht aus dem Sinn gegangen«, erklärte er. »Aber ich konnte sie nicht vor den anderen erzählen. Ich weiß nicht warum, aber es ist mir wichtig, dir diese Geschichte an deinem vierzigsten Geburtstag zu erzählen.«

Aufmerksam geworden durch Falkes ernsthaften Gesichtsausdruck, kuschelte Meggie sich ans andere Ende der Couch und schlang die Arme um die Knie.

Er begann. »Ein Mann verließ eines Tages sein Dorf, um auf die Jagd zu gehen, denn sein Volk hungerte. Es war zu einer Zeit, als nicht einmal die Pflanzen Nahrung gaben, denn es herrschte seit vier Jahren eine große Dürre. Seine einzige Waffe bestand in einer langen hölzernen Lanze mit einer scharfen Steinspitze. Er entdeckte zahllose Spuren, aber keines der Tiere zeigte sich ihm, weil die Menschen vergessen hatten, ihre Verwandten mit Respekt zu behandeln. Die Tiere gaben ihr Leben nicht länger den Zweibeinern, damit diese davon leben konnten, denn die Menschen hatten den Geistern der Getöteten kein Tabakopfer mehr dargebracht.

Den ganzen Tag irrte der Mann umher. Als es schon zu dämmern begann, zog ein gewaltiger Sturm auf. Dunkle Wolken rollten grollend auf ihn zu und verdüsterten die Sonne. Der Himmel bebte und blitzte vor Wut und schleuderte große Donnerkeile in die Großmutter Erde. Der Jäger fürchtete sich. Er hoffte, ein Regen würde den Zorn des Großvaters besänf-

tigen, aber kein Regen fiel. Er legte sich auf die durstige Erde, die Arme über dem Kopf, gedemütigt und furchtsam.
Die Tiere lachten in ihren Verstecken über das Dilemma des Mannes. Geschieht ihm recht, dachten sie. Vielleicht wird es die Menschen lehren, das Volk der Tiere und Pflanzen mit Achtung vor ihrem Opfer zu jagen. Ein Tier hatte jedoch Mitleid mit dem Zweibeiner und beschloss, ihm noch eine Chance zu geben, sich in die Schöpfung einzufügen.«
Falkes Blick wanderte vom Kamin zur Decke.
»Als das Gewitter vorübergezogen war, schaute der Mann auf. Verblüfft sah er einen so riesigen Büffel vor sich stehen, wie er ihn noch nie gesehen hatte. Tausend rote Gebetssäckchen mit Tabak waren in sein Fell gebunden und flatterten im Wind. Der Büffel stampfte mit seinen riesigen Hufen.
›Töte mich‹, befahl er dem Mann.
Aber der Mann weigerte sich. Er wusste, dass der große Büffel *wakan* war, *heilig*. Solch ein herrliches Geschöpf konnte er doch nicht vernichten.
Wieder schnaubte der Büffel: ›Töte mich.‹
Der Mann schüttelte den Kopf.
Zum dritten Mal brüllte der Büffel vergeblich: ›Töte mich!‹
Wieder schüttelte der Mann seinen Kopf und rief: ›Das kann ich nicht tun! Verlang das nicht von mir!‹ Der Mann stieß den Schaft seiner Lanze in die Erde, so dass die Spitze in den Himmel zeigte.
Der Büffel sprang hoch in die Luft, schüttelte seinen gewaltigen Kopf, wobei die Tabaksäckchen an seinen Flanken flatterten. Vorwärts donnernd sprang der Büffel in die Höhe und warf sich in die Speerspitze. Er stürzte zu Boden, und sein Blut tränkte die ausgedörrte, staubige Erde.
Mit seinem letzten Atemzug befahl der Büffel: ›Nimm mein

Herz und speise damit dein Volk. Nimm mein Fell und kleide es damit. Nimm meinen Schädel und baue einen Altar. Lege Salbei in meine Nase und meine Augenhöhlen. Lehne deine Pfeifen gegen meine Hörner. Gedenke des Büffels, der zu den Menschen kam, damit sie leben konnten.‹ Darauf schloss er für immer die Augen.

Der Mann gehorchte. Er schnitt das Herz des Büffels heraus. Er häutete ihn und kratzte den Schädel sauber. Kaum hatte er seine Arbeit beendet, tat sich der Himmel auf, und der Regen kehrte zurück, um die Großmutter zu tränken.

Mitakuye oyas'in.«

Meggie war bewegt von Falkes Geschichte. Sie hatte sie an Stellen berührt, die bisher nur Winona erreicht hatte. Falkes Blick hatte auf ihr geruht, während er die Geschichte erzählt hatte. Nur einmal hatte sie ihn bisher so ernsthaft sprechen hören – damals, als er die Zeremonie für den Geist der verstorbenen Winona geleitet hatte.

Da wusste sie es.

Falke, der Erzähler heiliger Geschichten, war ihr nächster Medizinlehrer. Sie lächelte. *Ein zweites Geschenk von Winona.*

Winona saß schmunzelnd im Jenseits und hämmerte Meggie diesen Gedanken immer tiefer ein. Dabei jammerte sie: »Warum muss ich mich so anstrengen, damit die Leute sehen, was genau vor ihrer Nase ist? Würde diese weiße Psychologin sich doch endlich auf Falke einlassen, müsste sie mich nicht dauernd belästigen.« Die alte Medizinfrau spürte, wie sich einer der seidigen Stränge, die sie rückwärts ins Diesseits zogen, lockerte. Winona seufzte entspannt. Sie hatte Zeit, sie konnte

warten. Um sich zu amüsieren und sich die Zeit zu vertreiben, beschloss sie, die Geschehnisse im Leben ihrer Lieben genau im Auge zu behalten.
Wenn sie sich von Zeit zu Zeit ein bisschen einmischte, konnte das niemandem schaden.

»Sag mal, Falke«, fragte Meggie über die Spülmaschine gebeugt, »war die Geschichte von dem Büffel eine Lakota-Legende?« Sie verschwieg ihm, wie tief die Geschichte sie berührt hatte.
Er schüttelte den Kopf und überlegte. »Die Geister sprechen auf viele Arten zu uns. Die Geschichte war eine Vision, die mir geschenkt wurde, eine große Vision, die mich für den Rest meines Lebens leiten wird. Und nun habe ich diese Vision zum ersten Mal einem anderen Menschen anvertraut.«
»Warum gerade jetzt und mir?«, fragte sie gespannt.
»Weil du bereit warst«, erklärte er, »und sie hören musstest.«

ACHT

Nach dem Fest

Büffelmädchen, kommt doch raus
und tanzt im Schein des Mondes!

Volkslied

Es war schon eine Viertelstunde nach Mitternacht. Das Geschirr war gespült, der Holzherd erloschen, und Fritzie hatte sich zu einem letzten Spaziergang aufgemacht. Während sie Seite an Seite in der Küche werkelten, spürte Falke eine sexuelle Spannung zwischen ihnen, eine Leidenschaft, die den ganzen Herbst über gewachsen war. Er konnte die Hitze, die sich zwischen ihnen entwickelt hatte, nicht länger leugnen. *Weiß oder rot, was heißt das schon?*, dachte er und merkte, wie sein Verstand sich dem Fieber seines Körpers unterordnete.

Meggie wich seinen Blicken zwar aus, beugte sich aber beim Stapeln der Schüsseln neben dem Spülbecken zu ihm herüber. Zärtlich griff Falke nach ihr und umfasste mit beiden Händen ihre geröteten, erhitzten Wangen. Ihr Gesicht, so zart wie das eines Babys, verriet, dass sie ihr Leben nicht im Freien verbrachte. Mit dem Rücken seiner rechten Hand streichelte er ihre Wange. Sie blickte zu ihm auf und lächelte, ohne den Augenblick mit Worten zu unterbrechen. Mit sicheren Bewegungen drehte er sie herum, umschlang sie von hinten mit seinen Armen und zog sie nah an seinen Körper heran. Seine

Lippen fanden den sinnlichen Schwung ihres Nackens und begannen, daran zu knabbern.

Meggie spürte, wie ihr Körper sich seiner Berührung anvertraute, seinen Armen. Ihre Körper waren in Einklang miteinander. Nachgebend überließ sie ihren Hals seinen Küssen und legte den Kopf zurück. Mit geschlossenen Augen konzentrierte sie sich ganz auf den Augenblick. Falkes Lippen begannen an ihren Haarsträhnen zu ziehen, und ihr Atem ging schneller. Sie griff nach seiner Taille, der Wärme seines Hemds.

Falke flüsterte in ihr rechtes Ohr: »Meggie, wenn du möchtest, dass ich nach Hause gehe, sollte ich jetzt gehen – bevor das hier zu weit geht.« Er schluckte.
Sie soll entscheiden; das wird mein Zeichen sein, dachte er. Lachender Bär, sein Lehrer in Pine Ridge, hatte ihn gewarnt. »Du bist sowieso schon eine ziemlich bunte Mischung, Falke, mit deinem Lakota-, Cherokee- und Apachenblut. Schlaf ruhig mit weißen Frauen, aber was auch geschieht, verlieb dich nie in eine. Wir sind schon ausgebleicht genug. Weiße und Indianer passen nicht zusammen.«
Oberflächlich gesehen teilte er die Meinung seines Lehrers. Überlieferung, Sichtweisen und Lebensart der beiden Rassen unterschieden sich sehr. Eine Kluft, die schwer zu überbrücken war. Dennoch zog es ihn unterschwellig immer stärker zu Meggie. Ihr Selbstbewusstsein, ihr spielerischer Sinn für Rivalität und ihre Fähigkeit, über sich selbst zu lachen, waren

Eigenschaften, die ihm bei anderen Frauen nie begegnet waren. Es gefiel ihm, mit ihr zusammen zu sein – zu spielen, zu arbeiten, sich zu necken. Seiner kulturellen Andersartigkeit näherte sie sich nicht mit Vorurteilen, sondern mit Wissbegier. Ihre Naivität amüsierte und bezauberte ihn.
Sie kann für uns beide entscheiden, dachte er unbekümmert.

Meggie wandte sich zu ihm um und sah ihm in die Augen, sah die Liebe in seinem Gesicht und die Einsamkeit eines Mannes, der weit fort von zu Hause ist. Die Augen, schwarz und weit auseinanderstehend unter kräftigen Brauen, die Nüstern flach, die Backenknochen hoch, der Kiefer ausgeprägt, der Nacken ebenso kräftig wie der ganze Körper. Das Gesicht einer anderen Kultur, das Gesicht eines Indianers aus den Plains. Über die Kluft zwischen den beiden Kulturen hinaus spürte sie, wie Fäden an ihr zogen, die die Geschichte transzendierten. Wortlos umschloss sie sein breites, dunkles Gesicht mit ihren Händen, küsste ihn lange und innig und lud ihn ein, die Nacht in ihrer Umarmung zu verbringen.
Sie überschritten eine Grenze in ihrer Beziehung.
Er wusste es.
Sie wusste es.
In der Nacht nach ihrem vierzigsten Geburtstag, zwei zölibatäre Jahre nach ihrer Scheidung, nach vier Monaten Holzhacken, Schneeschippen und Arbeiten mit Falke – nahm Meggie ihn mit in ihr Bett.
Nach rascher, leidenschaftlicher Liebe, nach langsamer, verweilender Liebe, nach der Liebe, die den vertrauten Körper zärtlich erforscht, fiel Falke in einen tiefen Schlaf. Meggie hielt

nächtliche Wache, streichelte den Schwung seines Rückens, fuhr mit den Fingern durch sein offenes schwarzes Haar. In tiefer, ständiger Verwunderung blickte Meggie in die Nacht.

Der Vollmond zog langsam seine Bahn über den schwarzen Himmel. Ihr Schlafzimmerfenster, das nach Westen wies und vier Meter breit war, ließ das stille Mondlicht ins Zimmer fluten. Meggies Augen schlossen sich kurz, als der Mond sich dem Horizont zu nähern begann.

Auf einmal schreckte sie hoch. An Falkes schlafenden Körper geschmiegt, spähte sie aus ihrem bequemen Bett in den Nachthimmel. Dort, von ihrem Fenster umrahmt, bildeten fünf Vollmonde einen Halbkreis. Sich die Augen reibend, versuchte sie, die Halluzination zu vertreiben. Sie setzte sich auf und kniff sich in den Arm, um sicherzugehen, dass sie bei Bewusstsein war. Die fünf Monde rührten sich nicht. Verwirrt wandte sie sich Falke zu, dessen Gesicht in friedlichem Schlummer lag. Sie brachte es nicht übers Herz, ihn zu wecken. Hinter seinem Rücken zusammengerollt, staunte sie über den Zauber. Über dem Zählen der Monde wurden ihr die Augen schwer, und sie fiel erneut in einen unruhigen Schlaf.

Abrupt riss sie die Augen auf. Die fünf Monde waren verschwunden. Ein gedunsener Vollmond stand an ihrer Stelle – seine helle, kalte Oberfläche sandte Strahlen aus, die über den Boden des Schlafzimmers krochen. Es entstand eine wellenförmige Bewegung des gelben Lichts auf dem Boden, das sich, sich selbst überlappend, wie eine astrale Brandung brach, die vor lunarer Lebenskraft schäumte.

Meggie setzte sich wieder auf, um sicherzugehen, dass sie nicht in einem Traum gefangen war. Winzige glitzernde Partikel tanzten in der Brandung des Mondlichts. Meggie fiel ein,

was Winona ihr über die Lichter der Geister erzählt hatte. Spontan streckte sie die Hand aus, um Falke zu wecken, aber wieder siegte die Rücksicht über die Neugier. Er lag da wie tot. Sie hielt kurz über seiner Schulter inne, und ihr kam der Verdacht, dass das lunare Schauspiel vielleicht nur für ihre Augen gedacht war.
Immer wieder unterbrach der Mond ihren Schlaf. Ihre Augen wurden müde und schwer vor Erschöpfung.

Im frühen Licht des Morgens erwachte Falke und berührte Meggies weiche Wange. Sie gähnte und blinzelte ihn mit matten Augen an. Er sah, dass sie etwas beschäftigte. Entspannt an sie gekuschelt, wartete er.
Erschöpft erzählte sie von ihren Erlebnissen in der Nacht, den fünf Monden, dem gedunsenen Mond mit den ab- und zunehmenden Strömen von Licht und davon, wie der Mond sich gen Westen gesenkt hatte. Sie rechnete mit seinem Unglauben oder seiner Neugier. Stattdessen setzte er sich auf und bat sie, ihren Bericht zu wiederholen. Als hätten ihn ihre Schilderungen nervös gemacht, griff er nach ihrem Pfeifenbeutel und reichte ihn ihr.
»Ich begreife nicht, warum sie das mit dir machen«, begann er, »aber du musst aufpassen.« Er schüttelte den Kopf. »Es muss diese Pfeife sein, die Winona dir hinterlassen hat. Du solltest anfangen, damit zu beten. Ich möchte, dass du sie mit in die Schwitzhütte nimmst.«
»Was soll ich in die Schwitzhütte bringen?« Sie fragte sich, ob er die Pfeife meinte.
Er schien ihre Verwirrung zu verstehen. »Nächsten Freitagabend leite ich die Inipi-Zeremonie, und ich möchte, dass du kommst und im Gebet schilderst, was du heute Nacht gesehen

hast. Das heißt, wenn du nicht in deinem Mond bist.« Er lächelte über das unbeabsichtigte Wortspiel.

Er meinte damit, dass sie weder an der Zeremonie in der Schwitzhütte teilnehmen, noch mit ihrer Catlinit-Pfeife beten, noch einen heiligen Gegenstand berühren durfte, wenn sie ihre Periode hatte. Das wusste sie. Winona hatte sie in die Mondbräuche der amerikanischen Ureinwohner eingeführt, deren Bedeutung sie nicht ganz verstand, die sie aber respektierte.

»Nein, ich werde nicht in meinem Mond sein«, beruhigte Meggie ihn und überlegte, was sie wohl im Inipi erwartete.

Noch lange nachdem Falke sie an diesem Morgen verlassen hatte, verflochten sich Strähnen des nächtlichen Zaubers mit Meggies Gedanken. Geschmeichelt von der Erscheinung der Geister, aufgewühlt von dem paranormalen Ereignis, fasziniert von Falkes starker Reaktion, wusste Meggie nicht, was sie mit der Erfahrung der letzten Nacht anfangen sollte. Was würde man bei der Inipi-Zeremonie von ihr verlangen? Was würde sie erfahren? War Falke damit einverstanden, ihr Lehrer zu werden? Wohin würde dieser Weg in die einheimischen amerikanischen Riten sie führen? Und noch wichtiger, wohin wollte sie gehen?

Meggie lachte über die Flut der Fragen, die aus ihrem Inneren auf sie einstürmten und Antwort begehrten. Auf dieser Reise, auf die Winona, die ihre Nase überall hineinstecken musste, sie geschickt hatte, wusste Meggie nie, was sie hinter der nächsten Biegung erwartete. Zumindest steckte sie nicht mehr in ihrem alten Trott fest, einem Leben ohne sexuelle Leidenschaft. Neue Abenteuer und heilige Ehrfurcht erwarteten sie. Sie fand, dass das Geschenk der Nacht nicht so sehr die Liebe gewesen war, sondern der Besuch einer anderen Dimension, die Aufforderung, durch die Schleier der gegenwärtigen Realität in tiefere Mysterien vorzudringen.

Aus der Ferne lächelte Winona im Wissen, dass Falke in der vergangenen Nacht nach Hause gefunden hatte. Doch Meggie empfand ihr Zuhause als nicht mehr so vertraut und bequem, wie es einmal gewesen war. Sie wurde durchgerüttelt, von den Geistern erweckt. Auch wenn die Psychologin es noch nicht wusste, die Geister hatten einiges mit ihr vor. Obgleich sie nicht in ihrem Mond war, hatten sie ihr gezeigt, dass der Mond in ihr als Frau immer gegenwärtig war.

Es amüsierte Winona, den beiden zuzuschauen. Ihr gefiel die Romanze des jungen Paars, doch fragte sie sich auch, ob sie mit ihrer unterschiedlichen Herkunft zurechtkommen würden. Zugegeben, sie war ein wenig eingeschnappt, dass keiner von ihnen ihre Anwesenheit spürte. Allein ihr Enkel Adam schien über diese Fähigkeit zu verfügen. Aber es war nun einmal so: Die starken Leidenschaften, die ihr vergangenes Leben geprägt hatten, begannen zu verblassen. An ihre Stelle trat eine bleiche Neugier und eine zunehmend ungeduldige Erwartung, was ihr neues Leben an Überraschungen für sie bereithielt.

2

WIYOHPEYATAKIYA

VISIONEN

NEUN

Zwietracht

Ich würd' mich fragen, eh ich Mauern zög:
Was zäun ich damit ein, was zäun ich aus,
Und wen mein Zäunen leicht verletzen möcht.
's gibt etwas, das ist keiner Mauer grün,
Und wünscht sie weg ...

Robert Frost
Beim Mauer-Ausbessern

Die Liebe blühte in Meggies Herzen. Daher beschloss sie, ihr Büro mit Frühlingsblumen zu schmücken. Am Montagmorgen wollte sie vor der Arbeit in eine Gärtnerei fahren. Sie rief nach Fritzie, der seine Morgenrunde drehte, aber er reagierte nicht. »Na gut, wenn du den ganzen Tag im Kalten verbringen willst, bitte!«, rief sie lauthals. Nichts rührte sich. Sie musste ihn tatsächlich den ganzen Tag im Freien lassen. Auf dem Weg zur Gärtnerei fuhr Meggie an einer großen Pferdefarm vorbei, die inmitten der wogenden Hügel lag. Ein schwarzer arabischer Hengst, der am Zaun entlanggaloppierte, erregte ihre Aufmerksamkeit. Mit gebogenem Hals und wehendem Schweif rannte das Pferd mit sehnigen Bewegungen immer wieder auf den Zaun zu, um in letzter Sekunde abzudrehen und zurückzugaloppieren. Meggie hielt am Straßenrand an. Mit konzentrierter Beschleunigung raste der Hengst stets von neuem auf den Zaun zu.

Jetzt springt er, dachte sie, aber das Pferd schreckte zurück, bremste, stampfte unwillig und lief wieder zurück. Als Meggie ihre Augen mit der Hand gegen die Wintersonne beschattete, entdeckte sie eine braune Stute mit aufmerksam gespitzten Ohren, die von ihrer offenen Koppel den Hengst beobachtete.

Deshalb ist er so aufgeregt. Meggie ermutigte ihn, den Zaun zu überspringen. »Los, komm, du schaffst es!«, schrie sie. Sie wusste, er konnte den Zaun überspringen. Wenn er es nur auch wüsste.

Immer wieder versuchte der Hengst, den Zaun zu nehmen, und jedes Mal scheiterte er. Zu lange war das Gatter sein Gefängnis gewesen.

»Du hast was?«, fragte Lucy Falke.

Er grinste einfältig. »Ich habe Dr. O'Connor eingeladen, nächsten Freitag mit uns zu schwitzen.«

»Hast du mir nicht selbst gesagt, du wolltest nicht, dass ein Haufen Weiße bei den Inipi-Zeremonien herumhängt?« Lucy war immer sehr direkt.

Falke zuckte die Achseln. Natürlich hatte Lucy Recht.

Sie bot ihm eine Zigarette an, aber er schüttelte den Kopf. Er wollte aufhören. Meggie rauchte nicht, und es war sowieso eine schlechte Angewohnheit. Dennoch sogen seine Nüstern den Rauch von Lucys Zigarette gierig auf. Lucy blies lange blaue Schwaden aus, während Falke sich mit einer weiteren Tasse Kaffee tröstete.

»Du bist neuerdings ein richtiges Bündel von Widersprüchen.« Lucy dachte nicht daran, das Thema fallen zu lassen.

»Eine Weiße macht doch keinen so großen Unterschied«, wehrte er ab.
»Das haben unsere Vorfahren wahrscheinlich auch gesagt, als sie dem ersten französischen Trapper begegneten.« Lucy brach in Gelächter aus. »Ehe wir uns versahen, vermehrten sich die Weißen wie Karnickel.«
Abrupt wechselte sie das Thema. »Was gibt's Neues aus Pine Ridge? Hast du die Familie besucht?«
»Ja, ich war bei deinem Onkel und habe ihm erzählt, wie sie gestorben ist. Hauptsächlich bin ich hingefahren, um herauszufinden, was ich jetzt machen soll. Hier bleiben oder nach Hause zurückkehren. Ich war eine Weile bei Lachender Bär.«
»Dem alten Knacker? Wie geht es ihm? Was hat er gesagt?«, fragte Lucy gespannt. Offensichtlich war sie neugierig.
Falke wählte seine Worte gern mit Bedacht. Worte schlüpften gern in eine Form, die die Wahrheit verbog, um sie ebendieser Form anzupassen. Häufig waren wenige Worte mehr. Schweigen vergrößerte die Möglichkeiten. Er spürte, wie Lucys Ungeduld an ihm zerrte, und begann: »Ich habe Lachender Bär gebeten, mein Lehrer zu werden. Er hat ein Inipi für mich aufgestellt, damit ich die Geister befragen konnte, was ich als Nächstes tun soll.«
»Und?« Seine erzählerischen Pausen reizten Lucy.
»Sie haben gesagt, ich soll dorthin gehen, wo ich unserem Volk von größerem Nutzen bin. In Pine Ridge gibt es viele, die wissen, wie man die Wasser beim Inipi aufgießt, die die Heilrituale und Kräuter kennen. Hier in Peshawbestown gibt es nur wenige, die eine Inipi-Zeremonie durchführen können. Ich soll hier bleiben und einen Weg finden, unserem Volk zu dienen.« *Konnte Lucy verstehen, dass jemand sein Leben nach den Geistern richtete?* überlegte er.

»Die Leute hier sind Ojibwa und Odawa, nicht Lakota. Sie haben ihre eigenen Bräuche«, kritisierte ihn Lucy.
»Natürlich. Ich werde ihnen unsere Traditionen nicht aufzwingen. Aber du kennst ja die Geschichte von der Weißen Büffelkalbfrau. Die Lakota haben die Pfeife von ihr bekommen, mit dem Auftrag, sie an die anderen Stämme weiterzugeben. Mehr tue ich nicht. Jeder in dieser Gegend, ganz gleich, welchem Stamm er angehört, kann von mir über die Pfeife lernen, was ich weiß.«
»Schließt das auch Leute vom Stamm der Weißen, der Schwarzen und Asiaten ein?« Lucy blies den Rauch in seine Richtung.
Falke antwortete nicht.
Lucy drängte ihn. »Was ist der Unterschied zwischen dir und einem christlichen Missionar, der die ›Wilden‹ zu seinem eigenen Glauben bekehren will?«
Falke lachte. »Zwischen uns ›Wilden‹ gibt es, glaube ich, mehr Ähnlichkeiten als Unterschiede in unserer Sicht der Schöpfung, wenn man sie mit dem Christentum vergleicht. Außerdem werde ich von meinen ›Brüdern‹ aus den anderen Traditionen ebenso lernen wie sie von mir.«
Lucy beugte sich vor. »Du hast doch nicht etwa vor, mir mit diesem Hokuspokus zu kommen?« In ihrer Stimme schwang Furcht und die Ermahnung zur Vorsicht mit. Auch wenn sie diese Dinge für Zauberei und Fantasiegebilde hielt, hatte Lucy immer noch eine Heidenangst vor den Praktiken einiger Ojibwa- und Odawa-Medizinleute.
»Und wer ist jetzt ein Bündel von Widersprüchen? Ich dachte, du glaubst nicht an diese Dinge?« Falke lächelte.
Wieder lenkte Lucy mit einer praktischen Frage ab. »Aber von was willst du hier leben? Wie willst du Geld verdienen? Wie du weißt, ist es nicht mehr so wie früher, als der Stamm seinen

Medizinmann ernährte. Du kannst nicht nur rumsitzen, Visionen haben und Gebete rezitieren.« Beide wussten, dass seine Aushilfsjobs ihn nicht für längere Zeit über Wasser halten konnten.

Er zuckte die Achseln. »Irgendwie wird es schon gehen«, versicherte er ihr.

Lucy schüttelte zweifelnd den Kopf. »Glaubst du vielleicht, die Geister werden für dich sorgen? Manchmal habe ich den Eindruck, du trägst den Kopf in den Wolken, Falke. Ich muss mich wohl ein bisschen für dich umschauen. Hast du schon mal einen Lebenslauf geschrieben?«

Er schüttelte den Kopf.

»Macht nichts«, sagte sie. »Dabei helfe ich dir auch.«

Falke hatte das untrügliche Gefühl, dass seine Cousine ihn unter ihre Fittiche nehmen wollte. Sie kletterte aus seinem Wohnwagen und murmelte: »Männer! Die können auch gar nichts ...«

Falke hatte Lucy nichts von dem beunruhigenden Gespräch mit Lachender Bär über seine Beziehung zu einer Weißen erzählt. Lachender Bär hatte ihn streng ermahnt. »Du kannst dich mit ihr amüsieren, aber verliebe dich nicht in sie. Eine Mischehe ist an sich schon schwierig genug, aber du, Falke, wandelst auf dem Pfad der Pfeife, dem Medizinpfad. Du kannst Weiß und Rot nicht mischen. Sie steht außerhalb unserer Tradition. Er wäre zu kompliziert für dich. Und für sie ebenfalls. Sie wird dich von deinem Weg abbringen. Wenn man versucht, in zwei Kanus zu stehen, wird man von der Strömung zerrissen.«

»Er ist was?«, rief Bev. Sie war neugierig auf die unmittelbaren Folgen der Party am Samstag.
Meggie kam sich töricht vor, als sie sich wiederholte. »Er ist über Nacht geblieben.« Sie verteilte die Blumen aus dem Gewächshaus in ihrem Büro. Wie eine Familie aus aufmerksamen Kindern mit großen Ohren imitierten die Narzissen auf ihrem Fensterbrett Bevs neugierige Haltung.
»In welcher Funktion?«, fragte Bev, ihre Hände in die Hüften stemmend.
Lügen war noch nie Meggies Stärke gewesen. Sie wandte sich von den Blumen ihrer Freundin zu. »Als Liebhaber«, antwortete sie.
Hinter Bevs Schulter lugte eine blutrote Rose aus einer Vase hervor und öffnete ihre Blütenblätter. Am Fenster streckte ein Büschel hellgelber Narzissen seine Trompeten der Sonne entgegen. Meggie hatte die Blumen absichtlich an den gegenüberliegenden Seiten des Raumes aufgestellt. Eine einzelne Blume auf der einen Seite und eine Fülle auf der anderen.
Bev schüttelte besorgt den Kopf. »Ach, Meggie, ich hoffe, du weißt, was du tust! Natürlich ist es wunderbar, dass du endlich einen Mann gefunden hast, den du liebst, aber ...«
»Aber was?«, fragte Meggie mit ungebrochener Fröhlichkeit.
»Er ist so anders als du. Ich meine, du bist weiß und irischer Abkunft. Und er ...«
»Na und?«, fragte Meggie.
»Na ja, Rassenunterschiede sind von Bedeutung. Ich weiß, es ist nicht politisch korrekt, das zu sagen, aber es stimmt. Wie wird deine Familie es aufnehmen? Was werden seine Leute sagen? Die Lakota haben ihre eigene Sprache und ihre eigene Weltsicht. Jede Kultur stellt ihre besonderen Erwartungen an einen Mann und eine Frau. Wie wirst du dich in seine Welt

einfinden oder er sich in deine? Du kannst das doch nicht alles ignorieren.«

»Na gut, er ist dunkel, und ich bin hell. Ist das ein Problem?« Meggie war amüsiert. »Ich hoffe, wir können das Beste aus unseren beiden Welt machen.«

»Meggie«, protestierte Bev. »Er ist introvertiert, du bist extrovertiert. Er ist ruhig und spricht nicht viel. Im Gegensatz zu ihm bist du eine Quasselstrippe.«

»Klingt, als würden wir ganz gut zusammenpassen«, grinste Meggie, während sie eine Narzisse aus der Vase zog und sie Bev als Friedensgabe überreichte.

Aber Bev war noch nicht fertig. Wenn die Argumente von Rasse und Charakter nicht zogen, gab es ja auch noch den offensichtlichen Klassenunterschied. Die Narzisse zitterte in ihrer rechten Hand. »Du hast deinen Doktor gemacht, er hat noch nicht mal studiert. Wahrscheinlich interessiert er sich eher für ...« Sie musste nachdenken, da sie ihn nicht gut kannte. »... für seinen Truck, Tiere und die Jagd. Und das Erzählen von wilden Geschichten.«

Innerlich protestierte Meggie, aber sie behielt ihre Gedanken für sich. Bev kannte Falke nur von der Party. Sie kannte ihn nicht als Lehrer. Sie wusste nichts von der Zufriedenheit, die Meggie nach nur einer Nacht mit Falke wie eine warme Decke umhüllte.

Bev zuckte die Achseln. Sie sah, wie der Verstand ihrer Freundin matt gesetzt war – die frischen Blumen, mit denen sie das Büro schmückte, das Lächeln geheimer Leidenschaft, die Befriedigung, die sie augenscheinlich in der Beziehung fand. Es würde im Augenblick nichts nützen, sie vor dem Offenkundigen zu warnen. Nach der Trennung von ihrem letzten Liebhaber wusste Bev, dass der Pfad romantischer Empfindungen voll sorgloser Hoffnungen und verborgener Fußangeln war. Meggie musste die Fallstricke wohl selbst entdecken.

Den ganzen Tag über strömten Klienten in Meggies Praxis, die sich im Irrgarten der Liebe verlaufen hatten: eine 48-Jährige mit Brustkrebs und einem gleichgültigen Mann; ein 13-jähriges Mädchen, das seine Jungfräulichkeit geopfert hatte, um einem jungen Mann etwas zu bedeuten; ein sechsjähriger Junge, der den Tod seines Vaters und den Kummer seiner Mutter betrauerte; ein 22-jähriger Student, dessen Studium wegen seiner Leidenschaft für Marihuana in Gefahr war. Den ganzen Tag versuchten ihre Klienten, den kürzesten Weg zurück zu ihren eigenen Herzen zu finden.

»Mein Mann hat mich mit dem Versprechen, dass wir am Wasser leben würden, hierher in die Wälder des Nordens gelockt«, begann ihre neue Klientin Andrea. »Ich bin in der Wärme von Chesapeake Bay aufgewachsen, und diese Gegend wird wohl nie meine Heimat werden. Du lieber Gott, die armen Leute hier oben wissen noch nicht mal, was ein richtiger Frühling ist. Kaum ist der letzte Schnee geschmolzen, ist es schon Sommer, und es wimmelt nur so von Touristen.«

Andrea blickte wehmütig aus dem Fenster auf den See, mit seiner stahlgrauen Wasserfläche und den unfreundlichen kabbeligen Wellen. »Ich weiß, Sie möchten mehr über meinen Mann wissen«, verkündete sie. »Alle möchten das.«

Meggie faltete die Hände in ihrem Schoß und erwiderte: »Sagen Sie mir einfach, was Sie mir sagen müssen.«

»Alle mögen ihn. Er hat Ausstrahlung und ein sanftes freundliches Lächeln, das die Menschen anzieht. In seinen Augen liegt eine jungenhafte, verletzliche Zärtlichkeit, in seiner Stimme ein verständnisvolles Timbre. Außerdem hat er die Gabe, einem Menschen das Gefühl zu geben, die wichtigste Person auf Erden zu sein. Alle lieben ihn.«

»Und Sie?« Meggie konnte nicht unterscheiden, ob ihre Klientin die Schilderungen bewundernd oder sarkastisch gemeint hatte.

Andrea sah aus dem Fenster, ließ den Blick über die Landschaft schweifen und reduzierte sie in ihrem Inneren auf eine Reihe von harten Linien und kalten Farben.

»Ich weiß es nicht mehr.« Ihr Gesicht wurde weich, und zarte Linien der Trauer zeigten sich. »In der ersten Zeit unserer Ehe konnte ich in allen Regenbogenfarben malen. Die Sonne warf goldene Flecken auf die Wasseroberfläche; die Dünen glühten vor Hitze; die Wolken überschwemmten den pastellfarbenen Himmel bei Sonnenuntergang mit Rosa und Orange; der See verfügte über geheimnisvolle Schattierungen von Blau und Grün. Aber schauen Sie mal aus dem Fenster, sehen Sie, wie das Blau einem toten Grau gewichen ist? Der See hat seine Schätze den ganzen Winter über verschlossen.« Sie schloss für einen Moment die Augen und presste die Lippen aufeinander. Dabei umgaben bittere Linien wie ein Spinnennetz ihren Mund.

Ihr Zorn hat sich zu stummer Niedergeschlagenheit verdichtet, dachte Meggie.

»Weiß er, was Sie empfinden?«, fragte sie.

»Um Himmels willen, nein!« Andreas Augen weiteten sich vor

Schreck. »Diese Befriedigung gönne ich ihm nicht.« Sie machte eine Pause und lachte bitter. »Wir führen eine ganz und gar zivilisierte Beziehung.«

Kein Mitleid mit sich selbst. Und deshalb kein Mitleid mit ihm, bemerkte Meggie.

»Und wenn Sie ihm Ihre Gefühle mitteilen würden?«

»Das würde ihm gefallen. Er würde aus meinem Zorn eine Jauchegrube machen, in der er sich wälzen könnte. Es wäre für ihn eine Bestätigung seines Schuldgefühls, das ein wesentliches Merkmal seiner Herkunft aus dem Mittelwesten ist.« Sie überlegte. »Doch ich verleihe meinem Zorn keinen Ausdruck. Ich halte ihn sorgfältig in mir verschlossen.«

»Was würde geschehen, wenn Sie Ihrem Zorn freien Lauf ließen?«, nötigte Meggie sie.

»Ich würde wohl warten, bis er eingeschlafen ist, ein Messer nehmen, es in ihn hineinstoßen und ihm das Herz aus der Brust schneiden. Dann würde ich das pulsierende Organ auf ein Stück Treibholz legen und es weit auf den See hinausstoßen, damit es nie mehr zurückkommt. Das würde ich tun.«

Meggie bekam einen trockenen Mund, als ihr Andreas mörderisches Lächeln bewusst wurde. »Wie nahe sind Sie daran, ihn zu töten?«

Andrea verstand ihre Besorgnis. »Ich habe Sie in eine verzwickte Lage gebracht, Dr. O'Connor. Sie kennen meinen Nachnamen nicht. Sie wissen nicht, wo ich wohne. Ich erzähle Ihnen, dass ich vielleicht mich selbst oder meinen Mann umbringen werde. Das ist natürlich nicht fair von mir. Was wollen Sie?«

»Eine Art Abmachung zwischen uns«, erwiderte Meggie.

»Was für eine Abmachung?«

»Dass Sie weder sich selbst noch ihn umbringen. Ansonsten

muss ich die Behörden verständigen, um Sie einweisen zu lassen. Außerdem habe ich die Pflicht, ihn vor jeder drohenden Gefahr zu warnen.«

»Aber Sie wissen nicht, wer er ist. Und ich möchte, dass das so bleibt. Ich würde mich ansonsten in eine ausweglose Situation bringen. Es geht hier um Leben und Tod für mich, um etwas, das ich nicht aufgeben kann. Und wenn sie mich in ein Sanatorium stecken, setzte ich mir einfach die fröhliche Maske auf. Die Ärzte würden keinen Piep von Mord oder Selbstmord von mir hören.« Ein kleines Lächeln stahl sich in ihre Mundwinkel. Sie blinzelte Meggie zu, als wollte sie sagen: »Schachmatt.«

»Ich erkläre Ihnen mein Dilemma«, begann Meggie und beugte sich nach vorn. »Wenn Sie ständig am Rande von Mord oder Selbstmord stehen, muss ich auf Zehenspitzen herumschleichen und Kompromisse in der Therapie eingehen, ebenso wie Sie bei Ihrem Mann. Sonst sage ich vielleicht etwas, das einen Kurzschluss bei Ihnen auslöst. Ich wäre gern so offen und ehrlich zu Ihnen wie Sie zu mir.«

Ein entwaffnendes Argument, aber Meggie war sich nicht sicher, ob ihre neue Klientin sich darauf einlassen würde.

Andrea überlegte einen Moment. »Na gut, ich geben Ihnen ein Versprechen. Ich werde weder mich noch meinen Mann töten, solange ich Ihre Klientin bin. Erscheint Ihnen das akzeptabel?«

Sie gibt mir Zeit. Mehr kann sie nicht tun. Meggie nickte. »Einverstanden.« Sie gaben sich die Hand darauf, und Meggie fiel auf, wie kalt die Hand ihrer Klientin sich anfühlte.

Das Bild des Hengstes, der vor dem Gatter bremste, kam Meggie in den Sinn. Es war eine passende Metapher für Andreas emotionale Bedrängnis und ihre Verzweiflung.

Als sie von ihren nachmittäglichen Sitzungen nach Hause kam, rief Meggie besorgt nach Fritzie, aber ihr Foxterrier meldete sich nicht. Es sah ihm nicht ähnlich, so lange verschwunden zu bleiben. Nach dem Essen und mehrere Male über den ganzen Abend verteilt öffnete sie die Tür und rief in die schwarze Nacht. Sie hörte den gespenstischen Ruf einer Eule bei den Apfelbäumen, das Knacken im Unterholz, wenn die Rehe durch den Wald huschten, das heisere Geschrei der Waschbären, die sich ums Futter balgten, doch kein Ton von ihrem alten Freund. Sie stellte sich den Wecker, um morgens früh auf die Suche zu gehen. Bilder von Fritzie, sein Fell im Stacheldraht verfangen oder schlimmer noch – schwer verletzt – suchten sie in ihren Träumen heim.

Sie hörte ihn kläffen, nicht vor Schmerz, sondern empört. Er bellte hartnäckig weiter. Als sie die Augen öffnete, wurde ihr klar, dass sie das Bellen nicht geträumt hatte. Meggie sprang aus dem Bett, rannte nach unten, wo Fritzie mit schlammigen Pfoten von außen gegen die Küchentür sprang und ins Haus gelassen werden wollte. Sie öffnete die Tür und trotz seines üblen Geruchs und des angetrockneten Schlamms auf seinem weißen Fell auch ihre Arme für den kleinen verdreckten Stromer.

»Fritzie«, schimpfte sie, als sie ihn hochhob, »wo hast du dich rumgetrieben?« Sichtlich erschöpft reagierte er auf Meggies Vorwürfe, indem er ihr die Nase und den Mund leckte. Sie drückte ihn an sich, beglückt, ihren alten Kameraden wieder zu Hause zu haben.

Erledigt von seinen amourösen Abenteuern konnte Fritzie gerade noch ein Schüsselchen Wasser trinken und dann in sein Körbchen wanken. Als er bei seinem morgendlichen Rundgang die Büsche markiert hatte, war ihm auf dem Hügel eine lehmverschmierte schwarze Hündin begegnet. Sie setzte sich auf ihre mageren Flanken und rutschte drei Schritte auf ihn zu, während er sich steifbeinig näherte und seine Nase unter ihren Schwanz steckte, um Bekanntschaft zu schließen. Sie rollte sich auf den Rücken und knippte ihn ins Ohr. Die Aufforderung zum Spielen missachtend, versuchte er, sie zu besteigen. Doch sie hockte sich einfach auf die Hinterbeine. Sie befreite sich von Fritzies Gewicht, drehte sich und umtanzte ihn, schnappte nach seinen Vorderbeinen und forderte ihn auf, sie zu jagen.

Halb verrückt vor Verlangen, halb von ihrem Übermut angesteckt, verfolgte Fritzie das kleine Weibchen tief in den Wald. Den ganzen Tag über endeten all seine Versuche, die kleine schwarze Hündin zu besteigen, mit ihrem spielerischen Gewälze und seinen verzweifelten Luftsprüngen. Sie lockte ihn fort aus seinem gewohnten Revier. Er markierte seinen Weg, bis seine Blase leer war; trotzdem hob er sein Bein noch an jedem vierten Baum. Sie trotteten vorbei an Farmen mit schlafenden Kühen und Kirschbäumen, Kirchen aus Holz und Backstein, über Stoppelfelder und ungepflasterte Wege.

Vielleicht war es die sinkende Sonne, vielleicht der Hunger und die Essenszeit, vielleicht einfach nur Erschöpfung, die Fritzie innehalten ließ. Die Hündin drehte sich um, rannte zu ihm zurück und stupste ihn mit der Nase an, ihr auf ihrer Reise in fremde Gefilde zu folgen. Aber Fritzie bekam Heimweh. Er wich dem Schnuppern und Stupsen der Hündin aus. Seine Augen sagten ihr, dass er nicht mitkommen würde. Sie musste

allein weiterziehen. Er wusste nicht, wo es sie hinzog. Vielleicht wartete ein Mensch auf sie am Ende ihres Weges. Vielleicht auch nicht.
Für ihn wurde es jedenfalls Zeit, nach Hause zu gehen. Denn dort wartete wenigstens sein Mensch auf ihn.

Die Bänder, die Winona an ihre alte Heimat fesselten, lösten sich immer mehr. Zuweilen mit einem deutlichen Schnalzen, dann wieder verschwand ein Band so sacht, als hätte die Säure der Zeit es von beiden Seiten aufgelöst. Wachsam wartete sie auf ihren verstorbenen Mann Davis oder eine andere Person, die sie von ihrer vergangenen Existenz abtrennen würde.
Dort im Diesseits verging die Zeit. Drüben in der neuen Welt schien die Zeit in alle Richtungen zu fließen.
Und sie wartete ...

ZEHN
Inipi

Nun bin ich auf beiden Seiten
und bringe die Pfeife dar und weiß,
nur wenige werden sie ergreifen.

Loren Eiseley
Men Have Chosen the Ice

Am Dienstagabend kam Falke nach Chrysalis zurück. Da weder er noch Meggie am Mittwochmorgen etwas vorhatten, hätten sie eigentlich bis in den Vormittag schlafen können – doch Fritzie machte diesen Plan zunichte. Immer wieder erwachte Falke frühmorgens zwischen kurzen Träumen. Allmählich dämmerte ihm, dass ein Paar dunkle Augen ihn anstarrten, ein Paar Vorderpfoten sich auf den Rand der Matratze gestützt hatten und ihm ein übler Geruch von totem Fisch und Hundefutter entgegenströmte.
Falke blinzelte.
Fritzie spitzte ein Ohr und stieß Falke seine feuchte Nase ins Gesicht. Sie gelangten zu einem Einverständnis: Es war Zeit zum Aufstehen.

Falke hantierte in der Küche, fand die Kaffeebohnen und mahlte sie, füllte Fritzies Fress- und Wassernapf, setzte die Kaffeemaschine in Gang und ließ das dunkle Gebräu hindurchsickern. Schließlich brachte er zwei Becher Kaffee auf einem Tablett nach oben. Meggie öffnete gerade erst die Augen und bedeckte ihre Blöße mit dem Laken.

Beim Anblick der Becher rief sie: »Ein Geschenk des Himmels.«

»Meinst du mich oder den Kaffee?«, fragte Falke schmunzelnd. Er reichte ihr einen Becher, bevor er wieder ins warme Bett kletterte.

»Die Nacht ...« Sie rieb sich den Schlaf aus den Augen.

»Ja?«

»... war wirklich wundervoll.« Sie seufzte.

Er nickte zustimmend.

»Aber«, fügte sie hinzu, »ich bin gerade ein bisschen schüchtern irgendwie.«

»Warum?« Er hatte seinen Kaffeebecher abgestellt und spielte mit einer ihrer Haarsträhnen.

»Wie gut kennen wir uns, Falke?« Das Laken mit den Ellbogen festgeklemmt, drehte sie sich ihm zu.

»Viel besser als noch vor fünf Tagen«, grinste er.

»Aber es gibt noch vieles, das ich nicht weiß und nicht verstehe. Ich möchte dich besser kennen lernen, Falke.« Meggie bemühte sich um einen ernsten Gesprächston.

Falke ließ seine Finger wie eine Spinne über sie wandern, von ihrer Schulter bis runter zu ihrem Bauch. »Ich möchte dich auch noch viel besser kennen lernen, Meggie. Alles an dir.«

Sie stellte ihren Kaffeebecher auf den Nachttisch. Neckend stieß sie seine Finger weg, aber er packte ihre Hand. »Das ist mein Ernst«, lachte sie.

»Das weiß ich doch.« Spielerisch presste er ihre Handgelenke auf das Bett und legte sich vorsichtig auf sie.

Auch sie gelangten zu einem Einverständnis: Das ernsthafte Gespräch konnte später stattfinden.

Nach dem Frühstück erklärte Falke, er stünde bis zu ihrem Termin am Nachmittag zu ihrer freien Verfügung. »Ganz zu Ihren Diensten.« Er verbeugte sich.
»Ich könnte deine Hilfe gebrauchen. Würdest du ein Nussbrot backen? Das Rezept stammt von meiner Großmutter.«
Meggie holte eine Karte hervor, auf der mit Bleistift die Zutaten standen:

300 g Mehl
100 g Zucker
2 Teelöffel Backpulver
1 Teelöffel Salz
1 Ei
¼ l Milch
100 g zerstoßene Walnüsse

Den Teig 1 Stunde in einer gut gefetteten Form gehen lassen. 50-60 Minuten bei 150 Grad backen. In Scheiben schneiden, rösten und mit Butter bestreichen.

»Hier.« Meggie verteilte Zutaten, Messbecher, Löffel, Schüsseln, Backpulver, Walnüsse und eine Kastenform auf dem Tisch.
»Und du?« Er sah sie skeptisch an.
»Ich mache eine Gemüsesuppe. Dabei kannst du mir auch helfen, wenn du mit dem Brot fertig bist.« Aus den Augenwinkeln beobachtete Meggie, während sie das Gemüse hackte, wie Falke sich bemühte, das einfache Rezept zu verstehen.
»Ich schütte einfach alles in die Rührschüssel, ja?«, fragte er.
Sie nickte und schnitt weiter ihre Karotten.
Dreimal schaufelte er einen Messbecher voll Mehl aus dem

Behälter, ohne das aufgehäufte Mehl abzustreichen. Feiner weißer Staub bedeckte sein Gesicht und seine Brust, nachdem er die Becher in die Schüssel entladen hatte.

Meggie gab ihm keine Ratschläge. Sie wusch Sellerie im Spülbecken.

Falke fügte die übrigen Zutaten hinzu und schnaufte beim Rühren der Masse vor Anstrengung.

Meggie nahm etwas übrig gebliebenes Hühnchen in Kräuter-Knoblauchsoße aus dem Kühlschrank, schnitt es klein und warf es mit den Karotten und dem Sellerie in den Suppentopf. Anschließend gab sie eine große Dose Hühnerbrühe und einen Beutel gefrorenes Gemüse hinzu.

Falke zerbröckelte die Walnüsse mit den Fingern und warf, ohne sie abzumessen, etwa 150 Gramm in den Teig. So fest er auch rührte, der Teig schien sich in Zement verwandelt zu haben. Er klatschte zweimal mit dem Löffel darauf und sah argwöhnisch zu Meggie hinüber, die sich inzwischen vor Lachen krümmte. »Was ist los damit?«, fragte er, die Hände in die Hüften gestemmt.

»Du hast die trockenen Zutaten nicht richtig bemessen. Nimm ein bisschen mehr Milch, aber langsam, bis der Teig die richtige Konsistenz hat.«

Er nahm die Milchtüte und übergoss den festen Klumpen mit der Flüssigkeit. »So, hoffentlich wird er jetzt weicher.« Er versuchte die Milch unter den Teig zu rühren und spritzte sich dabei ins Gesicht.

Meggie konnte sich einen Kommentar nicht verkneifen: »Auch Brotbacken erfordert Konzentration.«

Falke schnitt ein Gesicht, denn ihm fiel die Geschichte von der Entstehung der vier Rassen ein. Er tat einen viel größeren Klumpen Teig in die Form, als notwendig war, um ihn vor dem

Backen die vorgeschriebene Stunde ruhen zu lassen. »Soll ich noch etwas machen?«
Er hoffte anscheinend, dass seine nächste Aufgabe nicht kulinarischer Natur sein würde.
»O ja«, erwiderte sie. »Könntest du bitte diese drei großen Zwiebeln schneiden ... ?«

Bei geröstetem Nussbrot und frischer Gemüsesuppe nahmen Meggie und Falke ihr Gespräch vom Morgen wieder auf.
»Wir müssen der Liebe Zeit und Raum zum Wachsen geben«, erklärte Meggie, unsicher, ob sie ihn oder eher sich selbst ermahnte.
Diesmal versuchte Falke nicht, sie mit Schäkern und Scherzen abzulenken. Er wies sie auch nicht auf den Widerspruch zu ihrer früheren Bekundung hin, ihn besser kennen lernen zu wollen.
»Gut«, sagte er. »Wir nehmen uns alle Zeit, die wir brauchen. Dann sehen wir weiter, ob das, was passiert, gut für uns beide ist. Ich lass' dir bis Freitag eine Pause.« Am Freitag sollte er das Holz im Schuppen aufstapeln. Freitagabend würde er dann die Schwitzhüttenzeremonie durchführen.
Meggies Kopf nickte und dachte: *Die Liebe ist ein Garten, der Zeit zum Blühen braucht.*
Meggies Herz aber widersprach: *Das Leben ist zu kurz, um auch nur eine Minute der Liebe zu versäumen.*

Angesichts Lachender Bärs Warnungen lag auch Falkes Verstand im Zwist mit seinem Herzen. Meggie zur Inipi-Zeremonie einzuladen, war ein Schritt in die falsche Richtung gewesen, zumindest nach Meinung der meisten amerikanischen Ureinwohner. Außer Winona vielleicht – sie hätte es vermutlich geschätzt, wenn er seinem Herzen den Vorrang vor seinem Verstand gab. Die Liebe hat ihre eigene Logik, würde sie sagen. Dennoch war sich Falke der Vorurteile der indianischen Bevölkerung bewusst. *Es ist noch gar nicht so lange her, dass die Weißen unter dem Vorwand der kulturellen Integration die Reservate geschlossen und damit einen Mord an unserem Volk begangen haben,* dachte er.

Es wäre besser gewesen, sie nicht einzuladen.

Aber die Geister waren ihr auf den Fersen, das wusste er. Die Nacht der Monde war kein bedeutungsloser Zufall. Und Winonas Blitzpfeife zog die Energien in Meggies Richtung. Sie hatte bestimmt keine Ahnung, dass das, was mit ihr geschah, mit der Chanunpa im Haus zu tun hatte. Meggie wusste so vieles nicht. Falke wollte sie beschützen. Manchmal hatten die Geister die sonderbarsten Absichten und gingen recht grob mit den Menschen um. Wenn er ihr nicht helfen konnte, die Bedeutung all dessen zu verstehen, welches Recht hatte er dann, ein Medizinmann zu werden?

Aus diesem Grund musste er sie einfach zur Inipi-Zeremonie einladen, versuchte er seine Entscheidung zu rechtfertigen. Während der Schwitzhüttenzeremonie der Männer sollten die Frauen Wache halten. Beim Lauschen auf das Inipi der Männer konnte Meggie schon einiges über die Zeremonie erfahren und musste sich nicht fürchten, wenn sie selbst an die Reihe kam.

Am Freitagabend versammelte sich eine Gruppe amerikanischer Ureinwohner verschiedener Stämme aus der Umgebung von Traverse City – Ojibwa, Odawa, Menominee, Cree und Sioux – am Schwitzhüttenplatz hinter dem Haus der Arbres. Alle starrten, als Meggies roter Wagen in die Einfahrt bog. Sie nahm ihre Sachen aus dem Kofferraum, türmte Handtücher auf eine Tüte mit Lebensmitteln und schwankte mit ihrer unhandlichen Last in Lucys Haus. Falkes Herz überschlug sich, als er sie sah; er wollte sie umarmen und begrüßen, fühlte sich aber vor seinen indianischen Freunden gehemmt. Sie kam wieder aus dem Haus und begrüßte ihn mit einer Umarmung. Sie weiß es nicht besser, dachte er.

Warum ist er so steif und reserviert? fragte sie sich. Sie reichte ihm einen Beutel Tabak. Winona hatte sie gelehrt, dass die Geister das Tabakopfer sehr schätzten.

»Gut«, lobte er sie. *Sie weiß mehr, als ich dachte.*
Die Dämmerung begann, die Ränder des Himmels einzuschlagen und den Mantel der Dunkelheit auszubreiten. Während die anderen Holz und Steine für das Feuer sammelten, erklärte Falke Meggie den Pfad der Geister, das Feuer, wie man mit den Heiligen Pfeifen umging, und den allgemeinen Aufbau der Zeremonie. Sie lauschte ihm aufmerksam und wissbegierig.
Als die Sonne langsam unterging und es Zeit wurde, das Feuer zu entfachen, wunderte sich Falke über die Wandlung, die in ihm vonstatten ging. Mit dem Aufgehen des Mondes spürte er die Autorität des Lehrers in sich aufsteigen. Es war keine beabsichtigte Veränderung. Wenn er sich der Welt der Vier

Großväter und der Geister öffnete, lösten sich die Verankerungen seiner persönlichen Identität. Die eigene Person spielte nun keine Rolle mehr; und die Weisheit, die durch sein Inneres zu strömen begann, füllte die Leere, die mit der Aufgabe des Selbst entstanden war. Sie verlieh ihm eine ungewöhnliche Entschlossenheit.

Verunsichert über Falkes Förmlichkeit hielt Meggie ihre Gefühle im Zaum. Sie stellte sich rasch den anderen Männern und Frauen vor, die sie aber deutlich spüren ließen, dass sie die einzige Weiße war. Sie wahrten kühle Distanz. *Liegt es an meiner Hautfarbe? Oder ist es, weil ich neu bin und sie mich nicht kennen?*

Lucy hingegen begrüßte Meggie sehr herzlich und bot ihr eine Tasse Kaffee an. Die beiden Frauen kannten sich von Winonas Sitzungen bei Meggie. Lucy schien Meggie nicht vorzuwerfen, dass die Therapie nicht gewirkt und ihre Mutter sich entschieden hatte, zu sterben. *Keine von uns beiden,* dachte Meggie, *konnte Winona zum Bleiben überreden.*

Meggie beobachtete den liebevollen Umgang zwischen Lucy und Falke, obgleich Lucy sich dafür entschieden hatte, sich nicht an die alten Bräuche ihrer Mutter und ihres Cousins zu halten. *Ob Lucy wohl jemals einer Religion verzeihen kann, die ihrer Mutter die Wahl zwischen Leben und Tod gelassen hat?*

Winona hatte Meggie die Konstruktion der Schwitzhütte anhand eines Vergleichs mit einer schwangeren Büffelkuh beschrieben – die Hütte war rund und plump. Hölzerne Rippen spießten spindlige Auswüchse in die Bedeckung, die aus vierzig alten Decken und einer verwitterten Plane bestand. Falke forderte Meggie auf, einen Blick in die Hütte zu werfen. Sie sah ein umgedrehtes Nest aus jungen Bäumen, die über Kreuz in den sandigen Boden gesteckt waren. Meggie, deren Kenntnisse in Geometrie nicht gerade beeindruckend waren, schätzte den Durchmesser der Hütte auf weniger als zwei Meter und die Deckenhöhe auf etwa einen Meter fünfzig. In der Mitte gab es eine kleine Vertiefung für die Steine; der Boden ringsum war spärlich von unregelmäßigen Teppichstücken bedeckt.

Falke zeigte auf graue Steine, die über einem Holzfundament in der Feuergrube aufgeschichtet wurden. »Diese Steine«, erklärte er, »werden im Feuer rot glühend erhitzt und in die Mitte der Hütte gelegt. Du darfst sie aber nicht für gewöhnliche Steine halten, die uns an einem kalten Tag wärmen. Es sind die *Inyan,* das Volk der Steine, und dies ist ihre Hütte. Sie sind meine Lehrer, so wie sie auch deine Lehrer sein werden. Sie werden für dich singen. Sie werden dir Visionen zeigen. Sie werden ihr Leben für dich geben. Hör auf sie, wenn du im Inipi bist.«

Auf einer kleinen Erhebung vor der Hütte lag ein Büffelschädel und blickte in Richtung Osten; Salbei steckte in den Augenhöhlen und im Nasenknochen. Meggie erinnerte sich an die Geschichte des sterbenden Büffels, die sie in der Nacht ihrer Geburtstagsparty gehört hatte. Falke erklärte ihr, dass die Erhebung aus der Erde der Grube in der Schwitzhütte bestand; der Schädel diente als Altar für die Heiligen Pfeifen. »Siehst du die Linie, die von dem Schädel bis zum Feuer verläuft? Diese Linie ist der Pfad der Geister. Überschreite sie nie. Gehe respektvoll um sie herum.«

Die jungen Männer, die das Feuer errichteten, legten sechsundvierzig große Steine auf ein Fundament aus kleinen Klötzen und umgaben diese Basis mit Stöcken und Scheiten. Falke bekam ein Zeichen, das Feuer zu entzünden. Er öffnete einen Beutel, nahm eine Hand voll Tabak, hielt ihn hoch in den Himmel, ließ die Hand sachte in der Luft kreisen und streute ihn ins Feuer. »Ich bitte euch, meine Großväter und Großmutter, gebt uns eine gute Inipi-Zeremonie. Ich bete, dass niemand in der Schwitzhütte zu Schaden kommt. *Mitakuye oyas'in.«*

Er kniete auf dem gefrorenen Boden nieder. Ein Streichholz in die Höhe haltend, betete er: »Ich bitte euch, Mächte der Blitze, kommt und lasst dies Feuer hell lodern. Wir sind nur Zweibeiner und brauchen eure Hilfe. Hau! *Mitakuye oyas'in.«*

Bedächtig entzündete er das Streichholz und legte es an einen kleinen Berg Späne am äußeren Rand des Feuers. Eine gelbe Flamme schoss aus den Spänen empor. Wie bittend beugte Falke sich zur Erde und brachte die Flammen mit kleinen Stückchen Baumrinde zum Wachsen und Übergreifen. Aus einem dürftigen Anfang breitete sich das Feuer knisternd zu den kleineren Scheiten aus. Falke setzte sich zurück. Die jungen Männer seufzten erleichtert; das Feuer brannte.

Als er sich vom Boden hochstützte, spürte Falke seine steifen Knie. Er wusste, die Kälte würde das Hinken, das von einer alten Verletzung herrührte, verschlimmern; ehe der Abend zu Ende war, würde seine Hüfte vom stundenlangen Kauern in der Schwitzhütte schmerzen. Es bedeutete immer eine große körperliche Anstrengung für ihn, das Wasser für zwei Inipi-Zeremonien hintereinander aufzugießen, aber niemand in der Gemeinschaft war ausgebildet, ihn ersetzen zu können. Er nahm einen Salbeizweig und legte sich ein Blatt unter die Zunge, um sich vom Schmerz abzulenken.

Er bat die Frauen, Meggie zu zeigen, wie man Gebetssäckchen aus roten Stoffresten, Tabak und Garn anfertigte. Als er seinen leeren Kaffeebecher in Lucys hell erleuchtetes Haus zurückbrachte, nahm sich Falke ein Aspirin und noch eine Tasse heißen Kaffee. Auch wenn Lucy der Gemeinde ihr Haus als Basis für ihre Rituale zur Verfügung stellte, hatte sie sich entschieden, den alten Bräuchen ihrer Mutter fernzubleiben. Stattdessen kümmerte sie sich um den Herd im Haus und genoss die Augenblicke des Alleinseins. Falke schätzte sowohl ihre Großzügigkeit als auch ihren unbeugsamen Geist. *Sie hat mehr Ähnlichkeit mit Winona, als sie vermutet,* dachte er.

Ein Stück entfernt von der Feuerstelle dienten alte Baumstümpfe und verrostete Gartenstühle als Arbeitsfläche für das Anfertigen von Gebetssäckchen. Süßgrasfrau zeigte Meggie, wie man den Tabak auf kleine Quadrate aus rotem Stoff streute und sie mit vier Knötchen abband. Sie machte sechzehn Säckchen. Instinktiv fand Meggie die junge Ojibwa-Frau mit den sicheren Handbewegungen sympathisch. Sie fühlte sich an die Bastelstunden in ihrer Grundschulzeit erinnert.
Als Falke zurückkam, waren die Frauen schon fast mit ihren Gebetssäckchen fertig. Die Männer legten drei dunkle, feste Armeedecken und eine Steppdecke mit einem sechszackigen Stern über die Öffnung der Schwitzhütte. Mit den Tabaksäckchen in der Hand schlenderte Meggie hinüber zu Falke, der gebückt in die Hütte spähte. Sie erinnerte sich, wie Winona sich beschwert hatte, dass die Weißen unablässig Fragen stellten, ohne jemals zuzuhören, aber sie war einfach zu neugierig.

»Die Farben der Sternendecke bedeuten die vier Himmelsrichtungen, oder?«
Falke schüttelte den Kopf. »Nenne sie nicht die vier Himmelsrichtungen. Das sagen die Weißen. Es sind die vier Großväter. Dort drüben«, er deutete nach Westen, »ist Wiyohpeyata. Der Schwarzgesichtige sieht uns zu, und von ihm kommen die Visionen. Neben ihm steht auch eine Großmutter.«
Falke wandte sich nach rechts und zeigte nach Norden: »Wenn dein Körper krank ist, Meggie, oder voll wütender, zerstörerischer Gedanken, oder deine Seele verwundet ist, kannst du Waziya um Reinigung und Heilung bitten. Der Rotgesichtige wird deine Gebete erhören.«
»Und nun schau«, sprach Falke weiter und wies mit dem Finger nach Osten. »Wenn du Schwierigkeiten mit deiner Familie hast und Dinge durch innere Weisheit erkennen willst, wird Wiyohiyanpa dir zur Seite stehen. Der Gelbgesichtige spricht durch das Herz.«
Falke berührte Meggies Arm, um ihre Aufmerksamkeit nach Süden zu lenken. »Dort, Meggie, bittest du Itokaga, dir zu helfen, die Dinge mit den Augen eines Kindes zu sehen, Erstaunen und Entzücken über die Frische der Welt zu empfinden, denn bei ihm, der das Weiße Gesicht der Mittagssonne trägt, beginnen wir unsere irdische Wanderung und zu ihm kehren wir wieder zurück.«
Er machte eine Pause. »Deshalb solltest du sie nie die ›vier Himmelsrichtungen‹ nennen. Es sind keine Kompasskoordinaten oder Orte auf einer Karte. Es sind die Großväter.«
Meggie blickte in den sternen- und mondlosen Himmel und spürte, wie sie vor Verlegenheit errötete. Sie wusste, dass Falke sie nicht ermahnte, sondern ihr etwas beibrachte; dennoch sehnte sie sich nach den weicheren Tönen eines Liebenden. Sie

zog sich auf die andere Seite des Feuers zurück und dachte, *Wie soll ich jemals den Geliebten und den Lehrer in meinem Kopf auseinander halten?*

Er spürte ihren Rückzug. Der Liebende in ihm wünschte sich, sie zu rufen. *Bleib bei mir.* Doch der Lehrer in ihm antwortete: *Hier geht es um die Zeremonie. Sie ist das Wichtigste.*

In der Dunkelheit nahmen zwei Silhouetten Gestalt an; Larry, Lucys Mann, trat auf das Feuer zu. Sein langes schwarzes Haar wehte um seine kräftigen Schultern. Sein kleiner Sohn Adam umtanzte ihn, sichtlich beglückt, in der Nähe seines Vaters zu sein. Larry nickte den Männern und Meggie zu. Süßgrasfraus Augen funkelten im tanzenden Schein der Flammen, während sie Larry, der auf Falke zusteuerte, mit ihren Blicken folgte.

In der kalten und erbarmungslosen Nachtluft, umgeben von Bäumen, deren schwarze, blattlose Finger nach dem Licht des knisternden Feuers griffen, spürte Meggie, wie die Schichten der Zivilisation von ihr abfielen. Eigentlich hätte sie sich auf ihre Reise in das Reich der Geister vorbereiten sollen, verfiel jedoch stattdessen in Betrachtungen über die beiden starken, selbstbewussten Männer Larry und Falke. *Muskeln oder Klugheit; wonach sehnt sich eine Frau am meisten?* Meggie schüttelte den Kopf. *Warum kommen mir diese Gedanken gerade jetzt, wo mir eine mystische Erfahrung bevorsteht?*

Das Feuer fiel zu einer roten Glut in sich zusammen, und die Schatten der winterlich kahlen Bäume minderten das Licht.

Eine ruhige Stimmung breitete sich aus; die Steine glühten in leuchtendem Rot. Nach Westen gewandt, kniete Falke auf dem kalten Boden nieder und wickelte sein Medizinbündel aus, entzündete ein Kügelchen Salbei und verteilte den Rauch über das Bündel, seinen Inhalt und sich selbst. Er setzte seine Pfeife zusammen und begann zu den Großvätern und der Großmutter zu beten. In den Pfeifenkopf legte er Krümel von Tabak, ähnlich dem Ritual der Gebetsäckchen. Alle schwiegen voll Ehrfurcht, als die Chanunpa Wakan gestopft wurde. Im Schein des Feuers spürte Meggie, wie ihr Herz beim Anblick von Falke weich wurde. *Wie stark er aussieht! Wie ehrerbietig er die Pfeife behandelt!*
Nachdem er die Pfeife mit Salbei gestopft hatte, lehnte Falke sie gegen ein Horn des Büffelaltars. Der Pfeifenkopf ruhte auf der Großmutter Erde, gestützt von einem Stopfer.
Der durchdringende Ton einer Adlerknochenpfeife kündigte die Inipi-Zeremonie der Männer an. Falke blies sechsmal hinein und rief damit die Großväter. Mit seinem Fächer aus Adlerfedern wedelte Falke Luft in die Hütte und betete nochmals zu den Großvätern für eine heilende Zeremonie und dass niemand zu Schaden kommen möge. Süßgrasfrau stieß Meggie an und flüsterte: »Es wird sehr heiß da drin, fast einhundert Grad.« Gebückt folgten die vor Kälte zitternden Männer, mit freiem Oberkörper und Handtüchern um die Hüften, Falke in die noch eisige Hütte und riefen: *»Mitakuye oyas'in.«* Falke setzte sich zur Rechten der Tür und bot Larry den Ehrenplatz zur Linken an. Adam kuschelte sich an seinen Vater. Die Männer banden die Tabaksäckchen an die Verstrebungen. Süßgrasfrau bat Meggie, mit ihr zusammen die Tür zu bewachen, während die anderen Frauen mit Lucy ins Haus gingen, um das Festmahl vorzubereiten.

In barschem Ton befahl Falke Süßgrasfrau, ihm die nötigen Utensilien für die Opfergabe in der Hütte zu holen: das Hirschgeweih, mit dem die glühenden Steine gewendet wurden, ein Bündel Süßgras zum Ausräuchern der Hütte, duftendes Zedernholz, um die Geister anzulocken, Salbeizweige, um das Böse auszutreiben, und Tabak. Meggie bemerkte, dass die Ojibwa-Frau genau zu wissen schien, was Falke benötigte.

Warum bin ich eifersüchtig? fragte Meggie sich. Es gefiel ihr nicht, eine Außenseiterin zu sein, die fast nichts über die Zeremonien wusste. Sie tadelte sich selbst für ihre Ungeduld und erinnerte sich an Winonas Schilderungen von Weißen, die ständig und voller Hast nach Wissen strebten, ohne sich zuvor mit den Fragen auseinander gesetzt zu haben. Immer wieder hatte Winona sie ermahnt: »Gib ganz genau Acht!«

Was hatte sie überhaupt hier in der Kälte zu suchen und ihre Nase in die Sitten anderer Völker zu stecken? Meggie wusste, dass die Antwort auf die Frage nichts mit Winonas Worten zu tun hatte oder gar mit Falkes Anziehungskraft. In Wahrheit war es die Pfeife, die sie hierher gebracht hatte, und sie wusste nicht, wohin die Chanunpa Wakan sie noch führen würde. *Gib Acht!*, ermahnte sie sich selbst. *Vielleicht kommt der Augenblick, in dem du nicht weitergehen wirst.*

Falke war mit den Vorbereitungen für die erhitzten Steine beschäftigt. Er fragte den kleinen Adam, ob er sich der Zeremonie auch gewachsen fühle. Er rief den beiden Frauen zu, sie sollten sich auf den Boden setzen, nachdem sie die Tür geschlossen hatten, und ihre Ohren an die Hütte legen, damit sie hören konnten, was bei der Zeremonie der Männer vor sich ging.

»Inyan!«, befahl er. Süßgrasfrau ging hinüber zur Feuerstelle. Mit einer Heugabel hievte sie das verbrannte Holz beiseite, hob

einen rot glühenden Stein auf die Zinken und blies die Asche fort. Einen Stein nach dem anderen brachte sie auf diese Weise hinüber zur Schwitzhütte. Vorsichtig steckte sie die Gabel in die dunkle Öffnung der Hütte und bewegte sich nicht, so dass Falke, mit einer Hirschstange in jeder Hand, die Steine in der Grube verfrachten konnte. Als die ersten sieben Steine an der richtigen Stelle lagen, hallten in der Hütte Freudenrufe über die Wärme auf, die das Volk der Steine ausstrahlte.

In der Hitze des Feuers begannen die Augen von Süßgrasfrau zu tränen, und sie schwankte. Doch als Meggie ihr anbot, sie abzulösen, schüttelte sie den Kopf. Schließlich wuchtete sie den vierundzwanzigsten Stein hoch – einen riesigen glühenden Brocken –, der alle Muskeln ihres schlanken Körpers herausforderte, und schleppte ihn zur Hütte. Dieser Stein entlockte den Männern tief bewundernde und ehrfürchtige Ausrufe. Es würde eine *sehr* heiße Sitzung werden; selbst in der kalten Nachtluft spürte Meggie, wie die Hitzewellen aus dem Inneren der Hütte drangen. Heiße Luft flimmerte an der Tür, wo die beiden extremen Temperaturen aufeinander trafen. Der Duft von Salbei, Zederngrün, Süßgras, Tabak und warmer Erde erfüllte die Schwitzhütte.

Falke warf die Hirschstangen, den Süßgraszopf und den Tabak nach draußen. Süßgrasfrau sammelte alles ein und legte es am Büffelaltar ab. Später bei der Schwitzhüttenzeremonie der Frauen wurden die Sachen wieder gebraucht. Sie bedeutete Meggie, die Heugabel zu nehmen und die übrigen vierundzwanzig Steine in die Mitte zu legen und Holz auf sie zu türmen, so dass das Feuer hell loderte.

»Mni!«, rief Falke. Die Frau reichte ihm einen großen Metalleimer mit kaltem Wasser und eine Schöpfkelle. Vom Feuer aus konnte Meggie sehen, wie Falke und Larry mit dem Eimer die

Steine berührten, ehe sie ihn vor Falke auf eine Unterlage aus Salbeiblättern stellten. Falke füllte die Schöpfkelle und ließ das Wasser zurück in den Eimer plätschern, wie um die Männer mit dem kühlen Nass zu reizen, ehe sie sich der glühenden Hitze hingaben. »Seid ihr bereit?« Die Männer grunzten zustimmend.

»Lasst die Falltür runter«, befahl er. Von beiden Seiten ließen Süßgrasfrau und Meggie die Decken eine nach der anderen herunter und stampften sie am Boden fest. Jemand rief, dass durch eine Ritze neben Larry Licht hineindrang. Die Ojibwa-Frau rückte die Decken an der Stelle zurecht, bis eine gedämpfte Stimme von innen rief: »Gut so. Kein Licht mehr.«

Meggie ließ sich auf einem Stückchen Decke auf der gefrorenen Erde nieder, während Süßgrasfrau zum Feuer ging und sich eine Zigarette anzündete. Meggie wäre ihr gern gefolgt, um sich für ihre Hinweise zu bedanken, aber sie hatte Angst, etwas zu verpassen.

Ihr Platz auf der Erde war ungefähr in Larrys Höhe. Sie spürte den Umriss seines Rückens, als sie ihre Schulter an die wärmenden Schichten der Hütte lehnte. Meggie fiel ein, wie betört sie von Larry bei ihrer ersten Begegnung im Herbst gewesen war. Irrtümlich hatte sie ihn für Winonas Cousin gehalten und gedacht, dass er noch zu haben sei. Ihr Schwärmen für Larry hatte schlagartig aufgehört, als sie erfuhr, dass Lucy seine Frau war. Meggie hatte eine eiserne Regel: Finger weg von verheirateten Männern. Der Gedanke, eine andere Frau zu betrügen, war ihr unerträglich. Sich von außen an Larry zu lehnen, war das Höchste der Gefühle. Auch wenn sie ihre Nase in die Plane steckte, konnte Meggie Falkes gedämpfte Worte an die Männer kaum verstehen.

Die Steine strahlten Hitze auf ihn ab; sie glühten in abwechselnden Tönen zwischen weiß und rot und beleuchteten die Füße der Männer. Wie stets am Anfang einer Inipi-Zeremonie war Falke aufgeregt. Der Eintritt in den Schoß der Großmutter, die glühende Hitze, die knackenden Geräusche und der feuchte Geruch der unter dem Gewicht der heißen Steine tauenden Erde, die rastlosen Bewegungen der Zweibeiner auf der Suche nach Gleichgewicht und die alten Gebete bedeuteten für Falke die Rückkehr zu seinem eigenen tiefsten Wesen.

Energie durchströmte seinen Körper. Er fragte Adam, ob er bereit sei, denn ein Kind mochte die Dunkelheit in der Hütte Furcht einflößend finden. Adam bejahte, sein Gesicht lag im Schatten. Falke ermahnte den Jungen, sich hinter seinen Vater und an die Brust der Großmutter Erde zu schmiegen, wenn es für ihn zu heiß wurde.

Er dankte den Männern für ihr Kommen und bat Larry, ein Lied zur Beschwörung der Geister auf Lakota zu singen, das er den Ojibwa gelehrt hatte. Larrys Stimme durchschnitt die Stille, eine kräftige nasale Stimme, ein kraftvolles Lied mit einem Refrain und einer fesselnden Melodie. Die anderen Männer fielen ein und sangen ihm nach. Am Ende jeder Strophe wurden sie leiser, ehe Larry hell und scharf mit der nächsten Strophe einsetzte.

Falke begann mit dem Schöpflöffel Wasser auf die Steine zu gießen, während sich seine Gebete mit dem Gesang der Männer verflochten. In tiefer Dankbarkeit für alle, die ihr Leben für die Zeremonie geopfert hatten, wandte er sich an die Bäume, das Volk der Pflanzen, das Volk der Steine, die Kraft der Blitze und das Wasser des Lebens. Falke rief alle Völker dazu auf, sich niederzubeugen, um zu hören und zu sehen, was die schwachen Zweibeiner taten, um wieder in Einklang mit der Schöpfung zu gelangen.

Mit jeder Kelle Wasser, die das Volk der Steine benetzte, brannte den Männern größere Hitze im Gesicht und auf der Brust. Schweiß rann ihnen über den Leib und wusch alles Falsche und Unreine fort. Der Gesang der Männer ertönte immer schneller und grimmiger, während die Hitze sich auf sie stürzte und ihnen die Haut versengte.

Falkes letztes Gebet war für die Alten vor sieben Generationen bestimmt, die die Rituale trotz der Verfolgung durch die weißen Kirchen am Leben erhalten hatten. »In die Berge vertrieben, errichteten sie behelfsmäßige Schwitzhütten. Nach jeder Zeremonie waren sie gezwungen, alle Spuren ihres Tuns zu beseitigen. Bis in die Tage von Präsident Carter war die Inipi-Zeremonie illegal. Es sind die Alten, denen wir zu danken haben, denn sie haben unsere Rituale bewahrt. Sie haben Gefängnisstrafen riskiert, damit ihr, ich und die sieben folgenden Generationen das tun können, was wir heute Abend tun.

Euch, unseren Großvätern und Großmüttern, sagen wir Dank.« Falke schöpfte mehr Wasser auf die zischenden Steine. »Ihr seid es, die wir ehren, denn hättet ihr nicht die alten Wege bewahrt, was hätten wir, um es unseren Kindern und Kindeskindern weiterzugeben? Ah Hau!«

»Hau!«, wiederholten die Männer im Chor.

Die schwache Stimme eines Kindes rief: *»Mitakuye oyas'in.«* Die Männer wiederholten Adams Bitte, die Tür zu öffnen. Meggie und Süßgrasfrau schlugen die Decken zurück. Dampf quoll in Kaskaden aus der Öffnung, weiße Wolken rollten in die kalte Nachtluft. Die Männer warfen sich von der Hitze besiegt zu Boden; der Junge lag hinter seinem Vater. Falkes

Gesicht und Brust glänzten vor Schweiß. In tiefen Zügen sog er die kalte Nachtluft ein.

Als er aus der Tür spähte, sah er Meggies besorgtes Gesicht. Er lächelte ihr beruhigend zu und sah sich nach dem Jungen um, den die frische Luft bereits wiederhergestellt hatte. Mit der Kelle reichte er jedem Mann einen Schluck Wasser. Als alle getrunken hatten, bot er Meggie und Süßgrasfrau die Kelle an. »Als Türwächterinnen seid ihr ebenso Teil dieses Inipi wie die, die darin schwitzten.« Erst nachdem alle getrunken hatten, gestattete er sich selbst einen Schluck.

»Zeit für die nächste Runde«, kündigte er munter an. Die, die sich in der Hütte auf dem Boden ausgestreckt hatten, stöhnten, setzten sich auf und rückten ihre Handtücher zurecht. Falke fühlte sich sehr lebendig, seine Sinne waren geschärft, sein Körper verschwitzt und entspannt, sein Herz stark. Die Tür wurde heruntergelassen, und feuchte Dunkelheit umhüllte die Männer erneut. Obwohl sie nicht mehr glühten, strahlten die Steine immer noch große Hitze aus. Die Männer wappneten sich mit Ausdauer, denn sie wussten, die zweite Runde würde länger sein als die erste. Die Hitze war zwar nicht mehr so niederdrückend, vermochte aber dennoch ihren Widerstand zu brechen.

Die zweite Runde war den persönlichen Fürbitten gewidmet. Falke begann mit einer langen Rezitation, in der er sich selbst und die Männer mit allen Völkern verknüpfte. Nach den Gebeten für die Geflügelten, die Flossenträger, die kriechenden und die vierbeinigen Wesen betete er für die Zweibeiner. »Großvater«, rief er, bitte hilf den Zweibeinern aller Farben. Wir sind armselige Wesen. Unser einstiges Wissen haben wir verloren, nur die Völker unserer Brüder und Schwestern sind noch voller Weisheit. Wir hingegen bekriegen einander. Wir vernichten die Großmutter und ergreifen Besitz von ihr. Wir beten, dass sie uns unsere Torheit verzeiht und uns hilft, unsere Lebensweise zu reinigen. Wir beten, dass wir lernen können, ihre Adern nicht mit unseren Chemikalien zu vergiften oder ihre Haut mit unserer Unachtsamkeit zu verletzen.«

Falke hielt einen Moment lang inne. Seine Stimme wurde traurig. »Besonders möchte ich für mein Volk, das rote Volk, beten. Lange standen wir im Kampf gegen das Volk der weißen Zweibeiner, das über uns herrschen wollte. Doch nun gelten meine Gebete dem, was mein Volk sich untereinander antut. Einige sagen, nur ein Vollblut wäre ein echter Indianer. Andere behaupten, dass nur diejenigen, die einen Ausweis vom *Bureau of Indian Affairs* haben, richtige Indianer wären. Sie vergessen, dass das Blut unserer Ahnen durch unsere Adern fließt, ob wir nun Vollblut, Halbblut oder einen kleinen Teil indianisches Blut haben. Großvater, ich bitte dich, hilf uns, Mitgefühl füreinander aufzubringen. Hilf uns, einfache rote Männer zu sein und uns von solchen Streitigkeiten fern zu halten. Viele Worte des Hasses werden fallen, ehe wir untereinander Frieden schließen. Mein Herz ist von Trauer erfüllt.«

Schweigen folgte, während die Männer Falkes Worte in sich aufnahmen. Welcher Hass? Sie hatten ihn vorher nie davon sprechen gehört. Falke goss noch einmal Wasser auf die Steine; die Steine schrien auf und spuckten Wasser auf die Beine der Männer.

»Großvater«, begann er wieder, »wir wissen, die Zeit der Prophezeiung ist nah. Ich bitte dich, uns, den Lakota, zu helfen, den anderen einen Weg zu weisen. Es gibt gute Menschen, es gibt böse Menschen, und es gibt unwissende Menschen bei allen Rassen. Den Aufrechten zeige die Chanunpa Wakan und ihre Macht. Wir dürfen die Wahrheit nicht länger hüten.

Großvater, es war eine Frau, die unserem Volk die Pfeife brachte. Viele unserer Männer ziehen aus, um das Ritual des Inipi und der Pfeife im ganzen Land zu verbreiten, und doch achten sie die Frauen nicht. Sie nutzen sie aus und sagen ihnen, Sexualität sei bei ihrem Volk ein ganz gewöhnliches Ritual. Doch in Wahrheit benutzen sie diese Frauen zu ihrem eigenen Vergnügen und täuschen rituelle Gründe nur vor. Großvater, es ist nicht leicht, ein Mann zu sein und dieser Versuchung zu widerstehen, doch diejenigen, die die Pfeife tragen und auf dem Roten Pfad wandeln, mögen stets daran denken, dass es eine Frau war, die uns die Pfeife geschenkt hat. Hilf uns, unseren Frauen den Respekt zu erweisen, den sie verdienen. *Mitakuye oyas'in.«*

»Ah Hau!«, sprachen die Männer im Chor.

Larry begann mit seinem persönlichen Gebet. Nacheinander sprachen die Männer ihre persönlichen Fürbitten. Es ging dabei um Leben, Beruf, Sorgen, Dankbarkeit, kranke Freunde und Familie. Adams erste Worte waren an seine Großmutter gerichtet. »Großmama, du fehlst mir«, sagte er. Nach kurzen Fürbitten für seine Eltern, seine Schwester und seine Schulfreunde betete Adam besonders lange für seinen alten Hund, eine Promenadenmischung. Falke fesselte die Aufmerksamkeit der Runde, indem er umsichtig Wasser auf die dampfenden Steine goss. Die Männer kommentierten manche Äußerungen mit zustimmendem Grunzen. Larry sang leise. Die Gebete schienen die Hitze zu steigern.

Falkes Bewusstsein ging in einen Zustand der Trance über und verwandelte sich, während die Männer beteten. Wie eine Knospe in der Wärme der Sonne entfaltete sich seine Seele Blütenblatt um Blütenblatt. Er verspürte einen wundersamen Widerspruch. Er verschloss seine persönliche Identität und öffnete sich gleichzeitig der Erfahrung des Universums. Es war, als befände sich seine Seele in einem Haus mit vielen Zimmern, und er spürte, wie sich die inneren Türen gegen den Widerstand seines Ichs öffneten. Durch diesen Prozess der Wandlung fand Falke Einlass in die Welt der Geister.

In Schweigen versunken reichte er am Ende dieser Runde einen Krug mit Wasser herum. Die Männer tranken in tiefen Zügen, ausgelaugt und erschöpft von der Intensität der Hitze und der Öffnung ihrer Herzen. Falkes Bewegungen waren mechanisch; sein Bewusstsein und seine Gedanken waren weit weg. Er sah weder Meggie noch die Männer an. Sie schienen die Verwandlung nicht zu bemerken, die über ihn gekommen war. Tief in seinem Inneren war er an einen Ort angelangt, der zwischen den beiden Welten lag.

Bei der dritten Runde äußerte niemand Fragen an die Geister oder eine Bitte um Heilung. Nachdem die Tür heruntergelassen war, betete Falke lange und liebevoll zur Heiligen Pfeife. Nochmals steigerte er die Hitze zu durchdringender Intensität.

Aus dem leeren Raum drang eine Stimme an sein linkes Ohr: »Sag dem Jungen, dass seine Gebete stark sind und seine Großmutter stolz auf ihn wäre. Er soll sich seiner Liebe zu den Vierbeinern niemals schämen und den Namen Der-seinen-Hund-liebt tragen. Seine Aufgabe ist es, die Bedeutung dieses Namens verstehen zu lernen. Hau!«

Falke erkannte die barsche Stimme seines Geisterlehrers Drei Beine, eines alten *Heyoka* mit mächtiger Medizin, der vor mehreren Jahrhunderten gelebt hatte. Er entgegnete: »Okay. Möchtest du mir noch etwas mitteilen?« Falke wusste, dass er als Einziger die Stimme seines Lehrers hören konnte. Larry sang das Lied der gefüllten Pfeife, um Falke zu helfen, sich ganz auf das Gespräch mit seinem Lehrer zu konzentrieren.

Der Geist antwortete: »Ja. Ich möchte bei der Inipi-Zeremonie der Frauen das Wasser aufgießen.«

Falke war verdutzt. Was hatte Drei Beine vor? Nie zuvor hatte er diese Bitte geäußert. »Wie willst du das machen?«

»Keine Sorge. Es geht, aber du musst mich übernehmen lassen«, erwiderte Drei Beine.

Falke wusste, dass Drei Beine von freiwilliger Besessenheit sprach, ein Vorgang, der nur stattfinden konnte, wenn Falke sein Bewusstsein zurücknahm und Drei Beine seinen Körper zur Verfügung stellte. Das musste er sich erst überlegen. »Vielleicht«, antwortete er.

»Es ist lange her, seit ich zuletzt Wasser geschöpft habe«, fügte Drei Beine hinzu.

Vielleicht hatte Drei Beine Sehnsucht nach der physischen Welt. »Na gut, dann also beim Inipi der Frauen«, sagte Falke.

An Adam gewandt, sagte Falke: »Die Geister heißen es gut, dass du deinen Hund liebst. Du sollst dich deiner Liebe zu den Vierbeinern niemals schämen. Sie möchten, dass du den Namen Der-seinen-Hund-liebt trägst und lernst, was dieser Name bedeutet. Sie sagen, deine Großmutter wäre stolz auf deine mächtigen Gebete. Hau!«

»Hau!«, wiederholte Larry und war stolz, dass sein Sohn von den Geistern anerkannt und mit einem Namen geehrt worden war, der ihn in der Zukunft leiten würde. Adam saß hoch aufgerichtet in der Gemeinschaft der Männer.

Am Ende der Gebete ging die Falltür hoch, und der Wasserkrug machte die Runde. Nach einer kurzen Pause ließ Falke die Frauen die Falltür wieder senken, und die Männer begannen die vierte Runde, in der Falke seine persönlichen Fürbitten sprach.

»Tunkasila, Großvater, ich bin dankbar für deine Lehren. Ich weiß so wenig und möchte meinem Volk helfen. Ich danke dir für meine Lehrer Drei Beine, Lachender Bär, Winona und Davis. Ich sage Dank für meine Medizin. Ich bitte dich, behüte die Alten in meiner Familie. Lass sie gesund bleiben, bis ihre Zeit gekommen ist, und dann nimm sie rasch zu dir. Ich bitte dich, den Jungen, den Babys und den Kindern zu helfen, gesund zu bleiben, so wie Adam, damit sie erwachsen werden und ihren Platz in der Schöpfung finden.

Großvater, die Männer in der Hütte möchten lernen, Menschen zu werden, um für unsere Frauen, Kinder und Alten zu sorgen. Es ist dieser Tage nicht leicht für einen Mann, zu lernen, ein Mann zu sein. Woche für Woche kommen wir armseligen Kreaturen zu dir. Wir bitten dich, uns zu helfen. Damit wir unser Gleichgewicht finden, damit wir unsere Probleme lösen können. Hilf denen, die arbeitslos sind, Arbeit zu finden, damit sie ihre Familien ernähren können. Verhilf denen, die an der Liebe leiden, zu einem klaren Herzen. Denn was Frauen angeht, Großvater, sind wir alle schwach und verwirrt.«

»Hau!«, ertönte es einstimmig.

Falke fuhr fort: »Du kennst auch meine Probleme, Tunkasila. Ich wandle auf dem Roten Pfad und arbeite für mein Volk. Ich werde in alle Richtungen gezogen. Mit der Hilfe der Chanunpa Wakan habe ich seit sieben Jahren keinen Tropfen Alkohol getrunken. Aber ich bin einsam, Tunkasila, und brauche eine Frau, eine Frau, die den Pfad mit mir gehen kann. Hilf mir dabei. *Mitakuye oyas'in!*«

Seine Worte, anmutig und gedämpft hervorgebracht, rührten Meggies Herz. Sie nickte und presste ihr Ohr näher an die Decken.

Süßgrasfrau sagte Meggie, dass die vierte Runde nun beendet war. Die beiden Frauen machten sich bereit und zogen auf das Zeichen der Männer hin die Decken hoch.

Die letzte Runde war kurz gewesen. Die Männer rauchten und reichten Falkes Heilige Pfeife herum. Sie stöhnten, als sie aus der warmen Hütte in die eisige Nachtluft traten. Während die Männer sich anzogen, gingen die Frauen ins Haus, um sich auszuziehen und ihre Handtücher zu holen.

Falke stopfte die Pfeife für die Zeremonie der Frauen. Er war aufgeregt und gespannt auf Drei Beines Auftritt.

ELF

Frauen in der Schwitzhütte

In einer äußerlichen Religionsform, wo aller Nachdruck auf der äußeren Figur liegt (wo es sich also um eine mehr oder weniger vollständige Projektion handelt), ist der Archetypus identisch mit der äußeren Vorstellung, bleibt aber als seelischer Faktor unbewusst.

C. G. Jung
Psychologie und Alchemie

Die Frauen drängten sich in die Schwitzhütte. Falke wies Süßgrasfrau den Ehrenplatz zu. Meggie saß weit hinten zwischen den anderen Frauen, die züchtig in große Handtücher gewickelt waren.

Larry reichte die Stangen, Süßgraszöpfe, Zederngrün, Salbei und Tabak zu Falke herein. Die Frauen hängten Tabaksäckchen an der Decke auf und machten sich bereit zur ersten Runde. Da wurden auch schon die ersten sechzehn glühend heißen Steine in die Hütte befördert und von Falke auf die noch warmen Steine der Männerzeremonie getürmt. Er wies Meggie an, das Zederngrün auf die ersten sieben Steine zu streuen und anschließend auf die, die frisch in die Hütte gebracht wurden. Der Duft von Zeder, Salbei und Süßgras reizte die Nase und ließ die Augen tränen.

Als sich Steine und Wassereimer in der Hütte befanden und alles mit Rauch gereinigt war, ließ Larry die Falltür herunter.

Stumm saßen die Frauen in der Dunkelheit. Falke riet ihnen, in die roten Gesichter des Steinvolkes zu blicken und sich zu konzentrieren. Mehr sagte er während dieser Runde nicht.

»Tritt zurück«, befahl Drei Beine. Falke war sich nicht sicher, was sein Geisterlehrer meinte. Er sollte wohl Platz machen, sich gehen lassen und so Raum für Drei Beine schaffen. Falke lehnte sich innerlich zurück, seufzte und ließ los.

Aus der Ferne lauschte Falke, wie seine eigene Stimme ein unbekanntes Lied anstimmte, einen Klagegesang, der das dreifach abfallende Heulen der Wölfe imitierte. Durch Falkes Hände übergoss Drei Beine die Steine rhythmisch mit Wasser; sie reagierten mit Zischen und Fauchen. Weiße Lichtpunkte tanzten durch die Dunkelheit. Falke war verwundert und begeistert zugleich.

»Gut, dass ihr hier seid«, sagte Drei Beine zu den Frauen. »Passt heute Abend besonders gut auf. Vielleicht lernt ihr zur Abwechslung mal was.« Achtlos, so schien es Falke zumindest, spritzte Drei Beine mehr Wasser auf die sprechenden Steine. »Ich rufe die Großväter mit meinem Lied.«

Drei Beine betete um alles, was zur Inipi-Zeremonie gehörte. Er erinnerte die Frauen daran, dass sie das älteste Ritual auf dem Kontinent war. Er erklärte ihnen, dass die tanzenden Lichter Geister seien. »He, du mit dem roten Handtuch«, sprach er Meggie an. »Die Geister zeigen sich uns, weil ihnen die Zeremonie gefällt. Sitz einfach nur da; und lass dir bloß nicht einfallen, sie studieren oder analysieren zu wollen.«

Sie lehnte sich zurück gegen die Streben der Hütte.

»Du mit den dünnen Beinen«, sagte Drei Beine zu der schlanken Frau neben Meggie, »die nächste Kelle ist für unsere Ahnen, die die Rituale am Leben erhielten, als die Weißen unser Volk abschlachteten, unsere Kinder in Internate steckten, unsere Religion verboten, unsere Geschichten klauten und unsere Kultur auslöschten. Wir sagen den Alten Dank für das, was sie für uns bewahrt haben. Es stünde euch gut an, eurer Ahnen und dessen, was sie euch gelehrt haben, zu gedenken. Sie alle hatten Träume, die sie an die Eltern eurer Eltern und damit auch an euch weitergegeben haben. Alles, was wir hier tun, geschieht im Namen der sieben Generationen. *Mitakuye oyas'in!*«

Das Wasser schlug auf die Steine, und der Dampf betäubte die Sinne der Frauen. Drei Beine brach in einen wilden Gesang aus, der mit einem lauten *Mitakuye oyas'in* endete.

Von außen lüftete Larry die Tür zur Hütte. »Diese Lieder hab' ich ja noch nie von dir gehört«, rief er, da er ja annahm, dass Falke die Zeremonie leitete.

»Du hast vieles noch nicht gehört«, sagte Drei Beine lachend. »Spitz lieber die Ohren!«

Falke lauschte aus seiner Versenkung.

Meggie stöhnte unter der intensiven Hitze. Die kalte Luft, die durch die Falltür eindrang, brachte etwas Erleichterung. Sie sah, dass mehrere Frauen sich auf den Boden gelegt hatten, während Falke und Süßgrasfrau auch während der Unterbrechungen aufrecht saßen. Wer ist dieser Mann, den ich liebe? Meggie beobachtete Falkes ausdrucksloses Gesicht. Die harschen Bemerkungen über die Weißen, die autoritäre Art, ja sogar seine Grammatik, wichen von seiner gewohnten Art zu sprechen ab.

Die zweite Runde schien endlos. Süßgrasfrau lenkte ihr Gebet auf Familienangelegenheiten; sie weinte herzzerreißend über das Scheitern ihrer Ehe und den Verlust ihrer Kinder an ihren geschiedenen Mann. Um Trost bei den Bräuchen ihres Volkes zu finden, bat sie darum, mehr über den Roten Pfad zu erfahren.

Drei Beine grunzte und warnte sie: »Hüte dich vor deinen Gebeten, denn die Geister könnten sie dir gewähren. Dann kannst du den Rest deines Lebens damit verbringen, deinen Visionen nachzujagen.«

Andere beteten um das Wohl ihrer Kinder und der Alten.

Die schlanke Frau begann ihre Gebete mit langen, bebenden Schluchzern. Drei Beine goss Wasser auf und begann einen ruhigen Gesang zu summen. »Ich bin es nicht wert, hier zu sein, Großvater«, weinte die schlanke Frau. Aus Meggies Sicht kündeten die Gebete der Frau von Demütigungen in ihrem Leben.

Am Ende ihrer Fürbitten sagte Drei Beine: »Diese Frau hier ist eine gute Frau. Sie hat viel für ihr Volk getan. Ihre Gebete sind gut, aber sie muss lernen, die Liebe der Großväter und der Großmutter anzunehmen. Erst wenn sie das kann, wird sie sich selbst lieben können.«

Meggie kam an die Reihe und betete für ihre Eltern, die zwar alt, aber noch bei guter Gesundheit waren. Die Hitze öffnete ihr Herz. Die Babys, die Freunde, ihre Schwester und ihre Familie, Fritzie – sie dachte an alle. »Ich möchte für Chrysalis, das Land, beten, für die Zedern, die hoch im Winter stehen, für die Tiere, die dort Schutz finden, für die Vögel, die ihre Nester in den Ahornbäumen bauen, für den Geist meiner Großmutter, die den Mohn und die Weinranken hütet, die sie gepflanzt hat, für die Waldlilie und den Frauenschuh, die den Frühling begrüßen. In Dankbarkeit neige ich mich vor dem Land, das mir eine Heimat gegeben hat. Großvater, ich dachte, es würde genügen, am alten Platz der Familie auf dem Hügel zu leben, aber ich war einsam. Ich danke dir für die Liebe, die du mir gebracht hast. *Mitakuye oyas'in!«*

Tief in seinem Inneren glühte Falke, während Drei Beine die Runde beendete. Nach einer kurzen Zufuhr kalter Luft befahl er Larry, die letzten acht kirschroten Steine in die Hütte zu bringen. Die Tür schloss sich und die dritte Runde begann.

Drei Beine kündigte den Frauen die Pfeifenrunde an. »Ich werde euch nun die Geschichte der Weißen Büffelkalbfrau, und wie die Pfeife zu unserem Volk kam, erzählen. Da wir eine Neue im Inipi haben, müssen wir die Geschichte erzählen.« Er schöpfte Wasser auf die zischenden Steine. Der Dampf jagte die kalte Nachtluft davon.

»Es gab eine Zeit, in der unser Volk jegliche Achtung vor den Wesen verloren hatte. Die Tiere zogen fort, und die Menschen mussten hungern. Eines Tages machten sich zwei junge Brüder auf in die Prärie, um Büffel zu jagen. Auf einmal kam eine schöne Frau auf sie zu, ganz allein, und ohne jemanden, der sie beschützen konnte. Einer der jungen Männer sagte, er würde sich die Frau nehmen und sie in seine Decke wickeln, aber der andere warnte ihn. ›Die Frau ist *lila wakan* – sehr heilig.‹ Aber wie viele junge Männer auch heute, hörte der andere nicht auf ihn. Heilig oder nicht, er wusste, was er wollte.

Er näherte sich der Frau; sie trug ein weißes Kleid aus Hirschleder, und ihre Augen glänzten schwarz. Sie winkte den ungestümen jungen Mann heran. Als er sie berührte, so wird erzählt, hüllte weißer Nebel die beiden ein. Als er sich wieder lichtete, waren von dem Mann nur noch Knochen übrig, und Schlangen wanden sich darauf.

Nun winkte sie den anderen Mann heran. Er hatte Angst. Hättet ihr nicht auch Angst? Aber sie war *wakan*, also gehorchte er ihr. Sie befahl ihm, zum Lager von Häuptling Stehendes Hohles Horn zurückzukehren und ihr Kommen anzukündigen. Ein großes Rats-Tipi sollte errichtet und Boten zu den anderen Lagern entsandt werden.

Nach vier Tagen traf die *wakan* Frau mit einem großen Bündel und einem Salbeifächer ein. Aus dem Bündel wickelte sie die Chanunpa, übergab sie unserem Volk und lehrte es, sie bei den heiligen Ritualen zu benutzen. Schon vor dieser Zeit hatten wir Inipi- und Tabakzeremonien vollzogen, aber *Ptesan-Wi*, die Weiße Büffelfrau, gab ihnen die Pfeife. Sie befahl ihnen, sie anderen Stämmen zu überbringen. Sie lehrte sie, zu beten und beim Stopfen der Pfeife Lieder zu singen: ›Das Heilige unter uns und das Heilige über uns strömt durch die Pfeife.‹ Sieben Ringe trägt der Pfeifenkopf unseres Volkes, sieben für die sieben heiligen Zeremonien, die sie uns schenkte, und sieben für die sieben Ratsfeuer der Lakota.

Sie pries die Frauen und erklärte ihnen, dass sie durch ihre Verbindung zur Großmutter Erde ebenso wichtig waren wie die Krieger. Die Männer sollten den Pfeifenkopf und -schaft schnitzen und die Frauen die Pfeifen mit Stachelschweinborsten besticken. Die Pfeife, sprach sie, soll Männer und Frauen im Kreis der Liebe zusammenbringen. Sie versprach den Kindern, dass auch sie eines Tages die Pfeife rauchen und mit ihr beten dürften.

Am Ende geleiteten alle sie in die Prärie hinaus. Ein weißer Nebel hüllte sie ein, und als er wieder verschwand, rollte sich vor ihnen im Staub ein weißes Büffelkalb. Aus diesem Grunde nennen wir sie die Weiße Büffelkalbfrau. Hau!«

In der Überzeugung, die Geschichte sei beendet, veränderten

die Frauen ihre Haltung. Drei Beine war aber noch nicht fertig. »Du mit den dünnen Beinen«, sprach er die Frau neben Meggie an, »das war nicht nur eine Legende. Die Geschichte ist noch nicht vorbei für dein Volk. Die Weiße Büffelkalbfrau wird eines Tages zurückkehren, wenn die Menschen sie brauchen. In der Zwischenzeit ruht die Pfeife bei Arvol Sehendes Pferd im Reservat Cheyenne River. Es heißt, es gibt einen Mann vom Stamm der Lakota, der eines Tages würdig sein wird, diese Pfeife zu rauchen. Arvol ist der Abkömmling der neunzehnten Generation des Stammes, der die Pfeife hütet. Alle Pfeifen unseres Volkes sind Kinder dieser Pfeife, die uns die Ptesan-Wi gegeben hat. *Mitakuye oyas'in.*«

Drei Beine wies Meggie an, zu den Großvätern über ihre Erlebnisse in jener Nacht zu beten. Schweigen breitete sich in der dunklen Hütte aus, als Meggie nach Worten suchte, um genau zu berichten, was geschehen war. »Großvater, ich war eingeschlafen, und dann erwachte ich«, begann sie.

Sie beschrieb die fünf Monde und den großen Mond. »Ich habe Angst, Großvater, dass diese Visionen meiner Fantasie entspringen und ich es trotzdem für wirklich halte. Ich bitte dich, mir zu sagen, was es bedeutet.«

Drei Beine goss Wasser auf. Die heißen Steine gaben eine Woge von Hitze nach der anderen ab. Zwei Frauen begannen zu husten. Er ermahnte sie zur Ruhe. Alle Frauen beugten sich mit gesenkten Köpfen dem Angriff der Hitze. Schließlich grunzte Drei Beine und sprach zu Meggie. Sie richtete sich auf, um ihm zuzuhören.

»Die Geister lassen dir sagen, dass die Pfeife mit dem Blitz, die Winona Pathfinder dir gegeben hat, sehr mächtig ist. Halte sie in Ehren und bete mit ihr, wenn du nicht in deinem Mond bist, denn sie wird dich vieles lehren. In fünf Monden sollst du die

Pfeife ins Inipi bringen und eine Nacht lang damit beten. Sie teilen dir mit, dass die Dinge nicht immer das sind, was sie scheinen. Mächtige Kräfte herrschen im Universum. Monde können wachsen und viele Monde gebären. Das sollst du wissen.«

Er lachte vor sich hin und fügte hinzu: »Der Wissenschaft ist das noch nicht bekannt.«

Meggie wartete und fragte: »Also irgendwann im Juni soll ich eine Nacht mit der Pfeife in der Schwitzhütte verbringen?«

»Juni oder Juli, in fünf Monden. Finde es selbst heraus. *Mitakuye oyas'in.*«

Die Tür öffnete sich.

Drei Beine überließ Falke die Zeremonie der vierten Runde. Als er wieder im Vollbesitz seines Körpers war, dankte Falke Drei Beine für seine Unterweisung. Er betete lange und inbrünstig für sein Volk und bat seinen Lehrer und seine Medizinhelfer, ihn bei seiner Arbeit für sein Volk zu führen. Am Ende sprach er von Meggie, ohne ihren Namen zu nennen: »Ich bitte euch, die Frau in meinem Herzen zu behüten. Bürdet ihr nicht mehr auf, als sie tragen kann. Mein Herz ist voller Freude, wo es einst einsam war. *Mitakuye oyas'in.*«

Falkes Worte wärmten Meggies Herz. Die Tür ging auf. Kühle Luft strömte hinein und mischte sich mit der Hitze, dem Schweiß, der Liebe und den Gebeten. Trotz ihres durchgeschwitzten Handtuchs fühlte Meggie sich sauber und erfrischt.

Wie neugeboren.
Winonas Worte hallten in ihrem Herzen wieder: *»Erst wenn ich das Inipi betrete und seine Kraft erlebe, habe ich endlich das Gefühl, heimgekehrt zu sein.«*

ZWÖLF

Das Opfer

Es ist Zeit, niederzuknien
auf allen vieren zu graben
tief im gefrorenen Bett des Waldes.

Und das Herz ruhen zu lassen,
das so gerast und
nun zu groß ist für diese Welt.

Jim Simmerman
Maddy's Woods

Die kleine schwarze Hündin hatte sich verlaufen; sie war hungrig und auf der Suche nach ihrer Familie. Ihre Besitzer hatten sie bei Freunden untergebracht, weil sie einen Ausflug nach St. Louis machen wollten. Nachdem die kleine Hündin in dem fremden Haus herumgeschnuppert und weder die Kinder noch die Erwachsenen gefunden hatte, war sie aus der Hintertür geschlüpft, um sich auf den Heimweg zu machen. Sie wusste nur, dass sie nach Norden musste. Bei Traverse City schlug sie die falsche Richtung ein. Statt nach Nordosten in Richtung Mackinaw City abzuzweigen, trottete sie nach Nordwesten die Halbinsel Leelanau hinauf, wo sie Fritzie begegnete. Anschließend wanderte sie nach Northport und stand plötzlich vor der riesigen Weite des Michigansees.

Unentschlossen trieb sie sich mehrere Tage am Ufer herum und betrachtete das kalte, wenig einladende Wasser. Schließlich machte sie kehrt nach Süden und kam an Suttons Bay vorbei. Um bei Kräften zu bleiben, ernährte sie sich von toten Fischen und lebenden Feldmäusen.

Als die Sonne sich zum Horizont neigte und die kleinen Nachtwesen in der Dämmerung durch die Felder zu huschen begannen, trottete die Hündin an einem hohen Zaun entlang, hinter dem ein schwarzer arabischer Hengst auf und ab rannte. Sie achtete nicht auf ihn, denn sie hatte ein paar Jungen und ein Mädchen ins Auge gefasst, die auf dem Heimweg waren. Sie spitzte die Ohren; vielleicht gehörten sie ja zu ihrer Familie. Als sie jedoch herangepirscht kam, nahm sie eine fremde Witterung wahr.

»Komm, Hundchen«, lockte die sechsjährige June Tubbs. Sie kniete sich auf den Boden, als die struppige Promenadenmischung sich ihr vorsichtig, mit gesenktem Kopf und einem wachsamen Blick auf die Jungen, näherte. Die Hündin nahm an dem erregten Ton ihrer hohen Stimmen war, dass sie irgendetwas vorhatten. Die Jungen beobachteten den nervös tänzelnden schwarzen Hengst.

»Ich könnte ihn ganz leicht reiten«, prahlte einer der Jungen und musterte den Hengst abschätzig.

Junes Finger vergruben sich im staubigen Fell der kleinen Hündin. Sie wusste genau, wo man kraulen musste. Die tröstliche, menschliche Berührung ließ die Hündin vor Wonne erschauern, und sie knurrte vor Behagen.

»Das kann doch jeder«, sagte ein anderer Junge, »außer einem Mädchen.« Er wies mit dem Kopf in Junes Richtung, aber sie beachtete ihn nicht.

»Wohl kann meine Schwester das Pferd reiten«, verteidigte

sie der zehnjährige Robert, der die Familienehre in Gefahr sah.
»Ganz bestimmt«, höhnten die anderen.
»Doch wirklich!« Jetzt zweifelten diese Burschen auch noch an seinem Wort. Robert kochte vor Wut. Die Muskeln des Hundes spannten sich unter Junes Fingern. Sie blickte zu ihrem älteren Bruder und seinen Freunden auf.
»Du kannst doch reiten, stimmt's?«, fragte Robert sie, die Daumen in seine Gürtelschlaufen gehängt.
June nickte.
»Die Jungs hier behaupten, du könntest den schwarzen Gaul da auf der Wiese nicht reiten. Und ich sage, du kannst es.« Robert warf seiner Schwester einen ernsten und flehenden Blick zu. So sah er sie an, wenn er im Clinch mit seinen Eltern lag und ihre Unterstützung brauchte.
Insgeheim war June überzeugt, dass sie alles, was ein Junge konnte, auch konnte; trotzdem musste sie zugeben, dass das Pferd riesig aussah und sie erst einmal auf einer alten, friedlichen, weißen Stute namens »Weihnacht« geritten war.
Der Hengst warf den Kopf zurück und wieherte, denn er spürte, dass die Menschen nichts Gutes im Schilde führten. Außerdem wurde es Zeit, in die warme Scheune zurückzukehren, wo ihn ein Eimer voll Hafer erwartete. Er stampfte ungeduldig, blieb aber aus Neugier noch stehen.
June vergrub ihren Kopf im Fell der Promenadenmischung, und der kleine Hund leckte dankbar ihr Ohr. Bisher waren Junes Erfahrungen mit Tieren sanft und liebevoll gewesen. Bestimmt war auch der schwarze Hengst lieb. »Wenn du ihn einfängst, reite ich ihn«, antwortete sie und wurde sofort von einem breiten, brüderlichen Lächeln belohnt. Sein Lob, das spärlich und schwer zu erringen war, erfüllte sie mit Stolz.

Einer der Jungen, der den Spitznamen »Schweinchen« trug, holte einen angedötschten Apfel aus der Tasche und hielt ihn hoch. »Das ist der Köder.«

Der nächste Junge zog eine zerdrückte Rolle Schnur aus der Jacke. »Ich hab' die Zügel!«

Als Robert merkte, dass der Plan in die Tat umgesetzt werden sollte, keimten Zweifel und Furcht in ihm auf. »Vielleicht sollten wir doch nicht ...« murmelte er, aber die Jungen waren schon zu beschäftigt mit ihrer Taktik, um ihn zu hören.

»Wer kriecht durch den Zaun und holt das Pferd?«, fragte einer.

Keiner meldete sich freiwillig.

»Der Apfel gehört dir«, sagten sie zu Schweinchen.

»Na gut«, sagte Schweinchen. »Aber ich stelle mich nur auf den Zaun und locke ihn an.« Das schien ihm ein Kompromiss zu sein.

Die Gruppe beschloss, dass Robert seine Schwester auf den Hengst heben sollte, nachdem sie ihm die Schlinge über den Kopf geworfen hatten. Ihre Hand am Hals des Hundes, stand June auf. Sein Schwanz schlug lebhaft gegen ihre dünnen Beine.

Schweinchen kraxelte auf den Zaun und pfiff nach dem Pferd. Die braune Stute in der anderen Koppel stieß ein warnendes Wiehern aus. Der dickliche Junge streckte dem schwarzen Hengst den verlockenden Apfel entgegen. Er spitzte die Ohren. Obwohl die Apfelernte lange zurücklag, hatte der Hengst den süßen Geschmack, den leckeren Biss und den Duft von Äpfeln nicht vergessen. Ungeachtet der warnenden Rufe der Stute machte er einige vorsichtige Schritte auf die runde rote Frucht in der pummligen Hand des Jungen zu. Nicht einen Augenblick ließ seine Wachsamkeit nach. Er wandte den Blick nicht von den anderen Kindern und dem Hund. Doch der Hund zeigte keine Neigung, ihn jagen zu wollen. Außerdem kannte der Araber kleine Zweibeiner. Sie waren ein wenig lästig, aber nicht gefährlich. Der Apfel zog ihn magisch an.

»Schnell!«, flüsterte Schweinchen. »Gebt mir die Schnur.«

Der Hengst konnte der Verlockung des Apfels nicht widerstehen und schritt scheu auf die ausgestreckte Hand des Jungen zu, ohne die Schnur in der anderen zu bemerken. Der Junge gab Schnalzlaute von sich, die sich wie die einer kranken Ente anhörten.

Oh, dieser Duft! Der Hengst öffnete weit das Maul, entblößte Zunge und Zähne, um den Apfel zu verspeisen, aber der Junge hielt ihn fest. Der Hengst begnügte sich mit einem Bissen und genoss den süßen Saft auf seiner Zunge. Mit einem Auge nach der übrig gebliebenen Hälfte des Apfels schielend, erlaubte das Pferd dem Jungen, ihn hinter den Ohren zu kraulen und eine leichte Schlinge um seinen Hals zu legen. Der Junge lockerte seinen Griff und bot ihm die zweite Hälfte des Apfels an.

Aus Junes Perspektive wirkte das Pferd wie ein Riesentier. Ängstlich sah sie ihren Bruder an, aber er wich ihrem Blick aus. Stattdessen nahm er ihre Hand und flüsterte: »Mach keinen Unsinn. Reite nur einmal am Zaun auf und ab.«

Schweinchen glaubte, seine dünne Schnur hielt das Tier im Zaum. Hinter dem Zaun machte Robert eine Räuberleiter, damit er sie auf das Pferd katapultieren konnte. Dabei nahm er sich in Acht vor den Hufen des Pferdes. Das kleine Mädchen stützte sich auf ihren Bruder, holte tief Atem und ließ sich mit einem Schwung auf das Pferd schleudern.

Als er das leichte Gewicht auf seinem Rücken spürte, begann der Hengst zur Seite zu tänzeln. Er war es nicht gewöhnt, ohne

Zügel und Sattel oder Beine, die ihn am Bauch berührten, geritten zu werden. Er spürte die Aufregung der Kinder vibrieren. Robert trat zurück und erklärte seiner Schwester, sie solle sich an der Schlinge festhalten, aber der Knoten öffnete sich und die Schnur fiel zu Boden. »Press die Knie zusammen und halt' dich an der Mähne fest«, stöhnte er voller Angst. Seine Schwester sah jämmerlich klein auf dem Rücken des majestätischen Tieres aus.

»Aber er ist so groß«, antwortete June und versuchte, die in ihr aufsteigende Panik zu unterdrücken. Sie griff mit ihren Fingern in die schwarze Mähne, die vom letzten Aufglühen der Abendsonne goldgefleckt aussah.

»Du schaffst es!«, drängte Robert sie. »Reite nur einmal am Zaun entlang und zurück.«

Das Pferd stand und wartete auf menschliche Anweisungen, aber es kamen keine, bis einer der Jungen sich über den Zaun lehnte und dem Tier einen Klaps auf den Rumpf gab. »Hü-hott!«, befahl er.

»Was machst du da?«, schrie Robert und warf ihm einen bösen, kriegerischen Blick zu. »Spinnst du?«

Das klatschende Geräusch erschreckte den Hengst. Er ging rückwärts und warf den Kopf nach hinten. Das kleine Gewicht klammerte sich an ihm fest, dann streichelten zwei kleine Hände seinen Hals. Eine beruhigende, hohe Stimme sprach zu ihm. »Ich heiße June.« Die Zerbrechlichkeit der Stimme beruhigte für einen Moment. Er tänzelte weiter von den Jungen und der Hündin weg, die jaulte, weil man sie festhielt. Der Hengst tänzelte seitwärts bis zur Mitte der Wiese und wartete darauf, dass die kleine Stimme ihm Anweisungen gab.

Doch June hatte keine Ahnung, wie man einem Pferd ohne Sattel und Zügel etwas sagt. Es schien sie jedoch zu hören,

denn seine Ohren zuckten bei jedem Wort. »Du bist ein schönes Pferd. Wie heißt du?« Da es nicht sprechen konnte, antwortete sie an seiner Stelle. »Ich werde dich Mitternacht nennen.«
Robert pfiff, um ihre Aufmerksamkeit zu erregen, und bedeutete ihr, Mitternacht zurück zum Zaun zu bringen, aber June wusste nicht wie. Der Araberhengst stand still und bewegte aufmerksam seine Ohren vor und zurück. Sie fühlte sich wohl auf dem hohen Rücken ihres neuen Freundes. Beinahe sicher. Auf der anderen Seite der Straße wieherte neugierig die braune Stute. Mitternacht spitzte die Ohren und schritt in die entgegengesetzte Richtung auf die Koppel zu. »Ist das deine Freundin?«, fragte June. »Armer Mitternacht, du würdest sie gern besuchen, stimmt's?« Sie schnalzte mitfühlend und tätschelte seinen Hals.
Er begann zu traben. June packte die dichte Mähne und rief »Hüa, Hüaa!«, während ihr kleiner Po auf seinem breiten Rücken auf- und niederhopste. Sie spürte, wie Mitternachts Muskeln sich zwischen ihren spindeldürren Beinchen anspannten.
»Komm zurück, komm zurück!«, schrie Robert. Seine Angeberei, der Plan, ihr Einverständnis – alles schien fürchterlich in die Hose zu gehen. Der Junge kroch unter dem Zaun hindurch und rannte hinter seiner Schwester und dem Hengst her. Der Hund versuchte vergeblich, sich aus den Armen des Jungen, der ihn festhielt, zu befreien.
Die Stute begann ebenfalls, lebhaft am Zaun entlangzulaufen und den Hengst zu sich zu rufen. June wusste, dass ein langsamer Galopp wesentlich angenehmer für den menschlichen Körper war als ein knochendurchrüttelndes Traben; und so stieß sie dem Hengst ihre winzigen Fersen in die Seite. »Hüaa, Mitternacht!«, rief sie, ohne zu ahnen, dass er vielleicht über den Zaun setzen würde. Springreiten hatte sie nie geübt.

Monatelang war der schwarze Hengst auf den Zaun zugaloppiert, um dann in letzter Sekunde zurückzuscheuen, weil das Hindernis ihm zu groß erschien. Trotz seiner Leidenschaft für die braune Stute hatte er nicht genügend Vertrauen in seine Fähigkeiten, um den Sprung zu wagen. Doch nun ermutigte ihn eine kleine Stimme, ein feiner Ton auf seinem Rücken, der ihn anspornte, und er wusste, dass er es schaffen würde. Es war, als hätte ihm nur die Erlaubnis gefehlt, über sich hinauszuwachsen.

Er nahm all seine Kraft zusammen. Seine Beine holten weit aus; er rannte schneller und schneller und spürte kaum noch das Gewicht auf seinem Rücken. Im letzten Moment verkürzte er zum Galopp, spannte die Muskeln an und sprang – Pferd und Kind hoben sich hoch vom Boden in die Luft und über den Zaun, bis die Schwerkraft sie mit einem Ruck wieder auf die erbarmungslose Härte der Erde warf.

Das Mädchen, das sich nicht mehr an der Mähne festklammern konnte, flog kopfüber, ohne einen Schrei, doch mit hilflos schlagenden Armen und Beinen durch die Dämmerung. Ihr Körper schlug in der Nähe der Stute auf dem Boden auf; ihr Kopf knallte gegen eine hölzerne Tränke. Vor Entsetzen über den menschlichen Körper, der in ihre Koppel geschleudert wurde, schrie die Stute auf, scheute und galoppierte mit ihren scharfen tödlichen Hufen in unmittelbare Nähe des Kindes.

Die schwarze Hündin riss sich aus der Umklammerung des Jungen los, raste über die Weide, flitzte an dem keuchenden Robert vorbei, duckte sich unter dem Zaun hindurch in die Koppel und stürzte sich knurrend auf die Beine der Stute. Dadurch versetzte sie beide Pferde in Panik und trieb sie fort vom reglosen Körper des Kindes. In dem ganzen Aufruhr

stürzte sich der Hengst auf den Hund, um die Stute zu schützen. Seine Hufe schlugen nach der kleinen Hündin aus.
Robert packte seine Schwester und zerrte sie unter dem Zaun hindurch auf sicheres Terrain. »Los, holt meine Mutter, schnell«, schrie er seine Freunde an, die regungslos und mit offenem Mund glotzten. Das ganze Rudel rannte heimwärts, während er sich über den zusammengekrümmten Körper seiner Schwester beugte. Er brach in Tränen aus. »June, bitte, bitte, stirb nicht.« Verzweifelt versuchte er das Blut fortzuwischen, das aus den Wunden an ihrem Kopf strömte.
Die kleine Promenadenmischung lag still an der Tränke und vermochte sich nicht mehr zu bewegen, denn ihr Körper war von den Hufen des Hengstes getroffen und schwer verwundet. Sie konnte das Menschenkind nicht mehr sehen, das sie an ihre Familie erinnert hatte. Die lange Reise der kleinen Hündin war weit entfernt von ihrem Ziel zu Ende gegangen. Doch aus Gewohnheit richtete sie ihren Blick nach Norden. Als ihre Seele den Körper verließ, wollten sich ihre Augen nicht schließen und sehen, sehen, sehen.
Nicht sehen.
Zuhause.

Graue Nebel stiegen vom See auf, ein gespenstisches Leichentuch breitete sich mit winterlicher Trostlosigkeit aus. Die warme Schwitzhütte spie die schweißgetränkten Frauen aus, die durch den dunklen Dunst in das erleuchtete Haus eilten. Der lange Tisch war gedeckt und duftende Speisen brodelten auf dem Herd. Meggie konnte kaum fassen, wie hungrig und durstig sie nach ihrer ersten Erfahrung in der Schwitzhütte war.

Lucy fing sie auf dem Weg in das Umkleidezimmer ab. »Jemand hat für dich angerufen. Eine Katya; sie war sehr aufgeregt. Du sollst sie sofort zurückrufen.«
Erstaunt, dass Katya sie bei Lucy aufgespürt hatte, zog Meggie sich an, ging zum Telefon und wählte die Nummer der Tubbs.
Katya nahm ab. Ihre Stimme klang hysterisch. »Meggie, o mein Gott! Der Krankenwagen hat meine kleine June ins Munsonkrankenhaus nach Traverse City gebracht. Sie wurde von wilden Pferden angegriffen. Ich weiß nicht, ob sie überleben wird. So viel Blut. Paul ist mitgefahren. Ich lasse Robert bei den Noonans. Bitte, bitte, können wir uns im Krankenhaus treffen?«
Meggie blickte wehmütig auf das Essen, das schon auf dem Tisch stand. »Natürlich, Katya. In bin in einer halben Stunde dort.«

3

WAZIYATA

HEILUNG

DREIZEHN

Die lange Nacht

Ich wache und fühle den Grimm der Nacht, nicht Tag.
Welche Stunden, o welche schwarzen Stunden
haben wir verbracht
Heut Nacht! Was für Gesichte, Herz, sahst du;
Wege gingst du!
Und musst noch mehr, da länger noch das Licht verzieht.

Gerard Manley Hopkins
Ich wache und fühle den Grimm der Nacht, nicht Tag

Ich muss gehen«, flüsterte Meggie Falke zu. »Katyas Tochter hatte einen Unfall. Irgendwas mit Pferden. Ich treffe mich mit ihr im Krankenhaus.«

Er half ihr in die Jacke. »Meggie, ich komme mit. Lucy kann sich um die Leute hier kümmern.« Er deutete mit dem Kopf in Richtung der Hungrigen, die bereits am Tisch saßen.

Meggie überlegte einen Moment und schüttelte dann den Kopf. »Ich glaube, es wird eine sehr lange Nacht im Krankenhaus. Und wie ich Katya kenne, ist es ihr lieber, wenn ich allein komme. Aber«, sie machte eine Pause, »warum kommst du nicht zum Frühstück vorbei?« Sie hob die Augenbrauen und gab ihm die Schlüssel für ihr Haus.

»Wer weiß, wann du nach Hause kommst?«, fragte er und steckte die Schlüssel in die Tasche.

»Du«, entgegnete sie.

Katya war noch nicht da. Im Foyer der Unfallaufnahme saß Paul auf einem Holzstuhl, den Kopf in die Hände gestützt. In seinem Gesicht stand die nackte Angst. Sein Leben war außer Kontrolle geraten. Als er Meggie sah, stand er auf und warf sich in ihre Arme wie ein Ertrinkender, dessen einzige Rettung naht. Instinktiv rieb sie ihm den Rücken, wie sie es bei einem verängstigten Kind getan hätte.

»Die Ärzte wissen nicht, ob sie die Nacht übersteht«, stammelte er. »Die nächsten zwölf Stunden sind kritisch. O Meggie, was soll ich nur Katya sagen?« Mit hängenden Schultern trat er einen Schritt zurück und suchte in ihren Augen nach einer Antwort.

»Sag Katya die Wahrheit«, entgegnete sie. Ihre Stimme klang sicherer, als sie sich fühlte.

»Meine arme Kleine.« Sein Blick wanderte zum Operationssaal. »Ich darf nicht zu ihr. Ob sie weiß, dass ich hier bin?«

»Sie schläft, Paul. Im Moment leidet June keine Schmerzen.«

Während sie versuchte, ihn zu trösten, fragte sich Meggie, ob das wohl stimmte. *Wenn June die Nacht überlebt, werden nicht nur ihre körperlichen Wunden verheilen müssen, sondern auch die Narben ihrer Seele.*

Atemlos stürzte Katya herein. »Wird alles wieder gut, Paul?«

Während Paul zusammenfasste, was die Ärzte gesagt hatten, blickte er seiner Frau ängstlich ins Gesicht. »Wir können nur warten.«

Katya warf sich an Pauls Brust, vergrub das Gesicht in seinem Hemd. Gemeinsam umschlangen Paul und Meggie die verzweifelt Schluchzende mit ihren Armen. Schließlich sanken alle drei erschöpft und hilflos auf die Krankenhausstühle. Sie hielten sich an den Händen und versuchten, ihre Angst in den

Griff zu bekommen. Auf der gegenüberliegenden Wand zeigte eine große schlichte Uhr den trägen Lauf der Zeit an.

Lange nach Mitternacht betrat ein Mann, etwa Mitte dreißig, die Notaufnahme. Sein Hemd war zerknittert, aber er sah gut aus und machte einen wachen Eindruck. Er schien am Empfang einige Fragen zu stellen. Die Schwester deutete in ihre Richtung. Der Mann kam auf sie zu. »Herr und Frau Tubbs?« Paul und Katya nickten stumm.

Er streckte Paul die Hand hin und stellte sich vor. »Ich bin Reverend Young. Ich habe vom Unfall ihrer kleinen Tochter gehört. Wie geht es ihr?«

Die Eltern schüttelten die Köpfe. »Es liegt auf Messers Schneide«, antwortete Paul.

»Ich wollte Sie fragen«, fuhr der Geistliche fort, »ob Sie mit mir für ihre Genesung beten möchten.«

Katyas Augen leuchteten hoffnungsvoll auf, und sie streckte dem Fremden die Hand entgegen, senkte den Kopf und schloss die Augen. Auch Paul senkte den Kopf. Er würde alles für sein kleines Mädchen tun. Reverend Young betete mit bewegenden Worten für das kleine Mädchen im Operationssaal. Er bat Gott, den Eltern Kraft und Geduld zu verleihen. Katya nickte, wie um das Gebet mit ihrer Zustimmung zu bekräftigen.

Als der Geistliche den 23. Psalm »Der Herr ist mein Hirte ...« betete, versetzte Meggie sich in ihrer Fantasie auf ihren Hügel. Mit geschlossenen Augen stellte sie sich vor, wie sie die Blitzpfeife entzündete und in die Dunkelheit rief: *»Ich bitte dich, mach Katyas Tochter stark, damit sie wieder mit den anderen Kindern spielen kann. Mit dieser Pfeife, Tunkasila, sende ich mein Gebet zu dir.«*

Meggie holte tief Atem. Wie eine Seifenblase zerplatzte ihre

Vision abrupt und warf sie zurück in das sterile Zwielicht der Notaufnahme.

»... und ich werde bleiben im Hause des Herrn immerdar. Amen«, schloss Reverend Young.

Katya dankte ihm überschwänglich. Der Reverend drückte beruhigend ihre Hand. Dann ging er ins Schwesternzimmer und kam mit drei Styroporbechern Kaffee zurück, der zu lange auf der Warmhalteplatte gestanden hatte und dessen bitterer Geschmack selbst die mattesten Seelen erweckt hätte. Er reichte ihnen den Kaffee und setzte sich zwischen Meggie und Katya. Offenbar richtete er sich auf eine lange Nacht ein. »Es liegt in Gottes Hand«, seufzte er.

Da sie spürte, dass Junes Eltern einige Minuten für sich brauchten, stellte Meggie sich vor und lenkte seine Aufmerksamkeit auf sich. »Welche Kirche betreuen Sie?«, fragte sie.

»Eigentlich sind es zwei Gemeinden. Eine in Northport und eine in Leland.« Er lächelte sie an. »Und was machen Sie?«

Meggie zögerte, ihm zu sagen, dass sie Psychologin war. Zu häufig schreckte diese Antwort Fremde ab. Viele fürchteten, zu viel von sich selbst preiszugeben. Sie entschied sich für einen Kompromiss. »Ich leite eine psychotherapeutische Praxis in Suttons Bay.«

Er beugte sich vor. »Ach, dann sind wir ja auf einem ähnlichen Gebiet tätig. Nur dass Sie eine moderne Sprache und ein modernes Konzept benutzen, während ich mich auf uralte Weisheiten und die Bilder eines Wüstenvolkes beziehe. Manchmal glaube ich, dass die Metaphern der Wüste unserer Zeit sehr angemessen sind. Die Menschen haben sich verirrt und sind einsam, nicht wahr?«

Seine Offenheit entwaffnete sie. Sie mochte Menschen, die ihre

Feststellungen als Fragen formulierten, die über den Monolog hinaus zu einem Dialog hinlenkten. Sie nickte.
Reverend Young deutete ihr Nicken als Ermutigung, mehr von sich zu erzählen. »Ich weiß nicht, warum es mich nach Michigan verschlagen hat. Ich wurde wegen meiner Predigten und meiner buchhalterischen Fähigkeiten hierher berufen. Doch eine alte Englischlehrerin ist für meine Rhetorik verantwortlich, und meine mangelnde Fantasie in Geldangelegenheiten täuscht Sparsamkeit vor. Und Sie? In Ihrem Beruf müssen Sie sich wenigstens nicht mit endlosen Versammlungen und den Querelen der Gemeindemitglieder herumschlagen.« Er schüttelte mit gespielter Verzweiflung den Kopf.
Meggie war überrascht von seinem Geständnis. »Ich fürchte, ich würde keine gute Geistliche abgeben. Die Gemeinde würde sofort meine Langeweile spüren. Ich bin eine schlechte Lügnerin.«
»Genau das ist das Problem«, sagte er. »Ich bin auch kein guter Lügner. Als Pastor bin ich einfach besser als im Gemeindevorstand. Erst wenn ich den Menschen helfen kann, habe ich das Gefühl, die Arbeit zu tun, zu der ich mich berufen fühle. Auch wenn es Fremde sind, wie heute Abend zum Beispiel ...« Er deutete mit dem Kopf auf die Tubbs.
»Ach, Sie kennen sie gar nicht?« Meggie war erstaunt.
Er schüttelte den Kopf. »Manchmal kann ich nachts nicht schlafen. Gedanken plagen mich wie kleine Teufel, und ich will meine Frau Annie nicht mit meinem Hin- und Hergewälze im Bett stören. Also gehe ich nach unten und höre den Polizeifunk ab. So habe ich von dem kleinen Mädchen erfahren, das von den Pferden verletzt wurde. Schrecklich, nicht wahr? Es ist so schwer für die Eltern. Ich bin hergekommen, weil Beistand in der Not meiner Vorstellung von Gemeindearbeit entspricht.«

Ein erschöpfter Arzt kam aus dem Operationssaal und ging auf die Familie Tubbs zu. Meggie und Reverend Young beugten sich vor, um ihn besser verstehen zu können. »Sie wird ein paar plastische Eingriffe brauchen, aber sie kommt durch. Sie haben ein zähes kleines Mädchen.«

Katya brach in Tränen aus. Ihre Tochter würde am Leben bleiben. Sie und Paul umarmten sich, und dann in ihrer Erleichterung Meggie und den Geistlichen. Die Narben und die lange Genesungszeit spielten keine Rolle. Ihr Kind lebte. Die lange Nacht des Wartens war vorüber.

Katya übernahm die erste Wache im Krankenzimmer, während June ihre Narkose ausschlief.

Es war halb vier Uhr morgens. Die Schwärze der Nacht war noch nicht dem Licht des Morgens gewichen. Meggie konnte nach Hause fahren.

Reverend Young beglückwünschte die Tubbs und versprach Katya, am Nachtmittag vorbeizuschauen, um sich nach Junes Befinden zu erkundigen. Gemeinsam traten er und Meggie aus dem Krankenhaus in die kalte, erfrischende Nachtluft. Der graue Nebel hatte sich zeitweise verzogen. Er begleitete sie zu ihrem Wagen. »Es hat mich besonders gefreut, Sie kennen zu lernen, Dr. O'Connor.«

»Ach, nennen Sie mich doch bitte Meggie«, sagte sie.

»Mit Vergnügen«, erwiderte er, »aber nur, wenn Sie mich auch beim Vornamen nennen.«

»Und der wäre?«, fragte sie.

»Ich heiße Karl. Karl Young.« Er lächelte. »Gewiss werden sich unsere Pfade wieder kreuzen.«

Auf der Heimfahrt ließ Meggie alle Ereignisse der Nacht Revue passieren: die Schwitzhüttenzeremonie, der Anruf von Katya, die Unfallstation, Pauls Panik und Katyas Verzweiflung, das Auftauchen von Reverend Young, sein Gebet und sein Trost in den frühen Morgenstunden. Sie dachte an die Pfeife und ihr eigenes stummes Gebet. Sie fuhr an dunklen, einsamen Farmhäusern vorbei, die den Weg zu verlängern schienen, bis endlich die vertraute Auffahrt von Chrysalis aus der Dunkelheit auftauchte.

»Endlich daheim«, seufzte sie und fuhr rasch die lange Auffahrt hinauf. Ihre Müdigkeit wich einer Welle von Erregung, als sie Falkes alten Pick-up vor der Garage stehen sah.

Offenbar hatte er sich entschlossen, ihre Einladung anzunehmen.

VIERZEHN

Das Ende einer Nacht

Birds do it, bees do it,
Even educated fleas do it.

Cole Porter
Let's Do It

Während Meggie noch im Krankenhaus war, hatte Falke versucht einzuschlafen, aber ihr Duft in den Laken ließ ihm keine Ruhe. Außerdem machte er sich Sorgen wegen ihrer langen Heimfahrt. Was für eine Nacht!

Begeistert und besorgt zugleich über Drei Beines erstes Auftauchen bei der Schwitzhüttenzeremonie, sehnte sich Falke nach dem Rat eines Lehrers. Winona hätte ihm sagen können, ob die Besessenheit von einem Geist ein typisches Phänomen für jemanden war, der den Medizinpfad eingeschlagen hatte, aber sie hatten dieses Thema nie angesprochen. Nur einmal hatte sie gesagt: »Du darfst den Geistern nie gestatten, Besitz von dir zu ergreifen, sonst treiben sie dich in den Wahnsinn.«

Was bedeutete das? Würde Drei Beine ihn in den Wahnsinn treiben? Oder bin ich zum Sprachrohr meines Geisterlehrers auserwählt? Mit einem Blick in Meggies mannshohen Spiegel rügte er sich. »Auserwählt? Ja, ganz bestimmt. Du hältst dich für etwas Besonderes. Mit einem Angeber können sich die Geister prächtig amüsieren.« Falke schnitt sich selbst eine Grimasse.

Er drehte sich auf dem rechten Fuß, um sein Profil zu betrachten, und sah sich dann wieder von vorn im Spiegel an. »Mehr denn je, mein Junge«, er zeigte mit dem Finger auf sein Spiegelbild, »brauchst du eine *Hanbleciya,* um diese Dinge zu erfahren. Nötiger denn je brauchst du einen Lehrer.« Lachender Bär hatte bereits versprochen, im Frühsommer aus Pine Ridge nach Michigan zu kommen, um ihm auf dem Hügel bei einem Visionsfasten zur Seite zu stehen. *Aber konnte es da nicht schon zu spät sein?*

Falke war müde und verlor das Interesse an seinem Schattenboxen mit Worten und Spiegelbildern und begann, ruhelos durch die Zimmer zu streifen. Fritzie begleitete ihn. Vor Aufregung glaubte Falke immer wieder Meggies Wagen auf der Auffahrt zu hören, aber es war jedes Mal nur der Wind, der an den Fensterläden rüttelte.

Das verletzte Kind kam ihm in den Sinn und verdrängte sein Sehnen nach Meggie. Im Dunkeln rauchte er eine Pfeife für das Mädchen. Er bat die Geister, ihren Körper zu stärken und ihn wiederherzustellen. Süßer Tabakduft erfüllte das Haus. Und noch immer war Meggie nicht da.

Schließlich zog er einen Sessel an ein geöffnetes Fenster im Schlafzimmer, um ihren Wagen besser hören zu können. Die Erschöpfung von den beiden Schwitzhüttenzeremonien forderte ihren Tribut und machte seine Lider schwer. Falke schlief ein und stürzte tief in einen Traum:

Ein Mann mit strähnigem Haar und breiten Schultern sprach zu ihm. »Mein Sohn«, begann er. »Setz dich zu mir. Ich habe dir etwas zu sagen.«

Mein Vater, bevor der Alkohol ihn vergiftet hat, erkannte Falke.

Die Augen des Mannes lächelten voll Liebe und Traurigkeit. Falke ließ sich mit gekreuzten Beinen nieder. Seine Gliedmaßen waren dünn und kindlich. Er beugte sich vor, stützte die Ellbogen auf die Knie und lauschte der Stimme seines Vaters. Seit Jahren hatte er diese Stimme nicht gehört.

»Ich habe hier einen Stein für dich, den ich in einem Beutel um den Hals getragen habe, seit ich ein kleiner Junge war.« Sein Vater neigte seinen Kopf und nahm einen Hirschlederbeutel, der an einem verdrehten Lederband baumelte, vom Hals. Mit gespreizten Fingern öffnete er den Beutel und nahm einen grauen Stein von der Größe einer Viertel-Dollar-Münze heraus. Er war vollkommen rund und hatte ein kleines Loch in der Mitte. Er hielt ihn gen Himmel. Sonnenstrahlen drangen durch die kleine Öffnung. Neugierig streckte Falke die Hand aus, um den Stein zu berühren. Sein Vater legte ihn dem Jungen auf die Hand.

Bei dem Versuch, die Sonne aus verschiedenen Winkeln einzufangen, drehte Falke ihn in alle Richtungen. Sein Vater sprach.

»Als ich jung war, ging ich auf eine Visionssuche, um etwas über mein Leben zu erfahren. Auf meinem Altar fand ich diesen Stein. Als ich ihn aufhob, pochte er im Einklang mit meinem Herzen. Da wusste ich, er war ein Steinmann. Mein Lehrer erklärte mir, ich müsse ihn, von Leder und Salbei geschützt, um den Hals tragen, denn der Steinmann würde mir helfen, mein Leben zu leben. Mein Lehrer sagte mir auch, dass dieser Steinmann bei dir leben würde, wenn ich in die nächste Welt hinübergehe. Ich habe die Worte meines Lehrers nicht vergessen, auch wenn er sie vor langer Zeit gesprochen hat.«

Zu Falkes großer Enttäuschung nahm sein Vater ihm den Stein aus der Hand.

»Vater, wann wird er mir gehören?«, fragte Falke. Er hätte

auch gern einen Steinmann um den Hals getragen. Die anderen Jungs würden vor Neid erblassen.
»Du wirst es wissen, wenn die Zeit gekommen ist«, antwortete sein Vater. »Dann wird der Steinmann zu dir kommen. Er kommt zu dir, nicht du *zu ihm.«*

Mit einem Ruck erwachte Falke, denn sein Kopf war ihm auf die Brust gefallen. Gefangen zwischen Kindheit, Traumwelt und seiner erwachsenen Realität brauchte er einen Moment, um sich in der Dunkelheit zu orientieren. Endlich hörte er Meggies Wagen tatsächlich die Auffahrt hinaufrumpeln. Fritzie schreckte aus tiefstem Schlaf auf und raste zur Tür.
Falke hielt Fritzies Halsband und sein wedelndes Hinterteil fest. »Pscht, alter Knabe. Lass sie zuerst ins Haus kommen, damit wir sie überraschen können.« Er streichelte den aufgeregten Terrier, bis er sich nicht mehr ganz so wild gebärdete.
Meggie schloss auf und trat den Weg nach oben an. Offenbar schlich sie auf Zehenspitzen, um die Schlafenden nicht zu wecken. Erst als sie im Dunkeln die letzte Stufe nahm, ließ er Fritzie los.
»Huch«, rief sie, als der Hund sie ansprang. Sie ging ein paar Schritte zurück.
Falke vermutete, dass ihre Augen sich noch nicht an die Dunkelheit gewöhnt hatten, und nahm sie zu ihrer Überraschung sanft in die Arme und gab ihr einen langen Kuss.

Als Falkes Lippen Besitz von ihrem Mund ergriffen, vergaß Meggie in der Glut des Lebens die schlimme Nacht und die Bilder des verletzten Kindes.

Er strich ihr das Haar aus dem Gesicht und streichelte ihre Wange. Sie schloss die Augen und lehnte sich an ihn. Tränen der Erleichterung traten über die Ufer ihrer Lider. Mit seinen Daumen fing er ihre Tränen auf und strich sie zur Seite. Sie presste ihren Kopf an seine Brust, wie ein verirrtes Hündchen, das endlich Trost gefunden hatte. Er nahm ihre Hand und führte sie ins Schlafzimmer. Seit ihrer Ankunft hatten die beiden kein Wort miteinander gewechselt.

Erschöpft warf sie sich aufs Bett. Er zog ihre Turnschuhe und Socken aus, knöpfte ihr Hemd auf und öffnete den Reißverschluss ihrer Jeans. Erst jetzt fiel ihr ein, wie verschwitzt sie noch von der Inipi-Zeremonie war. Ihre Jeans klebten an ihren Schenkeln, sosehr er auch zerrte. Sie kicherte.

Sie wand sich aus ihren Jeans und rollte sich von ihm weg. »Ich muss erst duschen«, protestierte sie. Aber seine Hände zogen sie zu ihm.

»Du bist wunderschön, so wie du bist.« Mehr wurde nicht gesprochen, und seine Zärtlichkeit überdeckte die Bilder von aufblitzenden Hufen und der fürchterlichen Angst eines kleinen Mädchens.

Fritzie konnte den Aufruhr und das Getümmel auf dem Bett über ihm nicht begreifen. Er war jedoch glücklich, dass die Frau und der Mann zusammen waren. Morgen würde ihm die Frau zu fressen geben und der Mann mit ihm Ball spielen. Und er, Fritzie, würde die beiden vor den Gefahren des nördlichen Waldes beschützen. In seinem Königreich hatte jeder eine Aufgabe zu erfüllen.

FÜNFZEHN

Therapeutische Geschichten

Der Mensch ist das einzige Tier, das errötet.
Oder es nötig hat.

Mark Twain
Querkopf Wilsons Neuer Kalender

Katya klopfte an die Zimmertür ihres Sohnes und trat ein. »Dein Vater und ich möchten mit dir sprechen. Unten.«
Ihm war klar, dass seine Eltern eine Erklärung wegen Junes Unfall erwarteten, und er hatte Angst. Würden sie ihm jemals verzeihen? Bang schloss er die Augen und wünschte sich verzweifelt etwas anderes als die Wahrheit.
»Jetzt sofort!«, befahl sie. Für gewöhnlich war sie nicht so streng.
Robert wich dem Blick seiner Mutter aus. Als er vor ihr her die Treppe hinunterging, erschwerte ihm eine unheilvolle Ahnung jeden Schritt. Es gab kein Entrinnen.
Sein Vater saß am Tisch, die Hände ordentlich gefaltet; die Stunden, die er am Krankenbett seiner Tochter zugebracht hatte, hatten tiefe Furchen auf seinem Gesicht hinterlassen. Sein ganzes Leben lang hatte Paul Tubbs Ordnung geliebt, besonders was Gefühle anging. Buchhaltung und Computer hatten ihm eine sichere Realität geboten und seine Welt genau abgesteckt. Der beinahe tödliche Unfall seiner Tochter hatte den Rahmen seiner väterlichen Zuständigkeit verschoben und

sein Vertrauen, für die Familie Vorsorge treffen zu können, erschüttert. Seine alte sichere Welt existierte nicht mehr, und Wut brodelte in ihm.

»Erzähl mir, was passiert ist.« Er artikulierte den Satz langsam und deutlich, während sein Sohn und seine Frau ihre Plätze am Küchentisch einnahmen.

»Der Hund war schuld«, begann der Junge.

»Erzähl mir, was passiert ist«, raunzte Paul ihn an. Seine Worte klangen abgehackt, argwöhnisch und schlossen sich wie stählerne Handschellen um den Jungen.

»Paul, *bitte!* Lass ihn doch erzählen«, bat Katya aufgeregt.

»Die Wahrheit. Ich will die Wahrheit wissen. Ist das zu viel von ihm verlangt?«

Robert sank auf seinem Stuhl in sich zusammen und duckte sich, während er auf die großen, schwieligen Hände seines Vaters starrte. »Wir waren auf dem Heimweg durch die Felder an der Pferdefarm. Tommy Noonan hat das Pferd zuerst gesehen und gesagt, June könnte es nicht reiten ...«

Robert zögerte.

»Weiter«, befahl Paul.

»Aber June hat gesagt, sie könnte es doch, und Schweinchen hatte einen Apfel und einer von den anderen hatte eine Schnur als Zügel und ...«

»Und du warst mit diesem blödsinnigen Vorhaben einverstanden?« Pauls Frage und sein Ton verurteilten Robert mit jeder Silbe.

Paul schluckte. »Ja, also, ich hab' gedacht, sie könnte ganz kurz auf ihm reiten ...« Ihm kamen die Tränen, aber er hielt sie zurück. Seine Kehle begann zu schmerzen.

»Es ist nicht zu fassen!«, brüllte Paul. »Mein zehnjähriger Sohn erlaubt seiner kleinen Schwester, auf einen Hengst zu steigen mit nichts als einer Schnur.«

»Paul«, ermahnte Katya ihn.

»Der Junge hat den Verstand verloren, den der liebe Gott ihm gegeben hat.« Er schüttelte erregt den Kopf.

Robert sah, wie das Vertrauen, die Achtung und die Liebe seines Vaters mehr und mehr zerfielen und von seinem Zorn davongespült wurden.

»Ich hab's doch versucht, Papa«, flehte er. »Ich hab' versucht, sie zurückzubringen, aber das Pferd ist losgerannt. Ich hab's versucht, aber ich konnte es nicht aufhalten. Wirklich, Papa. Aber das Pferd ist gesprungen. Ich hab' sie gerufen, aber das Pferd ist weggerannt. Wirklich. Ich bin so schnell gerannt, wie ich konnte, aber sie ist runtergefallen, Papa, sie ist runtergefallen, und ich konnte sie nicht fangen. Sie ist vom Pferd gefallen, und ich konnte sie nicht auffangen. Wirklich, Papa.«

Die Worte schossen ungebändigt aus ihm hervor, stolperten aus ihm heraus, Tränen fielen, Worte flossen, Schluchzen und Keuchen und keine Gnade.

»Und sie hat ganz verkrümmt dagelegen und geblutet. Und ich hab' gedacht, sie ist tot, Papa. Ich dachte, das Pferd hat sie totgemacht, oder dass ich sie ermordet habe ...« Der Junge stöhnte, senkte den Kopf und schluchzte in seine auf dem Tisch gekreuzten Arme.

Katya beugte sich über den Tisch und strich ihm das Haar aus der Stirn.

»Es war alles meine Schuld, Papa.« Er hob immer noch schluchzend den Kopf. »Es tut mir so Leid.« Aber der strenge Blick seines Vaters war nicht zu erweichen.

»Dass es dir leid tut, reicht aber nicht!«, antwortete der Vater. »Du hättest fast deine Schwester umgebracht. Deine Entschul-

digung holt sie auch nicht aus dem Krankenhaus oder heilt die Narben auf ihrem Gesicht.« Jedes Wort traf Roberts Herz wie der Hammerschlag eines Richters.

»Ich hasse mich!«, schrie der Junge verzweifelt. Er sprang auf und rannte nach oben.

»Ich hasse mich!«, kreischte er noch einmal. Er schlug seine Zimmertür hinter sich zu und schlug mit dem Kopf gegen die Wand in der Absicht, sein Gehirn zu zerschmettern, weil ihm das Leben unerträglich war. *Ich wünschte, ich wäre tot,* dachte er.

Doch die Tür öffnete sich, seine Mutter packte ihn, zerrte ihn fort von der Wand, nahm ihn in ihre starken Arme und hüllte ihn ganz in ihren warmen Körper ein. »Schsch, ganz ruhig, es wird alles wieder gut.«

»Ganz ruhig«, flüsterte sie.

»Ganz ruhig«, und allmählich überließ er sich ihrer Güte und Liebe.

Einige Abende später hörte Meggie das Knirschen eines Wagens auf ihrer Auffahrt. Der stets wachsame Fritzie bellte und pochte aufgeregt gegen die Küchentür. Sie erwartete niemanden. Zu ihrer Verwunderung war der abendliche Besucher ihr Nachbar Paul Tubbs.

»Entschuldige, dass ich so spät noch störe, Meggie, aber ich muss einfach mit jemandem sprechen.

»Komm rein, komm rein. Ich mache uns einen heißen Tee. Möchtest du eine Scheibe selbst gebackenes Nussbrot?« Sie winkte ihn ins Haus.

Das Gesicht des kleinen kahlköpfigen Mannes sah gequält aus.

Er war nicht mehr derselbe Mann, der auf ihrer Geburtstagsparty so gelacht hatte. Paul setzte sich und nahm stumm ihre Gaben an – Brot und Ingwermandeltee. Er sah aus, als hätte er tagelang nicht geschlafen.

»Wie geht es June?« Ob das Kind plötzlich einen Rückfall erlitten hatte?

»Oh, ganz gut. Die Ärzte sagen, sie kann nächste Woche wieder nach Hause. Aber Meggie, das ist es nicht.« Er schlürfte seinen heißen Tee.

»Katya?«, riet Meggie.

Paul nickte. »Ich habe sie noch nie so erlebt. Sie ist regelrecht explodiert und hat mich beschuldigt, als wäre ich verantwortlich für das, was passiert ist. Wir haben uns beschimpft, mit Worten voller Hass. Ich war wütend auf meinen Sohn, wegen seiner Dummheit. Ist es zu fassen? Der Bengel hat sich tatsächlich von seinen Freunden herausfordern lassen und June auf das Pferd gesetzt. Was hat er sich nur dabei gedacht? Du meine Güte, ein Hengst! Als ich von ihm verlangt habe, mir den Hergang zu erzählen, hat Robert die Schuld auf einen blöden, kleinen Hund geschoben, der zufällig und zur falschen Zeit aufkreuzte. Er ist nicht nur ein Dummkopf, sondern auch ein Lügner und ein Feigling.«

Starke Worte eines Erwachsenen für einen verängstigten kleinen Jungen, dachte Meggie.

»Katya findet, dass ich zu hart zu ihm bin. Kannst du dir das vorstellen? Sie hat verlangt, dass ich mich bei Robert entschuldige, ihm sage, dass ich es in der Wut nicht so gemeint hätte. Aber, Meggie, ich habe jedes Wort so gemeint. Wie kann er etwas lernen, wenn er nicht zu dem steht, was er getan hat? Ich habe ihn ja nicht geohrfeigt oder verprügelt.«

Meggie war häufig Zeugin gewesen, wie junge Menschen die

wütende Stimme ihrer Eltern verinnerlicht hatten. Später wurde es zur Gewohnheit, sich bei jedem Misserfolg zu zerfleischen.

Paul unterbrach seinen Monolog. Sein Ton wechselte von Selbstgerechtigkeit zu Scham. »Katya hat mich aus unserem Schlafzimmer verbannt. Wir schleichen auf Zehenspitzen wie Gespenster durch unser Haus, das einmal ein glückliches Heim gewesen ist. Ich meide meinen Sohn, weil ich fürchte, meine Wut nicht im Zaum halten zu können. Und er ist so klug, sich von mir fern zu halten. Katya redet außer wenigen höflichen Worten nicht mit mir. Es ist eine ›Was möchtest du zum Frühstück? Um wie viel Uhr kommst du nach Hause? Wann fährst du ins Krankenhaus?‹-Konversation. Es macht mich verrückt. Wie konnte dieser Unfall uns so entzweien?« Um Antwort flehend blickte er Meggie an.

Er riss sich innerlich in Stücke. Seine Welt war in ein Chaos gestürzt. *Er ist auf der Suche nach seinem verlorenen Selbstgefühl,* dachte sie.

Sie berührte seinen Arm. »Was geschieht, wenn du June ins Gesicht schaust?«, fragte sie.

Paul erschauerte. »Kein Kind sollte solche Narben wie sie im Gesicht tragen. Am liebsten würde ich meine Hand ausstrecken und jeden Schnitt, jede Naht wegstreichen, ihr Gesicht wieder ganz machen. Ich möchte sie in meine Arme nehmen und ihr sagen, dass so etwas nie wieder geschehen wird. Aber das kann ich ja nicht, oder?« Er runzelte die Stirn und wischte sich den Schweiß ab.

»Nein, das kannst du nicht«, wiederholte Meggie.

»Wie kann ich sie beschützen Meggie? Wie kann ich ein Vater sein, der zwischen ihr und einer Welt steht, die ihr das Gesicht zerschneidet und sie so verängstigt? Sag mir wie, Meggie. Ich muss wissen, was ich tun soll.«

»Sperr sie ein. Halte sie im Haus gefangen. Sag ihr, sie kann es nicht verlassen, bis sie erwachsen ist. Sag ihr, dass Freunde und Tiere ihr nur wehtun werden«, antwortete Meggie.

Entgeistert sah Paul sie an und überlegte, ob Meggie ihn auf den Arm nahm. Aber ihre Augen waren gütig und voller Mitgefühl.

Meggie beugte sich zu ihm. »Ich werde dir eine Geschichte erzählen, Paul.«

»Ein kleiner Junge spielte mit seinem Vater auf einer Treppe. Er stieg auf die erste Stufe. ›Papa, fang mich auf‹, rief er. Der Junge sprang, und der Vater fing ihn in seinen Armen auf.« Meggie breitete die Arme aus.

»Der kleine Junge kletterte zwei Stufen hinauf und rief: ›Papa, fang mich auf!‹ Er sprang und wieder landete er sicher in den Armen seines Vaters.

Drei Stufen, dann vier – jedes Mal fing ihn sein Vater auf. Schließlich war der Junge auf der obersten Stufe angelangt. Als er diesmal sprang, trat der Vater zurück, und der Junge stürzte, schürfte sich die Knie auf und verstauchte sich die Knochen. Weinend sah er zu seinem Vater auf und sagte mit enttäuschter Stimme: ›Papa, warum hast du mich nicht gefangen?‹

»Weil ich dir beibringen wollte, niemandem zu trauen, nicht einmal deinem eigenen Vater.«

Meggie schwieg, um Paul seine eigenen Schlüsse ziehen zu lassen.

»Das ist ja eine grauenhafte Geschichte«, wehrte er sich. »Welcher Vater würde so etwas tun?« Widerwillen spiegelte sich auf seinem Gesicht.

»Paul, wie kann ein Kind lernen, auf eigenen Füßen zu stehen, wenn sein Vater immer zur Stelle ist, es zu retten?« Meggie zog ihre Augenbrauen hoch.

»Ja, aber das Kind vorsätzlich stürzen zu lassen, indem er beiseite trat ...«
»Und könnte das nicht ein Vater sein, der seinen Sohn so liebt, dass er diese Qual auf sich nimmt, damit der Junge etwas lernt?«
»Aber ich möchte, dass meine Kinder wissen, dass die Welt gut, liebevoll und sicher ist.« Paul war immer ein überzeugter Christ gewesen, der regelmäßig in die Kirche ging und die Zehn Gebote befolgte, weil er an eine moralische Ordnung und an einen gütigen Gott glaubte.
Meggie wusste, dass die Fragen, die sie ihm stellte, über die Grenzen elterlicher Vorstellungskraft hinausgingen. *Der Unfall hat ihn in eine Glaubenskrise gestürzt, seine Weltsicht erschüttert.*
Sie trieb den Prozess voran. »Gott hat seinen Sohn so sehr geliebt, dass er ihn am Kreuz geopfert hat, nicht wahr? War das ein Verrat an väterlicher Liebe?« Wenn Paul sich die schwierigen Fragen nicht stellte, würde es keine Erkenntnis, kein Verständnis der Rolle geben, die das Leiden innerhalb der menschlichen Erfahrung spielt.
»Du hast eine Tochter, die vor allem die Überzeugung braucht, dass ihr, du und Katya, sie liebt.« Meggie sah ihm in die Augen. Fragen zu stellen, war der Beginn der Erkenntnis menschlicher Grenzen.
»Und du hast eine Frau, die vor allem deine Liebe und das Wissen braucht, dass du ihr, was auch geschieht, beistehen wirst.« Meggie sprach eindringlich.
»Du hast einen Sohn, der nichts mehr braucht als deine Liebe und dein Vertrauen, dass er aus seinen Fehlern lernen kann und du ihm helfen wirst, wenn er deine Hilfe braucht.«
Sie stand auf und goss ihnen beiden noch eine Tasse Tee ein.

»Du kannst nicht für immer am Fuß der Treppe stehen bleiben, Paul. Du kannst sie umarmen und trösten, wenn sie sich verletzt haben, und ihnen wieder auf die Füße helfen. Eltern zu sein, ist eine der anstrengendsten Aufgaben des Menschen. Geh nach Hause, Paul. Katya und Robert brauchen dich.«

Paul trank seinen Tee aus und stand auf. Sein Gesicht war ruhiger, entschlossener. Er hatte eine Richtung, eine Aufgabe, die ihm seine Hilflosigkeit nahm. »Danke, Meggie«, sagte er. »Auch wenn ich nie einen Therapeuten aufsuchen würde, du bist wirklich das Geld wert, das die Leute dir zahlen.«

Meggie lächelte. Ein indirektes Kompliment von einem Buchhalter war besser als gar keins. Auch eine kostenlose Beratung hatte ihren Lohn.

Immer wenn Andrea die Praxis betrat, schien sich die Sonne hinter dichten Wolken zu verbergen. Meggie wagte nicht, dies anzusprechen. Ihre Klientin hätte es wohl als Beweis für ihre ewige Verdammnis gewertet. Der Zorn der Frau war gewaltig, nur war er bislang in einer spröden Hülse verschlossen. Doch anders als bei Paul hatte Meggie keine Ahnung, welches Ereignis in der Vergangenheit den Zorn ihrer Klientin verursacht hatte und was ihn am Leben hielt. In dieser Sitzung öffnete Andrea die Tür einen Spalt.

»Er liebt Frauen, und sie lieben ihn.«

»Von wem sprechen Sie?«, fragte Meggie.

»Von meinem Mann«, seufzte Andrea. »Vor unserer Ehe war unsere Beziehung heiß und leidenschaftlich. Er bewunderte meine Kreativität, meine Fähigkeit, die Welt in einem geistigen Schnappschuss zu erfassen und diese mit Farben und Linien auszugestalten. Er fand, ich hätte die Kraft, meiner Existenz in meinen Bildern eine neue Bedeutung zu verleihen, sie zu verwandeln und so mit meinem eigenen Sinn für Schönheit auszustatten. Er dagegen fühlte sich in der rauen Realität gefangen.«

»Wusste er denn nichts von dem schwarzen Loch, das Ihnen folgt?«

Andrea schüttelte den Kopf. »Wissen Sie, bevor wir heirateten, verschwand das Loch zu einem winzigen Punkt. Ich vergaß es einfach. Es war wie in einem Zeichentrickfilm, wo die Figur das Loch einfach übermalt und es so aus der Landschaft verschwinden lässt.

Aber in unseren Flitterwochen brach das Loch mit weit aufgerissenem Rachen wieder auf, und ich erkannte, dass ich ihm niemals entkommen würde. Ich vermute, Sie glauben jetzt, wir hätten ein schreckliches sexuelles Problem, aber das ist es nicht. In unseren Flitterwochen haben wir uns wunderbar geliebt, und an der Seite des Mannes zu erwachen, der so etwas Schönes in mein Leben brachte, war wie eine Wonne für mich.«

»Wodurch kam dann das Loch wieder zum Vorschein?«

»Ich weiß noch genau, wann es geschah.« Andrea wurde lebhaft, aufgeregt. »Es war, als er sich mir zuwandte und sagte: ›Nun bist du meine Frau, und wir sind eine Familie‹.«

»Sprechen Sie weiter«, ermutigte Meggie sie.

Sie zögerte. »Seine Worte waren wie ein arktischer Windstoß, der das Licht in mir ausblies. Ich wollte ihm sagen: ›Nein, ich bin deine wahre Liebe, deine Seelenverwandte, deine Freundin – aber bitte nicht deine *Familie.*‹ Er hätte es nicht verstanden. Und von diesem Moment an war das Loch wieder da.«

Soll ich es wagen?, überlegte Meggie. *Soll ich es wagen, nach*

ihrer Familie zu fragen? Was vor so langer Zeit geschehen ist, dass es in einem tiefen schwarzen Brunnen liegt?
»Sind Ihre Eltern auch zur Hochzeit gekommen?« Vielleicht gelang es ihr, sich über diese unverfängliche Frage der Vergangenheit zu nähern.
»Nein«, erwiderte Andrea kurz. »Sie sind tot und aus meinem Leben verschwunden.« Sie schaute Meggie drohend an und warnte sie mit ihrem Blick, das Thema nicht weiter zu verfolgen.
Meggie beobachtete das gehetzte Gesicht ihrer Klientin. *In ihrer Psyche sind die Eltern quicklebendig; sie bewegen sich darin wie Raubtiere. Die Familie lauert in dem Loch; die Familie ist die Quelle ihres Zorns; die Familie ist es, die sie umbringen möchte.* Meggie zog sich vom schwarzen Loch zurück.
Schweigend saßen die beiden in dem Raum. Andrea wartete ab, ob die Therapeutin ihren Wunsch respektieren würde, und Meggie schwieg, um zu sehen, welchen Weg ihre Klientin einschlagen würde. Eine stille Sackgasse.
Meggie verlagerte den Schwerpunkt vom Rand des Lochs an den Rand der Hoffnung. »Die Karpfen wissen, dass Sie existieren. Und Gott?«
»Ich war der Ansicht, Therapeuten sprechen nie über Gott«, wehrte Andrea ab.
Meggie lächelte im Gedanken an den vergangenen Abend mit Paul. »Ich möchte Ihnen eine Geschichte erzählen:
Ein Mann war dabei, einen Berg zu besteigen, als er stürzte und über die Kante einer tiefen, schrecklichen Schlucht rollte. Durch Zufall gelang es ihm, sich an einem kleinen Baum, der aus dem Felsen spross, festzuklammern. Ein Sturz in den Abgrund würde ihn töten, aber er war auch zu weit vom Rand

entfernt, um wieder hinaufklettern zu können. Kurz gesagt, er saß in der Klemme.

Also rief er: ›He, ist da oben jemand?‹ Keine Antwort. Verzweifelt begann er zu beten: ›Lieber Gott, ich bin kein guter Christ gewesen, aber wenn du mich aus dieser Zwangslage errettest, werde ich jeden Sonntag zur Kirche gehen. Bitte, lieber Gott, hilf mir doch!‹

Eine tiefe Stimme antwortete. ›Ja, du hast mich gerufen?‹

›Bist du das, Gott?‹ fragte der Mann.

Die Stimme entgegnete: ›Ja, hier spricht Gott. Glaubst du an mich? Wirst du tun, was ich verlange?‹

›O ja, Gott‹, sagte der Mann. ›Ich werde alles tun, was du sagst.‹

›Dann lass den Baum los‹, befahl die Stimme.

Der Mann blieb am Ast hängen und überdachte seine Möglichkeiten. Dann schrie er hinauf: ›Ist da vielleicht noch jemand *anders*?‹

Die zerklüfteten Konturen von Andreas trotzigem, abweisendem Gesicht gaben ihrem Gelächter nach. »Ich hänge wohl auch an einer Klippe?«

»Ich glaube«, erwiderte Meggie, »wir Menschen sitzen alle von Zeit zu Zeit in einer Falle, aus der wir keinen Ausweg wissen, keine Lösung unserer Probleme. In solchen Zeiten können wir uns entweder der Verzweiflung anheim geben oder ...«

»Oder was?« Andrea rutschte nach vorn bis an die Stuhlkante.

»Oder die Komik unserer Lage entdecken«, antwortete Meggie. »Sei es das Gelächter über unser Dilemma oder das über uns selbst.«

»Hmm ... ein interessanter Vorschlag«, bemerkte Andrea. »Ich hatte etwas anderes erwartet.«

»Und was, dachten Sie, würde ich sagen?«

»Carpe diem«, antwortete Andrea.
Meggie lachte, denn sie wusste, sie hatte eine schlaue Klientin. Als sie jedoch aus dem Fenster schaute, fiel ihr auf, dass die Sonne immer noch hinter dunklen, bedrohlichen Wolken hing.

SECHZEHN

Frühling im Blut

Winterregen und Verdruss sind nun vergangen
und all die Zeiten voll Unrecht und Schnee,
die Tage der Trennung vom geliebten Verlangen,
das Licht, das verliert, und die Nacht, die gewinnt.
Erinnern heißt, vergessen das Weh,
vertrieben der Frost, das Blühen beginnt
dort im grünen Unterholz, und im Busch
öffnet sich Blüte um Blüte der Frühling.

Algernon Charles Swinburne
Atalanta in Chalydon

Auch wenn in Meggies Herzen der Frühling schon erwacht war, hielt der Winter das Land noch in festem Griff. Im April blies der Atem des Winters noch meterweise Schnee nach Suttons Bay. Doch dann schmolz die Sonne das Eis, und Krokusse schossen aus der Erde. Emsig begannen die Einwohner von Suttons Bay ihre Gärten umzugraben, wie um Mutter Natur zu signalisieren, dass es jetzt reichte. Regen löste den Schnee ab. Nach dem ersten Donnergrollen fanden die Schwitzhüttenzeremonien häufiger statt. Falke erklärte der Inipi-Gemeinde, dass es Zeit wurde, sich auf den »Ruf nach der Vision« im Juni vorzubereiten – seiner *Hanbleciya.* »Ich werde allein mit meiner Pfeife einen Hügel besteigen, ohne Nahrung, ohne Wasser, und den Schöpfer um Rat und Führung bitten.«

Sein Lehrer, Lachender Bär, hatte versprochen, aus seinem Reservat in Süddakota zu kommen, um ihn auf seiner drei Tage und drei Nächte währenden Suche zu begleiten. Um zu trainieren, fastete Falke im März und April einen Tag in der Woche und im Mai sogar zwei Tage.

Meggie gefielen die Inipi-Zeremonien in der Dämmerung immer mehr – der Duft der feuchten Erde und der heißen Steine, die geheimnisvoll dunkle Hütte und die gemeinsamen Gebete. Es faszinierte sie, wie Falke sich während der Zeremonie von einem leidenschaftlichen Liebhaber in einen nicht minder leidenschaftlichen Lehrer verwandelte. Meggie wusste nicht genau, welchen Falke sie mehr liebte.

Als Liebhaber erfreute sich Falke nicht nur an ihrem Körper, sondern auch an ihrem Verstand. Ihre europäische, von Kausalität und Pragmatismus geprägte Weltsicht gefiel ihm. Seine Welt war spiritueller und voller Geheimnisse.

Doch als Lehrer stand er immer über allem, als gehörte er niemandem, nicht einmal sich selbst. Sie war stolz auf Falkes Führungsposition innerhalb der Gemeinde, doch ihr fehlte die zärtliche Intimität.

»Ich weiß überhaupt nichts«, vertraute er ihr an. »Alles, was ich gelernt habe, verdanke ich meinen Großeltern, meinen Lehrern und den Geistern.«

Er lud sie ein, die letzte Nacht seiner *Hanbleciya* mit ihrer Blitzpfeife in der Schwitzhütte zu verbringen. Er brauchte den Ausgleich weiblicher Energie und wünschte sich Winonas Pfeife zur Unterstützung in den schwierigsten Stunden am Ende der *Hanbleciya* in seiner Nähe.

»Es wäre mir eine Ehre«, antwortete sie.

»Am ersten warmen Frühlingstag, wenn wir beide nicht arbeiten müssen«, kündigte Meggie ihm warnend an, »möchte ich dich mit zum Golfspielen nehmen.«
»Ach, ich hab' doch keine Ahnung davon«, lachte er.
»Genau«, grinste sie. »Und der Sieger darf sich etwas vom Verlierer wünschen.«
Falke sah, wie der Ehrgeiz sie packte. Er wusste, es war die Gelegenheit für sie, endlich ihre sportlichen Fähigkeiten unter Beweis zu stellen. Sie ließ ihm nicht viel Zeit zur Vorbereitung.
»Ich bringe dir alles bei«, erbot sie sich bereitwillig. Sie zeigte ihm, wie man den Schläger richtig hielt, wie man ihn schwingen musste, wie man einen Chip schlug und den Ball puttete.
»Natürlich«, warnte sie ihn, »hast du keine Chance zu gewinnen, weil du noch nie gespielt hast. Aber«, fügte sie lächelnd hinzu, »ich werde schonend mit dir umgehen.«
Zwei Wochen vergingen, bevor das Wetter und ihr Terminkalender den Ausflug zum Golfplatz gestatteten. »Du kannst einen von den alten Schlägern meines Vaters benutzen, aber seine Schuhe werden dir wohl nicht passen.«
»Ich zieh' meine Turnschuhe an.« Er hob die verstaubte Tasche mit den Schlägern an. Falke bemerkte, dass Meggies Schläger schlanker aussahen und ganz aus Metall waren.
Sie fuhren zum Golfplatz Veronica Valley in Lake Leelanau, da sein Zustand von allen Plätzen, die schon im Frühling öffneten, als der beste galt. »Außerdem hat er statt achtzehn nur neun Bahnen. Ich möchte nicht, dass du die Lust verlierst. Golf ist ein Persönlichkeitstest«, warnte Meggie. Die sauberen Spikes ihren neuen Schuhe blitzten und gaben ihr sicheren Halt auf dem feuchten Gras.
»Und vergiss nicht, was ich dir erklärt habe«, sagte sie, während sie ihre Caddies zur ersten Abschlagstelle zogen. »Um

meinen Vorteil auszugleichen und dir wenigstens eine kleine Chance zu geben, benutze ich das *Tee* für die Herren.« Ihr Lächeln war verschmitzt, und sogar ein wenig Bosheit glitzerte darin. Natürlich plante sie seine Niederlage.

Ein schwerer Tag stand ihm bevor. Falke sah wohl ein wenig besorgt drein, denn Meggie sagte: »Ach, hab' keine Angst. Du wirst es schon schaffen. Wir spielen nach Anfängerregeln.«

»Was sind das für Regeln?« Er traute Meggie nicht recht über den Weg. Eine gewisse Bosheit kam bei ihr zum Vorschein.

»Je niedriger die Schlagzahl pro Loch, desto besser. Als Anfänger wirst du wahrscheinlich eine hohe Zahl an Schlägen haben, aber nach der Anfängerregel darfst du nicht mehr als acht machen. Alle Schläge über acht gelten nicht. Du hast so viele Freischläge an jedem *Tee,* wie du brauchst.«

»Du fängst an.« Er zwinkerte ihr zu.

»Du möchtest wohl erst mal sehen, worauf du dich einlässt?« Sie grinste.

Meggie schlug den Ball und er flog ungefähr einhundert Meter weit ins *Rough.* »Nicht so toll«, seufzte sie. »Aber warte nur ab, bis ich mich warm gespielt habe.«

Falke legte seinen Ball auf das *Tee.* Man musste auf so vieles achten – die richtige Entfernung, den richtigen Griff, den Kopf unten halten, langsam rückwärts schwingen, die Kraft in den Armen sammeln, ohne drauflos zu dreschen. Der weiße Ball wirkte winzig auf dem kleinen Holzständer. Mehr als Golf stand auf dem Spiel. Falke wollte Meggie demonstrieren, dass er in ihrer Welt bestehen und neue Fähigkeiten erwerben konnte. So leicht würde er sich jedenfalls nicht geschlagen geben.

Er schlug hart zu. Der Ball sprang hoch und plumpste in einen

Wassergraben. Verdammt. Nicht gerade ein viel versprechender Anfang.

»Macht nichts. Nimm einen Freischlag«, riet ihm Meggie, als er seinen Ball mit einer Kelle herausfischte.

Er legte sich den Ball erneut zurecht; dann führte er den Schläger aber so forsch an den Ball, dass er hoch in die Luft wirbelte – und wieder ins Wasser platschte. *Verdammt nochmal,* fluchte er leise.

»Nimm noch 'n Freischlag«, rief Meggie fröhlich und rannte mit ihrem Schöpfer zum Wasser. »Er zählt nicht.«

Einen Moment lang sah er wütend zu ihr hinüber, ehe ihm einfiel, dass ja der Ball sein Feind war.

Ruhig, ganz ruhig. Diesmal gab Falke dem Ball nur einen leichten Stoß. Nachdem er auf dem Boden gelandet war, rollte er noch ein ganzes Stück weiter. Fast so weit wie Meggies.

»Toller Schlag«, begeisterte sich Meggie und klopfte ihm auf die Schulter.

Falke wusste es besser, aber er wollte Meggie nicht seine Verzweiflung spüren lassen. *Ist ja nur ein Spiel,* sagte er leise zu sich selbst. Sein zweiter Schlag war nicht schlecht, der dritte ging direkt ins *Fairway* und mit dem vierten näherte er sich bereits dem Grün. Inzwischen geriet Meggie wegen mehrerer Querschläger zunehmend ins linke Abseits, wo eine Reihe Bäume standen. Erst ihr fünfter Schlag brachte sie in die Nähe des Grüns zurück.

»Ich muss in einem früheren Leben eine Baumschule besessen haben.« Sie lachte, wohl wissend, dass er einen Vorsprung von einem Schlag hatte.

Er chippte ins Grün und war mit zwei Putts im Loch. *Nicht schlecht,* dachte Falke bei sich.

Meggie erreichte mit ihrem sechsten Schlag das Grün und mit

zwei Putts das Loch. »Oje«, rief Meggie. »Du hast mich tatsächlich geschlagen: sieben zu acht. Ich muss mich von den Bäumen fern halten und aufs Spiel konzentrieren.« Sie sah entschlossen aus.

Falke war gleich ein Stück gewachsen. *Vielleicht war dieses Spiel doch gar nicht so schlecht!* Sieg in der ersten Runde. Er setzte den Ball auf das zweite *Tee*. Zu ihrer Rechten drehte sich eine Windmühle in der sanften Brise. Links waren ein paar Bäume. Wenigstens gab es keine Wassergräben, in die sein Ball fallen konnte. Leider rutschte ihm der Ball vom Schläger ab und kullerte hinüber zum Damen-*Tee*.

»So ein Pech«, gluckste Meggie. Sie schlug zur Übung einmal durch die Luft und drosch ihren Ball dann weit hinaus zu der Kurve am *Fairway*. Ein gelungener Schlag.

Falke rutschte das Herz in die Hose. *Es ist ja nur ein Spiel.* Auch sein zweiter Schlag ging daneben; der dritte Ball zischte an einer Reiterskulptur aus Metall vorbei, verhungerte aber elendig im *Rough*. Nur die Anfängerregel rettete ihn vor einer völligen Niederlage.

Meggie hingegen schlug den Ball elegant den *Fairway* hinunter und landete ihren zweiten Schlag direkt hinter zwei Birken. Mit ihrem Eisen zielte sie auf das Loch. Zweimal prallte der Ball von den Bäumen zu ihr zurück. Schließlich erreichte sie das Loch nach sieben Schlägen. »Schon wieder die Bäume«, erklärte sie Falke. »Ich kann einfach nicht genug von ihnen bekommen.«

Sie erkundigte sich nach der Anzahl seiner Schläge und grinste. »Wir sind auf dem gleichen Stand.«

»Das Spiel hat aber gerade erst begonnen«, warnte er sie.

Das nächste *Tee* wurde von einem vier Meter hohen, aus Holz geschnitzten indianischen Krieger mit einem Speer bewacht.

»Er sollte lieber einen Golfschläger tragen«, lachte Meggie und slicte ihren Ball in die Bäume. Falkes Ball landete mitten auf dem *Fairway.*

»Nicht schlecht«, lobte Meggie. »Anfängerglück.«

Falke zwinkerte ihr zu. »Ich bin ein Tiger, stimmt's?«

Dann schlug Meggie mit ihrem Dreier-Holz den Ball ins Grün und grinste Falke schadenfroh an. An diesem Loch würde sie ihn besiegen, und er konnte nichts dagegen tun. Sorgfältig berechnete Meggie den Winkel und die Kurve des Grün. Selbstbewusst schlug sie den Ball. Er flog direkt auf das Loch zu und schwenkte dann, als hätte er seine Meinung geändert, nach links und rollte einen kleinen Abhang hinunter. Egal, beim zweiten Putt würde Meggie ihn versenken. Doch wieder rollte der Ball nach links, und erst beim dritten Putt gelang es ihr, ihn ins Loch zu befördern.

»Wie viel?«, fragte Falke.

»Sechs«, murrte sie.

Sie hatte ihm nun zwei Punkte voraus.

Meggie ging zum fünften *Tee* und schlug den Ball präzise und weit den *Fairway* hinauf. »Das soll mir mal einer nachmachen«, prahlte sie.

Sein Ball hoppelte jämmerlich hinüber zum Damen-*Tee,* aber beim zweiten Schlag holte er sie ein. »Ich kann einfach nicht von dir lassen«, neckte er sie und tätschelte ihr den Po.

Meggie grinste. Nun wollte sie ihre Führung ausbauen und ihm zeigen, wo der Hase lang lief. Übermütig hieb sie den Ball mit ihrem Dreier-Holz. Er glitt nach links ab und rollte zwischen zwei große Sandbunker. »Oje.« Sie ließ den Kopf hängen. »Warum spiele ich dieses blöde Spiel überhaupt?«

Mit seinem nächsten Schlag landete Falke seinen Ball knapp vor dem Grün. Er sah zu Meggie hinüber. Sie schmetterte den

Ball hoch über das vordere Hindernis, und er landete in der Nähe seines Balls.
»Du kannst es ohne mich auch nicht aushalten.« Er lachte, chippte den Ball gekonnt und beförderte ihn mit zwei Putts ins Loch.
Meggie presste die Kiefer zusammen. Sie nahm ihren Schläger, zielte auf das Loch, holte mit einem halben Schwung aus, traf aber den Boden vor dem Ball. Der Ball kullerte nur knapp einen Meter weit. Mit einem weiteren Chip und zwei Putts beliefen sich ihre Schläge auf sieben zu seinen sechs.
»Wie lange spielst du dieses Spiel schon?« zog Falke sie auf.
»Frag mich nicht«, erwiderte sie. Sie musste zugeben, dass er besser spielte, als sie erwartet hatte. Sie spielte heute einfach hundsmiserabel.

Nachdem sie die sechste Bahn ohne größere Schwierigkeiten geschafft hatten, marschierten Falke und Meggie zum siebten *Tee*. Sie kamen an einem riesigen Holzbären vorbei, aus dessen Kehle plötzlich ein metallisches Brüllen ertönte. Falke zuckte zusammen. »Sind alle Golfplätze so?«, fragte er.
»Golfplatz und Kunstausstellung in einem, meinst du? Nein.« Sie lachte.
In der Sonne schlenderten ein Pfau und eine Ente am Fischfutterplatz vorbei. Eine geschnitzte Statue der Jungfrau Maria behütete Golfer und Vögel. Falke stöhnte beim Anblick des siebten *Tee*. Es erforderte einen Schlag übers Wasser. Die gesamte rechte Seite des *Fairway* wurde von einem kleinen See begrenzt, aus dem eine lustige Skulptur mit zwei Beinen und Füßen herausragte.
»Vielleicht solltest du als Erstes den Wassergöttern ein Opfer darbringen«, riet Meggie.

»Und du den Geistern der Bäume«, gab er zurück.
Doch er tat es nicht und dementsprechend flog sein Ball auf die Mitte des Sees zu. Er landete im Wasser, schlitterte dann fröhlich über die Oberfläche und sprang ans trockene Ufer. »Hast du das gesehen?«, rief er. »Ich wandle neuerdings übers Wasser.«
Meggie führte einen Schlag auf den *Fairway* aus. Nach Chippen und Putten erreichten beide mit fünf Schlägen das Loch.
»Du führst nur mit einem Schlag«, erinnerte er sie.
»Aber wir haben noch zwei Bahnen vor uns.« Eiserne Entschlossenheit spiegelte sich in ihrem Gesicht und ihren Augen.
Sie zogen ihre Caddies den Pfad zum nächsten *Tee* entlang, durch ein dunkles Wäldchen mit Keramikzwergen und Schneewittchen, einem Holzkaninchen und einem Plastikfrosch, der sie anquakte. Sie überquerten eine überdachte Brücke und gelangten auf offenes Gelände.
Am *Tee* angekommen, verkündete Meggie: »Das ist eine sehr schwierige Bahn, rechne bloß nicht damit, dass du weiter so gut bist.« Sie deutete auf das *Rough,* den Wald, den Bach zur rechten, die Bäume und den Teich auf der linken Seite. Das Grün war vom *Tee* aus nicht einmal zu sehen. Der *Fairway* krümmte sich nach rechts zu einer weißen Brücke über den Bach.
Falkes Abschlag ging wieder hinüber zum Damen-*Tee,* aber er schaffte es mit sechs Schlägen zum Loch. Meggies Spiel verlief parallel zu seinem mit der gleichen Anzahl an Schlägen.
Der Pfad zum letzten Loch führte durch einen weinüberwucherten Laubengang und wurde von einem großen Totempfahl bewacht. Falke freute sich, dass er Meggies Führung auf einen Punkt hatte beschränken können. Er wusste, was sie vorhatte: ihm eine Abreibung zu verpassen und ihm genüsslich

ihren Sieg unter die Nase zu reiben. Dennoch imponierten ihm ihr Kampfgeist und Ehrgeiz.
Die Bahn hatte gleich am Anfang ein Wasserhindernis. Meggie nahm einen Freischlag und schlug danach direkt ins Grün. Um das Wasser zu umgehen, schlug Falke den Ball ungefähr 50 Meter weit und chippte ihn dann in die Nähe des Lochs. *Was ist Golf doch für ein herrliches Spiel,* dachte er begeistert. Dass er zwei Putts brauchte, um den Ball zu versenken, dämpfte seinen Enthusiasmus nicht im Geringsten.
Meggie verschlug zuerst und musste noch einmal chippen. Drei Putts, und sie kam auf sechs Schläge. »Wie viele hast du?«, fragte sie ihn sofort.
»Vier«, verkündete er stolz. »Ich glaube, ich habe gewonnen. Mit einem Punkt Vorsprung.«
Meggie sah verwirrt aus.
Neben der Veranda des Clubhauses stand ein großes Vogelhäuschen in Form einer Miniaturvilla. Als sie ihre Caddies dahinter abstellten, bemerkte Meggie, dass es aussah wie die Kulisse von Hitchcocks *Psycho.* Falke stimmte ihr zu.
»Sollen wir nicht nach Hause fahren und gemeinsam eine Dusche nehmen?« Verschmitzt sah er sie an. »Du weißt ja, als Verliererin musst du dich meinen Wünschen fügen.«
Auf dem Rückweg nach Chrysalis war Meggie schweigsam, denn sie rechnete im Geiste ihre Schläge und Punkte noch einmal nach. »Weißt du, was ich nicht verstehe?« Sie kaute an ihrem Bleistift.
»Was denn?«, fragte Falke.
»Du hast gesagt, du hättest noch nie Golf gespielt, stimmt's?«
»Stimmt. Ich habe noch nie mit Schlägern auf einem Platz gespielt.« Er warf ihr einen scheinheiligen Blick zu und spitzte übertrieben die Lippen.

»Selbst wenn ich schlecht gespielt habe, wie hast du es geschafft, mich zu schlagen?« Sie musterte sein Gesicht, denn sie wusste, er verbarg etwas vor ihr.

»Könnte es nicht sein, dass ich ein Naturtalent bin? Dir in allen Dingen ebenbürtig?« Grinsend sah er geradeaus auf die Straße.

Meggie runzelte die Stirn und rechnete noch einmal nach.

»Möchtest du die Wahrheit wissen?«, fragte er.

»Ja, auf jeden Fall.«

»Ich bin dir ebenbürtig, Meggie.« Ein Kojotenlächeln erschien auf seinem Gesicht.

Sie wartete.

»Aber«, gestand er ihr, »ich habe in der letzten Woche ein paar Stunden bei dem Golflehrer in Northport genommen.«

»Ach, so war das«, erwiderte sie.

»Vielleicht solltest du auch mal ein paar Stunden nehmen.« Er brach in Gelächter aus. Wahrscheinlich würde eine Weile vergehen, bis er sie wieder auf dem Golfplatz besiegen konnte.

Meggie musste zugeben, dass sie von seinem ersten Spiel beeindruckt war, und erlaubte ihm sogar, mit ihr zu duschen.

Als Ebenbürtige natürlich.

Bev beobachtete, wie ihre Freundin und Kollegin in glückseligen Höhen schwebte. Ihre Stimmung wirkte ansteckend. Die Klienten bemerkten inmitten ihrer eigenen Nöte, wie glücklich Dr. O'Connor allem Anschein nach war. Bev selbst gab es auf, um Coulter, ihren Verflossenen, zu trauern, und wandte ihre

Aufmerksamkeit einer neuen Flamme zu. »So langsam lerne ich das Flirten wieder«, vertraute sie Meggie an.

Lucy beobachtete Süßgrasfrau, die wie eine läufige Hündin um Larry herumstrich. Es waren ihr Hüftschwung, die scheuen Blicke, die sie Falke und Larry zuwarf, und ihr ernster, hilfloser Ausdruck, wenn die Männer in der Nähe waren. Lucy ließ sich nicht eine Minute lang täuschen. Süßgrasfrau musste in ihre Schranken gewiesen werden. Lucy zog an ihrer Zigarette und dachte über eine Vorgehensweise nach.

»Ich brauche deine Hilfe in der Küche«, erklärte sie der Jüngeren. Süßgrasfrau lächelte sie höflich an und folgte ihr ins Haus.

»Ich wasche die Messer, und du trocknest sie ab.« Lucy reichte ihr ein Handtuch.

»Du hast so ein schönes Heim«, schmeichelte Süßgrasfrau.

»Ich habe eine gute Familie, wunderbare Kinder und einen starken Mann. Mein Mann sieht sehr gut aus. Manche Frauen fühlen sich zu ihm hingezogen. Aber sie tun mir Leid.«

»Warum denn?«

»Wenn irgendeine versucht, mir meinen Mann zu nehmen, zerschieße ich ihr die Kniescheiben.« Lucy reichte ihr ein großes Küchenmesser mit der Klinge nach oben.

»Huch!« Süßgrasfrau erschrak. Sie musste ihre Hand verdrehen, um das Messer zu ergreifen, ohne sich zu schneiden. Lucy wusch das Geschirr zu Ende ab. *Gut, sie hat's kapiert.*

June Tubbs erholte sich von ihrer Begegnung mit den Pferden rascher als ihre Mutter. Wenn Fritzie mit der Kleinen Fangen spielte, leckte er ihr ab und zu das vernarbte Gesicht. Voller Angst, dass jedes Tier sich in ein wildes verwandeln würde, ließ Katya sie nicht aus den Augen. Katyas permanente und aufdringliche Sorge begann Meggie auf die Nerven zu gehen. »Du musst June schon ein bisschen mehr Freiheit geben«, sagte sie zu ihr.

Reverend Karl Young hielt Verbindung mit den Tubbs, um Junes Genesungsprozess zu verfolgen. Aus Dankbarkeit für seine Fürsorge wechselte Katya zu seiner Kirche über.

Eines Tages gestand Katya Meggie, dass Paul sich seit Junes Unfall sehr verändert hatte. »Und ich weiß nicht, ob mir diese Verwandlung gefällt. Er war immer so lieb, so zuverlässig, ein Mensch, auf den ich zählen konnte. Nach Junes Unfall tobte er herum, war jähzornig gegenüber Robert und sprach kein Wort mit mir. Ich fürchtete damals, unsere Ehe würde in die Brüche gehen.

Eines Nachts, nach einem entsetzlichen Streit, stürmte er aus dem Haus und kam erst spät wieder heim. Ich weiß nicht, wo er war, aber er kam völlig verändert zurück. Er rannte die Treppe hinauf in Roberts Zimmer, packte ihn und drückte ihn an sich wie ein Verrückter. Die beiden sprachen sich aus und weinten zusammen. Seither hat es keine Vorwürfe mehr gegeben.«

Katya schüttelte ratlos den Kopf. »Paul ist ruhiger geworden, introvertierter, nachdenklicher, was das Leben angeht. Natürlich bin ich erleichtert, dass er Robert nicht mehr die Schuld an dem gibt, was passiert ist, aber es ist einfach nicht mehr so zwischen uns, wie es einmal war. Veränderungen machen mir Angst, Meggie. Warum kann das Leben nicht einfach immer gleich bleiben?«

Häufig hatte Meggie keine Antworten auf die Fragen, die das Leben stellte. Mitunter kam es ihr sogar vor, als wüsste sie immer weniger, je älter sie wurde. Trotzdem schien ihr Schweigen die Leute zu ermutigen, ihr mehr anzuvertrauen.

Selbst der für gewöhnlich nicht sehr mitteilsame Sam wurde beredt, als er Meggie von der schwarzen Hündin erzählte. »Hätte sie die Pferde nicht abgelenkt, wäre June nicht mehr am Leben. Der Hund hat sein Leben für das Kind geopfert. In unserer Sprache gibt es nicht einmal ein Wort für diese Art von Liebe.« Gleich nach dem Unfall hatte Sam die Promenadenmischung am Nordzaun begraben und die Stelle mit einem Stein markiert.

Als der Frühling da war, gingen die beiden Frauen mit June zum Grab des kleinen Hundes am Rand des Feldes. Zu dritt pflanzten sie Rosen an dem Stein.

»Warum eine Blume mit Dornen?«, hatte June gefragt, als sie fertig waren.

»Die Dornen stehen für das Opfer und die Härte im Leben dieses kleinen Hundes.«

»Aber warum rote Rosen und nicht gelbe?«, drängte June, die Antworten auf alles suchte.

Meggie sah das kleine Mädchen mit dem narbigen Gesicht lächelnd an. »Rot ist die Farbe des Blutes, und Rot ist die Farbe der Heilung.«

Eines Nachts setzte sich Adam »Der-seinen-Hund-liebt« auf einen Stamm an der verlassenen Schwitzhütte. Er mochte die Dunkelheit, in der die Nebel vom See herüberwehten und die Umrisse verschwimmen ließen. Er liebte die Spielarten des

Lichts, die schwammige Nachgiebigkeit der Erde unter seinen Füßen, die unförmige Silhouette der Schwitzhütte vor ihm. Besonders gefiel ihm jedoch, wenn seine Großmutter von der anderen Seite herüberkam und sich neben ihn setzte.

»Mein Enkelsohn, was ist los? Du siehst müde aus«, sprach ihn die vertraute Stimme an.

»Großmama, du fehlst mir so. Du erzählst mir keine Geschichten mehr. Warum kann ich dich nicht zu Hause oder am Tag sehen?« Adam trat auf einen Zweig am Boden.

»Ist mir zu hell und zu laut«, antwortete sie.

»Warum können die anderen dich nicht sehen, Großmama?« Diese Tatsache verwirrte ihn am meisten.

»Sie sind Erwachsene. Weißt du, sie haben lange gebraucht, um diese Blindheit zu entwickeln.« Winona streckte die Arme aus und tastete wie eine Blinde in der Luft herum.

»Aber Eva sieht dich auch nicht, und sie ist noch ein Kind«, widersprach der Junge.

»Eva hat keine Lust darauf. Außerdem komme ich nicht einfach so, wenn man mich ruft. Man muss mich wirklich brauchen und darauf vertrauen, dass ich komme.«

»Ich habe aber gehört, wie Falke dich in der Schwitzhütte gerufen hat, und da bist du auch nicht gekommen. Ich warte und warte, aber du bleibst einfach weg.« Er schälte die Rinde vom Stamm.

»Falke ist zu abgelenkt. Auch er hat vergessen, wie man die Schranken zwischen den Welten aufhebt. Das kann ich nicht für ihn tun. Aber nun zu dir, Enkelsohn. Wo drückt der Schuh?«

Adam dachte einen Moment nach. Er hatte Angst, ihr die ganze Wahrheit zu sagen. »Ich bin nicht so gut in der Schule«,

antwortete er ihr und versuchte die Borke wieder zu befestigen, aber sie fand keinen Halt mehr.
Winona wusste, dass er ihr eines Tages die ganze Geschichte erzählen würde. »Ach, du wirst gut sein, wenn es so weit ist. Du sollst wissen, Enkelsohn, wie stolz ich auf dich bin, stolz, dass du nun einen richtigen Lakota-Namen hast – Der-seinen-Hund-liebt. Er beweist, dass du ein gutes Herz hast. Ein Name, in den du hineinwachsen kannst.«
»Großmama, ich hab' dich lieb«, antwortete er.
»Pilamaya, Enkelsohn.«
Adam schaute zu, wie seine Großmutter lächelnd verblasste und immer durchsichtiger wurde, bis sie plötzlich ganz verschwunden war. Der Dunst hing in den Bäumen wie graue Flechten, und die Welt um ihn herum wurde klarer und gestochen scharf, als hätte der Schöpfer mit einem schwarzen Stift die Konturen der Erde, der Schwitzhütte, der aufgetürmten Steine, der auf dem Boden verstreut liegenden Stämme, sein Haus, Falkes Wohnwagen in der Ferne und den leeren Raum, den seine Großmutter hinterlassen hatte, nachgezeichnet.

SIEBZEHN

Sich kreuzende Wege

Kojote ist ein Schlauer.
Sein Witz ist sein Versteck.
Ehrlich ist er, wenn er kann.
Doch wenn er will,
Dann lügt er.

Oh, Kojote,
Wann änderst du dein Lied?
Wann hörst du auf zu streunen,
Rundherum die ganze Nacht
Und heulst dein Lied
hinauf zum Mond?

Bill Harley
Coyote

Falke war die rauen Brauntöne der Badlands von Süddakota gewöhnt und staunte nun umso mehr über die zartgrüne Schönheit des Frühlings in Michigan. Weiße Drillinge sprenkelten die Zedernwälder. Gelbe Glockenblumen und wilde Veilchen erblühten auf der feuchten Erde. Zu Ehren der schmackhaften Morcheln feierte Traverse City sein alljährliches Pilzfest.

Die Morgendämmerung brach täglich früher an. Ob bei Meggie oder in seinem Wohnwagen, Falke begrüßte die Sonne jeden

Morgen mit einem Lied und einem Tabakopfer. In Meggies Mondzeiten zog er sich in seinen Wohnwagen zurück. Beide spürten, dass sie auch Zeit für sich selbst brauchten, um wieder neue Energie zu tanken. Da sich jeder dem anderen von seiner besten Seite zeigte, blieb jedoch vieles ungesagt.

Lucy hielt ihr Wort und besorgte Falke einen Job – als Geschichtenerzähler in Schulen, bei Pfadfindertreffen, Gemeindeversammlungen und Erzählabenden. Dass er sein Geld nie zuvor als Geschichtenerzähler verdient hatte, störte sie nicht im Geringsten. In einem leicht erflunkerten Lebenslauf für Falke stellte sie eine einfallsreiche Liste von Auftritten zusammen. Seine Bedenken deswegen ließ sie nicht gelten. »Lieber Himmel, Falke, du weißt, dass du ein verdammt guter Geschichtenerzähler bist. Dein ganzes Leben lang hast du die Geschichten deines Stammes gehört. Du hast sie im Blut. Wenn ich deine inoffiziellen Erfahrungen ein bisschen aufmöbele, bedeutet das doch nicht, dass ich lüge. In Wahrheit warst du schon immer Geschichtenerzähler. Du hast es nur nicht gewusst.«

Zu seiner großen Überraschung fand er großen Gefallen am Erzählen der alten Legenden, besonders vor Kindern. Als Mischling kannte Falke die Legenden verschiedener Stämme. Iktomi, der Spinnengeist der Lakota, war eitel und töricht; vor langer Zeit hatte er seinen Verstand gegen gutes Aussehen eingetauscht. Kojote, der Schelm unter den Geistern der südwestlichen Stämme, war zwar gerissener, aber ebenso eitel und lüstern. Die wilden Geschichten faszinierten die Kinder, wie zum Beispiel jene über die alte Feindschaft zwischen dem Kojoten und dem Kaninchen, die sich gegenseitig überlisten wollten.

Unweigerlich stellten die Kinder Fragen zu den amerikanischen Ureinwohnern. »Skalpieren die Indianer immer noch

Leute? Hast du schon mal jemanden getötet? Lebst du auch in einem Tipi?« Die Fragen verrieten, dass die Kinder zu viele Cowboy- und Indianerfilme gesehen hatten. Aber Falke war geduldig und hoffte, mit seinen Antworten die Kluft zwischen den Kulturen überbrücken zu können.

Wenn er in seinem Wohnwagen war, hielt Falke weiterhin ein Auge auf das, was um sein Heim herum geschah. Mit fortschreitendem Frühling wurden die Markierungen des Kojoten deutlicher. Seine Spuren zeigten, dass das Tier Falkes Behausung umkreiste. Winonas Worte fielen ihm wieder ein. »Die Liebe geht manchmal verschlungene Pfade«, hatte die alte Medizinfrau ihn gewarnt.

Dann dachte Falke an Süßgrasfrau. Ihre Augen sprachen Bände: »Ich bin bereit, wenn du nur willst.«

»Verliebe dich nie in eine weiße Frau.« Lachender Bärs Warnung ging Falke immer wieder durch den Kopf.

Und selbst Drei Beine, sein Geisterlehrer, gab seinen Senf dazu: »Eines Tages wirst du dich entscheiden müssen – zwischen dem Pfad der Pfeife und dem Weg der Weißen.«

Doch verliebt wie Falke war, weigerte er sich, die warnenden Vorzeichen zu beachten.

»Jetzt hab' ich dich!«, sagte Kojote zu Kaninchen.

»Pscht!«, erwiderte Kaninchen. »Siehst du nicht, dass ich Babys hüte?« Kaninchen hielt seine Nase an ein Erdloch.

»Was für Babys?«, fragte Kojote skeptisch, denn er fürchtete, Kaninchen habe einen neuen Trick auf Lager.

»Pscht!«, antwortete Kaninchen. »In dem Loch ist ein ganzes Nest junger Feldmäuse, und ihre Eltern haben mich gebeten,

auf sie aufzupassen. Wenn eins aufwacht, schubse ich es wieder zurück ins Loch.«

»Also, Kinder«, sagte Falke. »Feldmäuse sind für Kojoten das, was Schokoriegel für euch sind …« Falke machte eine Bewegung wie ein hungriges Tier und fuhr mit seiner Geschichte fort.

»Lass mich die Babys eine Weile hüten«, verlangte Kojote.

»Nein, ich mache das.«

»Bitte, lass mich doch. Ich werde gut auf sie aufpassen«, versprach Kojote. Schließlich willigte Kaninchen ein.

Als Kaninchen fort war, lief Kojote vor Hunger das Wasser im Mund zusammen. Er wollte eine von den köstlichen Feldmäusen probieren. Zuerst stampfte er auf den Boden und rief: »Wacht auf, ihr kleinen Feldmäuse! Wacht auf!« Aber keines der Mäuschen ließ sich blicken.

»Sie schlafen wohl ganz fest«, sagte Kojote leise zu sich selbst. »Ich werde sie mit einem Stöckchen wecken.« Er schnappte sich einen Stock und stieß mit ihm weit in das Loch, bis er einen Widerstand spürte. Er bohrte und stocherte.

»Wisst ihr, was in dem Loch war?«

Die Kinder schüttelten mit gespannt aufgerissenen Augen die Köpfe.

»Zehntausend Wespen!«

Die Kinder kreischten vor Vergnügen.

Und jede einzelne stürzte sich auf den armen Kojote und stach ihn. Hals über Kopf stürzte er zum Wasser und verfluchte das Kaninchen den ganzen Tag.

Falke wandte sich an die Kinder mit der Warnung: »Also passt gut auf, sonst werdet ihr eines Tages auch so schlimm gestochen.«

Nach einem langen, mit therapeutischen Sitzungen ausgefüllten Tag brachte Meggie Ordnung in ihr Büro. Sie räumte die Sachen für die Spieltherapie ins Regal, leerte den Papierkorb und schüttelte die Couchkissen auf. Die Schwerfälligkeit ihrer Bewegungen verriet mehr als nur Müdigkeit. Bev steckte ihren Kopf durch die Tür. »Meggie, du siehst so traurig aus. Wo ist das Gesicht der Frau, die verliebt in die Liebe ist?«

Meggie schüttelte den Kopf. »Die Zwillinge haben angerufen. Man hat Lungenkrebs bei Savannah Todd diagnostiziert. Die Ärzte haben keine große Hoffnung. In ihrem Alter kann sie sich keiner starken Chemotherapie mehr unterziehen.«

»O Gott, was wird Sascha ohne ihre Schwester anfangen?«

Typisch, dass man sich immer zuerst um die Zurückbleibenden sorgt. Meggie zuckte die Achseln. Sie war der vielen Probleme der Menschen müde.

Wäre es nicht schön, wenn das Leben wenigstens ab und zu reibungslos verliefe?, dachte Meggie. »Morgen Abend halten sie einen Gebetsgottesdienst für Savannah bei sich zu Hause ab. Kommst du mit?«

»Na, du weißt ja, dass sich meine Frömmigkeit in Grenzen hält. Aber auf der anderen Seite hat Savannah ja auch keinen Funken Religion in den Knochen.« Bev schien unentschlossen und den Vorschlag zu überdenken. Schließlich sagte sie zu.

Am folgenden Abend versammelten sich die Freunde im Haus der Todd-Schwestern. Sascha servierte Tee, Kaffee und Kekse auf Spitzendeckchen. Obwohl Savannah lächelte und sich bemühte, ein fröhliches Gesicht zu machen, wirkte sie verloren und ängstlich. Die erzwungene Heiterkeit der Zwillinge machte Meggie traurig. Katya und Paul begrüßten die Gäste, von denen die meisten über sechzig waren. Meggie fiel auf, dass alle das Wort Krebs vermieden.

Mit einer warmherzigen Geste ging Bev auf Savannah zu. »Wie geht es dir, Savannah? Ich habe gehört, dass du Krebs hast.«

»Ach das!«, erwiderte die alte Frau trotzig. »Ich will bis zum Ende aus dem Vollen schöpfen. Morgen gehe ich mit meiner Schwester zum Angeln. Ich werde wilde Partys feiern. Und«, verkündete sie laut, damit alle Anwesenden es hörten, »ich habe nicht die Absicht, mit dem Rauchen aufzuhören oder keinen Sherry mehr zu trinken, wie die Ärzte es mir verordnet haben.«

»Pscht, Savannah, du wirst nichts dergleichen tun«, ermahnte Sascha sie.

Savannah ignorierte ihre Schwester. »Und dieser Gebetsabend war auch nicht meine Idee. Ich glaube nicht an solches Zeug.« Sie ließ ihren Blick durch den Raum schweifen. »Sascha hat das hier alles organisiert. Erst als mir aufging, dass so eine Versammlung ein guter Anlass für eine Party bietet, habe ich ihr erlaubt, einen Prediger einzuladen. Ich hoffe mal, er beschränkt seine Gebete auf ein Minimum.«

In ihre Rede vertieft, hatte Savannah die Ankunft des Geistlichen gar nicht bemerkt. Er stand in der Tür und lauschte mit einem Lächeln im Gesicht. »Ich verspreche ihnen, Fräulein Todd«, sagte er höflich, »dass meine Gebete kurz und bündig sein werden.« Alle entspannten sich; Savannahs Fauxpas war wohlwollend überhört worden.

Sascha wandte sich dem Priester zu. »Ich möchte euch Reverend Young vorstellen.«

Was für ein reizender junger Mann. Er erinnert mich an George-wie-hieß-er-doch-gleich, dachte Savannah.

Und auch Bev schien ein Auge auf ihn geworfen zu haben: Für einen Priester sieht er gar nicht so schlecht aus, dachte sie bei sich.

Reverend Young hielt sich an sein Versprechen und sprach ein kurzes Gebet. Es war liebevoll und ergreifend zugleich.

Unangekündigt erschien sie mit einem Auflauf und einem Kuchen in den Händen an der Tür seines Wohnwagens. Kaum hatte Falke die Tür geöffnet, erkannte er auch schon, dass ein Unheil auf ihn lauerte – ein Unheil in engen Jeans und knappem T-Shirt.

Süßgrasfrau.

»Ich hab' dir was mitgebracht«, sagte sie. »Möchtest du nicht, dass ich reinkomme?«

Sie schlüpfte an ihm vorbei und streifte ihn dabei mit ihrer Hüfte. Sie klappte den kleinen Küchentisch aus und schöpfte etwas von dem Auflauf auf seinen Teller. »Komm, iss etwas. Schmeckt gut.«

Als sie ihm gegenüber saß, gestand sie. »Ich wusste nicht, wie ich sonst deine Aufmerksamkeit hätte erregen sollen.«

»Der Auflauf ist vorzüglich«, murmelte er, den Mund voller Nudeln, geschmolzenem Käse und Tunfisch.

Sie zog die Schuhe aus und ließ ihre warmen Zehen unter dem Tisch in sein Hosenbein wandern.

Er wich zurück und schüttelte den Kopf. »Hör auf damit!«

»Warum?«, fragte sie und begann, seinen Arm mit einem Finger zu streicheln.

»Ich bin mit einer anderen Frau zusammen. Außerdem bin ich dein Lehrer. Es gibt schon zu viele Medizinlehrer, die sich an die Frauen, die zu den Zeremonien kommen, ranmachen. Sie sind nun mal leichte Beute. Aber es gehört sich nicht, eine Frau so auszunutzen.« Trotz der Kühle in seinem Wohnwagen fing Falke zu schwitzen an.

»Apfelkuchen?«, fragte sie unschuldig und fuhr sich mit der Zunge über die Lippen.

Eine kleine Ermutigung nur, und sie wäre mit einem Satz in sein Bett gesprungen, das wusste er. »Es ist nicht richtig«, wiederholte er und fand, dass seine Worte ziemlich hohl klangen.

Er wollte Süßgrasfrau nicht verletzen. Andererseits wusste er nicht, wie lange er der Versuchung noch standhalten würde. Er konnte sich selbst nicht trauen, und das trotz seiner erwachenden Liebe zu Meggie. »Du musst jetzt gehen«, sagte er. »Danke für das Essen. Und lass dir eins gesagt sein ...«

Süßgrasfrau sah ihn mit traurigen Augen an.

»Du hast mehr als nur einen schönen Körper. Da ist dein Verstand und dein Herz, beides musst du behüten und wertschätzen. Du brauchst einen Mann, der alles an dir liebt, und dieser Mann kann ich nicht sein. Nur einen Teil anzunehmen und die anderen zu missachten, würde bedeuten, dich als Mensch nicht ernst zu nehmen. Es gibt viele Männer, die deine weibliche Energie dazu nutzen würden, selbst zu Kräften zu kommen. Doch du würdest dabei leer ausgehen. Das ist nicht richtig.«

Aber ich kann verstehen, warum Männer das tun, wenn Frauen sich so frei anbieten, dachte er, während er Süßgrasfrau nachschaute, die über das Feld von dannen zog. *Und auch noch so schöne Frauen,* seufzte er.

ACHTZEHN

Rauch in den Augen

They said someday you'll find
All who love are blind,
When your heart's on fire,
You must realize
Smoke gets in your eyes ...

Jerome Kern und Otto Harbach
Smoke gets in your eyes

»Ich muss Ihnen ein Geständnis machen.« Andrea wandte sich vertrauensvoll ihrer Psychotherapeutin zu.

»Okay.« Meggie spitzte die Ohren. Sie war erstaunt, dass ihre neue Klientin die dritte Sitzung auf diese Weise begann.

»Ich male immer wieder dasselbe Bild. Ich bin von der Problematik des *chiaroscuro* fasziniert – des so genannten Licht-und-Schatten-Effekts. Ich bin auf der Suche nach etwas radikal Neuem auf der Leinwand, verstehen Sie? Doch nichts führt zu der zündenden Idee. Meine Landschaften bleiben flach, zweidimensional und Furcht erregend.«

»Furcht erregend?«

»Die Bäume auf meinen Bildern strecken ihre Äste wie Klauen aus. Das schaumige Wasser schlägt dunkel und trübe ans Ufer. Die Möwen kreisen wie Geier über den See. Die Birken wirken kalt, und Weinranken ersticken und erwürgen junge Triebe. Weiß Gott kein freundlicher Ort.«

»Wie sieht es mit der Landschaft in Ihrem tiefsten Inneren aus?« Meggie war sich sicher, dass Andrea die Bedeutung von Projektionen kannte.

»Es gibt einen Unterschied. In mir sind rote, lila und schwarze Spritzer und Hitze. Außerhalb bin ich auf Blau- und Grüntöne, Weiß und Frost festgelegt. Als ob eine schwere Metalltür, wie es sie auf der Titanic gab, meine Bilder von meinen Gefühlen trennt.« Sie zerschnitt die Luft vor sich mit der Hand.

»Was wäre nötig, um die Tür zu öffnen?«

»Als Erstes müsste ich meinem Mann vertrauen können.« Andrea presste die Hände in ihrem Schoß zusammen, als hielte sie sich an einer Rettungsleine fest.

»Welche Art von Vertrauen?«

Andrea seufzte. Ihr Hände erschlafften. »Überall, wohin er auch geht, spüren die Frauen seine Fähigkeit, jeder Frau das Gefühl zu geben, sie sei die wichtigste Person auf der ganzen Welt. Er ist eine sonderbare Mischung aus reizendem kleinen Jungen und jedermanns Beichtvater. Frauen bieten sich ihm in Scharen an. Und trotzdem ist er einsam. Ich sitze hinter meiner Stahltür, und er kann nicht an mich heran. Aber«, fügte sie mit einer gewissen Zufriedenheit hinzu, »ich habe ihn nie betrogen.«

Meggie schwieg und ließ ihre Klientin fortfahren.

»Schon zu Anfang unserer Ehe, kaum ein Jahr nach unseren Flitterwochen, hatte er die erste von vielen Affären. Ich stellte ihn zur Rede. Er weinte, bat um Verzeihung und wälzte sich mit Genuss in seiner Schuld. ›Es wird nie mehr vorkommen‹, versprach er.

Natürlich passierte es immer wieder, und nach einer Weile machte er diese Versprechungen auch nicht mehr. Er hat allen Ernstes geglaubt: Was ich nicht weiß, macht mich nicht heiß.

Also bemühte er sich, seine Affären zu verheimlichen.« Ihre rechte Hand bewegte sich, als zöge sie einen Faden aus ihrem Schal.

»Für mich ist es schon eine Art Spiel geworden. Immer wieder rausfinden, wer die Nächste auf seiner langen Liste der Verführungen sein wird. Anfangs gab ich den Frauen die Schuld. Ich folgte ihm in die Motels, in denen er seine Rendezvous hatte. Einmal habe ich mit meinem Autoschlüssel den Wagen der Frau zerkratzt, die mit ihm auf dem Zimmer war. Ein anderes Mal durchstach ich alle vier Reifen. *Pschsch* – das Zischen der ausströmenden Luft gab mir in dem Augenblick eine große Erleichterung.

Schließlich erkannte ich, dass es nicht ihre Schuld war, wenn sie sich in ihn verliebten – zumal ich ja die erste in einer langen Reihe von weiblichen Wesen gewesen war, die den gleichen Fehler gemacht hatte. So schrieb ich endlich demjenigen die Schuld zu, dem sie gebührte.« Andrea lehnte sich zurück.

»Der Mann, der sich nach seiner Frau hinter der Stahltür sehnte«, provozierte Meggie sie.

Andreaa Augen blitzten verärgert auf. »Ich weiß, was Sie meinen. Wäre ich aufgeschlossener ihm gegenüber gewesen, wäre er nicht vom Weg abgekommen. Sie geben mir die Schuld, nicht wahr?« Ihre Stimme klang vorwurfsvoll und schrill.

»Ich glaube«, sagte Meggie mit sanfter Stimme, »Sie und Ihr Mann sind einsam und nicht mehr auf derselben Wellenlänge. Trotzdem lassen Sie sich nicht scheiden. Das sagt mir etwas.«

»Was?« Ihr Ärger ließ sie das Wort schroff aussprechen.

»Dass Sie beide die Hoffnung haben, etwas könnte Ihre Ehe wieder zum Leben erwecken.«

»Ha! Da sind Sie auf dem Holzweg«, schnaubte Andrea. »Er bleibt mit mir verheiratet, weil sein kostbarer Ruf als zuverlässiger, verheirateter Mann in der Gemeinde auf dem Spiel steht. Wenn er mich lieben würde, könnte er auch seine Hose zulassen.«

»Dann erklären Sie mir bitte, Andrea, warum Sie sich nicht von ihm trennen?«

»Dafür gibt's einen einfachen Grund.« Ihre Stimme zitterte. »Ich habe nie aufgehört, ihn zu lieben.« Andrea verschränkte wieder die Hände im Schoß und sah Meggie mit einem verzweifelten Blick an.

Es war mehr als reine Neugier, die Meggie zu den Inipi-Zeremonien lockte. Die intime Stille in der Hütte, die freimütigen Gebete, die Wertschätzung von Falkes Weisheit, ein stärker werdendes Gefühl für die Gemeinschaft – all das war ihr zunehmend ans Herz gewachsen. Die wichtigste Erfahrung für Meggie aber war, dass sie nach einer Woche zermürbender therapeutischer Arbeit und Termine in der einfachen Zeremonie der Schwitzhütte ihr Gleichgewicht wieder fand.

In der Hütte schien es für niemanden mehr eine Rolle zu spielen, dass sie weiß war – im Dunkeln hatten sowieso alle die gleiche Hautfarbe. Es wurde aus keinem heiligen Buch oder einer Schrift vorgelesen und niemand trug Sonntagskleider. Man saß in der Hütte einfach auf der Großmutter, mit nichts als einem Handtuch bekleidet. Mit ihren Liedern riefen sie die Großväter und die Medizingeister ins Inipi; die Fürbitten kamen stets aus dem Herzen. Vor *Wakan Tanka* waren sie nichts weiter als Zweibeiner auf der Suche nach ihrem Platz in der Schöpfung.

Auch außerhalb der Schwitzhütte hatte Meggie das Gefühl, von der Indianergemeinde akzeptiert zu werden. Doch mitunter weckten die Unterschiede – das gebratene Brot und Wildbret, der derbe Humor, die Geschichten, in denen die Weißen verspottet wurden, und das tiefe Misstrauen gegenüber allen Behörden – ein starkes Gefühl der Fremdheit in ihr. In diesen Augenblicken fühlte sie sich einsam und als Außenseiterin, und da sie fast alle Mitglieder der Gemeinschaft aufrichtig mochte, stellten diese Regungen für Meggie eine neue Erfahrung dar. Natürlich vermutete sie, dass diese Fremdheit, die sie gelegentlich empfand, für Schwarze, Asiaten und amerikanische Ureinwohner in einer von Weißen beherrschten Gesellschaft eine alltägliche Erfahrung sein musste. Aus Achtung vor den kulturellen Unterschieden behielt Meggie ihre Ansichten und Fragen für sich.

Eines Abends tauchte plötzlich ein neues Gesicht auf. Ein staubiger brauner Wagen mit Süddakota-Nummernschild rumpelte eines Abends Lucys Auffahrt hoch, als die jungen Männer dabei waren, das Inipi-Feuer zu entzünden. Falke war in ein Gespräch mit einem der Männer vertieft, als eine schlanke Frau mit langem dunklen Haar, offenkundig eine Indianerin, aus dem Wagen sprang und zu Lucys Haus eilte. Sie klopfte und trat ein.

Kurz darauf kam Lucy hinaus zum Feuer, wo alle mit der Anfertigung der Tabaksäckchen beschäftigt waren. Sie gab Falke ein Zeichen. Er ging zu ihr hinüber, und sie flüsterte ihm etwas ins Ohr, wobei sie mit dem Kopf in die Richtung des Hauses nickte. Meggie bemerkte, dass er verwirrt aussah. Er warf ihr einen Blick zu, überließ den jungen Männern die

Arbeit am Feuer und ging zum Haus. Lucy blieb da und beobachtete sichtlich zufrieden, dass Süßgrasfrau sich in gebührendem Abstand von Larry niedergelassen hatte.
Eine halbe Stunde verging, ohne dass Falke oder die fremde Frau herauskamen. Meggie platzte vor Neugier. *Vielleicht eine Verwandte,* sagte sie sich. Schließlich öffnete sich die Tür und die beiden kamen, in ein lebhaftes Gespräch vertieft, heraus. Auf Falkes Gesicht konnte Meggie große Freude lesen, als er die Frau zur Feuerstelle führte.
Sie ist schön, war Meggies erster Eindruck.
Falke wandte sich der Gruppe zu, die schon ganz gespannt war, sie kennen zu lernen. »Ich möchte euch Aufsteigender Rauch aus Pine Ridge vorstellen. Sie ist Pfeifenhüterin und dazu befähigt, die Inipi-Zeremonie der Frauen abzuhalten.«
Die anderen Frauen lächelten erfreut über diese Mitteilung.
Mit hochgezogenen Augenbrauen bemerkte Lucy: »Sie kennt Falke sehr gut. Sie war nämlich mal mit ihm verheiratet.«
Aufsteigender Rauch lachte. »Ich weiß nicht, ob er sich damit brüsten möchte.«
Falkes Blick huschte hinüber zu Meggie. In diesem Moment spürte Meggie, wie die Schwärze der Wälder langsam aber sicher auf die Gruppe am Feuer zukroch. Die Nacht war im Begriff, sämtliche Partikel des Lichts zu verschlingen.

Lange nachdem im Anschluss an die Inipi-Zeremonie und das Essen alle nach Hause gegangen waren, half Meggie noch beim Abwaschen des letzten Geschirrs, während Aufsteigender Rauch die Männer Falke und Larry mit Geschichten über das Reservat und die Familie unterhielt. Schließlich packte Meggie ihr nasses Handtuch und ihren Essenscontainer zusammen und kündigte ihren Aufbruch an.

»Ich bringe dich zum Wagen.« Etwas schwerfällig stand Falke vom Tisch auf.
An seiner Wortwahl erkannte Meggie, dass er die Nacht nicht bei ihr verbringen würde. »Wann sehen wir uns?«, fragte sie am Wagen. In Wirklichkeit wollte sie fragen: *Was macht Aufsteigender Rauch hier? Was sind ihre Pläne? Warum kommst du heute Abend nicht mit zu mir?*
»Bald.« Er küsste sie leicht auf die Wange.
In den folgenden Nächten blieb Falke Meggies Bett fern, rief sie aber zumindest täglich an.
»Warum lässt du dich nicht blicken?«, fragte sie ihn.
»Zu viel zu tun«, lautete seine Antwort. Aufsteigender Rauch, die inzwischen bei Lucy untergekommen war, habe eben eine Menge alten Klatsch zu erzählen. Er würde bald kommen, versprach er.
Meggie blieb nichts anderes übrig, als zu warten. Ihre Freude und Erfüllung wurde nun von Zweifeln und Angst überlagert. Vielleicht hatte sie seine Gefühle für sie überschätzt. Vielleicht hatte Bev Recht, und sie war nur in die Liebe verliebt. Oder sie war verrückt genug zu glauben, die Kluft zwischen den Kulturen überbrücken zu können. Sie schlief unruhig in ihrem leeren Bett und hatte einen beängstigenden Traum:

Sie ging einen Abhang hinunter. Rechts von ihr stand ein blonder Mann mit ausgebreiteten Armen, es war der Apostel Petrus. Zu ihrer Linken auf der anderen Seite eines Baches stand ein stämmiger, dunkelhaariger Mann – ein Indianer. In den ausgestreckten Händen hielt er eine Heilige Pfeife. Beide forderten sie auf, eine Wahl zu treffen.

Am nächsten Morgen, kurz bevor sie aufwachte, hatte sie noch einen Traum.

Sie ging zu den Docks hinunter, wo eine große Fähre vor Anker lag. Das Wasser war rabenschwarz, die Luft grau, eine Welt ohne Sonne. Am Pier vertäut war ein Ruderboot, in dem ein alter Mann und ein Hund saßen. Die Fähre hatte anscheinend gerade erst angelegt und würde wohl so bald nicht aufbrechen. Also ging sie auf den alten Mann zu. Der Hund hatte seltsamerweise drei Köpfe, schien aber sonst sehr freundlich. »Können Sie mich auf die andere Seite bringen?«, fragte sie den Alten. »Ich suche Winona.«
Er schüttelte den Kopf. »Nein, Sie können nicht übersetzen. Schauen Sie doch nach, ob sie auf der Fähre dabei ist. Vielleicht ist sie unter den Passagieren.«
Meggie lief zum Ausstieg der Fähre. Sie wartete, während das Boot sich leerte. Dann war es Meggie plötzlich klar: Winona würde nie zurückkehren.

Drüben auf der anderen Seite stellte Winona fest, dass sie aufstehen konnte. Das Ziehen in ihrem Rücken ließ nach, immer weniger Menschen riefen ihren Namen. Die Bänder, die sie an ihr altes Leben fesselten, lösten sich nach und nach von ihr ab. Ohne das Gewicht der alten Bindungen war es fast, als schwebte Winona, denn neue hatten sich noch nicht gebildet. Sie überlegte, ob diese Zeit der Einsamkeit eine Notwendigkeit war, eine Zeit der Reinigung und Heilung, in der sie alten Ballast abwerfen und sich auf die nächste Phase vorbereiten konnte.

Doch immer noch konnte sie ihre Sorge um Lucy, Falke, die Enkel und Meggie O'Connor nicht ganz ablegen. Aber wie sehr sie sich auch bemühte, auf sich aufmerksam zu machen – sie sahen und hörten sie einfach nicht.

Nachdem das Tageslicht die düsteren Träume verscheucht hatte, zwang sich Meggie aufzustehen. Arbeit war schon immer Balsam auf ihre verwundete Seele gewesen. Und wie kam der Apostel Petrus überhaupt dazu, sich in ihren Träumen breit zu machen? Wenn sie die christliche Lehre überzeugt hätte, hätte sie bestimmt nicht den Weg der Pfeife eingeschlagen.

Die erste Klientin an diesem Tag war Andrea. Sie machten nur geringe Fortschritte, und Meggie spürte, wie die Zeit gegen sie arbeitete. Wenn sich nicht sehr bald etwas änderte, würde die Hoffnung verschwinden und Andrea sich vielleicht für immer hinter ihrer Stahltür einschließen.

Meggie erinnerte sich plötzlich an etwas, das Andrea in der letzten Sitzung gesagt hatte. Sie las noch einmal ihre Notizen durch, bis sie auf die entscheidende Stelle stieß.

Sie hatte gefragt: *»Was wäre nötig, um die Tür zu öffnen?«*

Andrea hatte geantwortet: *»Als Erstes müsste ich meinem Mann vertrauen können.«*

Meggie hätte es fast übersehen. Wo es ein Erstes gab, musste ein Zweites folgen.

Meggie wartete zunächst, aber ihre Klientin war an diesem Tag ungewöhnlich still und zurückgezogen. *Sie gleitet in ihre Verzweiflung hinein.*

»Einmal angenommen, Sie könnten Ihrem Mann vertrauen,

was bräuchten Sie noch, um die Stahltür zu Ihrem Innersten zu öffnen?«
Zunächst schien Andrea sie nicht zu hören oder die Frage nicht annehmen zu wollen. Tiefes düsteres Schweigen breitete sich im Therapiezimmer aus. Wortlos ließ Meggie die Frage im Raum stehen.
»Eine Leiter«, sagte Andrea endlich.
»Ein Seil und eine Nachtbrille«, fügte sie hinzu.
»Eine Kopflampe, eine Karte und Gummistiefel. Ja, das wäre ungefähr alles.« Andrea ließ sich in den Sessel zurücksinken.
Meggie wartete auf eine Erklärung. Sie wusste, dass Andrea sie zu dem schwarzen Loch führte.
»Die Leiter brauche ich, um hineinzusteigen, das Seil binde ich mir zur Sicherheit um die Taille, die Nachtbrille brauche ich, um zu sehen, was dort unten ist, und die Lampe, um die Karte lesen zu können.«
»Und die Gummistiefel?«
Andrea zog ein Grimasse. »Wir beide haben den Verdacht, dass dort unten eine Menge schleimiges Zeugs rumliegt. Ich will mich nicht schmutzig machen, wenn ich darin herumwate.«
»Möchten Sie, dass ich Sie begleite, oder wäre es Ihnen lieber, wenn ich oben bliebe und das Seil hielte?«
»Das ist doch alles hypothetisch«, bemerkte Andrea, »und basiert auf der Annahme, dass mein Mann treu und vertrauenswürdig ist, damit ich anschließend meinen eigenen Problemen auf den Grund gehen kann. Das wird jedoch so schnell nicht geschehen.«
»Eine ganz schön verzwickte Situation«, sagte Meggie. »Weil das schwarze Loch Sie unentwegt hemmt, können Sie sich nicht öffnen und Ihren Mann lieben. Verschließen Sie sich ihm, sucht er Trost bei anderen Frauen. Und wenn er dann

untreu ist, verrammeln Sie die Tür dreifach und sagen, es sei gefährlich, sich herumzudrehen und das Loch anzuschauen.«

Und damit hat sie Recht: Es ist gefährlich für sie.

»Es gibt keinen Ausweg, stimmt's?« Andreas Stimme klang wie tot.

Meggie fiel ein, wie Winona, die alte Medizinfrau, in ihren gemeinsamen Sitzungen häufig auf Geschichten zurückgegriffen hatte, um ihr etwas klarzumachen. »Andrea«, sagte sie. »Ich möchte Ihnen eine Geschichte aus dem alten Griechenland erzählen:

Demeter, die Göttin der Ernte, hatte eine schöne Tochter mit Namen Persephone. Als Persephone eines Tages auf einer Wiese Blumen pflückte, wurde Hades, der König der Unterwelt, auf sie aufmerksam. Er kam in seinem Streitwagen herangeritten und entführte die entsetzte Jungfrau in sein Reich der Finsternis. Ach, wie Persephone schrie, denn sie wollte nicht von ihrer Mutter getrennt sein.

Doch Hades war fest entschlossen, sie zu seiner Frau zu machen. Demeter war so zornig und betrübt, dass sie der Erde ihre Fruchtbarkeitsgaben verweigerte. So begann alles zu verdorren. Die Menschen flehten Zeus, den Herrscher über Götter und Göttinnen, an, sie vor dem Hungertod zu erretten, und Zeus befahl Hades, die junge Frau freizulassen.

Während ihrer Zeit in der Unterwelt hatte Persephone sich geweigert, zu essen oder an Vergnügungen teilzunehmen. Als Hades ihr mitteilte, sie sei frei, spürte sie plötzlich ihren Hunger. Er bot ihr Granatapfelkerne an, und sie aß vier davon. Auf diese Weise erklärte sich Persephone damit einverstanden, einmal im Jahr für vier Monate in die Unterwelt zurückzukehren. Jedes Jahr nun, wenn sie das tut, betrauert ihre Mutter den Verlust, und das Land liegt brach. So sind die Jahreszeiten entstanden.«

»Ich verstehe nicht, was das mit mir zu tun haben soll«, sagte Andrea.
»Bevor Hades sie entführte, war Persephone ein unschuldiges Mädchen, in ihrem Bewusstsein ein Kind. Doch bei ihrer Rückkehr aus der Unterwelt war sie Königin des Hades, eine Frau voller Macht und Weisheit. Wenn man sie nun gefragt hätte, ob sie sich entführen und in Trauer stürzen lassen wolle, hätte Persephone gewiss geantwortet: ›Nie im Leben!‹ Schmerz führt einen idealistischen jungen Menschen bisweilen zu Weisheit und Reife. Leider hat die Sache einen Haken.«
»Welchen?« Andrea klang skeptisch. Was sollte an Schmerzen lohnenswert sein?
»Man muss sich dem Loch stellen und bewusst hinabsteigen. Persephone entschied sich, die Kerne zu essen. Niemand zwang sie dazu.« Meggie wartete ab, unsicher, wie Andrea reagieren würde.
»Erstaunlich, dass sie nicht an ihnen erstickt ist«, antwortete Andrea.

Falke rief Meggie zu Hause an, obwohl er wusste, dass sie noch in der Praxis war. Er wollte ihr die Nachricht, dass sie ihm fehlte und sie sich bald sehen würden, lieber auf dem Anrufbeantworter hinterlassen. Aufsteigender Rauchs unerwarteter Besuch hatte ihn überrumpelt, und seine Freude über das Wiedersehen machte ihm Angst. Er hatte geglaubt, seine ehemalige Frau aus seinem Herzen verbannt zu haben. *Ich hätte es besser wissen müssen,* sagte er sich. *Sie ist und bleibt eine hartnäckige Liebe.*
Falke und Aufsteigender Rauch hatten einander viel zu er-

zählen. Sie kannte sein Volk. Er kannte das ihre. Die Gespräche fielen leicht, und es gab viele neue Geschichten, die zum alten Repertoire hinzukamen. Keiner von beiden hatte nach der Trennung wieder geheiratet.

Aufsteigender Rauch erzählte, wie sie schließlich dem Fluch des Alkohols entronnen war. »Die Sauferei hat mich von innen aufgefressen«, sagte sie. Damals hatte sie sich von den Ritualen fern gehalten und Pfeife und Medizinbündel in die Obhut ihres Lehrers gegeben. Doch der Trost der *Chanunpa Wakan* hatte ihr gefehlt. »Ich fühlte mich leer ohne sie.«

Ihr Lehrer im Reservat hatte ihr eine Reihe anstrengender Inipi-Zeremonien auferlegt, um sie zu reinigen. »Ich hatte die Wahl«, lachte sie. »Entweder ich würde wieder nüchtern oder in der Schwitzhütte umkommen.«

Falke fragte sich, warum er zögerte, Aufsteigender Rauch etwas von seiner erwachenden Liebe zu der weißen Psychologin zu erzählen. Er nahm sich vor, es ihr später zu sagen. Er hielt sich von Meggie fern, weil er die neugierigen Fragen seiner geschiedenen Frau scheute.

In den Schattenbereichen seines Bewusstseins wusste Falke, dass es von Kojotes Spuren nur so wimmelte.

NEUNZEHN

Die Schlange

Ich kenne manche aus dem Volk
Der Natur, sie kennen mich –
Fühle für sie im Überschwang
Herzliche Sympathie –

Doch diesen Burschen traf ich nie
Ob mit andern, ob allein,
Ohne stockenden Atem
Gefrierpunkt im Gebein –

Emily Dickinson
Ein schmaler Bursche

Der Mai brachte wechselhaftes Wetter. Er schwankte zwischen Nächten nahe am Gefrierpunkt und windigen, sommerheißen Tagen. Falke hatte inzwischen mit den Vorbereitungen seiner *Hanbleciya* begonnen und verbrachte immer mehr Zeit allein mit der *Chanunpa Wakan.* Die Schwitzhüttengemeinde sah, wie er sich zurückzog und sich auf seine Tage auf dem Hügel konzentrierte. »Achtet die Pfeife. Behütet sie. In eurem ganzen Leben werdet ihr nie ihre ganze Macht begreifen. Auch wenn ihr die Pfeife einmal vernachlässigen solltet, wird sie euch niemals untreu sein.«

Die sonst von ihren sportlichen Aktivitäten ausgezehrte Bev begann zuzunehmen, als es wärmer wurde. »Zu viel gutes Essen in guten Restaurants«, sagte sie lachend und klopfte sich auf ihren runden Bauch. Die zusätzlichen Pfunde machten ihren athletischen Körper weicher und sinnlicher.
»Zu viel Liebe.« Sie zog verschmitzt die Augenbrauen hoch. Bevs Gesicht wirkte dennoch müde, als bekäme sie nicht genügend Schlaf.
»Zu viele Männer in meinem Leben«, jammerte sie.
Sie und Meggie machten zusammen Mittagspause. Meggie tauschte ihr halbes mageres Puten-Käse-Sandwich gegen die Hälfte eines fettigen, dick mit Cornedbeef und Senf belegten Brötchens. »Ich verdränge einfach zu vieles und komme nicht klar damit«, erklärte Meggie.
»Na, das kann ich von mir nicht gerade behaupten«, rief Bev und schaute auf ihr Essen.
»Zu viel Liebe?«, bohrte Meggie.
Bev verdrehte die Augen. »Lieber Himmel, Meggie, seit meiner Teenagerzeit habe ich nicht mehr so viele Verabredungen gehabt. Ich könnte jeden Abend weggehen, aber du weißt ja, im Alter braucht man seine Ruhe.« Sie blickte auf, um zu sehen, ob sie ihre beste Freundin schockierte.
Meggie hörte jedoch nur mit halbem Ohr zu. Vor kaum einem Monat war sie noch frisch verliebt durchs Büro geschwebt. Der Übermut ihrer Freundin störte sie nicht. Meggie wusste einfach nicht mehr, woran sie mit Falke war. Seine nächtliche Abwesenheit hatte sicher mit den Vorbereitungen für die Visionssuche zu tun, aber ihre Intuition sagte ihr auch, dass andere Kräfte am Werk waren.
Bev leckte sich die Finger, nachdem sie die Sandwichhälften verspeist hatte, und biss in einen saftigen Apfel. »Sam Waters

ist vielleicht ein Typ. Ein richtiger Abenteurer. Einmal sind wir vor dem Frühstück wandern gegangen, und dann hat er mich zum Eisfischen am Leelanausee mitgenommen, wo ich mir fast den Hintern abgefroren hätte. Er ist ein wunderbarer Erzähler und bringt mich mit seinen Limericks und Tiergeschichten andauernd zum Lachen. Aber im Bett ist er ein Langweiler. Er war wohl zu lange Junggeselle.«

»Außerdem gibt es da noch einen anderen Mann.«

»Warum tust du so geheimnisvoll?«, fragte Meggie.

»Weil ich dir seinen Namen nicht sagen werde.«

Meggie war verdutzt. Es war ungewöhnlich, dass sie etwas voreinander verschwiegen. »Verstehe ich nicht …«

»Sagen wir einfach, ich glaube nicht, dass es dir gefallen würde. Es könnte sich negativ auf deine Arbeit auswirken.«

»Jemand, mit dem du dich triffst, könnte sich negativ auf meine Arbeit auswirken?« Meggie war sprachlos. »Ist er einer meiner Klienten?«

»Nein.« Bev bereute, überhaupt so viel gesagt zu haben. »Es ist zu kompliziert. Eines Tages werde ich dir davon erzählen.«

Wahrscheinlich nicht das Einzige, von dem ich nichts weiß, dachte Meggie. *Aber sie war ja selber schuld. Habe ich Falke nicht ausführlich erklärt, wir müssten unserer Beziehung Zeit und Raum geben? Nichts übereilen.* Dass er nicht mehr bei ihr übernachtete, war wahrscheinlich seine Art, ihren Wünschen gerecht zu werden. *Was für ein Dummkopf,* dachte Meggie.

Während die stürmischen Frühlingstemperaturen zwischen Winter und Sommer schwankten, ermutigte die Sonne die Bäume und Blumen, ihre Knospen zu öffnen. Die Kirschbäume erstreckten ihre weiße Blütenpracht wie ein Hochzeitszug über die sandigen Hügel. Winzige blaue Vergissmeinnicht sprenkelten die Wegränder. Gewitter brausten ungestüm vom See herüber, um die durstigen Wurzeln des emsigen Pflanzenreichs zu tränken. Dumpfe Erdgerüche wetteiferten mit süßem Geißblattduft. Die Tiere huschten von hier nach da, markierten ihre Reviere, balzten mit Gesang und Tanz, bauten Nester und gruben Löcher.

Meggie rechnete damit, dass Falke wie gewohnt freitags vorbeikommen würde, um ihr zu helfen, totes Gestrüpp wegzuschaffen, damit die jungen Triebe wachsen konnten.

Er enttäuschte sie nicht.

Nachdem sie sich den ganzen Morgen mit der Schere gebückt hatte, um möglichst nah an der Wurzel zu schneiden, schmerzte Meggies Rücken. Falke bearbeitete mit der Kettensäge die größeren Büsche. Sie blickte sehnsüchtig auf seinen kräftigen Rücken. Bei seiner Ankunft am Morgen hatte er die Arme um sie geschlungen und sie innig geküsst, als hätte es nie eine Unterbrechung ihrer gemeinsamen Nächte gegeben. Sie hielt die Fragen in ihrem Herzen zurück. Fritzie unterbrach ihre Umarmung, indem er zwischen ihnen herumsprang.

Die Augen mit der Hand gegen das grelle Sonnenlicht schützend, beobachtete sie, wie der Hund um Falke herumhüpfte und die Kettensäge anbellte. Der Lärm störte Fritzie ganz offensichtlich. Mit angelegten Ohren entfernte er sich von den Menschen.

Das Summen eines riesigen Moskitos drang ihm in die Ohren. Nichts schien die Aufmerksamkeit des Mannes ablenken zu können. Fritzie ließ sich zwischen winzigen lila Blüten auf die Erde fallen und richtete die Nase nach einem interessanten Geruch. Er entdeckte ein frisches Loch in der Erde, ein tiefes Loch. Neugierig schlenderte Fritzie hinüber, um es zu inspizieren. Der Durchmesser des Loches entsprach in etwa dem Umfang seiner langen Schnauze. Mit seinen Vorderpfoten kratzte er im Erdreich, um die Öffnung zu vergrößern, und stieß seine Nase tief in die dunkle sandige Höhle.

Etwas darin roch nach Schleim und Erde und zischte. Ehe Fritzie seine Nase noch aus der Gefahrenzone zurückziehen konnte, schoss eine kleine Klapperschlange hervor und biss ihn direkt zwischen die Augen. Danach schlängelte sie wieder in die dunkle Tiefe. Fritzie sprang rückwärts, bellte zuerst vor Schreck und dann vor Schmerz. Er bearbeitete das wahnsinnige Pochen in seinem Kopf mit den Pfoten und tanzte im Kreis.

Seine Nase begann sofort anzuschwellen, als das Gift in seine Blutbahn gelangte. Schwindel erregende, abgerissene Bilder umwirbelten ihn. Er spürte, wie die Arme des Mannes ihn aufhoben und seine Beine festhielten. Seine Atmung wurde flacher. Er röchelte. Er wehrte sich mit aller Kraft gegen den Mann, um seine Beine zu befreien, aber die starken Arme hielten ihn fest. Die Frau rannte ins Haus. Sein Gesichtsfeld verschwamm und wurde kleiner.

»Ich habe Sam angerufen. In zwanzig Minuten ist er hier. Ach, Fritzie, alter Junge, bitte, bleib am Leben.« Meggies Stimme bewegte sich am Rand der Hysterie. Sie legte einen Beutel mit zerstoßenem Eis auf seine geschwollene Nase. Der Terrier vergrub seinen Kopf im Eis.

Falke übernahm die Kontrolle. »Kannst du ihn halten?« Fritzie hatte es aufgegeben, sich zu wehren, da er nun darum kämpfte, Sauerstoff durch seine anschwellende Luftröhre zu pressen.

Sie nickte. Falke rannte zu seinem Truck und kam mit seiner Catlinitpfeife und ein paar Salbeizweigen zurück. Rasch entzündete er den Salbei und verteilte den Rauch auf alle drei – Mann, Frau und den kranken Hund. Er stopfte die Pfeife. In Richtung Westen kniend, bat er den Schöpfer, gütig auf den kleinen Terrier herabzusehen und sein Leben zu schonen.

In der Zwischenzeit drückte Meggie die Eiskompresse auf Fritzies Kopf. Seine Atmung wurde langsamer. Ihre Aufmerksamkeit wechselte zwischen Falkes Worten und dem tödlichen Rasseln in Fritzies Kehle. Wild und flehend sah sie um sich.

Mit seiner rechten Hand verteilte Falke den Rauch über Fritzies ganzen Körper. Fritzies schwindendes Bewusstsein regte sich durch den intensiven Geruch, und er öffnete für einen Moment ein Auge und rollte es in Richtung des Mannes. Das Auge schloss sich wieder, und Fritzie fiel vom Schmerz überwältigt zurück in Ohnmacht.

Kaum hatte Falke die Zeremonie beendet und Meggie versichert, dass Fritzie gesund werden würde, hörten sie Sams Wagen die steile Auffahrt hinaufrasen.

»Gott sei Dank«, flüsterte sie.

Fritzie schlief den ganzen Abend, nachdem Sam ihm ein Serum gegen Schlangengift injiziert hatte; das Drama hatte ihn völlig erschöpft.

»Muss eine Massasauga-Klapperschlange gewesen sein, aber man findet sie selten so weit im Norden«, erklärte Sam. »Das

war knapp für den alten Terrier. Er wird sich eine ganze Weile nur sehr langsam bewegen können.«
»Könnte das Gift sein Gehirn geschädigt haben?« Meggie sah besorgt auf den schlafenden Hund. Die Schlange hatte ihn tatsächlich genau zwischen den Augen erwischt.
Sam lachte. »Schon möglich. Aber wie soll man das bei einem Foxterrier erkennen?«
Als der Tierarzt sich verabschiedete, drückte Meggie ihm dankbar frisches, selbst gebackenes Brot in die Hand.
Falke entzündete ein Feuer im Kamin, um die Kühle der Nacht zu vertreiben. Meggie freute sich, dass er nicht nach Hause zu seinem Wohnwagen aufbrach. »Morgen kümmere ich mich um die Schlange«, versprach er.
Das Abendessen beruhigte ihre aufgewühlten Nerven. Falkes Arme umschlossen sie, als sie sich vor den knisternden Flammen auf die Couch kuschelten. Sie fühlte sich ausgelaugt von den Ereignissen des Tages. Dennoch musste sie eine Frage stellen.
»Falke?«
Er nickte verträumt.
»Ich habe etwas gesehen, als du mit der Pfeife gebetet hast.«
»Was denn?« Seine Stimme klang weich und empfänglich.
»Ich hatte Angst, Fritzie würde nicht überleben. Du hast gebetet, und Sam war noch nicht hier …« Sie hielt inne. »Am Himmel im Norden stand ein riesiger Indianer in den Wolken, der lächelnd zu mir herabsah. Ich weiß nicht warum, aber plötzlich hatte ich Hoffnung für Fritzie. Ach, es ist verrückt. Wahrscheinlich meine Einbildungskraft.« Sie schüttelte den Kopf, wie um die Erinnerung an den Giganten zu vertreiben.
Zärtlich strich Falke ihr das Haar aus dem Gesicht. »Du hast Waziya, den Riesen des Nordens, gesehen«, erklärte er.

»Also hast du ihn auch gesehen?«, fragte sie erstaunt.
Falkes einzige Antwort bestand darin, Meggie fester in die Arme zu nehmen, sie auf den Scheitel zu küssen und sie schützend an sich zu drücken.
Während der glücklose Fritzie den ganzen Abend vor sich hin schnarchte, blickten Meggies viktorianische Vorfahren, eingefangen in Fotografien und Gemälden über dem Kamin, argwöhnisch auf die beiden Menschen, die sich auf der Wohnzimmercouch aneinander schmiegten. Das Feuer knisterte und ließ seine Schatten über sie gleiten. Das alte Haus knarrte vertraut.
Ich liebe diesen Mann von ganzem Herzen. Sie schlief die ganze Nacht fest an Falkes warmen Rücken geschmiegt.
Ich glaube, ich liebe diese Frau wirklich. Er drängte sich in ihre Arme, die sie fest um ihn geschlungen hatte, und fiel in einen tiefen Schlaf.
Für einen Augenblick huschte Winona durch seine Träume. Sie war unzufrieden und sprach in scharfem Ton mit ihm, aber er verstand nicht, was sie sagte. Nur ein Wort war deutlich zu hören: Sie nannte ihn »faul«.
Ehe er sie noch fragen konnte, löste sie sich in der dünnen, ätherischen Luft der Traumwelt auf.

ZWANZIG

Die Visionssuche

Im Zentrum der Erde
stehe ich und
sende stehend meine Stimme aus.
Zu euch, ihr Donnerwesen,
sende ich stehend meine Stimme aus.

Im Zentrum der Erde
stehe ich und
sende stehend meine Stimme aus.
Zu Euch, dem Volk der Büffel,
sende ich stehend meine Stimme aus.

Im Zentrum der Erde
stehe ich und
sende stehend meine Stimme aus.
Zu euch, dem Volk der Hirsche,
sende ich stehend meine Stimme aus.

Im Zentrum der Erde
stehe ich und
sende stehend meine Stimme aus.
Zu euch, dem Volk der Tiere,
sende ich stehend meine Stimme aus.

Hanbleciya-Lied der Lakota

Die Tage bis zur Visionssuche vergingen wie im Flug. Bald würde sein Medizinlehrer Lachender Bär eintreffen. Falke nahm seine Chanunpa Wakan, seine Heilige Pfeife, um den Morgen willkommen zu heißen. Bei seiner ersten Visionssuche war seine Medizin zu ihm gekommen. Bei der zweiten hatte sein Geisterlehrer Drei Beine ihm ins linke Ohr gesprochen. Er wusste nicht, was er bei seiner dritten *Hanbleciya* zu erwarten hatte.

Falke hielt die Pfeife in seinen ausgestreckten Händen. »Muss ich sonst noch etwas tun, um mich vorzubereiten?« Das frühe Sonnenlicht schimmerte auf den Adlerfedern am Pfeifenhals.

Drei Beines Stimme antwortete: »Während dieser *Hanbleciya* bleibe ich im Lager und überlasse sie dir. Ich verspüre keine besondere Sehnsucht nach den Moskitos, einem Sonnenstich oder einer ausgedörrten Kehle.« Falke hörte ihn glucksen.

»Ich brauche dich«, erwiderte Falke. Auch wenn er Drei Beine nie gesehen hatte, waren ihm der Klang seiner Stimme und sein Sinn für Humor vertraut und gaben ihm Sicherheit.

Stille folgte.

»Zu viele Weiber«, brummte Drei Beine.

Falke wartete auf weitere Ausführungen.

»Du hast zu viele Frauen im Kopf. Du wirst Schwierigkeiten haben, dich auf den Hügel zu konzentrieren«, kam die Antwort.

Falke dachte an Meggie und lächelte. Ihr liebliches Bild leuchtete in seinem Bewusstsein auf, und kräuselte sich dann wie in einem Teich, als ein anderes Bild an die Oberfläche trieb – Aufsteigender Rauch, ihre dunklen Augen und ihre rauchige Schönheit breitete sich zu einem Gemälde vor ihm aus. Falke dachte an sie und lächelte wieder.

Drei Beine hatte Recht.

»Was schlägst du vor?«, fragte Falke in dem Wissen, dass er die vollen Konsequenzen einer Antwort tragen musste.
»Lachender Bär soll Adlerfedern an dein Handgelenk nähen, so dass der Wind die Federn ergreift und sie an deiner Haut ziehen, wenn du an die Frauen denkst. Dann wird es dir schon vergehen.«

Der Juni hatte kaum begonnen, als auch schon Lachender Bär mit seiner Frau und seinen drei Kindern eintraf. Lucy und Larry empfingen den stämmigen Medizinmann und hießen ihn in ihrem Haus willkommen. Da Aufsteigender Rauch eine Wohnung und einen Job als Kellnerin in Traverse City gefunden hatte, stand auch wieder Platz zur Verfügung.
Falke überreichte Lucy den größten Teil seiner Ersparnisse für Lebensmittel. Sie hatte sich bereit erklärt, ein traditionelles Festessen zu veranstalten, wenn er vom Hügel stieg.
Eva und Adam waren entzückt über die neuen Spielkameraden, und bald erkundeten die fünf Kinder gemeinsam die Umgebung, die Bäche, die Sümpfe und die tiefen Wälder. Abends saßen sie bei den Erwachsenen, lauschten den alten Geschichten ihres Volkes und sahen zu, wie große Mengen von Tabaksäckchen in den Farben der vier Großväter angefertigt wurden. Falke begeisterte alle mit neuen Geschichten des gerissenen Kojoten, der eitlen Iktomi, des gierigen Raben und des eifersüchtigen Kaninchens. Eines nach dem anderen schliefen die Kinder vom Spielen und Toben erschöpft auf dem Teppich ein, während die Erwachsenen noch bis tief in die Nacht plauderten.
Der Morgen brachte einen klaren Himmel und eine strahlende Sonne – ein perfekter Tag, um die Visionssuche zu beginnen. In den Himmel blickend, brummte Lachender Bär: »Warum ist

das Wetter nie so schön, wenn ich auf den Hügel gehe?« Er lächelte Falke zu, denn er wusste, wie aufgeregt er war. »Komm, wir haben viel vor. Wir müssen die Pfähle und Altarpfosten aufstellen.«

Am Morgen sammelten Falke und Lachender Bär junge Triebe von den Bäumen und vergaßen dabei nie, den Bäumen Tabak für ihre Gabe zu opfern. Lucy hatte sich freigenommen, um die traditionellen Gerichte zuzubereiten. Meggie hatte ihre Nachmittagstermine verschoben und half ihr bei den Vorbereitungen. Am frühen Nachmittag versammelten sich immer mehr Mitglieder der Gemeinschaft zu einer Schwitzhüttenzeremonie für die Männer. Süßgrasfrau half, die Kinder zu beaufsichtigen, während Aufsteigender Rauch Salbei, Zederngrün, Tabak, Süßgras, Hirschgeweih und Rasseln für Lachender Bär zusammenstellte.

»Würdest du meine *Chanunpa Wakan* für mich stopfen? Es ist gut, wenn eine Pfeifenhüterin es tut«, bat Falke Aufsteigender Rauch.

»Soll ich nicht die letzte Nacht deiner *Hanbleciya* in der Schwitzhütte für dich beten? Dann wirst du wirklich Hilfe brauchen können.« Aufsteigender Rauch wusste, dass die letzten dunklen Stunden der Visionssuche meist die kritischsten und gefährlichsten waren.

»Ich habe schon jemand anderen gebeten. Aber heute Nacht könnte ich deine Hilfe brauchen. Bleibst du über Nacht in der Hütte und betest für mich?«

Sie lachte leise. »Ich dachte schon, du würdest mich nie fragen.«

Vor der Schwitzhüttenzeremonie servierte Lucy Nierensuppe, gebratenes Büffelherz und Scheibchen rohe Nieren und Herz.

Adam schluckte das rohe Fleisch tapfer nach zweimaligem Kauen, aber Eva brachte ihn in Verlegenheit. »Iih!«, schrie sie laut auf und verzog, sehr zur Erheiterung der Erwachsenen, das Gesicht. Es war offensichtlich, dass auch Lachender Bärs Kinder den Leckerbissen nicht sonderlich schätzten, es aber nicht wagten, ihrer Meinung Ausdruck zu verleihen.

»Hmmmm!«, freute sich Lachender Bär und kaute zu Evas Entsetzen und Entzücken genussvoll auf den Scheibchen des rohen Herzens herum.

Von dieser Mahlzeit gestärkt, verkündete Falke, dass er nun bereit sei. Die beiden Runden im Inipi gingen rasch vorbei und waren reinigend. Die Männer stolperten mit dampfenden Rücken aus der Hütte. Von nun an war es niemandem mehr gestattet, mit Falke zu sprechen. Er war nun in eine heilige Verbindung mit der Geisterwelt getreten; nichts durfte ihn ablenken.

In einer Reihe folgte die Gemeinschaft Lachender Bär einen nahe gelegenen, einsamen Hügel hinauf, während er alte Gebete sang. Nur mit einem Handtuch um die Hüften und weichen Mokassins an den Füßen, trug Falke die Pfeife ehrfurchtsvoll vor sich her, damit sie ihm die Richtung wies. Er war aufgeregt und besorgt, denn er wusste nicht, was ihn erwartete.

Auf dem Hügel gab Lachender Bär Anweisungen für die Aufstellung des Altars. Die Stimmung war düster. Falke starrte reglos geradeaus. Als die Pfosten, Tabaksäckchen und der Altar an ihrem Platz standen, betrat Falke den Gebetsbereich und legte seine *Chanunpa Wakan* auf den Pfeifenständer. Über eine Brücke aus Süßgrass verließ Falke den heiligen Bereich wieder und wartete. Einer nach dem anderen ging an ihm vorbei und schüttelte seine Hand oder umarmte ihn. Alle wünschten ihm Glück auf seiner einsamen Reise. Lachender Bär verbot

ihnen, sich umzudrehen, sobald sie den Gebetsbereich verlassen hatten. »Denn sonst zieht ihr ihn mit euch vom Hügel.«
Lucy reichte Falke einen Becher mit süßem, kühlem Wasser. Sein letztes Getränk. Er schlürfte es langsam, denn er wusste, dass drei lange und durstige Tage vor ihm lagen. Lucy umarmte ihren Cousin fest. »Sei tapfer«, flüsterte sie.
Zur Erwiderung drückte er ihre Hand.
Eva erlaubte ihm, ihren Kopf zu küssen. Lachender Bärs Kinder schüttelten ihm mit ernsten Mienen die Hand. Er bückte sich, um sich von Der-seinen-Hund-liebt umarmen zu lassen. Und Larry klopfte ihm auf die Schulter. »Wir beten für dich, Alter.«
Falke nickte.
Auch die anderen verabschiedeten sich.
Aufsteigender Rauch versprach, die ganze Nacht an ihn zu denken, und küsste ihn ungeniert auf den Mund.

Meggies Herzschlag setzte kurz aus. Eifersucht durchzuckte sie, doch eilig erstickte sie das Gefühl. *Ich muss mich auf die Hanbleciya konzentrieren.*
Sie war die Letzte der Gemeinschaft, die sich verabschiedete. Als sie Falke umarmte, konnte sie die Tränen nicht zurückhalten. »Komm gesund zu uns zurück«, schluchzte sie.

Falke klammerte sich an Meggie, als wollte er die Umarmung für immer in seinem Gedächtnis speichern. Endlich ließ er sie los und sah ihr nach, als sie den Hügel hinunterschritt. In den langen dunklen Stunden der dritten Nacht würde sie ihm mit ihren Gebeten beistehen.

In sich gekehrt lauschte er Lachender Bärs Gebeten an die Großväter und die Großmutter. Anschließend nähte der Medizinmann sorgfältig die Adlerfedern an Falkes Handgelenken fest, während dieser bei jedem Stich vor Schmerz zusammenzuckte. Lachender Bär erhob sich und senkte seinen Fächer aus Adlerfedern, betete noch ein oder zwei Zeilen, wandte sich an Falke und umarmte ihn grob. »Viel Spaß«, sagte er und machte sich auf den Weg den Hügel hinunter.

Kaum hatte sich Falke neben dem Altar niedergelassen, ergriff ihn eine fürchterliche Einsamkeit. Viel Zeit würde vergehen, bis er wieder ein menschliches Wesen zu Gesicht bekam. Er lenkte sich ab, indem er seine Decken zurechtlegte, den Salbei ordnete und die Tabaksäckchen inspizierte. Geduldig erwartete ihn seine Chanunpa Wakan auf ihrem kleinen Pfeifenständer aus zwei Astgabeln und einem Querbalken.

Die kommenden drei Tage und drei Nächte würde Falke ohne Nahrung und Wasser im Freien sitzen und beten, stundenlang beobachten, warten, die Seele weich kneten. Die alten rituellen Tänze und Gebete kehrten allmählich in sein Gedächtnis zurück.

Der Tag ging zur Neige; nur die Bahn der Sonne, der Schrei der Eule und das Gezwitscher der Vögel gaben ihm ein Gefühl für die Zeit. Fliegende Vögel und tiefhängende Wolkenfetzen belebten die Welt über ihm. Um ihn herum zirpten die Grillen. Zu seinen Füßen eilten die Ameisen mit ihren Lasten, und ein Maulwurf vertiefte seinen Bau. Die Schönheit der ihn umgebenden Natur blendete ihn, und nur wenn er seinen eigenen Grübeleien nachging, verspürte er einen leichten Anflug von Langeweile.

Eine wohlgenährte Hirschkuh kam den Hügel hinauf und beobachtete ihn. In der Hoffnung, ihn vom Hügel zu vertreiben, stampfte sie ungeduldig mit dem Vorderhuf. Er rührte sich nicht. Lauschend ließ sie ihre Ohren spielen, aber als er sie ansprach, war sie mit einem Aufblitzen ihres weißen Schwanzes verschwunden.

In der ersten Nacht nieselte es in den dunklen Stunden. Betend wachte er. Grau und trüb zog der nächste Morgen auf. Ein Eichhörnchen hing kopfüber an einem kleinen Ast und knackte einen Samen. Falke machte ein kurzes Nickerchen. Als die Donnerwesen den Morgenhimmel zerrissen und die Erde erschütterten, wurde er aus dem Schlaf gerüttelt. Ein Blitz durchzuckte die Luft und schlug in einen nahgelegenen Baum ein, so nah, dass er das angesengte Holz riechen konnte. Er sprang auf und sah sich mit klopfendem Herzen nach einem Versteck um. Ohne Erfolg. Er stand in der Mitte des Altars, hielt seine Pfeife und begann, ein Gebet zu singen. Er fürchtete sich, und gleichzeitig schämte er sich seiner Furcht.

Das Gewitter zog vorüber, aber der Regen hielt den ganzen Tag an. Die Temperatur sank. Bei Sonnenuntergang war er völlig durchgefroren. Die zweite Nacht brachte keine Erleichterung. Er war nass bis auf die Haut, und die durchweichten Decken boten keinen Schutz. Seine Zähne begannen zu klappern, und er wiegte sich vor und zurück, um seinen Körper zu erwärmen. Vielleicht würde er die drei Tage und drei Nächte gar nicht durchhalten. Es war keine Schande, wenn er den Altar früher verließ. Dennoch tanzte er weiter vor den Pfählen und sang die alten Lieder.

Drei Beine war in der Nähe, und die Geister beobachteten ihn, das spürte er. Er sank auf die Knie und flehte mit der Pfeife: »Mit dieser Chanunpa Wakan bitte ich euch, mir zu helfen, auszuharren und durchzuhalten.« Er zitterte unkontrolliert. Der kalte Regen prasselte auf sein Gesicht und seine Brust. Seine Handgelenke schmerzten von den Adlerfedern. Frauen hatte er nicht im Sinn.

Plötzlich raschelte es im Wald. Furcht und Neugier beschleunigten seinen Herzschlag. Eine große weiße Hündin betrat die Lichtung. Schwanzwedelnd tänzelte sie auf Falke zu und leckte ihm das Gesicht.

Er war verwirrt. Was sollte er tun? Gewiss hatte ein Hund im Altarbereich nichts zu suchen. Mit strenger Stimme befahl er ihr: »Geh nach Hause!«

Die weiße Hündin schlug zur Antwort mit dem Schwanz, rührte sich jedoch nicht vom Fleck. Er gab ihr einen sanften Klaps. Wieder leckte sie ihm das Gesicht und tapste ungerührt näher.

»Sch! Geh nach Hause!« Er versuchte, sie mit den Armen zu verscheuchen.

Nachdem sie große Regentropfen aus ihrem Fell geschüttelt hatte, ließ sie sich genau neben seine nassen Decken auf den Boden plumpsen – sie dachte nicht im Traum daran, sich zu schleichen.

Schließlich wurde Falke klar, dass er ein Narr war. Hatte er nicht gerade die Geister um Hilfe angefleht? Jetzt halfen sie ihm, und er merkte es nicht.

Zwischen seinen Gebeten und Gesängen kuschelte sich Falke die ganze Nacht an die große Hündin, die ihn mit ihrem Körper wärmte und tröstete.

Am zweiten Morgen brachte die Sonne Erleichterung. Die weiße Hündin erwachte, beschnupperte den übermüdeten Mann und verschwand.

Völlig erschöpft breitete er seine feuchten Decken aus und verschlief die frühen Morgenstunden. Die Sonne stand hoch

und heiß am Himmel und vertrieb die Kühle aus seinem Körper. Den ganzen Nachmittag betete er und behielt alles, was er sah, im Gedächtnis. In einer Vision sah er Meggie: Sie stand auf einer Wiese, umringt von vier großen Büffelkühen, die ihr die Rücken zuwandten. Es schien, als beschützten sie sie.
Aus Sorge, sie könnte bedroht sein, betete er sogleich mit der Pfeife zu den Geistern um Schutz für sie. Es würde die erste Nacht sein, die sie eingeschlossen in der Schwitzhütte verbrachte. Dort war sie in Sicherheit. Drei Beine hatte sich über dieses Thema ausgeschwiegen. Eine sanfte Sommerbrise ergriff die Federn an seinen Handgelenken und wirbelte sie herum.
Überhaupt war Drei Beine die ganze Zeit still gewesen. Falke begann sich zu fragen, ob sein Geisterlehrer vielleicht doch beschlossen hatte, der *Hanbleciya* fernzubleiben. Am späten Nachmittag hatte die brennende Sonne Falke niedergerungen. Er war so ausgetrocknet, dass er weder aufstehen noch beten konnte. Es gab keine Möglichkeit, den erbarmungslosen Strahlen zu entrinnen, kein Baum und kein Strauch war in seiner Nähe. Aus der Ferne hörte er, wie ihm die Gemeinde ermutigende Lieder sandte, aber er war nicht in der Lage, darauf zu antworten. Als er aufstehen wollte, stolperte er und fiel nach vorn aufs Gesicht. Falke erkannte die Vorboten eines Sonnenstichs. Sein fieberheißer Kopf hämmerte. Panisch schnappte er nach Luft.
»Großväter!«, rief er. »Helft mir. Ich bin krank. Ohne eure Hilfe schaffe ich es nicht. Wollt ihr mein Leben, so nehmt es. Heute ist ein guter Tag zum Sterben. Wenn nicht, Tunkasila, dann helft mir zu leben.«
Erneut versuchte er, sich aufzurichten, wobei er mit seinem Knie die Decke leicht zur Seite schob. Der Boden darunter

fühlte sich feucht und kühl an. *Ich Idiot,* er schlug sich gegen die Stirn. Natürlich. Seine Decken hatten verhindert, dass die regengetränkte Erde darunter in der Sonne getrocknet war. Er legte die Pfeife auf ihr Gestell, sammelte die Decken ein und wälzte sich wie ein Schwein im Schlamm, rieb seinen Körper gegen die feuchte Erde. *»Wopila,* Großmutter, hab Dank für deine Fürsorge!« Während die grimmige Sonne langsam am westlichen Horizont versank, ließ das Pochen in seinem Kopf endlich nach.

Falke wusste nun, dass er die *Hanbleciya* überleben würde. Im Dunkel der dritten Nacht normalisierte sich seine Körpertemperatur. Erdverkrustet und guten Mutes erhob er sich. Er sang Dankgebete, Sonnentanzlieder, Pfeifenlieder, Lieder aus der Zeit, als sein Volk frei durch die Ebenen und Wälder zog und die Büffel zahlreich waren. Er tanzte für die vier Richtungen und betete für alle, die er kannte und nicht kannte.

»Ich danke euch für mein Leben. Ohne den Schutz der Heiligen Wesen kann ich nicht existieren. Ich bin nur ein Zweibeiner und armselig.«

Erst als der Mantel der Nacht ihn schon umhüllte, verkündete Drei Beine: »Da bin ich.«

Falke zuckte zusammen. Die Pfeife in den Händen, flüsterte er: »Großvater, ich habe gewartet. Es gibt Dinge, die ich wissen muss.«

»Frag«, lautete die Antwort.

»Großvater?« Falke lachte verlegen über seine eigene Frage. »Ich möchte sehen, wie du aussiehst.«

Aus dem Nichts erschien eine Blase, in der sich das Gesicht eines alten Indianers mit grauem strähnigen Haar spiegelte.

»Ich möchte dich ganz sehen; nicht nur dein Gesicht«, drängte Falke.

Die Blase zerplatzte und ein in Büffelhaut gekleideter Mann stand vor ihm, kräftig, aber vom Alter gezeichnet. Drei Beine kicherte und tanzte im Kreis. »Warum das?«, wollte er von Falke wissen.
Falke streckte die Hand aus und berührte seinen Geisterlehrer. »Wie …?«, setzte er an.
Drei Beine unterbrach ihn und war offenkundig verärgert über diese trivialen Fragen. »So, nun haben wir also eine Form, die dich uns erkennen lässt. Hast du noch mehr Fragen?« Er setzte sich im Schneidersitz in den Altarbereich. Falke war verblüfft und suchte nach weiteren dringlichen Fragen.
»Ja, ich brauche eine Frau, die mit mir den Roten Pfad geht. Ich habe mich in eine Weiße verliebt. Mein Lehrer Lachender Bär rät mir, nichts Ernstes mit ihr anzufangen. Mein Herz sagt mir das Gegenteil. Und um alles noch komplizierter zu machen, ist die letzte Frau, die ich auf diese Weise geliebt habe, in mein Leben zurückgekehrt. Sie ist eine Pfeifenhüterin, eine Lakota, also aus unserem Volk. Mein Verstand sagt mir, ich soll herausfinden, ob es zwischen uns noch Liebe gibt. Kannst du mir sagen, was ich tun soll?«
Drei Beine wischte die Frage beiseite. »Das geht uns nichts an. Überleg's dir selbst. Weiber haben die Männer schon immer durcheinander gebracht.« Drei Beine machte ein Gesicht, als wüsste er, wovon er sprach.
Falke bot die Pfeife seinem Geisterlehrer an, der sie eine Weile in der Hand hielt.
»Weitere Fragen?« Drei Beine führte die Pfeife an seine Lippen.
Falke holte tief Luft. »Ja, Großvater. Ich möchte wissen, was ich für unser Volk tun kann.«
Drei Beine lächelte. »Endlich eine würdige Frage. Komm!« Er

streckte Falke eine feste Hand entgegen. »Ich muss dir ein paar Dinge zeigen.«

Winonas Neugier hatte gesiegt. Sie musste einfach zurück, um nach Falke zu sehen. Sein Anblick auf dem Hügel gefiel ihr. Falkes Leiden berührte sie nicht sonderlich, obwohl sie ihn einmal ermahnen musste: »Nun pass doch auf, Neffe!«
Er konnte sie nicht hören, die Entfernung war zu groß. Als er die feuchte Erde unter seiner Decke entdeckte, jubelte sie aus vollstem Hals. Auch das hörte er nicht.
Schließlich konnte sie sich nicht mehr beherrschen. »Drei Beine, du alter Truthahngeier«, schrie sie. »Wann gedenkst du dich zu bequemen, meinem Neffen zu helfen?« Vielleicht rief sie auch ins Leere, aber es verging nur ein kurzer Moment, und Drei Beine verkündete Falke seine Anwesenheit.

Während der ersten zwei Tage und Nächte von Falkes *Hanbleciya* sorgte sich Meggie ständig um ihren einsamen Freund auf dem Hügel. Der Regen dämpfte ihre Stimmung, obwohl Lachender Bär ihr versicherte, dass Falke in keinerlei Gefahr sei. Erst gegen Ende des zweiten Tages begann der Medizinmann sich Sorgen zu machen. Er rief alle zusammen, und in einer Pfeifenzeremonie beteten sie für Falke. »Er ist in Schwierigkeiten«, erklärte Lachender Bär, »aber die Geister haben mir befohlen, ihn in Ruhe zu lassen.«
Gegen Abend war Meggie einem Nervenzusammenbruch nahe. Nach den Inipi-Zeremonien schloss die Gemeinschaft sie

für die dritte Nacht in der Schwitzhütte ein. Es herrschte rabenschwarze Dunkelheit. Lediglich ihr in den Boden gesteckter Pfeifenstopfer zeigte ihr an, wo Westen war. In der Hütte war es drückend heiß, weil die Steine immer noch Hitze abstrahlten. Zuerst betete sie mit der Blitzpfeife für Falke und dann für alle anderen, die sie kannte. Mehrere Male fiel ihr vor Müdigkeit der Kopf auf die Brust.

Beim Singen der Lakotagebete stellte sie sich vor, wie Falke auf dem Hügel mit ihr sang. Von seinem Platz aus konnte er den weiten Himmel, den Mond und die leuchtenden Spuren der Sternschnuppen sehen. Sie sah ihn vor sich, wie er um die vier Pfähle tanzte und seine Pfeife dem Himmel darbot. Sie dagegen war im feuchten, erdigen, dunklen Schoß der Großmutter eingeschlossen und hielt Winonas Pfeife fest. Dann sah sie vor ihrem inneren Auge, wie vier Büffel sie umkreisten. Meggie fragte sich, ob sie an Halluzinationen litt.

Mitten in der Nacht, als selbst die Vögel schliefen, vernahm Meggie ein raschelndes Geräusch in der Hütte. Sie deutete mit der Pfeife in die Richtung des Geraschels und sagte: »Wenn du von Wakan Tanka kommst, rauche mit mir.« Ihre Worte klangen tapferer, als sie sich fühlte.

Sie spürte ein leichtes Ziehen am Schaft der Pfeife. Ihre Hände öffneten sich und der Pfeifenkopf glitt langsam über ihre beiden Handflächen, bis er halb schwebend, wie von einer unsichtbaren Präsenz gehalten, auf der äußersten Spitze ihrer rechten Hand ruhte.

Das gibt es nicht, sagte sie sich. *Niemand kann durch die Tür.* Und sie wusste auch, dass die Pfeife, mit ihrem schweren Kopf und dem langen Stiel, unmöglich ungestützt in der Luft hängen konnte.

Lautlos verstrichen die Minuten. Ihre Hände waren in der geöffneten Haltung erstarrt, bis der Pfeifenkopf und der Stiel langsam zurück in ihre Handflächen glitten. Ihr Herz klopfte wie wild, während ihre Augen in der Dunkelheit nach dem anderen Wesen Ausschau hielten – aber da war nichts.
Eine Stimme sprach. Sie wusste nicht, ob sie einem Mann oder einer Frau gehörte, da die Stimme so schnell sprach und Meggie verwirrt von den Worten war.
»Mitakuye oyas'in«, sagte die Stimme.
»Mitakuye oyas'in«, wiederholte Meggie.

4

WIYOHIYANPATA

FAMILIE

EINUNDZWANZIG

Alte Stimmen

Alles, was ein Indianer tut, ist ein Kreis,
und das geschieht, weil die Kräfte der Welt
immer in Kreisläufen wirken und alles bestrebt ist,
rund zu sein.

Black Elk
Ich rufe mein Volk

Ein Licht flackerte in der Dunkelheit, als Lucy ein Streichholz anzündete und die Flamme an ihre Zigarette hielt. Auf Zehenspitzen schlich sie durch das schlafende Haus und kramte aus dem Küchenschrank die Dose mit dem Pulverkaffee. Leise machte sie sich einen Becher und setzte sich mit ihrer Zigarette an den Küchentisch. Fünf Kinder schliefen im Wohnzimmer auf dem Boden. Die Kopfkissen bildeten einen inneren Kreis, von dem aus ihre zugedeckten Körper sich in alle Richtungen wie ein Rad mit Speichen aus Kinderbeinen ausbreiteten. Alle waren müde von der *Hanbleciya,* sogar die Kinder.

Gott sei Dank, die letzte Nacht, dachte Lucy, als sie ihren Kaffee austrank. Sie wusste nicht, warum sie mitten in der Nacht so voller Energie und Tatkraft erwacht war. In ihrer Morgenrocktasche spürte sie die Kassette, die sie aus ihrer Kommode geholt hatte, die Kassette, die Winona für sie aufgenommen hatte.

Ob es daran liegt? Soll ich sie jetzt hören? Im Bewusstsein, dass die Kassette das Letzte war, was die Hände ihrer Mutter vor ihrem Tod berührt hatten, streichelte Lucy die Plastikhülle, als könnten ihre Fingerspitzen die Abdrücke ihrer Mutter spüren. Sie nahm einen kleinen Kassettenrekorder vom Brotkasten und legte die Kassette ein. Sie holte tief Luft. *Bin ich wirklich schon so weit?* Sie drückte die Starttaste. Nichts geschah; nichts rührte sich.

Ist das ein Zeichen? Als sie den Rekorder untersuchte, sah Lucy, dass die Batterien entfernt worden waren. *Die Kinder,* lächelte sie. Vermutlich hatten sie die Batterien für ihre Taschenlampen gebraucht. Über dem Brotkasten fand sie das Kabel für den Rekorder und schloss ihn an.

»Also gut, Mama, das ist deine Chance«, sagte sie laut. Diesmal begann sich die Kassette auf Druck der Taste zu drehen. Lucy zündete sich noch eine Zigarette an und lehnte sich mit geschlossenen Augen zurück, bereit, ihrer Mutter zuzuhören.

»Also«, sagte die Stimme, und es knackte, da Winona probeweise auf das Mikrofon klopfte. »Also, Lucy, diese Kassette ist für dich. Du hörst sie dir an, wenn du so weit bist, ja?«

Ja, Mutter. Blauer Dunst verteilte sich in der Dunkelheit.

»Ich war dir vielleicht keine besonders gute Mutter, aber ich habe dich immer geliebt. Darum mache ich jetzt diese Kassette für dich. Heb sie gut auf und spiel' sie den Kindern vor. Die Kassette ist nämlich auch für sie ...«

Komm zur Sache, Mutter.

»Es heißt, wir müssten alles im Namen der sieben Generationen tun – der sieben Generationen vor uns und der sieben Generationen nach uns. Die Weißen sind stolz, wenn sie ihr Blut zurückverfolgen können, besonders bis zu der Zeit, als ihre

Vorfahren in dieses neue Land kamen. Für die Schwarzen ist das nicht so leicht, weil ihre Vorfahren während der Sklaverei dauernd an andere Plantagen verkauft wurden. Daher haben die Schwarzen in unserem Land heute so viele Probleme, weil sie nicht wissen, was mit ihren Ururgroßeltern geschehen ist. Wie sollen sie ohne dieses Wissen die Träume ihrer Ahnen fortführen?

Aber unser Volk war schon immer auf diesem Schildkröten-Kontinent. In den Geschichtsbüchern steht, wir seien über eine Eisbrücke aus Asien gekommen. Glaub das ja nicht! Unser Volk war schon immer hier. Das Land ist in unserem Blut. Und wenn wir sagen, dass wir alles im Namen der sieben Generationen tun, sprechen wir nicht nur von unseren Ururururgroßeltern, sondern auch von unserem Dorf, unserem Stamm, vom *Tiyospaye*, dem Volk.

Aus diesem Grund werden wir auch nie das Massaker am Wounded Knee 1890 vergessen. Die *Minniconjou* unter Häuptling Big Foot hatten gerade unser Volk unter der weißen Flagge vereint, als die weißen Soldaten so große Angst bekamen, dass sie alle einfach abschlachteten – Männer, Frauen und Kinder. Unsere Geschichten handeln davon, wie wir den Weißen begegnet sind, wie sie Verträge mit uns geschlossen und sie dann gebrochen haben. Wie die Lakota nach dem Fort-Laramie-Abkommen die Black Hills bekamen, bis dort Gold gefunden wurde und die Weißen in unsere Berge ausschwärmten wie die Ratten und alles kahl fraßen. Die Regierung in Washington behauptete, man könnte nichts dagegen tun. Sie boten uns Geld für das Land, aber wir sagten: ›Nein, Geld bedeutet uns nichts. Der Paha Sapa ist heilig. Wir können nicht verkaufen, was uns heilig ist.‹

Du musst den Kindern diese Dinge erzählen. Larry muss mit

ihnen über den Stamm der Ojibwa sprechen und darüber, was mit ihnen geschehen ist. Wir haben der weißen Regierung vertraut, doch jeder Vertrag, den sie mit dem roten Volk auf diesem Kontinent geschlossen haben, wurde gebrochen. Wir haben gegen die Weißen gekämpft, aber es waren zu viele. Sie sind ein hungriges Volk; sie verschlingen das Land und spucken es wieder aus. Sie vergessen, dass die Erde auch ihre Großmutter ist, die sie nährt und kleidet. Sie sorgt für uns. Sie werfen Papier und Abfall auf ihre Haut. Sie vergiften ihre Adern mit Chemikalien. Sie denken nur an sich, nicht an die sieben Generationen. Bring den Kinder bei, Lucy, alles, was sie tun, im Namen der sieben Generationen zu tun. Sag ihnen, dass sie stolz auf das sein können, was sie sind.

Wenn ich dir berichte, welches Blut in unseren Adern fließt, muss ich dir gestehen, dass du ein bisschen Crow in dir hast. Es war nicht ungewöhnlich für unser Volk, Crow-Frauen zu rauben. Und wann immer sich die Gelegenheit ergab, raubten die Crow auch Lakota-Frauen.

Der erste Weiße, den unser Stamm zu Gesicht bekam, war ein französischer Trapper, der in den Bergen nach Biberpelzen jagte. Er hatte wenige Haare auf dem Kopf und einen buschigen Bart. Damals kannte unser Volk noch keine Kahlheit und keine haarigen Gesichter. Eine der alten Frauen in unserem Dorf sagte, sein Gesicht habe ausgesehen wie ein Vogelei, das versuchte, im Boden Wurzeln zu schlagen.

Es dauerte nicht lange, und immer mehr Weiße durchquerten unsere Jagdgründe. Anfangs, als es noch ein dünnes Rinnsal war, ließen wir sie vorüberziehen, doch als sie immer zahlreicher wurden, hatten wir keine andere Wahl. Wir mussten ihnen als Krieger entgegentreten. Bei einem dieser Überfälle nahmen unsere jungen Leute eine Weiße gefangen und brachten sie in unser Lager. Zuerst waren die Frauen neugierig, aber als sie herausfanden, dass sie nicht wusste, wie man einen Hirsch zerlegt, Knochenketten anfertigt oder ein Tipi aufstellte, verloren sie rasch das Interesse. Außerdem fanden sie ihre teigige weiße Haut hässlich; sie nannten sie Furzende Frau und behandelten sie sehr schlecht.

Sie wurde einem alten verkrüppelten Mann gegeben, dessen Frau im Kindbett gestorben war. Zuerst weinte sie so viel, dass ihre Tränen den Mond ausblichen. Einmal lief sie fort, verirrte sich im Wald, so dass ihr Mann hinausreiten musste, um sie zu suchen. Er war sanft zu ihr und lehrte sie, was sie wissen musste.

Es wird erzählt, dass sie ihm drei gesunde Babys schenkte, ehe der Häuptling befahl, sie im Austausch für Pferde an die Weißen zurückzugeben. Doch inzwischen wollte Furzende Frau das Dorf und ihre Kinder nicht mehr verlassen. Die weißen Männer kamen und schleppten sie fort. Wir wissen nicht, was aus ihr geworden ist. Ihre einzige Tochter war deine Ururgroßmutter.

Daher hast du auch weißes Blut in dir. Ich weiß nicht, was schlimmer ist – Crow-Blut oder weißes Blut –, doch immer wenn ich etwas Schlechtes in meinem Leben getan habe, wusste ich, es kam von dem einen oder dem anderen. Es wird immer Menschen geben, die eine Ausnahme sind: gute Crows, gute Weiße, schlechte Lakota. Dennoch bin ich froh, zu meinem Volk zu gehören.

Lucy, es genügt nicht, den Kindern die Geschichte unseres Volkes zu erzählen. Noch wichtiger ist es, ihnen die Geschichten zu erzählen, die bis auf den Beginn der Zeiten und die Erschaffung dieser Welt zurückgehen. Sie lehren unsere Kinder, im Einklang mit der Schöpfung zu leben, das Volk der

Fische, der Geflügelten, der Pflanzen, der Steine, der kriechenden Wesen, der Vierbeiner, der Geister zu achten. Tu sie nicht als ›Mythen‹ oder Gutenachtgeschichten ab. Vergiss nicht, es war die Sternenfrau, die als Weiße Büffelkalbfrau zur Erde kam. Diese Geschichten lehren die Kinder, wer sie sind. Daher werde ich heute Abend weiter zurückgehen als sieben Generationen.

Vor langer, langer Zeit, als die Tiere noch sprechen konnten und Wakan Tanka auf seine Schöpfung herabschaute ...«

Während die Nacht am Himmel schon die Fäden des Morgens spann, flocht Winona die alten Geschichten ins Bewusstsein ihrer Tochter, in das Gespinst ihres persönlichen Daseins, zu dem sich die Fasern der Mythen, Legenden und dem geistigen Erbe eines Volkes verbanden. Lucy erkannte, dass das Geschenk ihrer Mutter in den Geschichten bestand, die von Generation zu Generation weitergegeben wurden; Leben, die durch ein Netzwerk von Erzählungen verknüpft waren. Tränen strömten ihr über das Gesicht.

Mit diesen Geschichten ebnet sie mir einen Pfad, dachte Lucy. *Einen Pfad, der mich zu meinem Volk und meinen Vorfahren führt.*

Als Lachender Bär am nächsten Morgen die Falltür der Schwitzhütte hob und der erste Sonnenschein hineinfiel, erwachte Meggie und blinzelte ins grelle Licht. Lachender Bär kroch in die Hütte, nahm ihre Blitzpfeife in die Hand und hörte sich ihre nächtlichen Erlebnisse an. Kopfschüttelnd ließ er sie dreimal wiederholen, wie ihr die Pfeife aus der Hand genommen worden war. Vor dem Entzünden der Pfeife sagte er: »Nach dem Festessen wird Falke allen erzählen, was ihm auf dem Hügel widerfahren ist. Anschließend erzählst du deine Geschichte. Die Geister haben diese Pfeife geraucht. Von nun an darf sie nur im Gebet benutzt werden. Die Geister haben sie gesegnet; sie ist jetzt eine Heilige Pfeife.«

Meggie fiel auf, dass Lachender Bär ständig den Kopf schüttelte, während er zu ihr sprach.

Liegt es daran, dass ich weiß bin?, fragte sie sich.

Was bedeutet es, dass Winonas Pfeife nun eine Heilige Pfeife geworden ist?

Was wird Falke denken?

Muss ich mich irgendwie anders verhalten?

Wohin führt mich das alles?

Zu viele unbeantwortete Fragen drängten sich in Meggies Gehirn. Sie war neugierig, verwirrt und ängstlich.

Ein Gefühl der Erleichterung überkam Falke, als er Lachender Bär den Hügel hinaufstapfen sah. *Geschafft, geschafft.* Er konnte den Duft des Schwitzhüttenfeuers riechen, als er, die Pfeife vor sich her tragend, steifbeinig den Hügel hinunterging. Sein Herz jubelte beim Anblick der Gemeinschaft, die ihn in einer Reihe stehend erwartete. Niemand von ihnen wagte, ihm in die Augen zu sehen. *Lachender Bärs Anweisungen.*

Rasch folgte er Lachender Bär ins Inipi; die heißen Steine wurden hineingetragen und wärmten seine eiskalten Zehen. In der Hitze begann er sich zu entspannen. Bald wurde die Tür

geschlossen. Der Gemeinschaft war es nicht gestattet zuzuhören, und sie zog sich von der Hütte zurück.
Die beiden Männer riefen mit Gesang und Gebet die Geister an. Anschließend erzählte Falke von seinen drei einsamen Tagen und Nächten auf dem Hügel. Er berichtete Lachender Bär von der Vision, in der Meggie von den vier Büffelkühen umgeben war. Bei der Schilderung seiner Leiden und Hilferufe im kalten Regen und in der Glut der Sonne musste er weinen. Er erzählte von der weißen Hündin, die bei ihm geschlafen und ihn gewärmt hatte, und wie die Großmutter ihn mit der feuchten Erde gekühlt hatte. Am Ende berichtete er, wie Drei Beine gekommen war und ihn an der Hand genommen hatte:
»Wir stiegen durch ein tiefes Loch in die Erde hinab, bis wir zu einer Höhle gelangten. Dort stellte mich Drei Beine einem Rat von sieben Alten vor, die um ein seltsames Feuer aus acht Stöcken und lodernden Flammen saßen. Es war mir nicht erlaubt, mich den Männern zu nähern oder ihren Kreis zu betreten.
Sie sprachen über mich. ›Er hört nicht zu. Er ist noch zu jung.‹
Dann sprachen sie zu mir: ›Wir sind deine Lehrer. Wenn du diesen Weg noch einmal beschreitest, musst du bereit sein. Wir werden gewisse Dinge von dir verlangen. Du wirst dein Leben in unsere Hände legen. Bis dahin musst du etwas begreifen: Willst du alle ernähren, wirst du sterben. Nährst du aber niemanden, wirst du verhungern. Die Pfeife wird dir sagen, wer wahrhaft Hunger leidet. Bittest du die Pfeife um Macht, tue es für dein Volk. Willst du die Macht nur für dich selbst, wird sie alles um dich herum zerstören.‹
Die alten Männer nickten, ohne mich anzusehen. ›Geh jetzt. Wir werden nur durch Drei Beine zu dir sprechen. Es genügt, wenn du um unsere Existenz weißt.‹

Als Nächstes kniete ich wieder mit meiner Pfeife in den Händen auf dem Hügel. Von dem Loch in der Erde war nichts mehr zu sehen. Drei Beine war verschwunden.«
»Ah, Hau!«, rief Lachender Bär. »Das war eine gute Vision.«

Die zweite Runde der Inipi-Zeremonie war grausam heiß. Lachender Bär hatte einen Aufguss gemacht und die Steine zischten und sangen. Falke klatschte sich auf die nackte Haut, um sich vom Dampf abzulenken, der wie Nesseln brannte, und krächzte die Lieder, die er seit drei Tagen sang.
»Hau!«, verkündete Lachender Bär endlich und bedeutete Falke, besonders aufmerksam zu sein. »Die Geister sagen, sie sind sehr zufrieden, dass du den Hügel nicht verlassen hast. Sie geben zu, dass es eine harte Zeit für dich gewesen sein muss.«
Falke spürte, wie sich Tränen in seinen Augenwinkeln sammelten.
»Sie sagen, es war gut, dass du sie um Hilfe gebeten hast und dass du bekommst, was du brauchst, wenn du mit der Pfeife betest. Du hast deine Medizin und deinen Lehrer Drei Beine. Und nun wirst du allmählich etwas über die anderen Lehrer erfahren. Sie haben sich hinsichtlich der Pfeife ziemlich deutlich ausgedrückt. Die Geister lassen dich wissen, dass, wenn du dich im nächsten Jahr oder später auf eine vier Tage und vier Nächte dauernde *Hanbleciya* begibst, ein einschneidender Wandel in deinem Leben bevorsteht. Vielleicht vertrauen sie dir einen Altar an. Sie werden viel von dir verlangen. Es hängt von dir ab.«
»Habe ich wirklich eine Wahl?«, fragte Falke.
»Ja«, entgegnete Lachender Bär scharf. »Und gehe keine Verpflichtungen ein, die du nicht erfüllen kannst.«

»Hau!« *Ein Jahr ist eine lange Zeit.*
Lachender Bär fuhr fort. »Den Geistern gefällt die weiße Frau. Sie mögen sogar ihre Pfeife mit dem Blitz. Es ist eine mächtige Pfeife. Letzte Nacht, als sie in der Hütte für dich betete, sind sie gekommen und haben die Pfeife geraucht.«
Falke schnappte nach Luft. *Wie konnte das sein? Was bedeutete es?*
»Die Geister sagen, dass sie trotz ihrer weißen Haut eine Büffelfrau ist. Das hat deine Vision dir gezeigt. Sie haben die Pfeife gesegnet. Was immer du mit der Frau machst, behandle sie mit Respekt. Ah Hau! Hast du Fragen?«
Falke fand, dass alles gesagt war. »Nein.«
Lachender Bär beendete die Runde, schickte die Geister nach Hause und schrie: *»Mitakuye oyas'in.«* Als die Tür sich öffnete, quoll der Dampf in gewaltigen Schwaden ins Freie. Die beiden Männer rauchten ihre Pfeifen.
Aufsteigender Rauch brachte Falke einen Viertelliterbecher kühles Wasser und reichte ein paar Erdbeeren in die Hütte, um das Fasten der langen und kräftezehrenden *Hanbleciya* zu beenden.
»Das war eine gewaltige Visionssuche«, bemerkte Lachender Bär noch in der Hütte sitzend.
Erschöpft und froh, wieder unter Zweibeinern zu sein, nickte Falke.
Der Medizinmann lachte trocken auf. »Ich selbst halte ja immer noch nichts davon, dass eine weiße Person im Besitz einer Heiligen Pfeife ist. Aber die Geister haben mich auch nie um meine Meinung gebeten.«
»Es war eine Alltagspfeife, die meiner Cousine Winona Pathfinder gehört hat.«
»Aha«, sagte der alte Mann nachdenklich. *»Das* erklärt einiges.

Die Pfeife kam mir gleich bekannt vor. Das war also Winonas Blitzpfeife.« Erstaunt schüttelte er den Kopf und dachte: *Auch die Pfeifen ziehen ihre Kreise.*

ZWEIUNDZWANZIG

Blut und Schuld

Ohne Schuld
Was ist der Mensch? Ein Tier gewiss doch?
Ein Wolf, dem sein Fleisch vergeben wird,
Ein Käfer in unschuldiger Paarung.

Archibald MacLeish
J. B.

Von Erleichterung und Erschöpfung überwältigt, war sich Meggie nur vage bewusst, dass sie wegen ihres nächtlichen Abenteuers große Anerkennung bei der indianischen Gemeinschaft genoss. Nach dem Festmahl erzählte Falke der Gruppe von seinen Erfahrungen auf dem Hügel, und Meggie berichtete von ihrer Nacht in der Schwitzhütte. Alle lauschten und verglichen diese Erfahrungen mit den eigenen. Selbst die Kinder saßen mucksmäuschenstill nach vorn gebeugt, die Ellbogen auf die Knie gestützt, und machten vor Staunen große Augen.

Bei einem Blick in die Runde des voll gestopften Raumes fiel Meggie auf, dass Lucy ungewöhnlich gelassen und friedlich wirkte. Ihr gegenüber saß Aufsteigender Rauch; beständig folgten ihre Augen Falke und Meggie, während ihre Hände nervös mit einem Päckchen Zigaretten spielten und ihr linker Fuß gereizt auf den bloßen Boden tappte.

Für den Rest des Tages gehörte Falke der Gemeinschaft, und er plauderte mit allen. Der-seinen-Hund-liebt trat auf ihn zu und berührte seinen Arm.

»Hast du Großmama gesehen?«, fragte der Junge erwartungsvoll.

»Wann?« Kaum hatte er die Frage gestellt, wusste Falke, was der Junge meinte.

»Da oben auf dem Hügel. Du hast sie wohl nicht gesehen?«

Falke schüttelte den Kopf.

Adam wandte sich mit einem seltsamen Ausdruck der Enttäuschung und Verwirrung ab.

»Ich habe dich da oben gesehen.« Falke nickte in die Richtung des Hügels, als er mit Meggie einen Moment lang allein sprechen konnte; die anderen waren mit Aufräumen beschäftigt oder unterhielten sich in Lucys Wohnzimmer.

»Wirklich? Und habe ich dir mit einem schwarzen Schwänzchen zugewunken?«, neckte ihn Meggie. Lachender Bär hatte Falke vor der schwarzschwänzigen Hirschkuh gewarnt, die bisweilen Männer von ihrer *Hanbleciya* fortlockte.

»Nein«, lachte er. »Du warst von vier Büffeln umgeben.«

»Die habe ich in der Schwitzhütte auch gesehen.«

»Ich hatte Angst, du könntest in Gefahr sein.«

»Gefahr? Was für eine Gefahr?« Meggie sah erstaunt aus.

Falke zuckte die Achseln. »Ich habe mich wohl getäuscht.«

»Die Vision von den vier Büffeln war wahrscheinlich der Vorbote eines Hitzschlags«, grinste sie und fügte dann hinzu: »Bei uns beiden.«

Er schüttelte den Kopf. »Eines Tages wirst du mehr über diese Büffel erfahren und was sie mit dir zu tun haben. Wir wissen, was wir gesehen haben. Nur, was es bedeutet, wissen wir nicht. Mitunter hat man eine Vision von einem anderen Menschen.«

»Warum sollten dir die Geister etwas über mich zeigen? Warum haben sie mir die gleiche Vision gegeben?« Meggie war äußerst neugierig.

»Gute Frage. Doch eines ist gewiss.«

»Was denn?«

»Die Geister haben nicht ohne Absicht so gehandelt.« Ehe Falke ausführlicher werden konnte, riefen die Gäste im Wohnzimmer nach ihm.

Im Vorübergehen fiel Meggies Blick auf ihr eigenes Bild in einem Ankleidespiegel. *Büffel?* Vielleicht sollte sie doch etwas abnehmen ...

Während Süßgrasfrau sich von Falke fern zu halten schien, umschwirrte ihn Aufsteigender Rauch den ganzen Nachmittag, brachte ihm hier noch ein Glas Apfelsaft und da noch eine Portion Nachtisch.

Nachdem alle das Festmahl verdaut hatten und der Bericht der Ereignisse beendet war, sammelte Falke die Gemeinschaft im Freien zu einem Großen Geben um sich. Auf diese Weise dankte er jedem Mitglied der Gemeinschaft für die Unterstützung bei seiner *Hanbleciya*.

Zuallererst präsentierte er seinem Lehrer und Führer Lachender Bär einen Büffelumhang und bedankte sich bei ihm, dass er den weiten Weg aus Süddakota gekommen war, um ihn bei seiner *Hanbleciya* zu leiten. Außerdem steckte er ihm einen Umschlag mit Geld für die Rückreise zu.

Aufsteigender Rauch schenkte er zwei Adlerfedern für ihre Chanunpa Wakan.

Lucy bekam einen großen Suppentopf aus rostfreiem Stahl und einen nagelneuen Kassettenrekorder mit Batterien. Sie umarmte die Geschenke voll Freude.

Für Süßgrasfrau und die anderen Frauen hatte er Säckchen gefertigt, in denen ein feiner roter Stoff, Bindfäden und Tabak enthalten waren. Die Männer bekamen Räucherschälchen aus Catlinit, um Salbei darin zu verbrennen. Jedes Kind erhielt einen langen Zopf Süßgras.

Larry schenkte er zwei Äxte und einen Holzhammer.

Schließlich packte Falke für Meggie eine große Hudson-Bay-Decke aus und legte sie ihr um die Schultern. »Die wird dich nachts warm halten«, flüsterte er ihr zu.

»Ich weiß auch andere Wege, sich warm zu halten«, flüsterte sie liebevoll zurück.

Alle, Kinder und Erwachsene, stürzten sich auf den Wäschekorb voll Überraschungen – Shampoo-Fläschchen, Süßigkeiten, Kugelschreiber und Bleistifte. Zufriedenheit und Erfüllung spiegelten sich in Falkes Gesicht. Allmählich spürte er eine starke Erschöpfung, die sich von seinen Schultern über den ganzen Körper ausbreitete. Die im Gebet und fast schlaflos verbrachten Nächte forderten ihren Tribut.

Die Frauen wuschen und trockneten das Geschirr ab und sammelten ihre Handtücher und ihre Kinder ein. Die Männer rülpsten von zu viel Essen und Most und Limonade. Und als die Sonne sich langsam auf den Horizont zu bewegte, begann der Aufbruch der Gruppe, die sich nun wieder den weltlichen Dingen zuwenden wollte.

Aufsteigender Rauch gehörte zu den letzten Gästen im Haus. In der Auffahrt verabschiedete sie sich von Lachender Bär und seiner Familie, die nun ihre lange Reise nach Süddakota antraten. In den nächsten Wochen würde er andere

Männer in dem kleinen Ort Bear Butte auf ihrer *Hanbleciya* begleiten.

»Allen hat es sehr gefallen«, rief Lachender Bär aus dem Fenster, während sein Pick-up die zerfurchte Auffahrt hinunterzockelte.

Lächelnd sah Falke zu, wie der Wagen seines Lehrers um die Ecke verschwand.

»Lucy ist bestimmt froh, dass alles vorbei ist und sie ihr Haus wieder für sich hat«, bemerkte Aufsteigender Rauch.

»Ich bin auch froh, dass es vorbei ist«, erwiderte Falke. »Aber nimmt die Suche nach Visionen je ein Ende?«

Auf diese Frage wusste Aufsteigender Rauch keine Antwort.

»Wann sehen wir uns?«, fragte sie, als sie in ihren Wagen stieg.

»Bald.« In Wahrheit war Falke einfach zu müde, um Pläne zu schmieden.

Aufsteigender Rauch warf ihm einen rätselhaften Blick zu. »Bald? Nach indianischer oder nach weißer Zeit?« Sie nahm aus einem Päckchen Zigaretten auf dem Beifahrersitz zwei Zigaretten, zündete sie an und reichte ihm eine. Ohne seine Antwort abzuwarten, drehte sie den Schlüssel in der Zündung und wendete.

»Bis bald«, rief sie noch einmal aus dem Wagenfenster und fuhr davon.

Meggie hängte das letzte Handtuch auf, dankte Lucy für das Essen und ihre Gastfreundschaft, nahm ihre neue Decke und trat in den Hof, gerade noch rechtzeitig, um Aufsteigender Rauch davonfahren zu sehen. Falke warf seine Zigarette auf den Boden. Als er aufschaute, sah er sie.

»Fährst du nach Hause?«, fragte er.

Sie nickte.

»Möchtest du etwas Gesellschaft?« Ein scheuer, fast jungenhafter Blick huschte über sein Gesicht.
»Heute Nacht?« Meggie genoss es, den Augenblick spielerisch zu verlängern.
»Ich möchte dich natürlich nicht drängen. Du weißt schon, Zeit und Raum getrennt und so weiter.« Falke grinste, als er ihr ihre Worte unter die Nase rieb. »Aber es könnte uns helfen, uns besser kennen zu lernen, wenn du verstehst, was ich meine. Außerdem ...
»Außerdem was?«
»Hast du mir gefehlt, als ich da oben war.« Er nickte in Richtung des Hügels.
»Ich dachte, die Adlerfedern an deinen Handgelenken hätten das verhindert.« Meggie öffnete ihre Wagentür und warf die Decke ins Innere.
»Oh, die Adlerfedern haben mir die Lust ausgetrieben. Aber nicht das Herz, Meggie. Ich war einsam und habe mich so nach dir gesehnt.« Er klopfte sich auf die linke Seite seiner Brust, unfähig weiterzusprechen.
Sie spürte, wie sie bei seinem Anblick dahinschmolz – sonnenverbrannt, älter als seine Jahre, erschöpft von den Tagen auf dem Hügel, sein offenes und aufrichtiges Gesicht. »Falke.« Sie berührte seine Wange, die immer noch heiß von der Sonne war, und strich wie eine Blinde, die versuchte, die Wahrheit in seinen Worten zu lesen, mit den Fingern über seine aufgesprungenen Lippen. »Komm zu mir nach Hause.«
Fest umschloss er ihre Hand. Anschließend ließ er sich auf den Beifahrersitz fallen.
»Brauchst du keine frischen Sachen?«, fragte sie ihn.
»Ich bin zu müde. Ich hole sie morgen.« Er schloss kurz die

Augen, gähnte und lehnte seinen Kopf gegen die Kopfstütze, während Meggie auf Nebenstraßen in Richtung Chrysalis fuhr. Gerade als sie dachte, er sei eingeschlafen, öffnete er ein Auge und murmelte. »Die Adlerfedern an meinen Handgelenken sind weg.«

»Und das heißt?«

Er öffnete beide Augen und sah zu ihr herüber. »Der Mensch darf auch nicht zu spirituell werden«, sagte er.

»Aha?« Sie wusste, er bastelte am nächsten Satz.

»Denn das ist nicht gut, weil man in dieser Welt leben muss. Was ein Mann in solch einem Augenblick am meisten braucht, ist …«

Meggie wartete. Sie ahnte, was kommen würde.

»Erdung.«

»Erdung?« Sie hatte etwas anderes erwartet.

»Es gibt nichts Besseres als eine Frau, die ihren Mann auf ihre eigene besondere Art erdet. Ihn wieder auf den Boden der Tatsachen zurückholt, wenn er hoch geflogen ist.« Er wedelte mit der flachen Hand in der Luft herum und imitierte das Segeln eines Falken auf der Jagd nach lebender Beute.

»Und auf welche besondere Art erdet eine Frau den Mann?« Meggie warf ihm einen argwöhnischen Blick zu.

Er flog mit seinen Händen zu ihren Brüsten und flatterte hinauf zu ihren Augen, stieß dann herab und glitt auf ihren rechten Oberschenkel. Eine perfekte Landung.

Meggie trat aufs Gaspedal.

»Ich habe drei Tage Schmutz und Dreck auf mir«, beklagte er sich. Falke nahm eine lange, lange Dusche und stöhnte vor Wonne, als das heiße Wasser auf seinen Körper prasselte.

In der Zwischenzeit holte Meggie ein smaragdgrünes Negligé

hervor, das sie für eine solche Gelegenheit aufgespart hatte: ein Hemd mit einem Hauch von Dekolleté, schmalen Trägern und passender Unterwäsche. Nicht gerade gewagt, aber doch entschieden reizvoll und verführerisch. Sie tupfte sich ein wenig Duftöl hinter die Ohrläppchen, zwischen die Brüste und genau unter ihren Bauchnabel. Sie hörte, wie er das Wasser abdrehte und ein Handtuch vom Halter nahm. Meggie glitt aufs Bett, jedoch nicht unter die Decke.

»Ohhh«, rief Falke im Badezimmer beim Abtrocknen. »Tut das gut!«

Meggie wartete.

»Ohhh«, wiederholte er, immer noch im Bad. »Das war die beste Dusche, die ich je erlebt habe.«

Sie hörte das Klappern des Handtuchhalters, als Falke sein Handtuch darüberwarf. Sie versuchte, ihren Körper so auf dem Bett auszubreiten, dass es sowohl verführerisch als auch zufällig aussah. Zuerst zog sie ein Bein an, legte dann die Hand auf das Knie, veränderte aber die Pose immer wieder.

Als Nächstes drangen Gurgelgeräusche vom Waschbecken zu ihr herüber. Falke spülte sich offenbar den Mund.

Meggie rollte sich auf die Seite des Bettes, die der Badezimmertür am nächsten war. »Kommst du?« Eine überflüssige Frage, aber sie begann zu zweifeln, ob er jemals um die Ecke biegen würde.

»Noch nicht«, antwortete er und betrat splitternackt das Schlafzimmer. Eine Linie unter seinem Bauchnabel verriet, wo seine Kleidung ihn geschützt hatte, während seine Brust, Arme und das Gesicht sonnenverbrannt waren. Er riss die Augen auf, als er sie in ihrem smaragdgrünen Gewand sah, und streckte die Finger aus, um den weichen, seidigen Stoff zu streicheln. Er setzte sich aufs Bett und schob seinen Körper an ihren.

Sie rutschte, um ihm Platz zu machen.
»Ich liebe deine weichen Kurven, Meggie.« Falkes Hand fuhr langsam die Umrisse ihres Körpers nach, wie ein Bildhauer auf der Suche nach einer Form, die sich nur offenbart, wenn man sich ihr mit zarter Huldigung nähert. Er folgte der Einbuchtung ihrer Rippen zur sanften Erhebung ihres Bauches, die Täler führten hinauf zur vorstehenden Härte der Hüftknochen. Ihr Körper bot ein Panorama natürlicher Schönheit.
Ein winziger, zarter Schauer kräuselte ihre Haut.
Falke glitt mit beiden Händen unter den smaragdgrünen Stoff. Er hob ihn an, schob ihn hoch und legte ihren Bauch und ihre Brüste frei, so dass der Stoff ihre Augen bedeckte und sie nicht sehen konnte, was er als Nächstes tun würde. Beide Hände glitten über ihre seidige Haut, seine Finger wirbelten, strichen über ihren Körper, als wäre er ein Künstler, der sich ihre Rundungen genau einprägen wollte – die Umrisse der Muskeln, die scharfen Konturen der Knochen, die satinglatte Struktur der Haut, den Wald von Haar. Seine Hände wanderten von der flachen Ebene ihrer Mitte hinauf, um die Hügel ihrer Brüste zu umschließen.
Sie spürte, wie er mit weicher Zunge ihre Brustwarzen umkreiste. Sein harter Penis presste sich gegen ihren linken Hüftknochen.
Seine Hände hasteten nach unten und zerrten am Rand ihres Höschens.
Und Meggie strampelte es von sich, auch wenn sie immer noch nicht sehen konnte, was Falke tat. Doch sie fühlte, wie er seinen Körper neben ihrem ausstreckte, ergab sich in die smaragdene Blindheit und überließ ihrer Haut das Sehen.
»Ooohh«, stöhnte er, als er ihre Brüste mit seinem Mund, seiner Nase, seinem Kinn, seiner Wange berührte. Er vergrub sein

Gesicht in jenem Raum über dem Bauch, zwischen den Brüsten. Er spreizte ihre Arme in Höhe der Schultern und wischte dabei den Stoff von ihrem Gesicht.
»Oooh«, seufzte er schweratmend.
Einmal, zweimal, dreimal holte er tief Atem.
»Hhmm ...«, murmelte er, und seine Stimme glitt ab, während sein Mund auf ihrer rechten Brust ruhte.
Jede Regung war verstummt.
Sein Kopf wurde schwer. Seine Atmung regelmäßig. Sein Penis schrumpfte an ihrem linken Oberschenkel. Und da erkannte Meggie, dass drei Tage und drei Nächte voll Sonne, Einsamkeit, Gebet und wenig Schlaf schließlich ihren Preis forderten.
»Och«, seufzte sie leise, ehe das Lachen aus ihrem Bauch aufstieg und seinen Kopf auf ihrer Brust leicht rüttelte.
Doch selbst diese Bewegung brachte ihn nicht wieder zu Bewusstsein. Er war für die Welt verloren.

Andrea starrte den Revolver ihres Vaters lange an, bevor sie eine der Kammern mit einer Kugel lud. Das Gewicht der Waffe erstaunte sie. Sie drehte die Trommel und dachte an das makabre Russische Roulette. Manchmal griffen Menschen zu einer solchen Waffe, um das Rad des Schicksals zu drehen.
»Leben oder nicht leben, das ist hier die Frage.« Sie legte die Pistole ab und griff nach einem Pinsel mit kurzen Haaren und einer Palette mit mehreren Ölfarben. Selbstsicher näherte sie sich der Staffelei und der Leinwand.
Die Zeit war gekommen.
Andrea wusste genau, wie sie ihre Landschaft verändern würde.

Kurz darauf trat sie zurück und betrachtete ihr Gemälde mit einer nicht gekannten Zufriedenheit. Von einem Tisch nahm Andrea einen kurzen Brief und befestigte ihn oben an der Leinwand. An dieser Stelle oberhalb der North-Manitou-Insel wirkte der Zettel wie eine große weiße Wolke, über die ein Schwarm von Gänsen vorüberzog:

Ich würde dich gern nach Feierabend sehen.
Unsere gemeinsame Zeit ist kostbar, auch wenn wir
uns heimlich treffen müssen.
Durch deine Liebe habe ich wieder Vertrauen zu Männern.
Sei umarmt und geküsst bis dahin,
B

Andrea ergänzte das B durch »iest«. Irgendwie spielte es keine Rolle mehr für sie, wer zum Teufel diese B war.
Andrea nahm den Revolver und wickelte ihn in Zeitungspapier ein. Es war ein kurzer Spaziergang durch den Sommermorgen, den geschäftigen Verkehr in Leland, die River Street hinauf zur Kirche, wo sie den Geistlichen Karl Young fand, der gerade dabei war, eine Trauerweide auf einem schwammigen Stückchen Erde einzupflanzen.
Als er sah, wer so zielbewusst auf ihn zuschritt, erhob sich Karl mit der Schippe in der linken Hand. Er streckte ihr die rechte Hand entgegen, Wärme und Besorgnis schwangen in seiner Stimme mit.
»Annie«, sagte er nur.
Das Zeitungspapier glitt vom Revolver. »Ich habe den Brief gefunden«, sagte sie. »Du hast ihn in der Tasche deines Sonntagsanzugs vergessen.« Die Sonne blitzte auf der Waffe.

Er begann zu sprechen. »Welchen Brief?« Und wusste schon, dass es vergeblich war.
»Sei verflucht!«, schrie sie und drückte ab.
Wie in Zeitlupe beobachtete Karl die Rauchwolke, nahm den Knall wahr, und dann, mit einiger Verzögerung, die Schmerzen in seinem eigenen Fleisch.

Am nächsten Morgen tigerte Bev in Meggies Büro auf und ab.
»Du benimmst dich wie ein Tier im Käfig«, sagte Meggie. Auch Meggie fühlte sich nach ihrer Rückkehr aus der Welt der heiligen Zeremonien und paranormalen Geschehnisse in die Welt der Arbeit aus der Bahn geworfen. Der *Traverse City Record Eagle,* den sie in der Hand hielt, skizzierte die wenigen bekannten Einzelheiten des Schusses auf Reverend Karl Young.
»Ich muss dir ein Geständnis machen.«
»Ja?« Meggie hob die Augenbrauen. Diese Nervosität sah Bev nicht ähnlich.
»Der geheimnisvolle Mann, mit dem ich mich heimlich getroffen habe? Also, der Mann ist verheiratet.«
»Ach, Bev«, seufzte Meggie. *Verheiratete Männer bedeuteten immer Schwierigkeiten.*
»Und das ist nicht das Schlimmste, Meggie.« Sich die Stirn reibend fuhr Bev fort: »Der geheimnisvolle Liebhaber ist der Geistliche Karl Young, der gestern niedergeschossen wurde.«
Meggie ließ die Zeitung fallen. »Hast du mir seine Identität verschwiegen, weil er verheiratet ist?« Meggie erinnerte sich, wie geheimnistuerisch Bev gewesen war.
Bev schüttelte den Kopf. »Ich hab' dir doch gesagt, dass es kompliziert ist. Oje, was habe ich nur angerichtet.«

Bev tigerte weiter durch den Raum.
»Setz dich hin, deine Unruhe macht mich wahnsinnig.« Meggie zeigte auf einen leeren Stuhl. »Jetzt erzähl mir erst mal alles ...«
Im Sitzen beugte sich Bev nach vorn, als müsste sie sich übergeben. »O Gott, ich hoffe, ich habe nichts mit den Schüssen zu tun. Weißt du, ich habe ihm einen Zettel, einen Liebesbrief, geschrieben. Was, wenn seine Frau Andrea ihn gefunden hat?«
»Du meinst seine Frau Annie?« Übelkeit wallte in Meggie auf.
»Ihr richtiger Name ist Andrea.« Bev sah gequält aus.
»Was hat Karl der Polizei gesagt?« Meggie hatte in der Zeitung gelesen, dass die Polizei den verletzten Geistlichen im Krankenhaus befragt hatte. Karls Oberschenkelhals war von der Kugel zerschmettert worden. Er würde mehrere Wochen in einem Streckverband zubringen müssen.
Den Kopf in beide Hände gestützt, starrte Bev zu Boden. »Er hat der Polizei erklärt, dass die Identität des Täters eine vertrauliche Information sei und er den Namen niemals preisgeben würde. Er sagte ...«, ihre Stimme zitterte, »so etwas wie, er habe genau das bekommen, was er verdiente.«
»Also weiß die Polizei nicht, wer es getan hat?«
Bev schüttelte den Kopf und stöhnte. Kummer unterstrich jedes ihrer Worte. »Es ist alles meine Schuld ...«

Meggie rief bei Karl an. Der Anrufbeantworter schaltete sich ein. »Hallo, Andrea sagt Auf Wiedersehen. Ich wünsche Ihnen ein schönes Leben.« Meggie erkannte die Stimme sofort. Nichts über Karl. Ihr kam ein entsetzlicher Gedanke: Vielleicht hatte Andrea sich getötet.
Meggie sagte ihre Nachmittagstermine ab und fuhr durch die hügligen Nebenstraßen von Leelanau. In Leland fragte sie den Verkäufer in einem Buchladen nach dem Weg zur Kirche und

Andreas Atelier. Das Pfarrhaus war verschlossen, und niemand antwortete auf ihr Klingeln.

Mit bösen Vorahnungen stieg Meggie wieder in ihren Wagen und fuhr zu Andreas Studio. Es war ein kleines Gebäude mit einem Zimmer, das ihr die Hausbesitzer, die nebenan wohnten, vermietet hatten. Sie schlug gegen die Tür des Ateliers, aber sie war fest verschlossen. Zu ihrer Erleichterung entdeckte sie eine Frau vor dem Haus, die ihre Blumenbeete bepflanzte.

»Nein, Frau Young ist seit gestern nicht hier gewesen. Das habe ich schon der Polizei gesagt. Sie wollte sie befragen. Ich habe gehört, sie würde vermisst?« Die Frau erhob sich und streifte sich die Erde von den Händen.

»Könnten Sie mich bitte in ihr Atelier lassen? Ich bin um ihre Sicherheit besorgt«, bat Meggie.

»Natürlich. Warten Sie hier. Ich hole die Schlüssel.« Kurz darauf kam die Frau wieder und schloss die Tür auf. »Rufen Sie mich, wenn Sie fertig sind.«

Meggie stieß die Tür auf. Ihr war sofort klar, warum ihre Klientin den Raum gemietet hatte. Sonne durchflutete ihn aus allen Richtungen. Der Ausblick durch das riesige Fenster auf den Michigansee war herrlich – Sand, Wasser, Boote und die Manitou-Inseln.

In der Mitte des Zimmers lauerte unheilvoll die Leinwand mit dem seltsamen Gemälde einer Landschaft. An den grimmigen Wolken, dem grauen Wasser, den schmutzigen Dünen und den kahlen Bäumen erkannte Meggie sofort, dass es sich um die Landschaft handelte, die sich nie veränderte. Sie las die Notiz in der linken Ecke der Leinwand.

Bei näherem Hinsehen erkannte sie, dass der Szene etwas Neues hinzugefügt worden war – ein Teil mit einer menschlichen Gestalt in frischer Farbe. Meggie sah näher hin. Ein kleiner

Mann in einem schwarzen Anzug schien vom Strand zurückzuweichen. Unter dem linken Arm klemmte eine Bibel, und von seinem weißen Kragen baumelte ein in der Sonne glitzerndes, nach Aufmerksamkeit heischendes goldenes Kreuz. Möwen tauchten im Wasser nach Fischen; andere schwebten über dem Kopf des Mannes. Weiße Kleckse auf seinem schwarzen Anzug bezeugten die Zielgenauigkeit der Vögel.

Neugierig ging Meggie näher an das Bild heran. Der Mann schien rückwärts auf einen schwarzen Fleck im Sand zuzugehen. Sein rechter Arm war erhoben, als winkte er dem Betrachter zum Abschied zu. Wenn er weiter rückwärts ging, würde er jeden Augenblick ...

In das schwarze Loch fallen.

Zuerst begriff Meggie nicht. Doch dann, wie die Sonne durch dichte Wolken blinzelt und dem irdischen Beobachter zuzwinkert, kam ihr blitzartig die Erleuchtung.

Das schwarze Loch war Andreas Abschiedsgeschenk an ihren Mann.

DREIUNDZWANZIG

Der Kreislauf des Lebens

Ein Geschlecht vergeht, das andere kommt;
die Erde aber bleibt immer bestehen.
Die Sonne geht auf und geht unter
und läuft an ihren Ort, dass sie dort wieder aufgehe.
Der Wind geht nach Süden
und dreht sich nach Norden
und wieder herum an den Ort,
wo er anfing.

Prediger Salomo 1,4-7

So begann der Sommer in Suttons Bay mit einem Skandal. Die Einwohner spekulierten über die Identität des Täters, das mögliche Motiv für den Angriff und das Verschwinden der Frau des Geistlichen. Der Sommer brachte auch die Feriengäste aus Chicago, Texas und Indiana, die jedes Jahr die Halbinsel Leelanau hinaufzogen, um am Michigansee der Sonne, dem Wasser und dem friedlichen Rhythmus eines gemächlicheren Lebens zu huldigen.

Meggies Eltern trafen ein, und etwas später auch ihre Schwester samt Familie. Mit Rücksicht auf das Alter und die Gefühle ihrer Eltern hatte Meggie jegliche Hinweise auf Falkes Anwesenheit im Haus beseitigt. Sie wollte ihnen schonend, Stück für Stück beibringen, dass er ihr mehr bedeutete als ein guter Freund.

Meggies Urgroßmutter hatte das Land gegen Ende des 19. Jahrhunderts gekauft. Das Haus auf dem Hügel stammte von Meggies Großmutter. Vor sechzig Jahren hatten sich Meggies Eltern hier kennen gelernt und geheiratet. Zu Ehren ihres Hochzeitstages bereiteten Meggie und ihre Schwester eine Feier im Haus vor. Da sie alle ursprünglichen Hochzeitsgäste eingeladen hatten, erhielten sie ihre Briefe häufig mit dem Stempel »Empfänger unbekannt« oder einer Notiz zurück, dass die betreffende Person verstorben sei oder sich in einem Pflegeheim befinde.

»Viele von meinen Freunden sind längst nicht mehr da«, seufzte Meggies Mutter, die mit ihren Mitte achtzig noch sehr aktiv war.

»Die meisten meiner Kollegen sind tot, und meine Studenten sind im Ruhestand«, bemerkte Meggies Vater, der gerade an seiner siebten Ausgabe des Lehrbuchs für Medizinstudenten arbeitete.

Für Meggie war der Abend des sechzigsten Hochzeitstages ihrer Eltern von besonderer Bedeutung. Zu oft hatte sie mitangesehen, wie Ehen und Beziehungen unter dem Druck des modernen Lebens und der alten Gelübde zerbrochen waren. Der Höhepunkt des Abends war ein alter körniger Schwarzweißfilm von der Hochzeitsfeier ihrer Eltern: Die junge Braut marschierte elegant durch einen Bogen aus Blumen; der Bräutigam, der einen schwarzen, irischen Wuschelkopf hatte, lächelte seiner Zukünftigen selbstbewusst zu; die Großmutter, stolze Besitzerin und Schöpferin von Chrysalis, die Meggie nur durch ihre Innenarchitektur, Weinhecken und die auf dem Grundstück sprießenden Blumen kannte.

Der Film zeigte ein junges Liebespaar, das im Begriff war, den Bund fürs Leben zu schließen. In den lebendigen Farben der

Gegenwart umschlossen die knochigen Finger ihres Vaters fest die Hand seiner nun betagten Braut.

Der Sommer brachte auch Falke in den Schoß seiner Familie zurück. Eine Nachricht aus Pine Ridge in Süddakota rief ihn in ein Krankenhaus nach Ohio, wo sein Vater im Sterben lag. Falke kam der indirekten Bitte nach und hoffte, die Beziehung zu seinem Vater, den er seit seiner Kindheit nicht gesehen hatte, wiederherzustellen.

Da er erwartet hatte, einem Mann in den besten Jahren zu begegnen, erschreckte ihn die gealterte, von Alkohol und einem harten Dasein gezeichnete Gestalt. Sein Vater hatte einen schweren Herzanfall erlitten, so dass er nicht einmal aufrecht im Bett sitzen konnte; der Herzmuskel durfte nicht bewegt werden. Mit eingefallenem Mund – die Schwestern hatten ihm seine dritten Zähne herausgenommen – lag er auf dem Rücken. Anscheinend freute er sich, seinen Sohn zu sehen.

Falke zog einen Stuhl neben das Bett und warf dabei die Pappschachtel mit den einzigen Besitztümern seines Vaters um; hauptsächlich wertloser Plunder: eine alte Uhr, verrostete Angelhaken, ein paar verblichene Fotos, eine zerlesene Bibel, Krimskrams. *Die Reste eines erbärmlichen Lebens,* dachte Falke.

»Ich sage den Schwestern andauernd, dass ich schwere Verdauungsstörungen habe.« Der alte Mann grinste seinen Sohn an.

Falke sah ihn an. *Soll ich ihm die Wahrheit sagen? Die Ärzte sagen, er stirbt noch heute oder morgen.*

»Wenn sie mir nur erlauben würden zu sitzen. Mein Rücken tut weh. Ich habe Blähungen. Ich sage ihnen, ich muss aufs Klo, und was machen sie? Sie legen mir eine Windel unter, als wäre ich ein Baby. Kein anständiger Mann kackt in sein eigenes Bett. Die Verstopfung bringt mich um«, beschwerte sich der alte Mann.

»Du hast keine Verdauungsstörungen. Du hattest einen schweren Herzinfarkt.« Falke fand, er verdiente zumindest so viel von der Wahrheit.

»Was hast du gesagt, Sohn?«

Bei dem Wort »Sohn« zuckte Falke zusammen. *Warum kann ich ihn nicht »Vater« nennen? Warum bin ich immer noch zornig auf diesen Mann?*

Ehe Falke antworten konnte, begann sein Vater ihm Fragen über sein Leben, seine Ehen, die Familie und Freunde zu stellen. Häufig unterbrach er Falke mit seinen eigenen Erinnerungen. »Lucy war ein kleines Mädchen mit spitzen Knien, als ich sie das letzte Mal gesehen habe. Ihre Mutter Winona, das war vielleicht eine unheimliche Frau. Sie wusste zu viel. Ich bin ihr immer aus dem Weg gegangen ...«

Dann und wann schlängelte der alte Mann einen Finger durch die Stäbe seines Krankenhausbettes und suchte zittrig die Berührung seines Sohnes. Falke ergriff die Hand des Alten, ganz ähnlich wie sein Vater es bei ihm getan hatte, als er noch ein kleiner Junge war. Als der alte Mann in einen unruhigen Schlaf fiel, machte Falke ein Nickerchen im Stuhl, denn er wollte nicht, dass sein Vater allein in einem sterilen Krankenhausbett starb. Wenn der Alte vor Schmerzen stöhnte, legte ihm Falke kalte Kompressen auf die Stirn und streichelte das weiße, spärliche Haar.

Die ganze Nacht, den nächsten Tag und den Tag danach strafte sein Vater die Voraussage seines unmittelbar bevorstehenden Todes Lügen. Stunde um Stunde sah Falke zu, wie der Körper seines Vaters den Dienst versagte, wie seine Extremitäten – Finger, Zehen, Waden und Unterarme – blau wurden. Das Bewusstsein des Alten hielt trotzig stand, erklärte, beschrieb – bis jede Anekdote, jeder Witz erzählt worden war und nichts mehr übrig war. Gemeinsam lachten sie über die Absurdität des Lebens, und gemeinsam weinten sie über die Endgültigkeit des Todes. Endlich erkannten sie ihre Verbindung zueinander.

»Heb mich hoch«, befahl er seinem Sohn. »Gib mir die Würde, auf dem Klo zu kacken.« Der alte Mann krümmte sich vor schmerzhaften Blähungen.

»Ich kann nicht. Die Bewegung wird dich umbringen«, erwiderte der Sohn.

»Dann bring mir ein Gewehr, damit ich hier und jetzt ein Ende machen kann. Das ist doch keine Art zu sterben.« Seine Augen nahmen einen wilden, verzweifelten Ausdruck an.

»Ich kann nicht. Das Krankenhaus erlaubt es nicht. Zu viel Dreck.« Falke versuchte, seinem Vater ein Lächeln zu entlocken.

»Verdammt noch mal! Du Feigling!«, bellte der alte Mann wütend. »Dann hilf mir beim Aufstehen. Aus dem gottverdammten Fenster kann ich selbst springen!«

Ärger wallte in Falkes Stimme auf. »Was verlangst du von mir? Nachdem ich mich jahrelang nach dir gesehnt habe, platzt du wieder in mein Leben und willst, dass ich dir helfe, dich umzubringen. Das mache ich nicht. Ich kann nicht.«

Der Sturm zwischen ihnen legte sich ebenso rasch, wie er aufgezogen war. Der Vater musterte das Gesicht seines Sohnes, steckte seine bläuliche Hand zwischen die Metallstäbe, ein

Friedensangebot; seine Augen flehten um Verständnis. »Sohn, hilf mir.«

Heute ist ein guter Tag zum Sterben. Der alte Spruch der Lakota stand zwischen ihnen im Raum. Die Geister waren bereit.

»Also gut«, seufzte Falke mit vor Kummer schwerer Stimme. Er verließ das Zimmer seines Vaters und suchte eine Schwester. »Mein Vater braucht etwas gegen die Schmerzen.«

»Sie wissen, dass das Medikament ihn töten wird?« Die Schwester blickte ihn an.

Falke nickte.

»Ich hole die Erlaubnis ein, ihm eine Spritze zu geben.« Sie rief den behandelnden Arzt an.

Er ging ins Zimmer seines Vaters zurück, nahm die Hand des alten Mannes und stimmte einen Sonnentanzgesang an.

Eca Wanbli Gleska Wan
u tka kehapi k'un ...

Ein gefleckter Adler,
sagtest du, wird kommen ...

Der alte Mann versuchte einzustimmen. Ihre Stimmen, so verschieden an Alter und Erfahrung, fanden zu keiner Harmonie.

Als die Schwester mit der Spritze auf einem Tablett eintrat, lächelte Falkes Vater dankbar. Seine Augen starrten furchtsam und fasziniert auf die Nadel und dann wieder zu Falke. Die Schwester betupfte den welken Arm des Mannes mit Alkohol und verabreichte ihm die Spritze mit der klaren Flüssigkeit. Ohne auch nur einen Ton auszulassen, fuhr Falke mit dem alten Gesang fort, entschlossen, seinem Vater beim Übergang den Weg zu ebnen.

Ein gefleckter Adler,
sagtest Du, wird kommen.
Jetzt kommt er. Jetzt kommt er.

Die Augen des alten Mannes begannen zu flattern, doch sein Griff blieb fest.

»Ich liebe dich, Vater.« Tränen strömten aus Falkes Augen.

Die Atmung verlangsamte sich bis zum Stillstand. Das ruhelose Suchen der Augen hörte auf. Die bläuliche Hand gab die lebende Hand frei. Falkes Stimme hörte nicht auf, den Sonnentanz zu singen, während der Geist des alten Mannes aus dem Körper entwich.

Die warmen Strahlen der Julisonne erleuchteten selbst die hintersten Ecken von Meggies Büro. Eine sanfte Brise wehte durch die Fenster, lachende Kinderstimmen wurden vom Ufer herübergetragen. Meggie saß an ihrem Schreibtisch und öffnete ihre Korrespondenz. Der Poststempel auf einem der Umschläge stammte aus Denver in Colorado. Die Handschrift war schön, kalligrafisch – ein Absender, der offenbar ästhetische Formen schätzte.

Meggie nahm den Brief heraus.

Liebe Frau Dr. O'Connor,

ich habe mein Versprechen gehalten und weder mich selbst noch Karl getötet. Auch an diesem letzten Tag war sein Leben

niemals in Gefahr. Ich vermute, es wird schwerer für ihn sein, mit seinen Wunden zu leben, als an ihnen zu sterben.
In unseren Sitzungen ist mir klar geworden, dass ich meine Krankheit im Zusammenleben mit ihm nicht heilen kann. Also tat ich, was ich tun musste. Ich habe mit Ihnen über verschlossene Türen und schwarze Löcher gesprochen. Also habe ich schließlich die Tür aufgerissen, das Loch meinem Mann angehängt und bin weggerannt, so schnell ich konnte. Karl wird sich gewiss eine Weile darin suhlen, da bin ich ganz sicher. Darin ist er sehr gut.
Und ich? Ich habe es endlich geschafft, auf eine Reise mit unbekanntem Ziel zu gehen. Die Landschaft ändert sich täglich. Nacheinander kehren die warmen Farben zurück. Ich habe einen neuen Pinselstrich entwickelt, um das Spiel des Windes einzufangen, der um die Berge streicht. Das grüne Licht in den Wäldern ist voller Geheimnisse. Die Schatten sind weich und einladend.
Wie Geschichten vermögen auch Gemälde zu heilen. Als Künstlerin kann ich meinen eigenen Fantasien Gestalt geben.
Seit meiner Abreise habe ich oft an Sie und unsere Gespräche gedacht. Einmal ging ich in einen Laden und kaufte einen Granatapfel. Ich öffnete ihn mit einem Messer und pflückte mehrere Kerne heraus, aber weiter kam ich nicht. Ich habe keinen davon gegessen. Wahrscheinlich bin ich einfach nicht hungrig genug.

Herzlichst Ihre Andrea

Nach mehrmaligem Lesen wurde Meggie bewusst, wie sorgfältig ihre ehemalige Klientin ihre Worte gewählt hatte. Kein Hinweis auf ihre Tat.

Der Brief war voller Hoffnungen. Gefühlsmäßig wurde Meggie von Andreas Begeisterung und frisch gewonnener Energie angesteckt. Doch ihr Verstand bezweifelte, dass Andrea außer ihrer Umgebung wirklich etwas verändert hatte.

VIERUNDZWANZIG

Komplikationen

Wörter und Eier muss man mit Vorsicht behandeln. Einmal zerbrochen, lassen sie sich nicht mehr reparieren.

Anne Sexton
Wörter

Nach dem Tod seines Vaters war Falke wieder nach Hause gekommen und hatte erleichtert festgestellt, dass das Gewitter Kojotes Spuren zumindest vorübergehend fortgespült hatte. Er freute sich darauf, mehr Zeit mit Meggie zu verbringen. Das überraschende Auftauchen seiner Exfrau, die schwierigen Vorbereitungen für seine Visionssuche, die Ankunft von Meggies Eltern und der Tod seines Vaters hatten ihrer Beziehung unfreiwillige Pausen aufgenötigt. Es wurde Zeit, ihre Liebe neu zu entfachen. Zu seinem Erstaunen stellte Falke fest, dass Meggie die Beziehung vor ihren Eltern verheimlichen wollte.

»Ist es dir peinlich, mit mir zusammen zu sein?«, fragte er.

Sie schüttelte den Kopf. »Falke, sie gehören einer anderen Generation an. Sie wissen, dass ich einen Freund habe. Doch bis wir so weit sind, um Verpflichtungen einzugehen, habe ich keine Lust, mich von ihnen löchern zu lassen oder rechtfertigen zu müssen.«

»Schämst du dich, dass ich Indianer bin?«, fragte er nun ganz direkt.

»Nein.«
»Wo liegt dann das Problem?«
Meggie errötete. *Wie kann ich ihm sagen, dass nicht seine Rasse, sondern seine Klasse das Problem war?* »Mein Vater ist Arzt, meine Mutter ist Ärztin. Ich bin promoviert, Falke. Sie werden wissen wollen, warum eine gebildete Frau sich in einen Mann ohne akademischen Abschluss verliebt. Wenn die Zeit reif ist, werde ich ihnen von dir erzählen.«

Er wandte sein Gesicht ab, erschrocken über ihre Worte und das, was sie mit seinem Selbstwertgefühl anrichteten. *Nicht der Titel zählt, sondern der Grad an Weisheit, den ein Mann besitzt,* dachte er. Doch zur Wehr setzen wollte er sich auch nicht. Es würde lediglich die Befürchtungen ihrer Eltern verschlimmern. Sie waren alt. Vielleicht hatte Meggie Recht.
Falke wusste, dass sie ihn mit ihren Worten nicht demütigen wollte.

Aufsteigender Rauch stattete Lucys Familie inzwischen immer häufiger einen Besuch ab. So konnte sie nämlich in unmittelbarer Nähe Falkes sein. Voll Sehnsucht nach Meggie und bestürzt über ihre Worte, fand sich Falke zunehmend von seiner schönen, schlanken geschiedenen Frau umgarnt. Wenn Aufsteigender Rauch ihn mit ihren feucht-braunen Augen ansah, wurde ihm ganz flau. Er begann sich auf ihre kurzen Besuche zu freuen, die mit jeder Woche länger wurden.
Nicht Worte, sondern eher Gesten waren es – ihre gesenkten

Augenlider, ein Zucken im Mundwinkel, ein vager Blick –, mit denen sie ihm zu verstehen gab, dass sie mit ihm schlafen wollte. Anfangs bemühte er sich, ihre Signale zu ignorieren. Doch der junge Mann in ihm entsann sich der heißen Leidenschaft zwischen ihnen, des Geschmacks ihres süßen Fleisches, des Gefühls ihres Körpers an seinem.

Anders als in der Welt der Weißen, wo die Worte Macht hatten, sprachen die beiden kaum über die sexuelle Spannung, die zwischen ihnen wuchs. Eines Abends spät, als die Hitze durch jeden Winkel des Wohnwagens flimmerte und die Arbres schon schliefen, legten sich Falke und Aufsteigender Rauch auf eine Decke ins Freie. Dort unter dem Vollmond und den nackten Sternen berührten sich Vergangenheit und Gegenwart in ihrer Umarmung, während jede Liebkosung einer alten Erinnerung nachspürte.

Aufsteigender Rauch hatte ihren Kopf an seine Schulter gelehnt, doch Falke war in Gedanken bei Meggie. *Ich muss verrückt sein. Ich bin in zwei Frauen verliebt.*

»Was?«, fragte Aufsteigender Rauch, denn sie spürte, dass Falke tief in Gedanken war.

Er antwortete nicht. *Es ist nicht richtig. Es ist beiden gegenüber nicht fair. Was mache ich nur? Wen betrüge ich?* Hämmernde Kopfschmerzen plagten ihn.

Aufsteigender Rauch ließ ihre Hand zwischen seine Beine gleiten. Ungeachtet seiner Überlegungen versteifte sich sein Glied. Sie lachte. »Du hast wohl an mich gedacht?«

Das Schuldgefühl traf ihn wie ein Schlag. *Ach Meggie, ich liebe dich wirklich.*

Die Finger seiner Exfrau glitten leicht und erregend über seinen Körper.

Oh, Aufsteigender Rauch, ich liebe die Berührung deiner

Hände. Er spürte, wie er versank, eingehüllt von Nacht, Sternen und Mondlicht. Eine Welle von Leidenschaft ertränkte seine Schuldgefühle.

Sie braucht es ja nicht zu erfahren. Er griff nach Aufsteigender Rauch und zog sie auf seinen Körper und in sein Herz.

Der Mond hing klar und leuchtend am Nachthimmel und erhellte den Pfad zum südlichen Hügel von Chrysalis. Meggie lief ein paar Schritte vor ihrer Mutter, um sicherzugehen, dass die ältere Frau nicht über Wurzeln stolperte. Die dürren Äste der Sumachsträucher griffen nach ihren Kleidern; mehrmals hielten sie inne, als die alte Frau sich bückte, um die vom Mondlicht versilberten Blumen zu betrachten.

Es war die Idee ihrer Mutter gewesen, den Pfad hoch zu der Lichtung zu wandern, wo sie sich als Kind vor ihren Eltern und Brüdern versteckt hatte. Hoch oben in den großen Apfelbäumen konnte sie damals ungestört Abenteuerromane von Robert Louis Stevenson und Rudyard Kipling lesen.

»Jetzt? Im Dunkeln? Sei vernünftig, Schatz. Komm ins Bett«, hatte Meggies Vater protestiert.

Doch seine Ehefrau war fest entschlossen. Sie streckte ihren Arm nach den diamantenen Sternen und dem silbernen Mond aus und rief: »Die Luft ist wie verzaubert. Siehst du es nicht? Komm, Meggie.« Es war ein Befehl, eine Verschwörung der Frauen gegen die alberne Logik der Männer.

Meggie wusste, es hatte keinen Zweck, sich ihrer Mutter auf dem Weg in ein Mondscheinabenteuer zu widersetzen. Der Gedanke, sie könnte sich in einem der dornigen Büsche verfangen oder im Dunkeln stürzen, zwang Meggie, die Rolle

der nächtlichen Führerin zu übernehmen. Das Mondlicht träufelte auf den Waldboden und umspielte die riesigen Ahornbäume und Eichen. Nachttiere huschten vor ihnen davon. Aus der Ferne hallte der gespenstische Schrei der Ohreule über Wald und Feld. Meggie hielt die Hand ihrer Mutter. Zusammen stolperten sie den Pfad zur Lichtung auf dem Hügel hinauf.
Erschöpft sank die alte Frau auf ein Bett aus Gras. Sie atmete tief ein. »Ich liebe den süßen Duft von Zedern und Wildblumen.« Sie pflückte einen Grashalm, legte ihn zwischen ihre Daumen und blies der Eule eine schrille Antwort entgegen.
»Uhuu ... uhuu«, rief es zurück.
Auf dem Rücken liegend, blickte Meggie zur Milchstraße hinauf, die sich wie eine Spur aus Zuckerkristallen über das Himmelsgewölbe ergoss. »Als Kind habe ich geglaubt, der Nachthimmel wäre ein großes schwarzes Tischtuch, und das Licht der Sterne wären Löcher im Stoff. Hinter der schwarzen Decke der Nacht verbarg sich die Helligkeit des Tages.«
»Als ich ein kleines Mädchen war«, erinnerte sich ihre Mutter, »wünschte ich mir, dass das Haus auf diesem Hügel gebaut würde, damit ich in der Nähe der Apfelbäume und des Waldes wäre und den Michigansee sehen könnte. Deine Großmutter beschloss jedoch, das Haus an einer Stelle zu errichten, wo sie ihre Mohnblumen, Tulpen und Weinranken pflanzte. Sie bemühte sich immer, das Land zu kultivieren, und verzweifelte beinahe an meinem ungestümen Wesen. Sie wünschte sich so sehr, dass aus dem Wildfang eine junge Dame der Gesellschaft würde.«
Meggie blickte sich um. Der Hügel im Wald gab einen schönen Platz für ein Haus ab. Meggie kannte die Geschichte ihrer Mutter gut. Nach ihrem Studium in den zwanziger Jahren verbrachte sie ein Jahr mit archäologischen Studien in Griechen-

land, dem ein vierjähriges Medizinstudium folgte. »Und dein wildes Wesen, Mutter, ist es je gezähmt worden? Durch uns Kinder?«

Ihre Mutter blies auf dem erschlafften Grashalm; er flatterte tonlos, und sie warf ihn fort. »Ich vergaß den Südhügel. Windeln, Elternabende und die Arbeit – immer zu viel zu tun. Anscheinend haben wir einen großen Teil unserer Jugend damit verbracht, von der Zukunft zu träumen, und unsere mittleren Jahre damit, die Vergangenheit zu vergessen. Nun ist das Alter da, und man kann sich nicht mehr an alles erinnern.« Sie versuchte aufzustehen.

»Warte, Mutter.« Meggie legte ihr die Hand auf den Arm. »Lass uns noch nicht gehen. Ich möchte dir von meinem wilden Herzen erzählen.«

Ihre Mutter sah sie erwartungsvoll an.

»Von einem Mann, den ich liebe ...«

»Ja?«

»Er kommt aus einer anderen Kultur ...« Meggie zögerte.

»Sprich weiter«, ermutigte ihre Mutter sie.

»Ein wunderbarer Mann«, erklärte Meggie, »mit viel Erfahrung. Er ist weise und aufrichtig, ...«

»Ja?« Ihre Mutter schien neugierig.

» ... kein Akademiker.«

»Oh«, bemerkte ihre Mutter.

»Oh«, das sagt schon alles, dachte Meggie und wartete auf weitere Kommentare.

»Hilf mir auf, Liebes.«

Meggie stand auf und stützte fürsorglich ihre Mutter, als sie ihre von Arthritis geplagten Gliedmaßen streckte.

Die alte Frau bürstete mit den Händen über ihre Hose. »Als dein Vater mir den Hof machte, kam ich oft allein hier herauf.

Ein schöner Platz zum Träumen. Wenn du diesen Mann liebst, Meggie, und er gütig und intelligent ist, spielt es doch keine Rolle, ob er einen Titel hat oder nicht. Trotzdem«, riet sie ihrer Tochter, »solltest du deinem Vater noch nichts sagen. Er ist so schrecklich *vernünftig.«* Sie betonte das letzte Wort, als wäre es unanständig.
In diesem Augenblick sprangen zwei Hirschkühe und ein Bock, die unterwegs zum Maisfeld am Fuß des Hügels waren, auf die Lichtung. Meggie und ihre Mutter erstarrten vor ihrer zarten Anmut. Die Hirsche streiften durchs Gras; ihre großen Ohren zuckten, die weißen Schwänze leuchteten im Mondlicht. Sie witterten die Menschen. Mit angespannter Aufmerksamkeit musterten sie die beiden Frauen neugierig. Dann sprangen sie über die offene Lichtung und verschwanden im Wald. Ihre Geräusche verhallten.
»Oh«, rief Meggie. *Ist so auch die Liebe – unverhofft, wunderschön und so rasch vorbei?*
»Soso«, sagte ihre Mutter. »Der Bock hat zwei Kühe. Wusstest du eigentlich, dass dein Vater, als ich ihn kennen lernte, mit einer anderen Frau verlobt war?«
Erstaunt sah Meggie ihre Mutter an. Sie hatte gedacht, all die alten Geschichten zu kennen, und schüttelte nun den Kopf.
»Als ich ihn sah, braune Augen, schwarzes lockiges Haar, irischer Witz, hatte ich den Mann meiner Träume gefunden. Ich verliebte mich sofort in ihn.«
»Aber was war mit der anderen Frau?« Meggie konnte die Spannung kaum ertragen.
»Sie war reich und schön, doch ich hatte etwas, das sie nicht besaß, etwas, das deinen Vater in meinen Bann zog. Er löste die Verlobung auf und begann, mit mir auszugehen.« Ihre Mutter lächelte triumphierend.

»Mutter, was war das?«
Ihre Mutter ließ den Blick über die Umgebung schweifen und beschrieb mit ihrer Hand einen Bogen. »Tja, ich habe ihn einfach nur mit nach Chrysalis genommen – den Ort, an dem uns die Rehe begegnen und die Eulen rufen und die Äpfel fallen.«
»Das war wohl vor seiner rationalen Phase?«
»Ach, Meggie, das liegt nur am Alter. Auch er war einmal ein junger Mann, voller Leidenschaft, Träume und irischer Poesie. Doch wenn man älter wird, ändern sich die Dinge. Man wird vernünftiger, irgendwie. Was mich daran erinnert, dass es Zeit fürs Bett ist. In letzter Zeit werde ich so schnell müde. Auch ich werde alt.«
»Nein, Mutter«, widersprach Meggie, »die Wildheit wird immer in deinem Herzen wohnen.«
»Vielleicht hast du Recht, mein Liebes.« Meggies Mutter lächelte. Auf dem Weg nach Hause ging sie voran.
Ihre Mutter hatte nicht gefragt, und Meggie hatte es nicht preisgegeben.
Falke ist Indianer.

Eine Reihe von ungewöhnlich schwülen Sommertagen bedrückte Meggie. Die Anwesenheit ihrer Eltern ließ ihr wenig Zeit, sich mit Falke zu treffen. Manchmal kam er vorbei, um Reparaturen vorzunehmen, oder es gelang ihr, sich zu ihm zu schleichen.
In ihren Träumen saß sie immer auf dem Südhügel und beobachtete, wie er aus dem Wald heraustrat und majestätisch auf sie zuschritt. Er musterte sie voll Neugier und sprach sie an, doch sie konnte nicht verstehen, was er sagen wollte. Dann

drehte er sich um, ließ sie zurück und löste sich im Schatten des Waldes auf. Mehrmals wachte Meggie mitten in der Nacht auf und lauschte in der Stille auf seine Botschaft.

Obwohl Meggie Falke gelegentlich in seinem Wohnwagen besuchte, herrschte dort nicht gerade eine Atmosphäre, in der sie sich entspannen und lieben konnten. Er ist *irgendwie verändert,* fand sie. Aber bald kommt der Herbst, beruhigte sie sich, und ihre Eltern würden in wärmere Gefilde abreisen. »Es ist sicher schwierig für dich, dass wir so lange hier sind«, bemerkte ihre Mutter einmal. »Nein Mutter, ich bin so gern mit euch zusammen.« Meggie log und sprach doch die Wahrheit.

In der sommerlichen Hitze waren die Tage anstrengend, besonders als sich Meggie im August einen Darmvirus einfing und ihr drei Wochen lang immer wieder übel wurde. Schließlich dämmerte es Meggie, dass eine Darmgrippe nicht so lange dauern konnte.

Ein rascher, vertraulicher Besuch beim Frauenarzt bestätigte ihre Vorahnungen. »Schwanger? Ich kann doch nach all den Jahren nicht schwanger sein. Mit vierzig«, protestierte sie.

»Wunder geschehen«, sagte der Arzt und lächelte sie an.

Falke wird Vater und weiß nicht einmal etwas davon, dachte Meggie.

5

ITOKAGATA

LEBEN/TOD

FÜNFUNDZWANZIG

Das Geständnis

Wir rätseln, tanzen und freuen uns des Kreises,
Das Geheimnis in der Mitte sitzt und weiß es.

Robert Frost
Das Geheimnis

Meggie half ihren Eltern beim Packen für ihre lange Rückfahrt. Es tat ihr Leid, dass sie abreisten, aber der Abschied bedeutete auch, dass sie nun wieder mehr Freiheit auf Chrysalis hatte und sich auf Falkes Rückkehr freuen konnte.

»Komm am Samstagabend«, flüsterte sie ins Telefon. »Ich koche etwas Schönes.«

Am Freitag bereitete sie ein Abschiedsessen für ihre Eltern: geräucherter Döbel, Folienkartoffeln, Spinatsalat und Kirschkuchen. »Kann ich dir helfen?«, fragte ihre Mutter.

Meggie reichte ihr das Besteck und die Servietten. »Könntest du vielleicht den Tisch decken?«

Ihr Vater steckte die Nase in die Küche. »Riecht ja sehr verlockend.«

Unaufgefordert schnitt er Käse in Würfel, legte Kräcker auf einen Teller und schenkte ihnen drei Gläser Leelanau-Weißwein ein.

Sie setzten sich auf die Veranda und betrachteten die untergehende Sonne. »Es fällt mir schwer, abzureisen.« Ihre Mutter sah nachdenklich aus.

Sie fragt sich, ob es vielleicht das letzte Mal war. Es war ihr Haus, lange bevor es mir gehörte. Meggie sah zu, wie ihr Vater die Hand ihrer Mutter küsste.
»Ich muss wieder an die Arbeit«, sagte er nur, ein Satz, den er am Ende jedes Sommers auf Chrysalis wiederholte. Er streichelte Meggies Hand.
Vielleicht sollte ich ihm von Falke erzählen, dachte Meggie. Aber sie traute sich nicht. Ihr Vater hatte ohnehin nichts für spirituelle Menschen übrig, geschweige denn für einen Ureinwohner ohne Studium.
»Ich verstehe nicht, warum ich dir nicht einige meiner jüngeren Kollegen aus der Gegend vorstellen darf«, meuterte er. »Es gefällt mir gar nicht, mein kleines Mädchen ganz allein in diesem großen Haus zu lassen.«
»Ich komme schon zurecht, Vater«, erwiderte Meggie. »Du weißt doch – dein ›kleines Mädchen‹ war schon mal verheiratet und ist geschieden.«
»Dieser Idiot!« Er war von Anfang an gegen Tom Lockheed gewesen, und als er nach der Scheidung erfuhr, dass Meggies Mann sie sogar geschlagen hatte, musste er richtig die Zähne zusammenbeißen. »Du hast ja gesehen, was dabei herauskommt, wenn du dir selbst einen Mann aussuchst.«
Es war ein alter Streit, und es lohnte nicht, ihn wieder aufzuwärmen. Meggie hielt sich zurück und war erstaunt, wie leicht es ihr fiel, keine weiteren Kommentare zu diesem Thema loswerden zu müssen.

Am nächsten Morgen winkte Meggie dem Wagen lange nach. Ihre Mutter ließ zum Abschied ein Taschentuch aus dem Fenster flattern. Als sie außer Sichtweite waren, ging Meggie zum

Haus zurück und hörte, wie der Wagen in der Ferne auf die Hauptstraße einbog.
Wir haben wohl alle unsere Geheimnisse.

Meggie konnte den Abend kaum erwarten. Sie machte sauber, bezog das Bett frisch, plante das Abendessen und überlegte, wie sie Falke am besten von dem Baby erzählen konnte. Die verschiedensten Szenerien liefen vor ihrem inneren Auge ab.
Bei einem romantischen Essen bei Kerzenlicht würde er ihr in die Augen sehen und sie würde sagen: »Falke, ich muss dir etwas mitteilen.« Sie malte sich aus, wie er voller Freude antwortete: »Ich habe mir schon immer ein Kind gewünscht!« und sie sich in neuer Verbundenheit umarmten.
Oder er würde sagen: »Meggie, willst du mich heiraten?« Und was dann? Würde ich Ja sagen, wo ich mir doch geschworen habe, nie wieder zu heiraten?
Dennoch war sie sich auch über die Möglichkeit einer ganz anderen Reaktion im Klaren: »Meggie, wir können jetzt kein Kind bekommen. Es würde alles noch komplizierter machen.«
Er würde doch hoffentlich keine Abtreibung vorschlagen?
Meggie runzelte die Stirn. Vielleicht bedeutete ihr die Beziehung zu ihm mehr, als es je umgekehrt der Fall sein würde; ein Gedanke, den sie sogleich wieder aus ihrem Bewusstsein verbannte. Er passte einfach nicht in ihre euphorische Stimmung.
Das Baby würde ihr Geschenk an ihn sein. Ob sie nun heirateten oder nicht, das Baby würde sie für immer mit einem vollkommenen Knoten der Liebe verbinden.
Den ganzen Tag sang Meggie romantische Lieder, während sie sich auf den Besuch ihres Geliebten vorbereitete. In freudiger

Erwartung von Falkes Ankunft lachte sie und tanzte durchs ganze Haus.

Finster registrierte Falke erneut Kojotes Spuren, die sich um seinen Wohnwagen verteilten. An diesem Abend wollte er Meggie die Wahrheit über Aufsteigender Rauch gestehen. Er hatte Angst, Meggie zu verlieren, aber er konnte sie auch nicht weiter betrügen. Das hatte sie nicht verdient.

Ich werde ihr sagen, dass ich zwei Frauen liebe. Vielleicht versteht sie, wie verwirrend das für mich ist.

Er seufzte, denn ihm graute vor dem bevorstehenden Gespräch.

»Was wirst du tun?«, fragte Lucy ihn in der Küche seines Wohnwagens.

»Die Wahrheit sagen«, antwortete Falke. Er hatte keine Lust, das Thema mit Lucy durchzukauen.

»Ich weiß, dass du wahrscheinlich keinen Rat möchtest, aber ...«

Ganz recht, wirklich nicht. Er kehrte Lucy den Rücken zu und wusch die Kaffeetassen ab.

Lucy ließ seine Körpersprache unbeachtet. »Meiner Ansicht nach brauchst du eine Frau, die mit dir den Weg der Pfeife geht. Aufsteigender Rauch weiß, wie man die Aufgüsse bei der Inipi-Zeremonie für die Frauen macht. Du hast mir selbst gesagt, ihre Medizin sei stark.«

»Ja, Klapperschlangenmedizin«, unterbrach Falke sie.

»Sie könnte doch gemeinsam mit dir den Medizinpfad gehen.«

»Was willst du mir damit sagen, Lucy?«, fragte er gereizt. Seine Cousine versuchte offenbar, seine Möglichkeiten einzuengen. Lucy reagierte ebenfalls gereizt. »Jetzt warte doch einmal ab. Ich bin ja noch nicht fertig.« Sie lehnte sich zurück, verschränkte die Arme und wählte sorgsam ihre Worte.

»Aufsteigender Rauch ist meine Freundin, und ich habe sie sehr gern. Aber wenn es um die Ehe geht, ist sie wie eine Viper. Sie züngelt und beißt. Hast du vergessen, Falke, dass du es warst, der sie damals verlassen hat? Im Augenblick bist du von ihrer Schönheit geblendet. Du erkennst nicht die Gefahr, wenn sie mit dem Hintern wackelt, sondern glaubst, es wäre eine Einladung. Sie ist eine starke Frau und sie liebt dein altes Selbst; aber aus deinem neuen wird sie Hackfleisch machen.«

»Du machst dir zu viel Sorgen«, tat Falke ihre Ermahnungen ab.

»Du wirst Schwierigkeiten bekommen, Falke.«

»Nein«, erwiderte er und nahm seine Sachen. »Ich fahre zu Meggie.« Als er den Wohnwagen verließ, tätschelte er den Arm seiner Cousine.

Ich werde es ihm gleich sagen, dachte Meggie, als sie Falke auf die Küchentür zukommen sah. Sie nahm die Schürze ab und ging auf die hintere Veranda, um ihn zu begrüßen. In ihrer Umarmung lag die Sehnsucht eines ganzen Sommers. Seine Küsse waren leidenschaftlich und zahlreich, und Meggie hatte fast den Eindruck, dass er sie gar nicht mehr loslassen wollte. Doch der Topf brodelte auf dem Herd, so dass Meggie sich befreien musste.

Ich werde es ihm beim Essen sagen, beschloss sie, glücklich, ihren Geliebten endlich bei sich zu Hause zu haben. Während sie die dampfenden Zucchini abgoss, berührte er ihr Gesicht, ihre Schultern, ihre Hüften. Sie erzählte ihm von der Abreise ihrer Eltern. Er sprach von Lucy und ihrer Familie.

Hungrig begann er an ihrem Hals zu knabbern. Sie hätte auch gern das Essen auf die Warmhalteplatte geschoben, um gleich ins Schlafzimmer zu gehen, aber sie wollte ihm ja beim Essen etwas Wichtiges mitteilen.

Im flackernden warmen Kerzenlicht des Esszimmers tauschten Meggie und Falke sehnsüchtige Blicke. Er nahm ihre Hand und küsste sie. Ein kurzes Stirnrunzeln zeichnete sich auf seinem Gesicht ab, löste sich dann aber in einem strahlenden Lächeln auf. Meggie wartete, dass er etwas sagte, aber er legte sich ihre Hand auf den Mund und drückte sie leicht.

Am Ende des Essens legte Meggie ihre Hand auf den Bauch und streckte die andere nach Falke aus.

Jetzt werde ich ihm von dem Kind erzählen. Sie glühte.

»Falke, wir müssen da etwas besprechen ...«, begann sie.

Sein Körper verkrampfte sich, als erwartete er einen schrecklichen Schmerz. Er zwang sich, sie anzusehen. »Ach, Meggie, woher weißt du, dass ich dir etwas sagen muss ...?«

Die Angst stand Falke ins Gesicht geschrieben. Er sah Meggie an und wusste, dass er sie liebte. *Ich möchte sie in die Arme nehmen und sie vor dem Schmerz beschützen, den ich ihr zufügen werde. Bestimmt sieht sie mir die Schuld an. Wie kann ich ihr von Aufsteigender Rauch erzählen?*

Er hatte sein Geständnis zu lange hinausgeschoben, gehofft, er

könnte im Liebesakt Vergebung für seine Verirrung finden.
Wie sage ich der Frau, die ich liebe, dass ich eine andere auch liebe?
»Meggie, ich weiß nicht, wie ich es sagen soll, außer geradeheraus«, preschte er vor. »Ich kann kein Süßholz raspeln. Ich liebe dich, Meggie.«
Sie nickte und berührte ermutigend seinen Ellbogen. Ihre Augen leuchteten vor Aufregung.
Die Worte blieben ihm im Hals stecken. *Ist das schwer!*
»Ich bin verwirrt, Meggie, denn ich liebe noch eine andere Frau. Ich möchte dir nicht wehtun und keine Distanz zwischen uns aufbauen. Ich liebe dich und ...« Er konnte den furchtbaren Satz nicht vollenden.
Ihr stockte der Atem, jeder Muskel in ihrem Körper erstarrte. Allein ihre Augen huschten hin und her, als suchten sie einen Fixpunkt.
»Ich weiß, dass du zornig auf mich bist, Meggie.«
Ihre Augen machen mich verrückt vor Kummer, dachte er.
Nach Minuten, wie es schien, hob sich ihr Zwerchfell und ein langer Seufzer entwich ihrer Kehle. »Wer?«, fragte sie nur mit erschöpfter Stimme. Sie zog ihre ausgestreckte Hand zurück, verschränkte die Finger beider Hände und legte sie auf ihren Bauch. »Süßgrasfrau?«
»Nein, Aufsteigender Rauch.«
Eine Ewigkeit, so schien es ihm, starrte sie ihn nur an. Die unterschiedlichsten Gefühle spiegelten sich auf ihrem Gesicht. Liebe, Ärger, Verwirrung, Panik, Leere, doch vor allem nackte Verzweiflung. Sie kämpfte um Beherrschung. Sie biss die Zähne zusammen.
»Ich verstehe nicht ...«, begann sie und ließ den Gedanken wieder fallen, als wüsste sie nichts damit anzufangen.

»Ich habe dich verletzt«, gab er zu und spürte, wie der Boden unter ihnen nachgab und die Kluft zwischen ihnen von Minute zu Minute größer wurde. *Bitte, wende dich nicht von mir ab, Meggie,* flehten seine Augen. Er wünschte sich so sehr, sie in die Arme zu nehmen, um den Schmerz, der in ihm wuchs, einzudämmen.

Sie nickte, hielt sich am Tisch fest und verkündete: »Mir wird schlecht.« Sie rannte die Treppe hinauf ins Bad und bedeutete ihm, unten im Esszimmer zu bleiben.

Er hörte, wie sie sich übergab. Die Reste ihres Festessens standen noch auf dem Tisch und klagten ihn seiner offensichtlichen Gefühllosigkeit an. Hilflos räumte Falke das Geschirr ab und begann abzuwaschen. Oben ging die Dusche an. *Gut, nach einer Dusche wird sie sich besser fühlen,* tröstete er sich.

Seine Ohren hörten ein Schluchzen aus der Dusche, zuerst nur ein leises Weinen, doch dann brach sich rasender Schmerz seine Bahn. Er fasste sich an den Kopf. Als er hörte, wie die Dusche abgedreht wurde, wandte er sich geschäftig dem Geschirr zu. *Ich werde sie nicht mit meinen Schuldgefühlen belasten.*

Sie kam in einem alten, zerschlissenen Morgenrock die Treppe hinunter. »Ich gehe jetzt ins Bett«, verkündete sie mit erschöpfter tonloser Stimme.

»Möchtest du nicht, dass ich bleibe?«, fragte er.

»Nein«, antwortete sie mit hängenden Schultern.

»Doch«, fügte sie hinzu und wieder kamen ihr die Tränen.

»Falke, ich kann nicht ...«, verbesserte sie sich. Sie drehte sich um, die Arme fest um sich selbst geschlungen.

Und ging davon.

Jetzt werde ich ihm von dem Baby erzählen, hatte Meggie beim Essen gedacht. Doch ihre Neuigkeit war in winzige Scherben zersprungen, als Falke seine Liebe zu Aufsteigender Rauch bekannte. Jede Scherbe der Wahrheit verursachte einen tiefen Schnitt, riss all ihre Fantasien, Hoffnungen und Erwartungen in Fetzen. Das Essen kam ihr hoch, verhöhnte ihre Träume, verlangte, dass sie sich reinigte und der rauen Wirklichkeit stellte.

Diese Wahrheit hat das Baby nicht verdient, dachte sie wütend. Doch wie sehr sie sich auch erbrach, die Wahrheit lastete wie ein Stein in ihrem Magen, den sie nicht herauswürgen konnte. Ihr Magen schmerzte. Ihr Herz war vor Kummer geschwollen. Ihr Geist schlug auf der Suche nach Erleichterung und Hoffnung wie wild um sich.

Das Baby. Unser Baby. Mein Baby, wiederholte sie, als könnte sie bei der winzigen Portion Leben in ihrem Leib Trost und Rat finden.

»Was wirst du jetzt tun?«, fragte Bev und nahm Meggies Hände. Sie war sofort gekommen, als ihre Freundin sie darum gebeten hatte.

Meggie zuckte die Achseln und versuchte, ihre Gedanken zu ordnen. Ihre Gefühle zogen ihrer Vernunft ständig den Boden unter den Füßen weg. Um sich selbst zu beruhigen, streichelte sie Bevs Hand. »Mir wird schon etwas einfallen.«

»Wirst du ihm von dem Kind erzählen?«

»Ich weiß nicht.« Meggie war unsicher. »Wenn ich es ihm sage, zwinge ich ihn, sich zu entscheiden. Er liebt mich, das weiß ich. Er liebt sie auch. Sie gehörte zu seinem Leben, lange bevor er mich kannte. Wenn ich ihn wirklich liebe, muss ich seine Entscheidung abwarten. Ich kann ihn nicht zwingen, mich zu heiraten, weil ich schwanger bin. Was wäre das für eine Ehe?«

»Aber du liebst doch auch das Baby.« Bev sah ihr gerade in die Augen.

»Was meinst du damit?« Meggie senkte den Blick.

»Meggie, ein Baby braucht einen Vater ebenso sehr wie seine Mutter. Obwohl ich mir gar nicht vorstellen kann, was du eigentlich an so einem findest. Vielleicht praktiziert er irgendeine esoterische indianische Art der Polygamie. Trotzdem hat Falke ein Recht, davon zu erfahren. Es ist immerhin auch sein Kind. Du musst ihm die Möglichkeit geben, eine Entscheidung zu treffen, die auf der Kenntnis aller Tatsachen basiert.« Bev argumentierte logisch und pragmatisch.

Meggie schüttelte heftig den Kopf. »Eines Tages, ja, aber nicht jetzt.«

»Weißt du, was ich glaube?«, sagte Bev. »Du bist beleidigt, weil er sich in eine andere Frau verliebt hat. Deshalb hältst du das Kind vor ihm geheim. Im Augenblick bist du gekränkt und wütend und denkst wahrscheinlich: ›Das ist mein Baby!‹«

Trotz der Tränen, die ihr über die Wangen liefen, musste Meggie über Bevs Einsicht lächeln. *Natürlich bin ich gekränkt. Und wütend. Verdammt wütend. Aber das Kind und ich schaffen es auch allein.*

»Aber das«, störte Bev ihre Gedanken, »ist verkehrt.«

Was für ein Durcheinander. Falke hatte also zwei Frauen, ein Kind und einen Haufen Schwierigkeiten. Sie fragte sich, wie er seine Probleme lösen wollte.

Er braucht einen kräftigen Tritt in den Hintern.
Außerdem konnte Winona nicht verstehen, warum Meggie so passiv war. »Hat er nicht gesagt, er liebt dich? Los, kämpfe um deinen Mann«, zischte die alte Frau. Sie hatte schon immer gefunden, dass die Weißen sich nicht auf das Wesentliche konzentrieren konnten.
»*Wopila,* Wakan Tanka, dass ich nicht eine von ihnen bin.« Unglücklicherweise war Meggie taub für Winonas Worte.
»Mach die Ohren auf«, schrie Winona – doch es war alles umsonst.
Lucy und Bev schienen empfänglicher und gefügiger zu sein. Winona stupste sie mit ihren Gedanken, ermutigte sie zu reden. Sie konnte nicht sicher sein, ob es tatsächlich half, aber ihr gefiel, was sie zu sagen hatten. Es war schwierig, die Barrieren zwischen dem Diesseits und dem Jenseits zu überwinden. *Ich will doch hoffen, dass mir ein bisschen Einfluss geblieben ist,* schnaubte sie.
Winona veränderte ihre Haltung und streckte sich. »Langsam werde ich ungeduldig. Wann fängt das nächste Leben endlich an? Warum kommt niemand und zeigt mir den Weg? Wo zum Teufel bleibt Davis, jetzt, wo ich ihn brauche?«
Falkes Angelegenheiten langweilten sie. Der Sohn ihrer Cousine schien den Verstand, den der Schöpfer ihm gegeben hatte, nicht zu gebrauchen. Wie so viele Männer vor ihm, war er so von Begierde und Selbstgefälligkeit besessen, dass er direkt in die Hände der bösen Geister spielte. Sie beugte sich herunter und flüsterte nachts, wenn er allein in seinem Wohnwagen schlief, in sein linkes Ohr. »Du stichst die Liebe zwischen Meggie und dir mit deiner so genannten Aufrichtigkeit zu Tode. Nimm die Chanunpa Wakan. Frag *Wiyohiyanpa,* was du tun sollst.«

Aber Falke schlief tief und fest.
Winona war es allmählich leid. *Warum kommt weder Davis noch jemand anders, um die letzten Stränge meiner Verbindung zu den Menschen dort drüben zu kappen? Die hören doch sowieso nicht mehr auf mich.*
Das Warten rieb sie auf.

Auch Fritzie wurde ungeduldig. Langsam ließ die Hitze des Sommers nach, und die Tage wurden kürzer. Die kläffenden Sommerhunde reisten wieder in ihre Winterheime im Süden und überließen die nördlichen Wälder den Hirschen, Hasen, Füchsen, Waschbären, Stinktieren und Stachelschweinen. Und Fritzie. Trotz seiner Begegnung mit der Klapperschlange war Fritzie begierig, auf die Jagd zu gehen. Er war der Beschützer von Chrysalis und der Frau.
Aber mit der Frau stimmte etwas nicht. Sie spielte nicht mehr wie früher mit ihm. Sie bewegte sich langsam und schien die dunklen Orte im Haus zu bevorzugen.
Er entdeckte einen Kaninchenbau mit drei Eingängen. Der Geruch der warmen Körper in der Erdhöhle regte den Instinkt des Terriers an. Mit der langen Nase voran zwängte er sich in das größte Loch, während er mit den Vorderpfoten grimmig die Erde aufwühlte. Er hörte den Warnruf der Kaninchen, als der Tunnel enger und enger wurde und ihm die Erde in die Augen und auf die Nase fiel. Mit einem kräftigen Stoß seiner Hinterbeine katapultierte er sich in eine zentrale Kammer.
Ein erschrecktes Kaninchen sprang in die falsche Richtung. Fritzies Zähne blitzten und sein Kiefer schlug sich durch das weiche Fell ins Fleisch des Tieres. Er schüttelte das Kaninchen;

die Enge des Gangs erlaubte ihm nicht viel Bewegungsfreiheit. Das Kaninchen trat verzweifelt mit den Hinterläufen. Überrascht und verdutzt ließ Fritzie seine Beute aus den Fängen. Verletzt und aus mehreren Bisswunden blutend, tauchte das Kaninchen tief hinab in seine Gänge, in den dunklen Schoß, und das Grab, der Großmutter Erde.

Meggie brachte den reuelosen Fritzie zum Tierarzt. Sam Waters spülte den Staub aus Fritzies Augen. »Na, alter Junge? Was hast du wieder ausgefressen?« Freundlich kraulte er Fritzie hinter den Ohren.

Sam blickte Meggie an. Sie sah müde aus und hatte Ringe unter den Augen. »Und wie geht's dir, Meggie? Mir scheint, du verkriechst dich in letzter Zeit ziemlich.« Seine Stimme klang gütig, wie ein Freund, wenn man einen brauchte.

Sie dachte an Fritzies dumpfes Bellen, das sie tief aus dem Kaninchenbau gehört hatte. Der Terrier hatte im Kaninchenbau festgesteckt und konnte nicht raus; sein Befreiungsversuch war unbeholfen, die einzige Zugkraft Meggies Stimme. Als er es schließlich doch ins Freie geschafft hatte, begann Fritzie, mit den Pfoten seine gereizten Augen zu reiben.

»Gleich geht's dir besser, alter Junge. Bei deinem Frauchen bin ich mir allerdings nicht so sicher.« Sam rubbelte Fritzies Bauch. Der Hund knurrte vor Wohlbehagen.

Meggie zuckte die Achseln. Woher ihre Wunden kamen, wollte sie Sam nicht anvertrauen. »Wie alle Tiere«, antwortete sie mit einem Blick auf ihren Terrier, »wühlen auch wir Menschen manchmal im Dreck.«

SECHSUNDZWANZIG

Narben

Der Narben lacht, wer Wunden nie gefühlt.

William Shakespeare
Romeo und Julia

Ich mache mir Sorgen um June«, vertraute Katya Meggie an. »Die Schule fängt bald wieder an. Kinder können so grausam sein. Ein paar Jungs haben sie jetzt schon Narbengesicht genannt. Gestern kam sie weinend zu mir und sagte, niemand wolle mit ihr befreundet sein. Es zerriss mir fast das Herz. Vielleicht sollte ich sie dieses Jahr zu Hause unterrichten lassen, bis die plastischen Eingriffe gemacht sind. Was meinst du?«

Ich würde mir mehr Sorgen um ihre Psyche machen.

Meggie wählte ihre Worte mit Bedacht: »Das Gesicht, das sie den anderen zeigt, ist verletzt worden, aber das kriegt man wieder hin. Das Gesicht, das sie sich selbst zeigt, wird ihr ganzes Leben bei ihr bleiben. Sie zu ihrem Schutz zu Hause zu behalten, wird sie glauben machen, dass ihre inneren Narben niemals heilen können.«

Katya seufzte ratlos. »Wenn du nur wüsstest, was es bedeutet, Mutter zu sein, Meggie, würdest du verstehen, wie hilflos ich mich fühle, wenn es um die Seele meines Kindes geht.«

Aber das weiß ich doch. Meggie nickte mitfühlend.

»Ich mache mir schreckliche Sorgen um Sascha«, krächzte Savannah in ihrem Bett. Die Anstrengung, mit Meggie zu sprechen, verursachte einen grausamen Hustenanfall. Der Krebs fraß an ihrer Kraft und Vitalität. Die alte Frau griff nach dem Sauerstoffinhalator.

Meggie streichelte Savannahs Hand. Dabei fielen ihr die vorstehenden blauen Adern auf. Mit ihrer anderen Hand berührte Meggie ihren Bauch, wie um die zarten Übergänge des Lebens von seinem Anfang bis zu seinem Ende zu verbinden. Könnte sie ihrer scheidenden Freundin doch nur etwas Kraft geben. Oder könnte sie ihrem Baby die Weisheit eines Lebens voller Erfahrungen übermitteln.

Durch das Wüten der Krankheit hatte Savannahs Körper rasch seine ursprüngliche Robustheit verloren. Sie war fragil, knochig, und ihre Muskeln waren zurückgegangen. Doch ihr Verstand schien schärfer, geschliffen von der Notwendigkeit, einen versagenden Leib zu kompensieren.

Nicht so bei Sascha.

Als sie Sascha an der Tür begrüßte, las Meggie sofort die Verzweiflung in ihrem Gesicht, die Erkenntnis, dass ihr Leben als Zwilling bald beendet sein würde. In ihren Augen leuchtete nicht das kleinste Fünkchen Hoffnung, sie sprach weder von Hausarbeit, noch von Savannahs Pflege, nicht einmal Höflichkeitsfloskeln tauschte sie mit Meggie. »Sie ist oben im zweiten Schlafzimmer«, sagte Sascha mit Kummer in der Stimme und schlurfte in ihr Zimmer zurück. Sascha war in zwanzig Tagen um zwanzig Jahre gealtert.

Oben im Krankenzimmer inhalierte Savannah Sauerstoff, nachdem sie ihre Lungen gereinigt hatte, die in ihrem eigenen Schleim zu ersticken drohten. Sie richtete ihre Augen mit den schweren Lidern auf Meggie. »Meine Schwester Sascha ...« Schlaf brach jedoch den Satz nach dem Subjekt ab.

Es war das letzte Mal, dass Meggie Savannah Todd sah.

Ein großes Paket aus Seattle traf in Meggies Büro ein. Ein Brief war auch dabei. Meggie erkannte die Schrift.

Liebe Frau Dr. O'Connor

Ich möchte Ihnen schreiben, dass ich einen Sturm male und glücklicher bin, als ich es mir erhofft hatte.

Ich habe mich entschieden, Karl nach seinem unglückseligen Unfall nicht zu besuchen. Ich könnte den Anblick seines Gesichts nicht ertragen und wüsste auch nicht, ob ich lachen (über meine Befreiung) oder weinen (über seine Gefangenschaft) sollte. Würden Sie ihm das nächste Mal, wenn Sie ihn sehen, ausrichten, dass ich ihn einmal wirklich geliebt habe.

Ich werde ihm bald die Scheidungsunterlagen zuschicken. So schmerzlich es sein mag: Der Tod schafft Raum für etwas Neues.

Der Hauptgrund meines Briefes liegt darin, dass ich Ihnen von dem Granatapfel, den ich heute Morgen gekauft habe, erzählen möchte. Ich habe sein blutrotes Inneres freigelegt und einen Kern gegessen. Noch nicht ganz das Niveau von Persephone, aber ich kann nur von einem Monat zum anderen leben.

Mein nächster Schritt ist es, eine Therapeutin in Seattle zu finden. Vielleicht könnten Sie mir eine Kollegin empfehlen, die mir bei der Suche nach Leiter, Seil, Nachtbrille und Gummistiefeln behilflich sein kann?

Ich glaube, ich bin jetzt so weit.
Andrea
P.S. Zum Dank für all Ihre Hilfe möchte ich Ihnen dieses Bild schenken.

Meggie riss das Paket ganz auf. Sie erkannte auf den ersten Blick, dass es sich um eine Landschaft im Westen handelte, mit dem schneebedeckten Mount Rainier im Hintergrund. Im Vordergrund in einem kleinen Vorstadtgarten wuchs ein ungewöhnlich dorniges Gestrüpp mit hängenden apfelgroßen roten Früchten. Ein Granatapfelbaum.
Auf der Rückseite der Leinwand stand in Andreas schöner Schrift der Titel des Gemäldes:
Besser als ein schwarzes Loch.
Meggie lachte.
Sie kannte genau die richtige Person in Seattle für Andrea. Eine, die Persephone die Führung überließ und Andrea vor einem freien Fall ins Nichts beschützen würde.

Die zahlreichen Frakturen in Karls Bein waren nichts im Vergleich zu seiner geistigen Gebrochenheit. Besorgt über seinen Seelenzustand, gestattete der Psychiater des Krankenhauses nur Besuche von nahen Verwandten, um ihn vor dem Eindringen besorgter Gemeindemitglieder zu schützen. Dank ihrer beruflichen Beziehungen erhielt Meggie schließlich die Erlaubnis, ihn zu sehen. Die Stationsschwester nahm Meggie beiseite. »Reverend Youngs Bein macht gute Fortschritte«, sagte sie, »aber er ist von Tag zu Tag niedergeschlagener. Wir machen uns alle große Sorgen um ihn. Er spricht kaum, isst wenig, schläft auch nicht. Er weigert sich, das Antidepressivum zu nehmen, das ihm verschrieben worden ist. Vielleicht können Sie ihm helfen?«

Sie betraten Karls Zimmer. Sein zerschmettertes Bein hing in einer Schlinge. Er hatte das Gesicht weg von der Tür zum Fenster gewandt. »Sie haben Besuch, Reverend Young«, verkündete die Schwester fröhlich. Sie ging zum Bett und schüttelte seine Kissen auf, so dass er sich seiner Besucherin zuwenden musste. »So, nun plaudern Sie beide mal ein bisschen. Die Klingel ist neben dem Bett, wenn Sie etwas brauchen.« Mit dem Rücken zu ihm verdrehte die Schwester die Augen. Beim Hinausgehen flüsterte sie Meggie zu: »Viel Glück«.

Meggie ließ sich auf einen blauen Vinylstuhl fallen, dem sich bereits die Formen vorheriger Besucher eingeprägt hatten. Sie lächelte Karl zu und bemerkte seinen versteinerten, ausdruckslosen Blick. Wenn er sich Schweigen wünschte, sollte er es auch bekommen. So saßen sie lange beieinander. Gefangen in seiner Beinschiene, blickte er zu ihr hin und sah wieder weg. Er schien darauf zu warten, dass sein Schweigen sie vertrieb. Sie blieb und wartete.

Ich kann ebenso stur sein wie du. Dieses Spiel kenne ich. Meggie grinste ihn an.

Schließlich hielt er es nicht mehr aus. »Sie geben nicht auf, oder?«, murrte er.

Sie schüttelte den Kopf.

»Auch nicht, wenn ich Sie bitte, mich in Frieden zu lassen?«

Wieder schüttelte sie den Kopf.

»Warum?«, fragte er mit entnervter Stimme.

Plötzlich begriff sie. Karl hatte sein Leben zerstört. Seine Affären hatten zu dem gewalttätigen Ausbruch seiner Frau geführt und sie vertrieben. Seine Karriere lag in Scherben. Sein Körper

war zeitweise gefesselt, und sein Geist konnte die Last seiner Schuld nicht tragen.
»Warum gehen Sie nicht?«, beharrte er und sah Meggie angriffslustig an.
Ihr kam eine Idee. »Weil ich Ihre Hilfe brauche.«
Dergestalt verblüfft, verwandelte sich sein ärgerlicher Ausdruck in Neugier.
»Karl, ich muss mit jemandem sprechen, der zuhören kann.« Meggie spürte, wie all die Gefühle der vergangenen Wochen in ihr hochstiegen: das katastrophale Abendessen mit Falke, Bevs Vorwürfe, die Zerbrechlichkeit von Savannah und Sascha Todd, das vaterlose Kind, Aufsteigender Rauch. Tränen traten ihr in die Augen; sie schluckte an ihren Worten.
Karl richtete sich im Bett auf und sagte mit kräftiger und gütiger Stimme: »Erzählen Sie. Was ist los? Vielleicht kann ich Ihnen helfen.«
Die Strahlen der untergehenden Sonne durchfluteten den Raum mit weichem Gold, als Meggie von ihrem Kummer zu sprechen begann.

Adam sah aus dem Küchenfenster, während das letzte Licht im Westen verschwand und die Sterne langsam aufgingen. Seine Schulbücher lagen auf dem Küchentisch verstreut.
Seine Mutter umarmte ihn liebevoll von hinten, zauste sein Haar und blickte hinaus in die beginnende Nacht. »Ich liebe diese Tageszeit auch«, sagte sie versonnen und träumerisch.
»Mama?«, fragte er. »Meinst du, Großmama kann uns dort, wo sie jetzt ist, immer hören?«
Lucy streichelte die weiche Wange ihres Sohnes. »Ich weiß es

nicht. Ich hoffe. Sie wäre sehr stolz auf dich und Eva. Warum fragst du?«
»Weil ich ihr ein Geheimnis erzählen muss.« Adam errötete.
»Kannst du es mir nicht sagen?« Lucy sah ihren Sohn an.
Scheu wandte er den Blick ab und schüttelte den Kopf.
»Also gut.« Lucy nahm einen Tabakbeutel vom Regal. »Nimm den Tabak und bringe ihn draußen dem Geist deiner Großmutter dar. Dann erzähle ihr von deinem Geheimnis.«
Er nickte und ging mit dem Tabakbeutel in seiner kleinen Faust ins Freie. Als er an Falkes Wohnwagen vorbeikam, hörte er seinen Cousin und Aufsteigender Rauch lachen. Der Junge entfernte sich vom Licht des Hauses und des Wohnwagens und betrat den dunklen Schwitzhüttenplatz. Den Tabak in der erhobenen Hand, bot er ihn allen vier Richtungen dar, so wie Winona es ihn gelehrt hatte. »Großmutter«, rief er in die Dunkelheit. »Ich muss dir ein Geheimnis verraten.«
Etwas verblichener als sonst, aber für ihren Enkel noch gut sichtbar, erschien Winona.
Seine Stimme war hoch und dünn, noch weit entfernt vom Stimmbruch. »Großmutter, ich habe eine Freundin in der Schule. Sie heißt June Tubbs und ist sehr schön.«

SIEBENUNDZWANZIG
Wahrheiten

Die Wahrheit ist selten rein und niemals einfach.

Oscar Wilde
Bunbury
oder wie wichtig es ist, ernst zu sein.

Nach seiner Visionssuche im Juni hatte Falke Urlaub von seiner Heiligen Pfeife und dem spirituellen Leben genommen. Nach den hochfliegenden Tagen der *Hanbleciya* musste er in sein alltägliches Leben zurückfinden. Drei Beine kam und beantwortete Fragen, wenn Falke ihn rief, übernahm aber nicht mehr die Schwitzhüttenzeremonie. Während der Sommermonate ruhte die Chanunpa Wakan sicher, aber selten gebraucht, im Medizinbündel. Falke fühlte sich spirituell ausgelaugt.

Gleichzeitig in zwei Frauen verliebt zu sein, war berauschend und vor allem zeitaufwändig. Keine Adlerfedern an seinen Handgelenken zogen ihn auf den Pfad der Pfeife zurück. Kein alter Vater gab ihm Ratschläge. Lachender Bär hatte ihn vor einer Beziehung zu Meggie gewarnt; Lucy prophezeite der aufgewärmten Affäre mit Aufsteigender Rauch schlimme Folgen. Sein Herz zog ihn zu Meggie, aber sein Verstand riet ihm, bei seinem eigenen Volk und Aufsteigender Rauch zu bleiben. Seine Lenden fanden beide Frauen unglaublich aufregend.
Und bei alldem wusste er, dass Kojote laut über ihn lachte.

»Ich würde gern wieder ein Kind mit dir haben.« Aufsteigender Rauch sah ihn an und ihre braunen Augen warteten auf eine Antwort.

»Was?« Falke traute seinen Ohren nicht.

»Du hast mich gehört«, entgegnete sie.

Das hätte mir gerade noch gefehlt. Wenn ich ein Kind von Aufsteigender Rauch bekomme, kann ich mich von Meggie verabschieden. Und das kommt nicht in Frage. Falke entschloss sich jedoch, diesen Gedanken für sich zu behalten.

»Es gab Zeiten, da hättest du auf diesen Vorschlag enthusiastischer reagiert«, beschwerte sich Aufsteigender Rauch. »Damals, als du nichts lieber wolltest als ein ganzes Haus voller Kinder von mir.«

Falke erinnerte sich und nickte. Damals hatten sie ein Baby gezeugt und es kurze Zeit später verloren. In all ihren Gesprächen über die Vergangenheit hatten sie die Fehlgeburt kein einziges Mal erwähnt. Es war keine Laune von Mutter Natur gewesen, sondern die Folge ihrer eigenen Achtlosigkeit. Aufsteigender Rauch hatte nichts beim Rodeo zu suchen gehabt, als sie schwanger war. Er schüttelte den Kopf, um den Anflug der schmerzhaften Erinnerung abzuwehren.

Aufsteigender Rauch lachte über Falkes vermeintliche Verwirrung, stand auf und sah aus dem Fenster. Im Dunkeln konnte sie gerade noch erkennen, wie Adam auf die Schwitzhütte zuging. »Ein sonderbares Kind.«

»Wer?« Falke konnte den Jungen nicht sehen.

»Lucys Sohn. Er ist zu ernst für einen Achtjährigen. Außerdem«, fügte sie hinzu, »mag er mich nicht besonders.«

Falke lachte leise. Aufsteigender Rauch hatte schon immer eine Antenne für alle gehabt, die sie missbilligten.

»Er ist noch ein Kind, mein Schatz.«

Aufsteigender Rauch zündete zwei Zigaretten an. Ohne ihn zu fragen, steckte sie ihm eine in den Mund. Gebieterisch blies sie den Rauch aus. »Manche Kinder sind keine Kinder. Sie werden erwachsen geboren – so wie der da.« Sie wies zum Fenster.

»Er ist Winonas Enkel«, erklärte Falke.

»Ja, und sie hat mich auch nicht besonders gemocht.«

Falke lächelte sie an. Er erinnerte sich, dass Winona sie zu selbstverliebt gefunden hatte.

Sie kann an keinem Spiegel vorbeigehen, ohne sich selbst zu betrachten, war noch eine der freundlicheren Bemerkungen Winonas gewesen.

Aufsteigender Rauch war schon immer sehr hübsch gewesen. Männer fühlten sich unweigerlich zu ihr hingezogen. Er wusste noch, wie stolz er gewesen war, mit ihr gesehen zu werden – das schöne Gesicht, dunkle Augen, langes schwarzes Haar, gute Figur und ihre Begabung, mit Pferden umzugehen.

Der Alkohol, die Scheidung und die Zeit hatten ihrer sexuellen Anziehungskraft keinen Abbruch getan. Aber sie blieb ihm ein Rätsel. Falke konnte ihre Absichten nicht entschlüsseln. Ein Kind würde eine ungeheuere Verpflichtung zwischen ihnen bedeuten; dennoch hatte es bis jetzt keine Forderungen und Versprechungen gegeben.

»Ehrlich gesagt, mochte ich Winona auch nicht«, fuhr Aufsteigender Rauch fort. »Sie hat nie viel mit mir geredet, aber mit ihren Adleraugen jeden meiner Schritte in ihrem Haus verfolgt. Wahrscheinlich hatte sie Angst, ich würde ihr was klauen. Davis vielleicht, ihren Mann – er war wirklich nett. Ich habe nie verstanden, was er an ihr fand.« Sie drückte den Rest ihre Zigarette aus.

Falke rauchte und ärgerte sich über sich selbst, weil er wieder angefangen hatte. Der Tabak schmeckte bittersüß. »Sie haben einander viel gegeben«, erklärte er. »Davis hat Winona die Pfeife geschenkt und das Gefühl ihrer eigenen Macht. Sie hat ihn dafür in Einklang mit der Großmutter gebracht. Ihre Ehe war wie ein Fluss, aus dem sie trinken konnten und der sie als Einzelwesen nicht ertränkte. Sie half ihnen, ihr Gleichgewicht zu finden.«

»Willst du damit sagen, dass wir dazu nicht in der Lage waren?« Aufsteigender Rauch spannte ihren Körper an, entspannte sich wieder und beantwortete ihre eigene Frage. »Mir scheint«, sie lächelte ihn mit verführerischem und betörendem Blick an, »du und ich könnten auch eine Art Gleichgewicht finden.« Sie ging zu ihm hinüber, setzte sich mit gespreizten Beinen auf seinen Schoß und spitzte ihren Mund zu einem Kuss.

Es spielte keine Rolle, dass Falke die Absicht hinter ihren Worten erkannte, die Berechnung in ihren Bewegungen und das, was vor ihnen lag. Die Geschichte wiederholte sich. Trotz dieser bösen Vorahnungen spürte er, wie er sich der Hoffnung hingab, die in allen Enttäuschungen steckt: die Geschichte zu wiederholen, aber diesmal mit gutem Ausgang.

In diesem Augenblick spielte es keine Rolle, dass er Meggie liebte und wusste, dass sein Verhalten eine schöne Zukunft zerstören konnte. Die Versuchung, die Vergangenheit zu neuem Leben zu erwecken, den Schmerz auszulöschen und sich des Glücks zu erinnern, erwies sich als unwiderstehlich.

Falkes Arme schlangen sich automatisch um ihre Hüften. Er zog sie zu sich heran und umfasste mit den Händen ihr Gesäß. Er spürte ihren Atem, ihre weichen, verführerischen Lippen

und ihren geschmeidigen Körper, der sich im Rhythmus der süßen Sommernacht bewegte.
Alle Spuren ihrer alten Nöte waren verwischt.

Als der Junge die Hand nach ihr ausstreckte, entglitt ihm Winona.
»Es wird Zeit, mich zu verabschieden, Enkelsohn. Ich kann dich nicht dauernd besuchen.« Winona löste sich an den Rändern bereits in Luft auf und wurde immer durchsichtiger und dunstiger. Die Schatten dunkler Bäume nahmen jetzt ihren Raum ein.
»Warum, Großmama? Ich muss mit dir reden. Du hast gesagt, ich bin der *Einzige,* der dich sehen kann.« Adams Augen suchten die Dunkelheit ab. Seine Stimme bebte vor Angst.
»Du kannst immer mit mir reden, Enkelsohn, und ich werde dir immer zuhören.«
Er sah sie an, aber sie war nicht mehr sichtbar. Nur am äußersten Rand seiner Wahrnehmung konnte er eine leichte Bewegung der Luft, einen transparenten Film, den zarten Schleier zwischen den Welten erkennen, der ihm sagte, dass Winona noch da war.
»Warum lässt du mich im Stich, wenn ich dich brauche?«, fragte er klagend.
»Weil ich muss und du stark bist, Der-seinen-Hund-liebt.«
Nein, Großmama, ich bin nicht stark. Ich bin noch ein Kind, und ich will nicht, dass du gehst.
Aber er behielt die Worte für sich, die sie an ihn binden würden. Es war zwecklos, seine Großmutter weiter zu drängen. Früher hatte sie ihm seine Fragen entweder mit einer

Geschichte beantwortet oder gesagt, er würde die Antwort selbst finden, wenn er älter würde und mehr Erfahrung hätte. Er spürte, wie eine leichte Brise durch sein Haar fuhr und sanft seine Wange berührte. Dann war sie verschwunden.

Der Wald schien übermächtig. Die einzigen trüben Lichter kamen aus Falkes Wohnwagen und dem Haus seiner Eltern. Adam hockte sich neben der Schwitzhütte auf den Boden. Mit einem spitzen Stock wühlte er den Boden auf und grub ein Loch, ein Grab für die Wut eines Jungen und die Sorgen eines Jünglings.

ACHTUNDZWANZIG

Offene Rechnungen

Das Leben ist ein schrecklich aussichtloses Glückspiel – wäre es eine Wette, so würde niemand sie jemals eingehen.

Tom Stoppard
Rosencrantz und Güldenstern sind tot

Neuigkeiten verbreiteten sich rasch in Suttons Bay.
»Hast du das von den Todd-Zwillingen gehört?«, begrüßte Katya aufgeregt ihren Mann. Er hatte den ganzen Tag in der Bank gearbeitet und war gerade nach Hause gekommen.
Paul nickte. Bis zum Morgen hatten alle in der Stadt von der Überdosis Schlaftabletten gehört, die die Zwillinge geschluckt hatten. »Vielleicht war es das Beste für sie.«
»Was soll ich nur den Kindern sagen? Robert und June haben sie so gern gehabt. Jetzt sind sie tot. Das Leben ist doch verrückt! Kaum ist man alt und ein bisschen klüger, klopft schon der Tod an die Tür und präsentiert die Rechnung. Das ganze Leben verbringt man damit, herauszufinden, worum es eigentlich geht, und zack, ist es auch schon vorbei.« Katya schüttelte den Kopf.
Paul nahm seine Frau in die Arme. »Wir wissen nicht, was uns noch bevorsteht. Man hat einfach nur Glück, wenn man kurze Zeit miteinander verbringen darf.«
Katya blickte ihrem Mann ins Gesicht. Er hatte sich während des vergangenen Jahres grundlegend verändert. Er definierte

sich nicht mehr über seine Arbeit. Familie und Freunde hatten Vorrang vor Zahlenreihen.
Der schreckliche Unfall seiner Tochter hatte jede Illusion von Sicherheit in ihm zerstört. Sich der Zerbrechlichkeit menschlicher Existenz bewusst, hatte er gelernt, jeden Augenblick des Zusammenseins mit seiner Familie zu schätzen. Er drückte Katya an sich.

»Unsere Kleine«, flüsterte Paul seiner Frau ins Ohr. »Es wird alles wieder gut mit June.« Sie lagen nebeneinander in ihrem Ehebett und waren kurz davor, einzuschlafen.
Katya schlang die Arme um ihren Mann und legte den Kopf auf seine Schulter. Langsam glitten sie in eine Umarmung, sie waren altvertraute Liebende. Das Mysterium der Nacht umgab sie und trennte sie von den Ablenkungen des Tages. Katya vergrub ihren Kopf tiefer im starken Körper ihres Mannes.
»Unsere Kleine«, flüsterte sie in die Dunkelheit, »ist keine Kleine mehr. Sie hat sogar schon einen Freund. Unser kleines Mädchen wird erwachsen, Paul.«
Ihre Stimme war voller Verwunderung.

Lautes Klopfen an seiner Wohnwagentür weckte Falke. Er blinzelte nach der Uhr. Es war nach Mitternacht. Aufsteigender Rauch war schon vor Stunden nach Hause gefahren. *Vielleicht hat sie etwas Wichtiges vergessen,* dachte er.
Er wälzte sich aus dem Bett und zog sich eine Hose an. Das Klopfen an der Tür hielt unvermindert an. »Ich komm' ja schon«, murrte er und schaltete das Licht an.
Verschlafen stolperte er zur Tür und öffnete sie. Zu seiner

Überraschung war es nicht Aufsteigender Rauch, die etwas vergessen hatte; es war auch nicht Meggie oder Lucy. Vor ihm stand, unheimlich in das Licht des Wohnwagens und in nächtliche Schatten gehüllt, Meggies Freundin Bev – die Fäuste in die Hüften gestemmt und das Kinn entschlossen gereckt. »Ich habe etwas mit Ihnen zu besprechen.« Ihre Stimme klang scharf.

Er war sofort hellwach. Irgendetwas stimmte nicht. »Kommen Sie rein.« Forsch drängte sie sich an ihm vorbei, hielt nach einer Sitzgelegenheit Ausschau und nahm sich einen Küchenstuhl. Er merkte, dass sie verärgert war. Ihr direkter Blick verunsicherte ihn. Er setzte sich auf den anderen Küchenstuhl. Der kleine Tisch diente als Puffer zwischen ihnen. Er wusste absolut nicht, was ihn erwartete.

»Entschuldigen Sie die späte Störung«, stotterte sie. »Ich habe mich auf der Hinfahrt verfahren und weiß sowieso nicht, ob ich überhaupt Recht daran tue, hierher zu kommen. Meggie wird mir das vielleicht nie verzeihen. Doch manchmal ist eine Freundin nötig, um die Wahrheit zu sagen.«

»Geht es ihr gut?« Falke hatte Angst, Meggie könnte krank oder verletzt sein. *Ich habe sie verletzt,* durchzuckte es ihn.

Bev schüttelte den Kopf. »Nein, es geht ihr nicht gut, und deshalb bin ich hier.«

Falke hielt den Atem an. *Ich ertrage es nicht, Meggie zu verlieren.* Panik ergriff ihn.

»Ich muss Ihnen etwas sagen«, fuhr Bev fort. »Es gibt etwas, das Sie nicht wissen. Vor einiger Zeit hat Meggie mir anvertraut, dass Sie beide eine Beziehung haben. Offenbar haben Sie damals keine Vorsichtsmaßnahmen getroffen.« Ihre Stimme klang anklagend.

Was? Was? Schreckliche Bilder von einer kranken oder ver-

letzten Meggie hielten sein Gehirn besetzt, und er verstand nicht, was diese Frau ihm sagen wollte.
»Ich verstehe nicht«, sagte er begriffsstutzig und von Bevs Ausdrucksweise verwirrt.
»Meggie bekommt ein Kind von Ihnen.«
Gott sei Dank, sie ist nicht krank! Er seufzte erleichtert auf und begriff erst jetzt die Bedeutung ihrer Worte. »Ein Baby?«, fragte er. *»Ihr Baby«,* betonte Bev.
»Mein Baby?« Voller Erstaunen und Ehrfurcht rollte er das Wort Baby in seinem Mund.
»Ja.«
»Mein *Baby«,* wiederholte er kopfschüttelnd.
Beim vierten Mal schien er bereits die Tatsache von Meggies Schwangerschaft in vollsten Zügen zu genießen. »Mein Baby.«

6

MAHPIYATA

MACHT

NEUNUNDZWANZIG

Wissen

... das Höchste, was wir Menschen erreichen, besteht nicht in Erkenntnis, nicht in Tugend, nicht in Güte, nicht einmal im Sieg. Sondern es gibt etwas, das erhabener, heroischer – und verzweifelter ist: der Schauer der Ehrfurcht.

Nikos Kazantzakis
Alexis Zorbas

Meggie schreckte aus ihrem Schlaf hoch. Sie sah auf die Uhr. Es war immer noch mitten in der Nacht. Sie drehte sich auf die andere Seite, schloss die Augen, öffnete sie aber sofort wieder. Sie vergrub ihren Kopf unter dem Kissen. Der Klang der Stille drückte ihr auf die Ohren. Sie wälzte sich hin und her, doch nichts half. Meggie gab auf und knipste das Licht an. Fritzie knurrte, rollte sich auf den Rücken und streckte alle viere von sich.

Zuerst zögerte er, aber dann gewann seine Hundetreue die Oberhand. Er verließ sein warmes Bett und begleitete sein Frauchen nach unten. Meggie schenkte sich ein Glas Milch ein, während er in seinem Futternapf wühlte und für jeden Krümel, den er fraß, zwei auf den Boden warf. Meggie musste einen Bogen um den Napf machen, um nicht mit ihren nackten Füßen in seine verstreute Mahlzeit zu treten.

Trotz des nahenden Herbstes war die Nachtluft sommerlich warm. Meggie trank die Milch aus und holte die Blitzpfeife aus dem Medizinschrank. Sie öffnete die Tür zur Veranda und befahl Fritzie, sich von den Nachttieren fern zu halten. Dann gingen sie hinaus.

Meggie wandte sich nach Westen, kniete im nächtlich feuchten Gras nieder und wickelte ihr Medizinbündel auf. Der Mond, voll und hell, warf ein goldenes flüchtiges Netz über die Bäume und den Boden. Meggie entzündete Salbei und rieb sich mit dem Rauch ein, um sich zu reinigen, ehe sie die Heilige Pfeife zur Hand nahm. Von dem süßen Brandgeruch neugierig gemacht, schnupperte Fritzie hinter ihr herum. Sie reinigte auch ihn, indem sie den Rauch kreisförmig um ihn verteilte.

Sie umfasste den Pfeifenkopf mit der linken Hand und nahm den Schaft in die rechte. Winonas Worte fielen ihr ein: »Getrennt sind sie nur Stein und Holz, doch fügt man sie zusammen, hält man das ganze Universum in den Händen.«

Als sie den langen Stiel in den Pfeifenkopf steckte, spürte Meggie die Macht der alten Vereinigung von männlicher und weiblicher Energie, den außergewöhnlichen, Leben spendenden Austausch zwischen Großvater Himmel und Großmutter Erde. Langsam begann sie das jahrhundertealte Ritual, die Pfeife mit Tabak zu stopfen, führte jede Bewegung mit Ehrfurcht und im Gebet aus:

»Wakan Tanka, Großes Geheimnis, ich danke dir für mein Leben. Hilf mir, als Mensch leben zu können. Ich bitte dich, diese Pfeife anzunehmen und meine Gebete zu hören.

Wiyohpeyatakiya, Großvater mit dem Schwarzen Gesicht, hilf mir, zu erfahren, was mein Leben bedeutet, und dieser Vision zu folgen. Ich bin weiß. Ich habe eine Heilige Pfeife. Ich trage ein Kind zweier Völker in meinem Schoß. Lehre mich die Achtung vor dem Leben.

Waziyata, Großvater mit dem Roten Gesicht, mach meinen

Körper stark genug, um dieses Kind zu gebären. Mehr als alles in der Welt wünsche ich mir ein gesundes Baby, ein lachendes Baby.

Wiyohiyanpa, Großvater mit dem Gelben Gesicht, dir bringe ich mein gebrochenes Herz. Mit dieser Pfeife bitte ich dich, den Vater dieses Kindes aufzusuchen und sein Herz zu berühren. Ist es gut für ihn, für das Kind und für mich, finde einen Weg, dass wir als Familie zusammenleben können. Ich bitte dich. Wenn es für einen von uns nicht gut ist, dann, Großvater, lass mich einen Weg finden, ihn aus meinen Träumen zu befreien.

Itokagata, Großvater mit dem Weißen Gesicht, ich bitte dich, über die Alten in meiner Familie zu wachen. Lass sie gesund bleiben, bis ihre Zeit gekommen ist. Dann nimm sie rasch zu dir. Ich danke für den Weg dieses Kindes auf die Erde. Hilf mir, jeden Tag mit den Augen eines Kindes zu sehen, mein Herz und meinen Kopf mit Staunen zu erfüllen und jeden Schritt im Sinne jener sieben Generationen vor mir und nach mir zu gehen.

Mahpiyata, ihr Himmelswesen, ich danke euch, dass ihr mich gelehrt habt, auch in der finstersten Nacht ein Licht zu sehen. Hanhepi Wi, Großmutter Mond, ich danke dir für das Geschenk meines Frauenlebens, so dass das Kind und ich eine Weile eins sein können. Volk der Sterne, Mächte des Blitzes, Donnerwesen – ich weiß, dass diese Pfeife eure unendliche Energie besitzt. Ich bitte darum, dass diese Chanunpa Wakan mir hilft, mit dieser Energie zu heilen.

Unci Maka, Großmutter Erde, durch meine Füße ziehe ich Kraft aus dir. Als deine Enkelin bitte ich dich um Hilfe für die Monate, in denen das Kind in mir wächst. Ich danke dir für die Nahrung und mein Zuhause. Wir Zweibeiner behandeln dich nicht mit Achtung, und doch, Großmutter, nährst und kleidest du

uns Jahr um Jahr. Immer wieder komme ich zu dir. Ich stelle meine Füße auf deine weiche Erde, deine Haut. Ich spüre deinen Herzschlag. Ich bitte dich, lehre mich die Liebe und lehre mich, zu vergeben.
Wanbli Gleska, weiß gefleckter Adler, ich bitte dich, diese Gebete durch die Pfeife den Großvätern und der Großmutter zuzutragen. *Mitakuye oyas'in.*«
Meggie erhob sich aus ihrer knienden Position. Schweigend und nach Westen gewandt hielt sie die Pfeife vor sich. Die Nacht hätte nicht klarer sein können. Die Sterne glitzerten in kaltem diamantenen Schein wie glühende Wächter des großen schwarzen Universums. Der Mond strahlte ein tiefes, volles rotgetöntes Licht aus. Glühwürmchen sprenkelten die Dunkelheit mit rhythmischem Aufblitzen. Als Meggie das Lied der Vier Richtungen zu singen begann, flackerten Irrlichter durch die Nachtluft und kamen immer näher an die Chanunpa Wakan heran.
Ihre Blitzpfeife stellte die Verbindung zu dem heiligen Wesen her. Ihre Augen sahen, was ihr Verstand schwer zu glauben fand. Ihre Worte sagten, was ihrem Herzen gut tat. Ihre Gebete waren einfach und aufrichtig gewesen. Sie hatte Winonas Rat befolgt:
»Schließe dem Männergebet ein Frauengebet an. Tritt vor den Schöpfer und bitte ihn um das, was du zu deinem Leben als Mensch brauchst. Dann schweige. Leere deinen Geist, dein Selbst und halte Ausschau.«
Während sie die Pfeife ausgestreckt vor sich hielt, bemerkte Meggie winzige Bewegungen in der Perlenstickerei, als ob sich die Pfeife mit heiliger Energie auflud. Es fiel ihr schwer, diese Wahrnehmung einzuordnen, aber ihre Augen sahen sie und nahmen sie auf. Eine Ohreneule rief in der Ferne. Fritzie

witterte Nachttiere in den Büschen. Ihr eigener Atem klang laut und aufdringlich.
Eine körperlose Stimme erschreckte sie: *»Das Gebet mit dieser Pfeife wird dir gewähren, was du brauchst. Erinnere dich an Maulwurfsfrau, die ihrem Mann folgte, weil sie ihr Kind schützen musste. Sie brachte Kojote etwas bei.«*
Die Stimme klang verdächtig nach Winona. Meggie schaute sich um, sah aber niemanden.
Maulwurfsfrau? Was bedeutete das? Sie war verwirrt. Dann fiel ihr ein, dass sie der Sprecherin die Pfeife anbieten musste.
»Wenn du von Wakan Tanka kommst, lade ich dich ein, diese Pfeife mit mir zu rauchen.«
Das Angebot wurde nicht angenommen. Es ertönten auch keine weisen Worte mehr.
In der folgenden Stille nahm die Nacht sie in ihre samtenen Arme, erhellt von glitzernden weißen Sternen, einem prallen gelben Mond, dem Aufleuchten der Glühwürmchen und dem Reigen der tanzenden Geisterlichter. Meggie entzündete die Blitzpfeife in der Dunkelheit, um so zu dem lebendigen Glühen um sie herum beizutragen.

»Du hast was?« Meggies Stimme klang ungläubig, als Bev im wolkigen Licht des nächsten Morgens von ihrem Besuch bei Falke erzählte. Sie konnte kaum fassen, dass ihre Freundin sich auf diese dramatische Weise in ihr Leben eingemischt hatte.
»Ich bin gestern Abend zu Falke gefahren und habe ihm von dem Baby erzählt«, gestand Bev. Ihre Hände zuckten nervös.
Meggies Stimme wurde hart und zornig. »Dazu hattest du kein Recht. *Ich* entscheide, was ich mit *meinem* Leben mache. Nicht du. *Ich* entscheide, wie ich mit *meinen* Problemen umgehe.

Nicht du. Du bist eine von zwei Personen, denen ich mich anvertraut habe. Wie konntest du mir das antun?«

Bev wich sichtbar vor Meggie zurück. Sie verteidigte sich: »Meggie, ich wollte dir doch nur helfen. Du liebst diesen Mann, und er ist dabei, euer Leben zu zerstören. Ich hatte gehofft, die Nachricht von deiner Schwangerschaft würde ihn zu Verstand bringen.«

»Was für ein Verstand?«, erwiderte Meggie, die Hände in die Hüften gestemmt. »Wenn er jetzt zu mir zurückkommt, wird er es aus eigener freier Wahl tun? Oder aus Schuldbewusstsein? Wie soll ich das jetzt wissen? Vielleicht kommt er aus Verantwortungsgefühl zurück. Schuld und Pflicht sind nicht das Gleiche wie Liebe und Hingabe.«

»Aber er hatte ein Recht, von dem Kind zu erfahren«, beharrte Bev.

»Habe ich mich vielleicht eingemischt, als du letztes Jahr die Sache mit Coulter vermasselt hast? Nein, stattdessen bin ich zu dir gekommen und hab' dir gesagt, was für ein Dussel du warst, so kaltherzig zu dem einzigen Mann zu sein, der dir wirklich seine Liebe angeboten hat. Er hat dich verlassen, weil er dein Hin und Her nicht mehr ertragen konnte. Und was ist seither geschehen? Du gehst von einem Mann zum anderen. Also, erzähl mir nicht, du hättest alles im Griff und daher das Recht, dich in mein Leben einzumischen.«

Bev weinte fast. Meggie konnte grausam in ihren Worten sein. Im Gegensatz dazu klangen Bevs eigene Worte schwach und armselig: »Ich wollte doch nur helfen.«

»Ich habe dich um deine Unterstützung gebeten. Ich brauchte Mitgefühl und Verständnis, aber niemanden, der meine Probleme löst. Die offenkundige und direkte Lösung eines Problems kann alles sabotieren. *Deine* Lösung für *mein* Problem hat zu dem Ergebnis geführt, dass ich Falkes Absichten jetzt nicht mehr trauen kann, ganz gleich, was er mir sagt. Da hast du mich in einen ganz schönen Schlamassel gezogen.«

»Ach, Meggie«, Bev griff nach der Hand ihrer Freundin, »es tut mir so Leid.«

Meggie zuckte die Achseln. »Du verstehst das nicht, Bev. Winonas Pfeife hat mein Leben verändert. Ich habe gelernt, zu warten und zu beobachten, ohne immer gleich zur Tat zu schreiten. Wenn ich mit meiner Pfeife bete, setzt die Macht der Pfeife ein. Ich bin nicht allein in diesem Universum. Falke wird von den gleichen Energien berührt. Doch wenn er nicht seinen eigenen Weg zu mir findet, wird unsere Liebe immer von Argwohn gezeichnet sein. Ich habe nicht darum gebetet, dass die Großväter ihn mir um jeden Preis zurückgeben. Ich möchte, dass wir nur zusammenkommen, wenn es für uns alle drei gut ist. Ich kann doch nicht wissen, was in der Zukunft geschieht.«

»Hättest du ihn von dem Baby erzählt?«, fragte Bev vorsichtig, denn sie fürchtete eine weitere Tirade.

»Wahrscheinlich nicht. Aber in den nächsten Monaten wird mein Bauch jedem laut und vernehmlich verkünden, dass ich ein Kind bekomme. Er hat Augen, Bev. Er hätte es schon noch erfahren.«

»Sie hat was gesagt?« Beim Morgenkaffee fragte Lucy Falke nach seiner nächtlichen Besucherin. Durch das Fenster sah sie, wie sich im Westen große Gewitterwolken auftürmten.

Falke rieb sich den Schlaf aus den Augen. »Meggies Freundin hat mir mitgeteilt, dass ich Vater werde.« Er grinste sie einfältig an.

Lucy schüttelte den Kopf und schimpfte. »Du hast wirklich eine Art, alles zu vermasseln. Was willst du jetzt tun? Mit zwei Frauen eine Familie gründen?«

Aua, jammerte Falke.

Lucy wartete seine Antwort nicht ab. »Du sitzt in der Falle. Wenn du dich für Meggie entscheidest, musst du mit Aufsteigender Rauch Schluss machen. Sie wird bestimmt kein Verständnis für deine Situation haben. Solltest du andererseits bei Aufsteigender Rauch bleiben, musst du dir überlegen, was du als Vater des Kindes tust. Also, was hast du vor?«

»Ich weiß nicht.« Er zuckte die Achseln. »Hast du vielleicht einen guten Rat für mich?«

»Ach, auf einmal interessierst du dich für meine Meinung?« Lucy konnte sich nicht beherrschen.

»Na ja, du bist doch eine Frau und ...« Falke wusste jedoch nicht so richtig, was das heißen sollte.

»Du überlegst dir am besten genau, welche von beiden du am meisten liebst«, riet Lucy.

»Aber wenn ich sie doch beide liebe, Lucy?«

»Gleich?«, fragte sie.

»Nein, unterschiedlich«, antwortete er.

»Dann überleg dir, wo genau der Unterschied liegt.« Lucy machte eine Pause. »Du weißt, was meine Mutter sagen würde, nicht wahr?«

Neugierig schüttelte er den Kopf.

»Sie würde sagen, dass du dich, wenn du bis zum Hals in der Scheiße steckst, am besten an der Pfeife festhältst und wieder herausziehst.«

Am Vormittag öffnete der Himmel seine Schleusen; Regen peitschte auf die Erde. Der Boden war schnell gesättigt und konnte das Wasser nicht mehr aufnehmen. Jeder Fußtritt, jede Pfote und Hufspur drückte sich tief in die weiche Erde. Der Regenguss verdunkelte die Sonne, und der Tag wurde kalt und trübe.

Im Dämmerlicht watete Meggie durch die Pfützen auf dem Krankenhausparkplatz. Sie besuchte Karl jetzt häufiger. Ihre Freundschaft war aus tiefem Kummer und heilsamen Einsichten entstanden. Das Pflegepersonal ermutigte ihre Besuche, da Meggie den Patienten offenbar mit leichter Hand vor einer schweren Depression bewahrt hatte. Es war für alle, einschließlich Meggie, klar, dass er sich auf die Gespräche freute.

Nicht ganz so offensichtlich war, was ihre Treffen für Meggie bedeuteten. *Ich kann ihm alles erzählen – von Falke, von dem Baby, von Bevs Einmischung. Er sitzt da und hört zu, während ich weine oder schimpfe. Er kritisiert mich nie. Nur wenige Male hat er mir seinen Rat angeboten: »Vergiss nicht – Falke liebt dich, Bev liebt dich und ich liebe dich. Hab Geduld. Der Schöpfer ist noch nicht mit dir fertig.« Eigentlich keine Lösung für meine Probleme, aber irgendwie hilft es. Keine Ahnung, warum.*

Kaum hatte er sie erblickt, verkündete Karl: »Hey, ich werde bald aus dem Krankenhaus entlassen – auf Krücken und arbeitslos.« Er grinste.

Meggie schaute verdutzt.

»Mein Bischof hat entschieden, dass es ›im Interesse aller‹ sei, mich meiner Gemeinden zu entheben. Er hat mir wärmstens empfohlen, ›spirituelle Einkehr‹ zu halten, ehe ich in meinen Beruf zurückkehre. Glaubst du, Meggie, vierzig Tage und Nächte in der Wüste werden ausreichen?«

Sie lachte über seinen Scherz. *Er versucht, die nächste Phase seines Lebens zu planen, aber ihm bleibt nicht viel Zeit dazu.* Während Meggie ihren tropfnassen Regenmantel ausschüttelte und ihn über den Fensterschlitz hängte, wurde Karl ernst. »Ich habe mir etwas überlegt, Meggie. Ich sollte einem Orden beitreten.«

»Du machst Witze.« Meggie traute ihren Ohren nicht.

»Nein, ich meine es ernst.«

»Aber musst du dann nicht ein Keuschheitsgelübde oder so ablegen?«, fragte Meggie.

Er nickte.

»Aber du hast Frauen immer geliebt, Karl.« Meggie konnte sich ihn nicht ohne das andere Geschlecht vorstellen. So sehr begeisterten ihn das Leben und die Liebe.

Karl nickte wieder. »Ja, das war immer mein Problem. Ich habe viele Menschen dadurch verletzt. In einer Pfarrei passiert das leicht. Frauen verlieben sich in den Priester, sozusagen als Gottes Stellvertreter – das endet für die meisten jedoch leider nicht im Himmel. Deshalb war Bev eine Ausnahme.«

»Ach?«

Karl lachte leise. »Gott war ihr schnurzegal. Es war nicht Karl, der Priester, der sie interessierte, sondern vielmehr Karl, der Mann. Ausgesprochen befriedigend für mein männliches Ego.«

»Wir alle haben wohl das Bedürfnis, als die anerkannt zu werden, für die wir uns halten«, sagte Meggie.

»Du hältst mich für einen Schuft, oder?« Karl runzelte die Stirn.

»Warum?«

»Das Ehegelübde sagt ›in guten wie in schlechten Zeiten‹; ich habe meine Frau im Stich gelassen. Du weißt, Andrea ist eine brillante, schöpferische Frau – aber auch sie hat ihre dunklen Seiten. Selbst wenn sie mir nie erzählt hat, was geschehen ist, hatte ich immer einen Verdacht. Sie war sehr liebevoll, als wir ein junges Paar waren, aber nach der Hochzeit änderte sie sich schlagartig – in dem Moment, in dem wir eine richtige Familie wurden. Einige Jahre später vertraute mir ihre Schwester an, dass ihr Vater sie seit ihrer Kindheit missbraucht hatte.«

»Aha«, Meggie nickte. *Das schwarze Loch traumatischer Erinnerungen.*

»Als ihr Mann war ich in ihren Augen höchst verdächtig, und sie ... wir schliefen nicht mehr miteinander. Ich versuchte, sie zu verstehen. Es war sicherlich enorm wichtig für sie, Sex ablehnen zu dürfen, weil sie das als Kind nicht gekonnt hat. Ich wollte sie mit meiner Liebe wieder gesund machen, aber ...« Er zog die Schultern hoch und ließ sie gleich wieder fallen. »Ich habe versagt. Ich habe mich nicht genügend bemüht, Meggie.« Verzweiflung stand in seinem Gesicht.

Es war wichtig, Karl nicht zu unterbrechen. Er musste die Wahrheit über sich sagen, um seine Seele zu erleichtern.

»Zuerst wandte ich meine ganze Energie dem Glauben zu. Doch wenn man Gott nahe kommt und voller religiöser Ekstase ist, geschieht es leicht, dass man aus den himmlischen Gefilden in die verführerischen Arme einer Frau gleitet. Die Leidenschaft nimmt so viele Formen an. Ich bin ein Narr, Meggie. Vielleicht ein Gottesnarr, aber auch ein menschlicher.« Er ließ die Hände in den Schoß sinken.

»Ich möchte dir eine Geschichte erzählen, Karl. Die von Kojote und Maulwurfsfrau ...«

Der Regen ließ nach, während Meggie die Geschichte von dem Taugenichts und seiner arbeitsamen Frau erzählte.

»Wie dumm von Kojote, Maulwurfsfrau unter die Erde zu

vertreiben. Lass denjenigen, den du liebst, nie gehen, Meggie, wenn dieser Mensch dein Seelenverwandter ist«, rief Karl.

Seelenverwandter. Kann ich Falke deshalb nicht aus meinem Herzen verbannen?, fragte sich Meggie.

»Kojote war faul, das stimmt«, bemerkte Meggie, »aber Maulwurfsfrau hat ihn mit ihren zornigen Worten vertrieben. Und obwohl sie versuchte, ihre Beziehung zu retten, waren ihre Worte, als die Zeit der Versöhnung kam, hart und beschämend. Sie konnte ihm nicht verzeihen. Er brauchte versöhnende Worte, aber sie spie ihm aus Stolz nur Hass entgegen.«

»Ich glaube, Kojote und Maulwurfsfrau hätten ihr Verhalten geändert, wenn sie gewusst hätten, dass am Ende der Geschichte ihr Kind einsam und schutzlos in seinem Wiegenbett lag.«

»Ach, ich weiß nicht, Meggie. Vielleicht müssen wir Menschen viele verschiedene Szenarien durchspielen, um aus den schmerzlichen Erfahrungen ein Körnchen Weisheit zu filtern.« Karl tätschelte Meggies Hand. »Vielleicht raffen wir uns zu größeren Anstrengungen auf, wenn uns die Liebe wieder begegnet.«

»Karl, Frauen ziehen dich doch so unwiderstehlich an, oder? Warum hast du eigentlich nie versucht, mit mir anzubändeln?«, neckte ihn Meggie.

Karl schüttelte den Kopf und überlegte. »Ich muss über eine diplomatische Antwort nachdenken.«

Meggie machte es Spaß, ihn aufzuziehen. »Dann lass dir mal was einfallen.«

»Meggie, du hast einen scharfen Verstand, eine Ausbildung und beruflichen Status. Du weißt, was du willst, und kannst es deutlich formulieren. Dazu besitzt du noch ein Anwesen, um das du dich vorbildlich kümmerst. Du brauchst eigentlich keinen Mann. Kurzum, du bist eigensinnig, selbstbewusst und würdest nur auf mir herumtrampeln. Ich aber muss von jemandem gebraucht werden.«

»Willst du damit sagen, ich gäbe einen guten Ehemann ab?«, drängte Meggie ihn, denn sie musste zugeben, dass Karls Beschreibungen ziemlich zutreffend waren.

»Meggie, eines Tages wirst du wieder heiraten. Aber es muss ein Mann sein, der eine starke Persönlichkeit hat, der sich nicht über dich definieren muss. Ein Mann, der deine Stärke liebt und sich nicht davon bedroht fühlt.«

Falke, dachte sie.

Karl dehnte seine Finger und streckte die Arme. »Also, ich gehe ins Kloster, um über meine Fehltritte nachzudenken und mein Leben radikal zu ändern. In meiner Gier nach Liebe habe ich viele Menschen verletzt: Annie, Bev, meine Gemeinde. Und auf meiner Suche nach Gott habe ich meine eigene Seele vernachlässigt. Gute Taten und bewundernde Frauen konnten die Leere in mir nicht füllen. Aus meiner Seele ist ein verwahrlostes Kind geworden: unterernährt und mager. Nachts weckt sie mich mit ihrem Geschrei. Von nun an muss ich mich besser um sie kümmern.«

»Aber im Kloster?«, wiederholte sie ungläubig. »Glaubst du, du kannst das Keuschheitsgelübde wirklich einhalten?«

»Ich weiß es nicht, Meggie«, antwortete er. »Ich muss auf Gott vertrauen.«

»Oder«, fügte sie geheimnisvoll hinzu, »auf die Mutter deiner Seele.«

DREISSIG

Eine stürmische Nacht

Wie die Pinien
die Gestalt des Windes halten,
wenn der Wind gegangen, nicht mehr da ist,
bewahren auch die Worte
die Gestalt des Menschen,
wenn der Mensch gegangen, nicht mehr da ist.

Jorgos Seferis
Auf der Bühne

Falke schloss die Hintertür von Chrysalis auf und betrat die Küche. Er hatte im Regen geklopft, aber nur Fritzie hatte ihn begrüßt. Er schüttelte den Regen von seiner Jeansjacke und ließ den Terrier nach draußen. Ohne Meggie wirkte die Stille des Hauses unheimlich. Er öffnete den Kühlschrank, goss sich ein Glas Milch ein und setzte sich an den Küchentisch, um auf sie zu warten. Der dunkle, bewölkte Tag ging in den Abend über. Der Regen prasselte unaufhörlich auf die Dachrinnen und Schatten machten sich in der Küche breit.

Fritzie wollte nach seinem Spaziergang durch die Dämmerung wieder ins Haus. Falke holte ein Handtuch aus der Waschküche und rubbelte ihn trocken. Der Hund brummte vor Wohlbehagen über die liebevollen Hände des Mannes. »Wo ist denn, Meggie, alter Junge?«

Fritzie verstand die Bedeutung des Satzes falsch und rannte prompt zu seinem leeren Futternapf.
Falke lachte. »Ja, ich habe auch Hunger.« Er wusste, wo Meggie das Hundefutter aufbewahrte. In freudiger Erwartung seines Abendessens machte Fritzie Luftsprünge. Nachdem Falke den Napf gefüllt und ihn damit vorübergehend ruhig gestellt hatte, schlenderte er ruhelos in dem leblosen Haus umher.
Was soll ich ihr bloß sagen? Falke ging auf und ab. Er wusste nicht, was er von sich und von ihr zu erwarten hatte. Er hatte keinen Schlachtplan, außer, sie in die Arme zu nehmen und ihr zu sagen, wie sehr er sie liebte.
Sie wird denken, ich mache es wegen dem Baby. Sie wird mir nicht mehr glauben, wenn ich sage, dass ich sie liebe und sie beschützen möchte. Sie wird sagen, ich sei nur gekommen, weil Bev mir von der Schwangerschaft erzählt hat. Und ich werde antworten, dass das nur zur Hälfte stimmt. Denn trotz aller Ängste und Vorsichtsmaßnahmen ist unsere Liebe wie ein kräftiger Setzling gewachsen, hat sich in viele Richtungen verzweigt und tiefe Wurzeln geschlagen. Sie wird sagen, daran hätte ich denken sollen, bevor ich mich zu einer anderen legte.
Er seufzte und versuchte, sich in die Denkweise einer Frau hineinzuversetzen, wusste aber schon, dass er wahrscheinlich falsch lag.
Es ist auch mein Kind. Im Geist spielte er die Möglichkeit durch, sich wütend über ihre Geheimnistuerei zu geben. Doch er verwarf den Einfall wieder. Meggie würde zurückschlagen. Er fürchtete sich vor einem Streit mit ihr. Das war es nicht, was er wollte.
»Aber was hast du vor?«, fragte er sich schließlich vor dem Spiegel im Flur.

Sein Spiegelbild starrte ihn stumm an, das Bild eines Narren, gefangen in seiner eigenen Falle.

Meggie war erstaunt, Falkes Truck neben der Garage zu sehen. *Natürlich, jetzt kommt er. Dafür hat Bev ja gesorgt.* Auf die Begegnung völlig unvorbereitet, wusste sie nicht, was sie von ihm oder von sich selbst zu erwarten hatte. Sie presste die Kiefer zusammen.

Eine mütterliche Regung stieg in ihr auf. »Was auch geschieht, ich bin für dich da«, sagte sie und klopfte sich schützend auf den Bauch, während sie die Wagentür öffnete. Sie sah, wie Falke mit Fritzie aus der Hintertür kam. Aufgeregt bellend rannte der Hund zu ihrem Wagen. Sie bemerkte Falkes liebevollen und unsicheren Gesichtsausdruck.

Ach, Falke.

Er streckte die Hand aus, um ihr aus dem Wagen zu helfen. Sie roch den sauberen Duft seines Körpers und legte einen tröstlichen Moment lang ihren Kopf an seinen Hals. Er hob ihr Kinn an; ihre Lippen trafen sich sachte. Sie schloss die Augen und gab sich der Vorstellung hin, dass Falke nun endlich zu ihr gehörte.

Ach, Falke.

Sie nahm seine Gegenwart in sich auf wie ein ausgetrockneter Schwamm. Innige Sehnsucht durchflutete sie und ertränkte alle Vorsicht.

Zögernd unterbrachen sie ihre Umarmung und gingen Hand in Hand zum Haus. Mit lautem, erregtem Gekläff schrie Fritzie »Hurra, hurra!« und drehte Pirouetten in der Luft.

In der Küche glitt Meggies Tasche von ihrer Schulter. Ihr

Regenmantel fiel auf einen der Esszimmerstühle. Ihre Schuhe blieben an der Treppe stehen, direkt neben seinen Stiefeln. Gemeinsam erzählten ihre Kleider die Geschichte bis zum Schlafzimmer; ihr BH und sein T-Shirt lagen ineinander verschlungen auf dem Holzboden, ihre Strümpfe und seine Socken auf dem Teppich. Keiner von beiden flüchtete sich in schmerzhafte und verwirrende Worte, Worte über die Vergangenheit und über die Zukunft, Worte von Trennung und Verdacht; sie ließen einfach ihre Körper sprechen – Liebkosungen, Küsse, sanfte Berührungen.

Auf dem Bett umschlang sie ihn fest mit ihren nackten Beinen und gab sich ihm ganz hin. Ihr gebogener Rücken und ihre Hüften baten ihn, eins mit ihr zu werden. Besinnungslos vor Begierde drang er in ihr weiches Fleisch ein.

Ach, Falke.

So leidenschaftlich ist die Sprache der Liebe.

Und so schnell zu Ende.

Eine kurze Stunde lang hörte der Regen auf, und die Nacht wurde zeitweise klar. Rasch zogen die Wolken über den Viertelmond. Die weißen Wellenkämme des Michigansees schlugen ruhelos gegen die Lehmklippen von Leland, während von Westen ein Sturm heraufzog. Über den Manitou-Inseln zuckten Blitze, und in der Ferne grollte unheilvoll der Donner.

Befreit vom Widerstand der Hügel und Berge, sammelte der Wind Kraft über dem Michigansee und hatte sich zu kreischender Panik aufgepeitscht, als er die westlichen Grenzen Michigans erreichte. Mit dem Lärm eines Güterzuges raste der Sturm die Klippen von Leland hinauf. Kleine Bäume beugten sich gehorsam der Macht des Windes. Unrat vor sich her fegend, machte er den Weg frei für das wütende Zucken der grellen Blitze, die den Himmel zerrissen, und das harte Trommeln des schwarzen Regens.

Enthauptet und von Blitzen durchbohrt, stürzten mächtige Bäume auf die Erde. Kleine Tiere verkrochen sich tief in ihren Höhlen. Die Nachteulen verschoben ihre Jagd auf die Zeit nach dem Sturm. Böen versetzten die Äste der Ahornbäume und Eichen, Birken und Buchen in einen wilden, orgiastischen Tanz. Der Wind drückte gegen die Fenster des Hauses und rüttelte an den Läden. Elektrische Leitungen, die letzte Verbindung zur Zivilisation, rissen, und die Nacht wurde noch schwärzer.

Winona fühlte sich quicklebendig und mit neuer Energie geladen. Rapide rissen jetzt die übrigen Bande an ihrem Rücken und hinterließen schmerzhafte Eindrücke der Erinnerung. Sie begriff nun, dass das Warten dazu gedient hatte, ihre Erinnerungen Revue passieren zu lassen, Frieden mit ihrem vergangenen Leben zu schließen. Sie hatte rückhaltlos ihre irdischen Erfahrungen durchkämmt, verarbeitet, den Filz herausgeschnitten, in dem sich ihr Leben verfangen hatte, und das Verbleibende – die Essenz ihres Lebens – zu einem sauberen Zopf geflochten. Durch die Zerstörung aller gefühlsmäßigen Bindungen befreite Winona sich für einen neuen Anfang.

Der Wind rüttelte an den Fenstern, als Meggie und Falke erschöpft im Bett lagen. Der Sturm war noch nicht vorüber.

»Wirst du zu ihr zurückgehen? Oder bei mir bleiben?« Einfache Fragen, die einfache Antworten erforderten.
»Ich bin gekommen, weil ich dich liebe.«
»Oder war es das Kind, das dich hergeführt hat?«
»Das auch. Können wir nicht einfach nur zusammen sein?« Ein gereizter Ton schlich sich in seine Stimme.
»Du bist heute Abend gekommen und hast mit mir geschlafen, aber ich weiß nicht, was dir das bedeutet.« Der Wind heulte laut vor dem Fenster.
»Meggie, nicht ...« Er legte seine Hand auf ihre Lippen, um ihre Worte aufzuhalten.
»Verbiete mir nicht den Mund.« Sie wischte seine Hand beiseite. »Du möchtest jetzt so tun, als wäre alles in Ordnung. Dass ich mit dir geschlafen habe, ändert gar nichts. Auch meine Schwangerschaft ändert nichts. Wenn ich sage, dass ich dich liebe, bedeuten meine Worte etwas. Liebe ist nicht nur ein Stöhnen auf dem Bett oder ein süßer Ton im Ohr. Die Liebe kann auch mühselig und fordernd sein, denn ohne ihr Feuer, ihre Stärke, ihre Hingabe kann sie der Zeit nicht trotzen. Glaubst du wirklich, unsere Liebe kann wachsen, wenn du gleichzeitig eine andere Frau begehrst – Vergleiche anstellst, Geheimnisse hast und dich keiner von uns beiden je richtig hingibst? Lieber Himmel, sei ein Mann, Falke, und kein weinerlicher, verwirrter Waschlappen!« Wut funkelte in ihrem Blick.
Auch in Falkes Stimme schwang Wut mit: »Ich liebe dich. Das ist die Wahrheit. Ich liebe sie. Das ist eine andere Wahrheit. Deine Worte, Meggie, sind wie ein Seil, sie wollen die Wahrheit fesseln.«
»Was erwartest du von mir? Verständnis? Mitgefühl? Ich bin deine Geliebte, Falke – nicht deine Therapeutin. Ich werde dir nicht die Hand halten und dich bedauern.«

Meggie kämpfte gegen eine Woge von Tränen an. »Es wäre so viel leichter, wenn ich einfach meine Gefühle für dich abstellen könnte – die Liebe, die Träume von uns beiden zusammen, die Sehnsucht nach dir, den Schmerz, der an mir nagt, die Wut, die mir das Herz zerfrisst. Es wäre so viel leichter, nichts zu spüren, nicht wahr? Oder vielleicht glaubst du, ich sollte dich mit der anderen Frau teilen, und Aufsteigender Rauch und ich sollten gute Freundinnen werden?« Ihre Stimme wurde hart und sarkastisch. Ein Ast schlug gegen das Haus.
»Meggie, ich liebe dich.« Er sagte es grimmig.
Er sagte es weich.
Er sagte es wieder und wieder, während ihr Zorn wuchs.

Fritzie bemerkte den Wechsel im Tonfall der Stimmen. Aus den Wonneschreien vom Bett waren erschöpfte Seufzer geworden, dann vorsichtige Worte und mit dem Anwachsen des Sturmes vor der Tür hatten die Worte der Frau an schneidender Schärfe gewonnen. Fritzie spitzte die Ohren, denn er spürte die Gefahr. Er liebte den Mann, aber die Frau gehörte zu ihm. Er gehörte zu ihrem Rudel und war deshalb ihr Beschützer. Nie würde er kampflos zulassen, dass ihr ein Leid zustieß.
Die Füße des Mannes berührten den Boden. Fritzie stand auf und bezog Stellung in der Mitte des Raumes. Die Stimme der Frau, gerade noch weich und liebevoll, stellte harte Fragen. Der Mann sagte wenig, aber Fritzie konnte die säuerlichen Ausdünstungen seines Kummers und ihres Zorns riechen.
Die Frau saß im Bett und spie zornige Worte, wie sie es häufig getan hatte, wenn er als Welpe auf den Teppich gemacht hatte.
Der Mann ließ den Kopf hängen und sammelte seine Kleider

vom Boden auf. Als ihre Stimme immer lauter wurde und die Luft zerriss, bellte Fritzie vor Aufregung und Verzweiflung. Der Streit zwischen den beiden Menschen beunruhigte ihn. Der Mann sagte etwas Weiches, Tröstendes. Die Frau schrie Fritzie an, das Maul zu halten – so viel konnte er verstehen. So gescholten, verstummte Fritzie, warf sich jedoch zwischen den Mann und das Bett, um bedrohlichen Bewegungen zwischen den Zweibeinern zuvorkommen zu können. Die Frau wurde still.

Der Mann zuckte die Achseln, wandte sich um und stelzte aus dem Zimmer. Fritzie begleitete ihn nach unten bis zur Haustür. Dort beugte sich der Mann, der den Geruch von Traurigkeit an sich trug, zu ihm herunter und kraulte seine Ohren. Fritzie wedelte mit dem Schwanz, um zu zeigen, dass zwischen ihnen alles in Ordnung war. Der Mann öffnete die Tür und flitzte von Sturm und Regen gepeitscht zu seinem Truck.

Fritzie kehrte ins Schlafzimmer zurück, um nach der Frau zu sehen. Sie lag, den Kopf in ein Kissen gegraben, auf dem Boden und schluchzte, als würde der Sturm nie vorübergehen. Fritzie drängte sich durch das Kissen und leckte Meggie die salzigen Tränen ab, während sie ihren Körper hin- und herwiegte.

EINUNDDREISSIG

Guter Zauber

Still, die Musik erhebt sich; höchstes Entzücken
türmt sich auf, wie ein Wald aus singenden
Blättern und Vögeln,
für den Moment vom traurigen Schlag
des Herzens beschworen,
Jenseits der Macht aller Worte.

Conrad Aiken
At a Concert of Music

Ein klarer und frischer Morgen brach an. Goldenes Sonnenlicht spiegelte sich in Pfützen, Spinnweben und dem Tau auf den Blättern. Die vom Regen gereinigte Welt glitzerte und funkelte in allen Winkeln und Spalten. Die Vögel sangen und jubelten; die Bäume waren im Begriff, sich in ihr herbstliches Kleid zu hüllen.

Adam und Eva waren aufgeregt. Falke hatte heute seinen Auftritt als Geschichtenerzähler in ihrer Schule. Adam überlegte sich abenteuerliche Schilderungen des Sturms für June, während Eva sich mit ihrer Mutter über Halloween-Kostüme unterhielt.

Falke erwachte mit Müdigkeit im Herzen. Nachdem er sich aus dem Bett gequält hatte, öffnete er seine Wohnwagentür dem neuen Tag. Die hellen Sonnenstrahlen, die auf den Wasseroberflächen blitzten, griffen seine Augen an. Er blinzelte in die

Schönheit des Morgens. Sein Herz wurde etwas leichter. Er nahm etwas Tabak, tappte barfuß zur Schwitzhütte und bot ihn den Geistern als Dank für das Geschenk seines Lebens dar. Hoch oben im Westen kreiste ein Adler, ließ sich von einem Spiralwind hinauf in den Himmel tragen. »*Wanbli*«, flüsterte Falke ehrfürchtig.

Am Vormittag versammelten sich die Kinder im Festsaal der Grundschule und sagten pflichtgemäß die Unabhängigkeitserklärung auf. Die Kinder standen vor den niedrigen Holzstühlen, die kleinen Hände auf die Herzen gelegt und die Augen auf die amerikanische Flagge gerichtet. »Heute haben wir etwas Besonderes vor uns«, verkündete der Rektor und stellte Falke vor, der ein Hirschlederkostüm mit Fransen trug.

Falke nickte den Kindern zu und bat sie, ihre Stühle im Kreis um ihn herum aufzustellen. Ein älterer Lehrer verzog das Gesicht, weil die Kinder die Stühle laut und chaotisch über den Boden zogen. Sie bildeten nun einen großen Kreis um Falke. Hinter ihnen saßen die Lehrer. »Hau. So ist es gut«, sagte Falke zufrieden. »Wir alle leben den Kreislauf des Lebens. Wir sind alle miteinander verbunden und sollten unseren Nachbarn nicht den Rücken zukehren.« Die Kinder grinsten einander an. Schüchtern winkte Adam June zu.

Ehe er zu erzählen anfing, zeigte Falke den neugierigen Kindern einige Gegenstände. Besonders fasziniert waren sie von seiner mit Schnitzereien verzierten Keule – mit einer Adlerkralle an der einen Seite und einem Hirschhuf an der anderen. Die Trommel, die er von Winona hatte, und der handgefertigte Bogen mit den dazugehörigen Pfeilen entlockten ihnen erstaunte und begeisterte Rufe. Schließlich wollten sie wissen, was sich in der Hirschlederhülle auf dem Stuhl hinter ihm befand. Er tat unentschlossen. Sein dramatisches Zögern hatte

die gewünschte Wirkung. Die Neugierde der Kinder war geweckt. Er zog einen langen Holzstiel aus der Lederhülle, dessen Ende aus einem geschnitzten und bemalten Wildentenkopf bestand. »Weiß jemand von euch, was das hier ist?«, fragte er.
Eva hob ihre Hand und erklärte: »Es ist eine Flöte.«
»Richtig«, sagte Falke. »Es ist eine Liebesflöte, aber ich traue mich nicht, sie hier zu spielen. Das könnte zu gefährlich sein.«
»Warum?«, riefen mehrere Kinder sofort.
»Seht ihr, wenn ein Indianerjunge ein Mädchen mag, nimmt er diese Flöte und spielt vor ihrem Tipi ein Liebeslied. Ihr Klang ist verzaubernd und berührt ihr Herz; sie kann nicht widerstehen und muss das Tipi verlassen, um ihm zu folgen. Wenn ich sie jetzt spiele, kann ich euch aber nicht sagen, welche Wirkung sie vielleicht auf eure Lehrerinnen hat.«
»Spielen Sie, spielen Sie!«, kreischten die Kinder und drehten sich etwas schadenfroh zu ihren Lehrerinnen um. Falke musste lachen, als eine der Lehrerinnen missbilligend und ablehnend die Arme verschränkte.
»Na gut, wenn ihr darauf besteht.« Falke hob das Instrument an seine Lippen. Eine eindringliche Melodie ertönte. Er zwinkerte einer jungen Lehrerin zu, die sich wie verabredet erhob und sich auf die magischen Töne zu bewegte. Die Kinder brachen in Gelächter aus. Kurz bevor sie Falke erreicht hatte, brach er sein Spiel ab. »Seht ihr. Man sollte diese Wildentenflöte nur für jemanden spielen, den man wirklich liebt.«
Adam warf June einen viel sagenden Blick zu.
Falke steckte das Instrument wieder in seine Hülle. Die Lehrerin ging zurück auf ihren Platz, nachdem sie ihre Rolle gespielt hatte. »Nun werde ich euch ein paar wunderbare Kojotengeschichten erzählen«, verkündete er. »In der Welt der ameri-

kanischen Ureinwohner ist der Kojote eine Art Schelm, der vom Schöpfer die Aufgabe erhielt, die Schöpfung – und besonders die Menschen – im Gleichgewicht zu halten. Ihr dürft ihm niemals trauen, aber mit seiner List wird er euch immer etwas beibringen. Manchmal gelingt es ihm sogar, aus seinen eigenen Fehlern zu lernen. In der ersten Geschichte werde ich euch erzählen, wie Kojote mit seiner Frau, die Maulwurfsfrau hieß, in Streit geriet ...«

Gebannt von Falkes Schilderungen von Kojotes Reisen und Abenteuern und wie oft er in seine eigenen Gruben fiel, kauerten die Kinder auf ihren Stühlen. Sie lachten über die Moral der Geschichten: Der Faule muss hungern; der Prahler bleibt einsam; der Respektlose wird gemieden.

Ich möchte zuverlässig sein wie Maulwurfsfrau, dachte Eva.

Ich bin stolz, Indianer zu sein, freute sich Adam.

Kojote lebt, seufzte Falke.

Aufsteigender Rauch umkreiste Falkes Wohnwagen. »Wo ist er?«, schnaubte sie. Achtlos warf sie ihre Kippe auf die Erde und stürmte zu Lucys Haus. Falke hatte sich seit zwei Tagen nicht bei ihr gemeldet, und sie hatte einen sechsten Sinn für Schwierigkeiten. Lucys Gesicht bestätigte ihre Vorahnungen.

»Wo ist er?« Ihre Frage klang barsch und feindselig.

»In der Schule«, antwortete Lucy ungewöhnlich knapp.

»Was ist los? Irgendetwas stimmt nicht. Ich spüre es«, beharrte Aufsteigender Rauch.

Lucy wandte sich ab. Aufsteigender Rauch folgte ihr unaufgefordert ins Haus.

»Kaffee?«, fragte Lucy.
Aufsteigender Rauch schüttelte den Kopf. Sie würde sich so lange Zeit nehmen, bis sie alles aus Lucy herausgequetscht hatte. Das war eine ihrer Begabungen.
Die beiden Frauen setzten sich einander gegenüber an den Küchentisch; Lucy mit ihrem Kaffeebecher in der Hand, Aufsteigender Rauch mit einem Päckchen Zigaretten. Mit dem Päckchen spielend, machte Aufsteigender Rauch ihren Vorstoß. »Ich kenne dich als Freundin und Schwester.«
»Ich bin Falkes Cousine«, konterte Lucy und nahm einen Schluck aus ihrem Becher.
Vertraut und misstrauisch zugleich umkreisten die beiden Frauen einander wie zwei Hunde, die schnuppernd ihr Revier erkundeten. Keine knurrte oder zeigte der anderen die Zähne. Dennoch wahrten sie Distanz. Lucy hielt ihr Versprechen, sich nicht einzumischen.
Falke würde sich selbst aus dem Schlamassel ziehen müssen.

Als Falke ankam, hockte Aufsteigender Rauch auf der Stufe zu seinem Wohnwagen. Er nahm sich Zeit, in seinem Truck seine Gedanken und das Zubehör vom Geschichtenerzählen zu sammeln. *Was soll ich ihr sagen?*
Aufsteigender Rauch ließ ihm keine Zeit für eine Antwort. »Wo warst du?«, verhörte sie ihn, die Hände in die Hüften gestemmt.
»Geschichtenerzählen in der ...«
»Das weiß ich«, unterbrach sie ihn. »Warum hast du mich nicht angerufen?« Ihre Stimme klang hart und entschlossen.

Er ging an ihr vorbei, öffnete mit dem freien Ellbogen die Wohnwagentür, während er die Kriegskeule, die Axt, Trommel, Flöte, Bogen und Pfeile im anderen Arm balancierte. Sie bot ihm keine Hilfe an. Vorsichtig legte er die Gegenstände auf das ungemachte Bett. Sie folgte ihm ins Schlafzimmer.

»Sieh mal, Falke. Ich kenne dich besser als jede andere und ganz bestimmt besser als deine spießige Cousine.«

Sie meint doch wohl nicht Lucy?, überlegte Falke.

»Wir sind doch gerade dabei, uns wieder näher zu kommen, nicht wahr? Und plötzlich höre ich nichts mehr von dir. Du warst nicht zu Hause, als ich gestern Abend vorbeigekommen bin. Wo warst du?«

Der scharfe Klang ihrer Stimme schliff seine Antwort.

»Ich war bei Meggie.«

»Bei dieser Weißen? Was hattest du da zu suchen?« Ihr Blick war finster und bohrend.

Falke zog das schwere Hirschlederhemd aus. Entschlossen, ihr die Wahrheit zu sagen, stand er mit freiem Oberkörper vor seiner geschiedenen Frau. »Ich habe sie besucht, um mit ihr zu reden. Sie ist schwanger, und ich bin dafür verantwortlich.«

Aufsteigender Rauch stockte der Atem.

Falke war noch nicht fertig. *Ich werde ihr alles sagen.* »Wir haben miteinander geschlafen und uns gestritten. Sie wurde wütend auf mich. Ich bin gegangen.« Er zog ein Westernhemd an. Aufsteigender Rauch den Rücken zugekehrt, streifte er die hirschlederne Hose ab und zog die vertrauten Jeans an. Er wusste, Worte konnten nicht beschreiben, was er empfand.

Aufsteigender Rauch wartete. Da war noch mehr.

Er sah ihr gerade ins Gesicht und beantwortete ihre unausgesprochene Frage. »Es ist nicht vorbei zwischen Meggie und mir.«

»Was willst du mit dieser weißen Frau, Falke?«, zischte sie. »Sie wird dich nie so verstehen wie ich. Nur weil sie ein Kind bekommt …«

Falke unterbrach ihre Tirade. »Es ist mehr als das. Meggie braucht mich.«

Aufsteigender Rauch platzte fast vor Zorn. »Wenn sie nicht schwanger geworden wäre, wärst du bei mir geblieben. Das ist eine Tatsache. Was würde passieren, wenn sie das Baby verliert?«

Falkes Blick wurde steinhart. »Sprich nicht so.« Ihm fiel auf, dass ihre Mundwinkel sich kräuselten.

»Falke, was ist jetzt mit uns? Willst du mich wieder sitzen lassen, wie damals?«

Ich kann ihr nur die Wahrheit sagen, die ich kenne. »Ich habe mit Meggie nicht Schluss gemacht«, antwortete er.

Aufsteigender Rauch sah ihn lange an. Sie konnte nicht begreifen, dass sich die Süße zwischen ihnen sich so schnell in Säure verwandelt hatte. Sie machte einen Schritt auf ihn zu. Er rührte sich nicht, da er nicht wusste, was er zu erwarten hatte. Sie streckte einen Finger aus und fuhr spielerisch und wie geistesabwesend seine Brust entlang. Als er sich entspannte, schlug sie ihm hart ins Gesicht.

Der Schlag rötete seine Wange. Er ballte die Fäuste. Sie blieb stehen, als wartete sie auf einen Gegenschlag. Er ging an ihr vorbei in die Küche und riss die Tür auf.

Aufsteigender Rauch packte ihre Sachen und schritt stolz erhobenen Hauptes an ihm vorbei. »Schweinehund!«, zischte sie, als sie sich an ihm vorbei nach draußen drängte.

»Ja«, gab er zu.

Sobald Aufsteigender Rauchs Wagen verschwunden war, eilte Lucy zum Wohnwagen ihres Cousins herüber. »Ach, du liebe Zeit«, rief sie und strich über seine gerötete linke Wange. Fürsorglich holte sie Eis für Falkes Wange aus dem Kühlschrank. »Sie hat dir ganz schön eine verpasst, was?«, fügte sie beinahe bewundernd hinzu.
»Mir scheint, ich habe mein Leben gerade sehr vereinfacht«, erwiderte Falke.
Lucy nickte zustimmend. »So wie sie die Tür zugeknallt hat, war sie bestimmt nicht glücklich. Aber ich habe dich ja gewarnt. Was wirst du jetzt tun?«
Er betrachtete den Bluterguss in seinem Gesicht und berührte ihn vorsichtig mit dem Eis. »Aufsteigender Rauch würde mich am liebsten ermorden, und Meggie will nichts mehr mit mir zu tun haben. Außerdem sind meine Auftritte in der Schule beendet. Also fahre ich nach Hause.«
»Nach Süddakota?«
Er nickte.
»Warum?«, fragte sie. Ihr Cousin wurde immer unberechenbarer.
»Um Aufgüsse im Inipi zu machen. Um den Leuten zu sagen, sie sollen auf ihre Lehrer hören, an Zeremonien teilnehmen, sich reinigen, die Chanunpa Wakan rauchen, wenn sie aus dem Gleichgewicht geraten, um sich wieder in Einklang mit der Schöpfung zu versetzen. Es wird Zeit, dass ich mich selbst beim Wort nehme, Lucy.« Er begann Hemden aus dem Schrank zu nehmen und legte sie aufs Bett, um zu packen.
»Wann willst du fahren?«
»Heute Abend. Ich hab' noch was zu erledigen.«
Lucy war sprachlos. »Du kommst doch zurück, oder? Wir brauchen dich in der Schwitzhütte. Du hast eine schwangere

Freundin. Du hast doch nicht die Absicht, für immer zu verschwinden und herumzuziehen?« Falke gehörte zu ihrer Familie, zum Volk ihrer Mutter. Sie würde ihn vermissen.
»Nichts ist sicher«, lautete seine rätselhafte Antwort.

Niedergeschlagen und mutlos konnte Meggie es kaum erwarten, dass der Tag zu Ende ging und sie sich dem Schlaf und ihren Träumen hingeben konnte. Anflüge von Trauer und Zorn rüttelten an der stoischen, ruhigen Fassade, die sie ihren Klienten zeigte. Während einstündigen Sitzungen schweiften ihre Gedanken bisweilen ab, wurden abgelenkt von der Erinnerung an die harten Worte der vergangenen Nacht. Sie war erleichtert, als die letzte Klientin ihre Praxis verließ.
Die Nacht brachte Einsamkeit und Isolation. Sie kroch früh ins Bett und schlief sofort ein. Den Truck, der unten an der Straße parkte, hörte sie nicht. Auch die leisen Schritte, die durch den Wald von Chrysalis schlichen, weckten sie nicht. Erst die betörende Melodie rief sie aus ihrem tiefen Schlummer. Sie setzte sich auf. Verzauberte, durch die weichen Tannen gedämpfte Klänge drangen zu ihr, ein Lied von verlorener Liebe und Sehnsucht.
Die Töne zogen sie in ihren Bann. Aus ihrem Schlafzimmerfenster spähte sie hinaus in die dunkle Nacht, konnte aber außer den Umrissen der großen Bäume, das ehrfürchtige Publikum der geheimnisvollen Musik, nichts erkennen. Mit einem wiegenden *Uuuuh* und *Wuuuh* richtete die Flöte die einfache Kernfrage der Liebe an sie.
Meggie saß wie verzaubert und berauscht von der Musik am

Fenster und lauschte dem Verklingen der letzten Töne tief im Wald. Dann hörte sie das Husten eines Trucks, der sich für eine lange Reise bereit machte.

Ich träume wohl, dachte sie.

ZWEIUNDDREISSIG

Böser Zauber

Über das Böse muss ebenso sehr wie über das Gute nachgedacht werden, denn Gut und Böse sind letzlich nichts weiter als ideale Erweiterungen und Abstraktionen des Handelns, die zu den Licht- und Schattenseiten des Lebens gehören. In letzter Konsequenz gibt es kein Gutes, das nicht Böses hervorrufen kann, und kein Böses, das nicht Gutes hervorrufen kann.

C. G. Jung
Psychologie und Alchemie

Vom Zorn einer verschmähten Frau besessen, schnappte sich Aufsteigender Rauch ihre Heilige Pfeife. Falke hatte nicht bemerkt, dass sie beim Zusammensuchen ihrer Sachen heimlich ein einzelnes braunes Haar von dem Hemd gepflückt hatte, dass er bei Meggie getragen hatte. Sie nahm das Haar, steckte es in ihre Tasche und stürmte aus seinem Wohnwagen.

Für ihre zerstörerische Absicht gab es nur einen Grund: Aufsteigender Rauch konnte es nicht ertragen, wenn ihr eine Sache verwehrt wurde. Sie war sich nicht einmal sicher, ob sie Falke überhaupt noch wollte, selbst wenn er auf allen vieren zu ihr zurückgekrochen wäre. Sie wollte auf Teufel komm raus nicht noch einmal eine solche Niederlage erleben.

Sie nahm die Heilige Pfeife in ihre Hände und beschwor die guten und die bösen Geister, ihre Bitten zu erhören. Sie bat sie

nicht, ihr dabei zu helfen, ein Leben für ihr Volk zu führen. Sie bat nicht um Beistand in einer Zeit des Verrats.
Aufsteigender Rauch nahm die Pfeife und beschwor ihre Klapperschlangenmedizin. Mit Meggies braunem Haar forderte sie die Geister auf, das Baby in Meggies Schoß zu töten.

»Es gibt alle möglichen Arten von Geistern auf dieser Welt«, warnte Lachender Bär Falke. »Mir scheint, du bist an einen Schelmengeist geraten.«
Von der langen Fahrt ins Reservat Pine Ridge erschöpft, war Falke direkt zum Haus seines Lehrers gegangen. Winona hatte Recht gehabt. Er brauchte mehr denn je einen Lehrer, der ihm den Kopf zurechtrückte.
»Hast du mit deiner Pfeife gearbeitet?«, fragte Lachender Bär. Falke schüttelte den Kopf. »Frauen kommen mir dabei immer in die Quere, wenn du verstehst, was ich meine.« Er grinste, denn Lachender Bär hatte in jungen Jahren den Ruf eines Schürzenjägers gehabt. Als er sich in dem baufälligen Haus umsah, fiel Falke plötzlich auf, wie leer es ohne Frauen wirkte.
Der Medizinmann kam auf die Abwesenheit seiner Frau zu sprechen. »Sie hat mich verlassen und die Kinder mitgenommen. Sie sagte, sie könne die vielen Leute nicht ertragen, die herkommen, um zu lernen, geheilt zu werden und kostenlos zu übernachten. Ich habe ihr gesagt, dass ich mich nicht ändern werde, denn mein Leben gehört meinem Volk. Das ist die Aufgabe eines Medizinmannes. Die Leuten würden mich mit ihren Forderungen umbringen, hat sie gesagt.« Er hievte sich vom Stuhl hoch und lachte. »Und damit hat sie wahrscheinlich sogar Recht.«

Falke sah die Müdigkeit seines Lehrers; dunkle Ringe unter den Augen verrieten eine zu geringe Nierentätigkeit. Winona hatte ihm erzählt, dass das Volk ihre Medizinmänner ausnutzte und sich nicht mehr um sie kümmerte wie in alten Zeiten. Er verspürte Mitgefühl für Lachender Bär und schämte sich, dass auch er eine verirrte Seele war, die Beistand und Heilung bei seinem Lehrer suchte.

Ursprünglich hatte er geplant, nur ein paar Tage zu bleiben und im Inipi seine Fragen zu stellen, doch jetzt sah die Sache anders aus. Er nahm sich vor, Lachender Bärs Haus sauber zu machen, Holz für den Winter zu hacken, seinem Lehrer gesündere Mahlzeiten zu kochen und die einsame Seele des Mannes mit Humor und Gesprächen zu trösten. Erst wenn Lachender Bär ihm wieder kräftiger erschien, wollte Falke ihn um Rat bitten. In der Zwischenzeit, das wusste er, würde Lachender Bär ihm mehr über die Pfeife und den Roten Pfad beibringen.

»Du musst dir darüber im Klaren sein«, begann der Medizinmann, »dass es gute Geister, böse Geister und Schelmengeister gibt. Du musst wissen, wie man sie erkennt, um sicherzugehen, wer an dir arbeitet. Der Schelm wirbelt um dich herum und stößt dich in eine Grube. Die guten Geister werden dich mit ihrer Macht beeindrucken. Die bösen Geister versprechen dir alles und saugen dir dann die Seele heraus.«

»Ich bin vielleicht ein Biest«, rief Bev, als sie in Meggies Büro stürmte.

Ausgelaugt von Schlafmangel, der Sorge über Falkes plötzliches Verschwinden und ihre Schwangerschaft schaute Meggie auf.

»Ich war bei Karl. Ich habe den Krankenschwestern gesagt, ich wäre seine Cousine und meilenweit gefahren, um ihn zu sehen. Der war vielleicht überrascht. Weißt du, was er gesagt hat?« Bev wartete die Antwort gar nicht erst ab.

»Er will ins Kloster gehen. Kannst du dir das vorstellen? Er legt ein Keuschheitsgelübde ab. Also Meggie, manchmal sind die Männer völlig unberechenbar. Sie fallen von einem Extrem ins andere, weil sie nicht wissen, wie man seine Probleme auf normalem, gesundem Weg löst.«

»Ganz anders als die andere Hälfte der Bevölkerung?« Meggie gelang nur ein kurzer Einwurf.

»Genau. Warum können Männer nicht so vernünftig sein wie Frauen? Aber er ist fest entschlossen, also was sollte ich tun?«

Meggie wusste, dass Bev ihre Hilflosigkeit nur vortäuschte.

»Was hast du getan?«

Sie grinste. »Versprich, dass du es keinem sagst.«

Meggie nickte, obwohl sie wusste, dass Bev es ihr so oder so erzählen würde.

»Ich habe zu Karl gesagt, dass ich seine Vorsätze bewundere, er aber erst mal wissen müsse, auf was er verzichtet. Erst dann wäre sein Opfer von Bedeutung.«

»Bev, du hast doch nicht ...?«

»Doch, wir haben. Wir hatten eine stimulierende, erregende Vorkeuschheitskonferenz im Krankenhausbett. Die er sobald nicht vergessen wird, glaube ich. Er musste zugeben, dass es ziemlich göttlich war.«

»Frauen versuchen immer, dich während einer Phase der Zeremonie zu kriegen«, bemerkte Lachender Bär. »Das macht es schwer, wenn man jung ist und den Roten Pfad gehen will. Wenn die jungen Medizinmänner auf ihre Rundreise geschickt werden, fangen sie an, mit den Frauen zu spielen. Hier im Reservat unter den wachsamen Blicken der alten Frauen können sie sich so etwas nicht erlauben.«

»Onkel«, sprach Falke ihn respektvoll an. »Wie hast du das Problem gelöst, als du jung warst?«

»Am Anfang war ich so geradeheraus wie ein Pfeil, aber der Pfeil wurde zum Bumerang und flog zu mir zurück. Ich habe mit vielen Frauen geschlafen, aber sie wurden immer weinerlich und wollten mehr. Zum Teufel, ich kann nicht behaupten, dass ich sie je verstanden hätte. Als ich geheiratet habe, wurde es besser. Ein Medizinmann braucht eine Frau als Gleichgewicht. Aber Frauen teilen ihren Mann nicht gern mit der ganzen Gemeinschaft.« Er zeigte auf sein leeres Haus.

Lachender Bär ging nicht gerade sanft mit Falke um. »Du bist faul gewesen. Was hast du seit deiner *Hanbleciya* gemacht? Was tust du für die Leute hier? Hast du auf deinen Geisterlehrer gehört? Nimm deine Pfeife und arbeite damit. Lass dich durch den ganzen Weiberkram nicht vom Wesentlichen ablenken. Arbeite mit der Chanunpa Wakan.«

Zwischen den Scharen von Menschen, die auf der Suche nach Rat und Heilung ins Haus kamen, veranstalteten Falke und Lachender Bär eine Inipi-Zeremonie. Bisweilen ließ der Lehrer den Schüler die Aufgüsse machen, so dass er für seine verschwundene Frau und seine Kinder beten konnte. Dann wiederum übernahm Lachender Bär die Führung und brachte Falke bei, in der Pfeifenrunde Fragen zu stellen. Falke konnte täglich besser mit der Pfeife umgehen. Es gab keine Frau, die ihn von seiner Spiritualität ablenkte.

Falke erzählte Lachender Bär, wie Drei Beine in seinen Körper gefahren war und die Inipi-Zeremonie geleitet hatte. »Winona hat mir nie von Besessenheit erzählt.«

»Sei vorsichtig, Neffe«, warnte sein Lehrer. »Vergiss nicht, dass auch gute Geister ihren eigenen Plan haben. Wenn du nicht aufpasst, können sie dich fertig machen. Vergleiche das, was sie dir sagen, immer mit dem, was du weißt. Denn am Ende bist du es, der die Verantwortung für dein Leben trägt – und nicht sie.«

Falke klebte Isolierband auf die Fensterrahmen, um das Haus winterfest zu machen. Er fuhr Meilen, um Holz für die Inipi-Zeremonie und den Ofen zu hacken. Er kochte fettarme Mahlzeiten für Lachender Bär und kaufte ihm Vitamine. Er brachte das Haus in Ordnung. Auf diese Weise begann Falke, auch sein eigenes Haus in Ordnung zu bringen. Sein zurückhaltender Humor wirkte wie Balsam auf die wunde Seele seines Mentors. Der ältere Mann genoss es sichtlich, einen Sohn um sich zu haben, der seine Lehren würdigte.

Wenn er spätabends ins Bett ging, hörte Lachender Bär den sehnsüchtigen Klang der Liebesflöte von der Schwitzhütte herüberziehen. Die Töne waren nicht die süßen der Verführung, sondern die traurigen Töne eines Mannes, dessen Herz vor Sehnsucht nach seiner Geliebten schmerzte. Die Wildentenflöte rief die einsamen Bewohner der Nacht und flehte sie an, die Botschaft der Sehnsucht weiterzutragen. Lachender Bärs Herz schlug in dem gleichen Verlangen.

Lange ehe sie die Dünen an der Küste Michigans heimsuchten, überfielen die Blizzards die Plains von Süddakota. Anfang November hatte es schon einen kräftigen Schneesturm gegeben. Bald würde es zu schwierig sein, die Inipi-Zeremonien durchzuführen. Das Tageslicht und Falkes Geldreserven wurden immer knapper. In einer Schwitzhüttenzeremonie sprachen die Geister durch Lachender Bär zu Falke: »Ein Mann wird ein Mann durch seinen Vater, seine Großväter und Urgroßväter. Du hast etwas, das deinem Vater gehörte.«

»Ich habe nur eine Schachtel mit Krimskrams von ihm«, antwortete Falke.

Wieder sagten sie: »Du hast etwas, das deinem Vater gehörte. Er hat es dir hinterlassen, damit du ein Mann wirst. Suche es, lege es in einen Lederbeutel und trage es zu deinem Schutz immer bei dir.«

Lachender Bär prustete vor Lachen und rief: »Hau!« Später erzählte er Falke, dass die Geister sarkastisch bemerkt hätten, die meisten modernen Männer behandelten die Hinterlassenschaft ihrer Väter wie »Krimskrams«.

»Du bist wie ein Vater für mich«, sagte Falke und brachte Freude in Lachender Bärs Herz.

Meggie hatte ihren Eltern noch nichts von ihrer Schwangerschaft erzählt, obwohl ihr Bauch bereits etwas dicker geworden war. Sie wünschte sich verzweifelt eine Lösung für ihre Situation mit Falke und war entschlossen, sich den gut gemeinten Ratschlägen ihrer Verwandten zu entziehen. Einige ihrer Klienten machten beiläufige Bemerkungen über ihr Gewicht, aber niemand schien die wahre Ursache zu ahnen.

Nachdem die Übelkeit der ersten drei Monate vorüber war, entspannte sich Meggie etwas. Sie rief Lucy an und erfuhr, dass Falke in Pine Ridge war.

»Wann wollte er denn zurückkommen?« Meggie bemühte sich, nicht aufgeregt zu klingen.
»Ich wünschte, ich wüsste es, aber Lachender Bär hat kein Telefon.« Lucys Stimme war voller Mitgefühl. »Wie geht es dir?« Meggie gab eine unverfängliche Antwort. Die Leere in ihrem Herzen wurde nur durch die Fülle in ihrem Schoß ausgeglichen.
Sogar Karl war in sein Kloster abgereist. Er hatte ihr angekündigt, dass ihm während einer Probezeit vermutlich kein Kontakt nach außen gestattet sein würde. Noch hatte er nichts von sich hören lassen. Der Freund fehlte ihr, das musste sie zugeben, aber wonach sie sich wirklich sehnte, war ihr Seelenverwandter.

Als es kälter wurde, machten Meggie und Fritzie häufig ein Mittagsschläfchen. Im Kamin knisterte und knackte das Feuer von der Hitze der Birkenstämme. Fritzie war gerade tief eingeschlafen, als er von Meggies Rufen erwachte. »O nein, bitte nicht, das darf nicht sein!«
Der Hund sprang auf und rannte zur Couch, auf der Meggie geschlafen hatte. Ein Buch fiel von ihrem Schoß zu Boden. Ein starker Blutgeruch drang ihm in die Nase. Wieder rief sie: »Nein, das darf nicht sein!«
Er registrierte die Angst in ihrer Stimme. Sie stand auf und stolperte zum Telefon. Dabei zog sie eine rote Blutspur über den Teppich und die Treppe hinauf hinter sich her.
Etwas Gefährliches war im Gang.
Die Frau begann, vor Schmerzen zu schreien.

7

MAKATAKIYA

ERDUNG

DREIUNDDREISSIG

Zu Hause

Humor ist faktisch eine Vorstufe zum Glauben, und Lachen ist der Anfang des Betens.

Reinhold Niebuhr
Die Zeichen der Zeit

Es wird jetzt Zeit für dich heimzukehren.« In der Pfeifenrunde der Inipi-Zeremonie sprachen die Geister sehr offen mit Falke. »Lachender Bär kommt jetzt wieder allein zurecht«, fügten sie hinzu.

»Großväter«, fragte Falke, »wo ist mein Zuhause?« *All die Wochen habe ich darauf gewartet,* diese Frage zu stellen.

Die Geister belehrten ihn: »Befrage dich selbst, um Klarheit zu gewinnen. Lass dein Herz weise sprechen. Öffne dich der Wahrheit. Dann, und nur dann, wirst du für die Pfeife bereit sein. Wenn du Vertrauen hast, wird die Pfeife dich führen. Aber wenn du die Pfeife befragst, trage die Konsequenzen der Antworten, die sie dir gibt. Wo immer du bist, wird die Pfeife dir ein Zuhause geben.«

»Hau!«, antwortete Falke.

Lachender Bär kicherte. »Die Geister wollen wissen, ob du noch mehr Fragen an sie hast.«

»Ja«, entgegnete Falke. »Großväter, ich möchte die weiße Frau, Meggie O'Connor, heiraten. Ich sehne mich nach ihr. Sie ist eine starke und gute Frau und trägt mein Kind in ihrem Bauch.

Ich möchte, dass mein Lehrer Lachender Bär uns verheiratet. Er hat mir sein Haus, sein Wissen und seine Zeit gegeben, so dass ich genesen konnte. Er ist ein *Wicasa Wakan,* ein heiliger Mann. Er gibt sein Leben, um den Menschen zu helfen. Großväter, mein Lehrer ist gegen die Ehe zwischen einem roten Mann und einer weißen Frau. Er fürchtet, die Ehe mit ihr würde mich vom Pfad der Pfeife abbringen. Ich bitte euch nun, in das Herz dieser Frau und mein Herz zu schauen und mir zu sagen, was ich tun soll.«

»Sing den Pfeifengesang«, befahl Lachender Bär. Kelle um Kelle goss der Medizinmann auf die zischenden Steine. Die Hitze wallte in großen Schüben über ihre nackten Rücken; Falke stimmte das alte Lied an. Wenn er zwischen den Strophen Luft holte, hörte Falke, wie sein Lehrer beim Befragen der Geister brummte und grunzte. Tanzende Irrlichter funkelten in der dunklen Schwitzhütte.

Der heiße Dampf reizte Falkes Gesicht und Hals; Schweiß strömte aus seinem Körper. Das Atmen wurde immer schwieriger. Falke krächzte die letzten Töne des Gesangs und warf sich auf die Erde. In seinen Gebeten, in der Hütte und in der äußeren Welt kehrte Falke immer wieder zu Großmutter Erde zurück.

Als Lachender Bär von der Hitze husten musste, wandten sich die Geister direkt an Falke. »Du sollst zu der Frau gehen und sie fragen, was sie will. Der Weg der Pfeife ist hart, aber sie hat ein gutes Herz. Wenn du sie heiratest, musst du sie im Namen der Pfeife heiraten. Das heißt, du wirst für immer mit ihr verheiratet bleiben, nicht nur in diesem Leben. Es wird keine anderen Ehen mehr für dich geben. Keine Frauen. Du wirst sie mehr über die Pfeife und die Überlieferung lehren müssen. Es wird nicht leicht für sie sein. Wenn sie zustimmt, muss Lachender

Bär euch während der Wolldecken-Zeremonie zusammenbringen. Ah Hau!«
Ihre Antwort ließ Falkes Herz vor Freude singen.
Ihre Antwort verblüffte Lachender Bär, und er musste seine eigenen Bedenken hinunterschlucken.

Als Meggie aus der Narkose erwachte, spürte sie starke Schmerzen. Der Gynäkologe hatte nach der Fehlgeburt eine Ausschabung vorgenommen. Er versuchte, sie zu trösten: »Die Natur weiß es am besten.« Doch Meggie gab die Schuld ihrem vierzig Jahre alten Körper, der nicht in der Lage gewesen war, das kleine Mädchen zu nähren. Sie fühlte sich völlig matt. Nach Jahren der Unfruchtbarkeit war es ein Wunder gewesen, schwanger zu werden, eine Bestätigung ihrer Weiblichkeit. Dass das Baby ihr entglitten war, noch ehe es lebensfähig war, stürzte Meggie in tiefe Verzweiflung. Keine philosophischen Aphorismen, medizinischen Erklärungen oder mitfühlenden Worte konnten die harte Realität verbergen.
Im Krankenzimmer, in dem auch andere Patienten lagen, ging Meggie auf der Suche nach einem Sinn, einer Aussicht, die ihr über ihre Zweifel und ihre Selbstvorwürfe hinweghelfen würden, schonungslos die Ereignisse des letzten Jahres durch.
Vor über einem Jahr war sie Winona begegnet, und die alte Frau hatte Meggies Leben auf den Kopf gestellt. Sie hatte ihr gezeigt, wie sie ihr Leben ins Gleichgewicht bringen konnte und dadurch lernte, zu lieben. *Was würde Winona ihr nun über die Fehlgeburt sagen?*
»Ach«, stöhnte Meggie.
Eine Schwester kam. »Geht es Ihnen gut, Liebes?«

»Ja«, log Meggie. Tränen sammelten sich in ihren Augen.
Die Schwester wandte sich wieder anderen Aufgaben zu. Meggie ließ die Toten vor ihrem inneren Auge erstehen: Winona, Sascha, Savannah, das Kind. Ihre Eltern würden als Nächste an der Reihe sein. Jede Generation kam an die Reihe, nachdem sie durch ihr kurzes Leben marschiert war. »Wo liegt der Sinn in all unserem Streben, wenn alles doch zu Ende geht?« Ihre Stimme war undeutlich von der Narkose. Sie begann zu weinen.
»Aber, aber, Liebes.« Die Krankenschwester befleißigte sich eines tröstlichen Tons. »Alles wird wieder gut. Das sind nur die Nachwirkungen der Narkose. Bald werden Sie sich wieder viel besser fühlen.«
Eine säuerliche Woge schoss aus Meggies Magen hoch. Sie hielt sie im Hals zurück und würgte sie wieder nach unten. Sich gleichzeitig zu übergeben und zu weinen war unerträglich.
Die Tür öffnete sich, und die Krankenschwester blickte auf. »Es tut mir Leid«, teilte sie der Besucherin mit. »Sie müssen wieder gehen. Hier ist nur Personal zugelassen.«
Eine vertraute Stimme antwortete. »Ist schon in Ordnung. Ich bin Dr. Paterson.«
»Aber das ist gegen die Vorschrift«, protestierte die Krankenschwester.
»Ich übernehme die volle Verantwortung.«
Bev. Diese Schwindlerin. Sie gibt sich als Ärztin aus. Meggie war erleichtert.
Bev trat an der Schwester vorbei an ihr Bett. Aus der Tasche ihres weißen Arztkittels – sie hatte sogar ein Stethoskop – holte sie ein Papiertaschentuch und reichte es Meggie. Die Schwester räusperte sich und wandte ihre Aufmerksamkeit

anderen Patienten zu. Bev legte den Finger auf die Lippen und bedeutete Meggie, sie nicht zu verraten.
»Wo hast du den Kittel her?«, kicherte Meggie.
»Ich habe ihn kurzzeitig aus dem Ärztezimmer entliehen«, flüsterte Bev.
Die Schwester warf ihnen einen argwöhnischen Blick zu.
Die Benommenheit in Meggies Kopf ließ langsam nach. »Ich glaube, mir geht es bald wieder besser.«
»Ja.« Bev grinste. »Ich hab' dir deine Post von heute mitgebracht: eine Menge Rechnungen, Versicherungen und einen Brief aus Bar Harbor in Maine.«
»Aha?« Meggie setzte sich interessiert auf. »Lies ihn mir bitte vor.«
Bev riss den Umschlag auf und las den kurzen Brief:

Liebe Meggie,
Gott macht seinen Frieden mit mir.
Die Stille hilft.
(An dich zu schreiben ist verboten.)
Dein Freund
P.S. Du hattest Recht – Keuschheit ist unerträglich.

Als Bev auf den anonymen Brief starrte, brach Meggie in Gelächter aus.
»Ist der von Karl?«, fragte Bev.
»Klingt, als bräuchte er eine deiner professionellen Beratungen, oder? Wie er den Brief wohl aus dem Kloster geschmuggelt hat?« Meggie schüttelte vergnügt den Kopf.
Bev grinste und umarmte sie. »Darf ich den Brief behalten?«
Schließlich erteilte Bev, die Ärztin, Meggie die Erlaubnis, das Krankenhaus zu verlassen. Während Bev ihren Wagen vom

Parkplatz holte, schob die Schwester Meggie durch das Foyer und stellte sie neben drei andere Rollstuhlfahrerinnen – Mütter mit neugeborenen Babys, die darauf warteten, dass ihre Männer sie sicher nach Hause brachten.

VIERUNDDREISSIG

Unterbrechungen

Wer kann segeln ohne Wind?
Wer kann rudern ohne Ruder?
Wer lässt einen Freund zurück
ohne Tränen in den Augen?

Schwedisches Volkslied

Ohne viel geschlafen zu haben, fuhr Falke Richtung Osten durch die rabenschwarze Nacht, nachdem er die weiten Ebenen der Great Plains in Süddakota durchquert hatte, dann nach Süden an Stoppelfeldern vorbei durch die Täler von Iowa nach Illinois. In der Höhe von Chicago bog er nach Norden ab und steuerte die Michiganhalbinsel hinauf. Dabei dachte er unablässig an Meggie und das Baby. Als die Sonne endlich ihre ersten Strahlen auf die Straße warf, malte er sich aus, wie er ihr seine ungeteilte Liebe erklären würde.

Auf der Halbinsel Leelanau beschloss Falke, zuerst an seinem Wohnwagen Halt zu machen, sich zu waschen, zu rasieren und umzuziehen, ehe er Meggie mit seiner morgendlichen Ankunft überraschte.

Lucy, die seit Tagesanbruch auf den Beinen war, freute sich sehr. Sie kam mit einer Tasse starken Kaffee hinüber zu seinem Wohnwagen. »Wie schön, dass du wieder zurück bist. Die Gemeinschaft hat mich schon die ganze Zeit gelöchert. Meggie hat auch angerufen.« Sie zog die Augenbrauen hoch.

Er reagierte neugierig. »Ach ja?«
»Es war vor ein paar Wochen. Sie wollte wissen, wo du bist und wann du zurückkommst.«
»Was hast du gesagt?«, fragte er und verzog das Gesicht, weil er sich mit der neuen Rasierklinge geschnitten hatte. Im Wohnwagen war es kalt und staubig. Er war zu lange fort gewesen.
Angeekelt sah Lucy sich um. »Du brauchst wirklich eine Frau, Falke.« Sie staubte einen Stuhl mit einem Geschirrhandtuch ab und setzte sich. »Ich habe ihr gesagt, dass ich nicht wüsste, ob du überhaupt zurückkommst.«
Sie wird glauben, ich hätte sie im Stich gelassen. Falke betupfte den blutigen Schnitt an seiner Wange. »Sie hätte ein bessere Behandlung verdient«, bekannte er.
»Richtig. Genau wie Aufsteigender Rauch«, bemerkte Lucy direkt wie immer. »Was hast du jetzt vor?«
»Sobald ich mich geduscht und umgezogen habe, fahre ich rüber zu Chrysalis, um mit Meggie zu sprechen. Ich werde sie fragen, ob sie mich heiraten will. Ich möchte für sie und das Kind sorgen.«
»Wie kommst du darauf, dass sie dich noch will? Außerdem glaube ich nicht, dass diese weiße Frau einen Mann braucht, der für sie sorgt. Sie scheint ganz gut allein zurechtzukommen.« Lucy verschränkte zufrieden die Arme, lehnte sich zurück und grinste über sein Unbehagen.
»Was schlägst du vor? Du bist doch eine Frau«, konterte Falke, aber er schätzte ihren Rat.
»Wenn ich du wäre, würde ich ihr sehr genau erklären, warum du den Rest deines Lebens mit ihr verbringen willst. Es reicht einer Frau nicht, wenn man ihr sagt, dass man sie liebt. Mit deiner so genannten *Liebe* zu Aufsteigender Rauch hast du sie schon genug gedemütigt.«

Lucy wirkte plötzlich zerstreut. »Ach ja, fast hätte ich es vergessen. Aufsteigender Rauch war gestern hier und hat ein Päckchen für dich dagelassen.« Sie stand auf und murmelte: »Ich hole es.« Die Tür schlug laut hinter ihr zu.

In der Zwischenzeit trat Falke in seine winzige Dusche und wusch sich den Schmutz der weiten Reise herunter. Ein sauberes Paar Jeans, ein warmes braunes Cordhemd, ein gerolltes Stirnband und ein Bolo-Binder mit Perlenstickerei hatte seine Erscheinung trotz der Ringe unter den Augen erheblich aufgefrischt.

Lucy kam mit einem großen weichen Paket zurück, das in braunes Packpapier gewickelt war. Falke knotete sorgfältig die Schnur auf. Aus dem Packpapier fiel ihm Aufsteigender Rauchs Medizinbündel entgegen – das Tuch mit ihrer Heiligen Pfeife, ihre Rasseln, der Salbei, Süßgras, Räucherschale, Tabak und Klapperschlangenmedizin. Erschrocken fragte Falke seine Cousine: »Was hat Aufsteigender Rauch gesagt?«

»Dass die Sachen bei dir besser aufgehoben wären, sie dürfe die Pfeife nicht mehr benutzen. Sie schien sehr aufgebracht, wollte aber nicht bleiben und mit mir reden.«

»Verdammt.« Falke schlug mit der Faust auf den Küchentisch.

»Was ist los?«, fragte Lucy erstaunt.

Falke war hin- und hergerissen zwischen seinen persönlichen Bedürfnissen und seinen Verpflichtungen als Medizinmann gegenüber seiner Gemeinschaft. Alles in ihm zog ihn zu Meggie. Doch die Bedeutung von Aufsteigender Rauchs Verhalten zwang ihn, sich wieder seiner Exfrau zuzuwenden. Rasch zog er sich einen dicken Pullover über. Als er den Wohnwagen verließ, erklärte er Lucy: »Aufsteigender Rauch hat mir das Bündel hinterlassen, weil sie sich zu Tode trinken will. Anders hätte sie die Pfeife nie aus der Hand gegeben. Ich muss sie finden und Hilfe für sie holen, ehe es zu spät ist.«

»Was ist mit Meggie und deinem Antrag?« Lucy wusste, was ihm am Herzen lag.

Falke sah sie mit gequältem Blick an. »Wenn mir jemand die Chanunpa Wakan bringt und um Hilfe bittet, muss ich helfen. Das ist meine Pflicht als Hüter der Pfeife. Ich kann nicht einfach sagen: ›Nee danke‹ oder ›Vielleicht komm' ich morgen.‹ Mir bleibt nichts anderes übrig.«

Er schlug die Wohnwagentür hinter sich zu.

Später am gleichen Morgen schwirrte Bev in Meggies Büro. »Hab' ich dir schon erzählt, dass ich mich auch für eine Weile in Keuschheit üben werde? Kann nichts schaden, oder? Du bist ja auch lange nach deiner Trennung und Scheidung von Tom abstinent geblieben. Und du sahst gut dabei aus – na ja, vielleicht ein bisschen angefressen.«

»Erst zwei Männer, jetzt keinen. Was ist los mit dir?«, neckte Meggie sie.

»Ich muss mein Leben anders organisieren. Ich kann ja schon nicht mehr richtig denken. Aus Versehen habe ich die Nachrichten auf unserem Anrufbeantworter gelöscht. Glücklicherweise war nur eine drauf.«

Meggie blickte vom Computer hoch, auf dem sie Eintragungen in ihre Klientendatei vorgenommen hatte. »Und?«

»Es war eine Männerstimme«, flüsterte Bev schelmisch. »Er hat nicht gesagt, ob die Nachricht für dich oder für mich ist, und die Stimme habe ich nicht erkannt.«

Meggie verdrehte die Augen. Sie wollte sich nicht von der Arbeit ablenken lassen.
»Die Nachricht lautete ›Ich liebe dich‹«, fuhr Bev fort. »Ich habe noch auf das typisch orgiastische Stöhnen gewartet oder eine erotische Fortsetzung, aber der Mann hat einfach aufgelegt. Hast du zur Zeit männliche Patienten, die in einer Phase der Übertragung stecken?«
Meggie schüttelte den Kopf. »Wahrscheinlich ein dummer Streich.« Sie wandte ihre Aufmerksamkeit wieder dem Bildschirm zu. Die unfehlbare Logik des Computers war ein willkommenes Gegenmittel gegen die in ihrem Herzen aufwallende Hoffnung.

Falke raste zu Aufsteigender Rauchs Apartment, traf sie dort aber nicht an. In dem Restaurant, in dem sie gearbeitet hatte, sagte man ihm, dass sie gestern gekündigt hätte. Er suchte die Kneipen von Traverse City ab, aber niemand hatte sie gesehen. Sofort rief er Meggie an, um ihr seine Rückkehr mitzuteilen. Unglücklicherweise schaltete sich nur der Anrufbeantworter ein. Er hinterließ eine rätselhafte Botschaft.
Auf dem Rückweg nach Suttons Bay entdeckte er Aufsteigender Rauchs Wagen in einer Seitenstraße. Auf den zweiten Blick erkannte er ihre vertraute, einsame Gestalt, die gegen den Zaun des kleinen städtischen Zoos gelehnt war. Sie starrte durch den Maschendraht auf einen zottigen Büffel in einem kleinen Gehege; der Büffel beobachtete sie. Falke fuhr an den Rand, stieg aus und ging vorsichtig auf seine geschiedene Frau zu. Ihr Geruch und die unsichere Haltung verrieten sofort, dass sie betrunken war.

Tränen liefen ihr übers Gesicht. Sie hatte ihn noch nicht bemerkt. Er hörte, wie sie dem Büffel zuraunte: *»Tatanka.* So tief sind wir gefallen, du und ich, du in deinem Käfig und ich in meinem.« Nachdem sie eine kleine Menge auf den Boden gegossen hatte, hob sie eine verpackte Flasche an die Lippen. Falke umschloss ihre Hand.

»Das reicht.« Seine Stimme klang beschwichtigend. Er nahm ihr die Flasche aus der Hand und warf sie in einen Mülleimer, während er sie mit dem anderen Arm stützte.

»He«, protestierte sie. »Dassis meine Flasche.« Vergeblich versuchte sie, sich zu wehren, und wankte gegen den Zaun.

Am Arm zog er sie zu ihrem Wagen und setzte sie auf den Vordersitz. Passanten starrten sie voller Ekel an – sie war ein öffentliches Ärgernis. Falke achtete nicht auf sie.

»Mir wird schlecht«, verkündete sie und übergab sich prompt in die Abflussrinne. Er riss sich das Band vom Kopf, um ihr den Schweiß von der Stirn zu wischen. Sein eigener Magen wurde sauer, während ihr Körper sich vom Alkohol reinigte. Stöhnend hielt sie sich den Bauch, weigerte sich aber, in ein Krankenhaus zu fahren.

»Geh weg. Lass mich in Ruhe«, knurrte sie und schlug kraftlos nach ihm. »Du weissja nicht, was ich getan habe.«

»Schsch«, ermahnte er sie wie ein Vater ein aufsässiges Kind. Nach ihrem Übelkeitsanfall schloss er die Beifahrertür, setzte sich auf den Fahrersitz und kurbelte das Fenster herunter. Ihre zusammengesunkene Gestalt dünstete Geruchswellen von Alkohol, Erbrochenem und Selbsthass aus. Er nahm ihre Schlüssel aus dem Handschuhfach und fuhr direkt zu ihrer Wohnung. Seine Energie ließ spürbar nach, als er sie die Treppe hinaufbugsierte. Er war zu viele Stunden gefahren und hatte nicht genug geschlafen. Widerstandslos stolperte sie mit ihm in ihr schäbiges Schlafzimmer. Er legte sie sanft aufs Bett, zog ihr die Schuhe aus, wusch ihr das Gesicht mit einem feuchten Tuch und deckte sie zu. Sie versuchte zu sprechen und murmelte: »Meine Medizin ... die weiße Frau.« Doch ihre Worte waren unzusammenhängend, und sie schlief rasch ein.

Er wusch sich das Gesicht mit kaltem Wasser, durchsuchte ihre Wohnung und versteckte ihre Brieftasche und ihre Wagenschlüssel. Todmüde suchte er unter dem Waschbecken, im Schrank, auf der Küchentheke nach etwaig verbliebenen Flaschen Alkohol. Nachdem er sich vergewissert hatte, dass nichts mehr da war, nahm er ein Kissen und eine Decke aus dem Schlafzimmer und machte sich ein Bett auf dem Wohnzimmerboden. Er konnte keine Minute länger wach bleiben.

Stunden später, am frühen Morgen des nächsten Tages, erwachte er, als weibliche Hände seine Taschen durchsuchten. Seine Augen öffneten sich, und er blickte in ein Gesicht verschlagener Entschlossenheit.

»Wo sind meine Schlüssel? Wo ist mein Geld?«, fragte Aufsteigender Rauch und zog rasch ihre Hand zurück.

»Ich habe sie versteckt. Du warst nicht in der Lage zu fahren, und außerdem wollte ich vermeiden, dass du aufstehst und wieder Schnaps kaufst.« Er rieb sich die Augen. Kaum zu fassen, dass er über zwölf Stunden geschlafen hatte. Der Boden schien schrecklich unbarmherzig, als er seine schmerzenden Glieder streckte.

»Raus aus meiner Wohnung«, befahl Aufsteigender Rauch, die Hände in die Hüften gestemmt. Man sah ihr ihre Krankheit an.

Falke ignorierte sie und stand auf. Stattdessen ging er in die Küche und kramte Instantkaffee und einem Topf hervor.

Aufsteigender Rauch folgte ihm und fragte in entnervtem Ton, wann er endlich verschwinden würde.

Vermutlich hatte sie vor, sich mit ihrem restlichen Geld wieder zu betrinken. Er brachte Wasser zum Kochen und machte zwei Tassen starken Kaffee. Er gab ihr zu verstehen, sich an den grünen Küchentisch aus rissigem Plastik zu setzen. »Als erstes werden wir deine alte Schrottmühle verkaufen. Anschließend bringe ich dich zum Flughafen und setze dich in ein Flugzeug, das dich zurück ins Reservat bringt. Ich rufe deine Familie an und sage ihnen, dass du kommst. Sie können dir einen Medizinmann besorgen, der dich im Inipi austrocknet. Deine Pfeife ist bei mir gut aufgehoben.
Wenn du wieder nüchtern bist und sie abholen kannst, gebe ich sie dir zurück. Ich will jetzt nichts von dir hören, Aufsteigender Rauch. Du bist dabei, dich umzubringen. Alkohol ist eine Einbahnstraße in die Hölle, das wissen wir beide. Er hat unser Volk vergiftet.« Eine lange Rede für Falke; sie wusste, dass er jedes Wort bitterernst meinte.
Wie eine zum Angriff bereite Schlange richtete sich Aufsteigender Rauch auf. »Du hast kein Recht, mir zu sagen, was ich zu tun habe, du falscher Hurensohn«, spie sie ihm entgegen. Doch ihr selbstmitleidiger, anklagender, giftiger Monolog, bei dem sie ihn mit allen nur möglichen Schimpfnamen belegte, brachte nichts. Unbeteiligt und mit entschlossenem Gesichtsausdruck trank er seinen Kaffee.
Schließlich hatte es Falke satt und unterbrach sie. »Ich schicke dich nach Hause, weil ich dich liebe, Aufsteigender Rauch. Tief in deinem Innern bist du eine gute Frau, aber jetzt hat dich der Alkohol am Hals gepackt und lässt dich nicht mehr los. Du brauchst Hilfe.«
»Eine gute Frau, sagst du? Du weißt nicht ...«, zischte sie und warf ihm aus zusammengekniffenen Augen einen bösen Blick zu.

»Mir ist egal, was du gemacht hast. Was du jetzt machen wirst, ist wichtig. Du wirst dein Leben ändern und dich nicht in Selbstmitleid und Selbsthass ertränken. Pack jetzt deine Sachen. Ich sage deinem Vermieter, dass du nicht wiederkommst.«

»Woher willst du wissen, dass ich nicht wiederkomme?«, forderte sie ihn heraus.

Es war an der Zeit, ihr die bittere Wahrheit zu sagen. »Weil ich dich in meinem Leben nicht mehr haben will, Aufsteigender Rauch. Ich liebe dich, aber ich bin nicht verliebt in dich. Es tut mir Leid, dass ich dir wehgetan habe, aber ich habe eine Weile gebraucht, um den Unterschied zu erkennen.«

Sie ließ die Schultern hängen. All ihre Bemühungen waren ins Leere gelaufen. Ihre Worte hatten ihn kein Stück provoziert.

Sie verbrachten den restlichen Morgen schweigend. Aufsteigender Rauch packte ihren kümmerlichen Besitz zusammen. Er verkaufte ihren Wagen und kündigte ihr Apartment. Anschließend fuhren sie zum Flughafen, kauften von dem Geld für den Wagen ein Ticket und riefen die Familie in Süddakota an. Als sie im Café auf ihren Flug warteten, warf Aufsteigender Rauch sehnsüchtige Blicke auf die Bar. »Vielleicht servieren sie Alkohol im Flugzeug«, sagte sie.

Falke nickte. »Ich habe dich so weit wie möglich begleitet. Ab jetzt ist es deine Entscheidung. Du kannst dich zu Tode saufen oder für dein Volk arbeiten.«

Ihre Maschine wurde aufgerufen, und er begleitete sie zum Flugsteig. Sie umarmte ihn lange und küsste ihn auf die Lippen. Mit dem Handrücken wischte sie sich die Tränen von den Wangen. »Ich werde dich immer lieben, Falke.«

Er sah ihr nach, wie sie davonging und aus seinem Leben verschwand.

Heute hatte er aufgepasst, dass sie nüchtern blieb. Der nächste Tag würde ihre Entscheidung sein. Er hatte getan, was er konnte. Sie blies ihm eine feurige Kusshand zu und verschwand im Bauch des Flugzeugs.

Der große silberne Vogel röhrte die Startbahn entlang und flog gen Westen der sinkenden Sonne entgegen. Das Eintauchen der Maschine in den dämmernden Himmel entlockte ihm einen tiefen Seufzer der Erleichterung. In einem Souvenirladen kaufte Falke eine Babyrassel mit roten Kirschen, auf der »Traverse City« stand. Pfeifend und mit der Tüte unter dem Arm steuerte er auf den Parkplatz zu. Falke stieg in seinen Wagen und beschleunigte in Richtung Osten nach Suttons Bay zu Meggie und seinem Baby.

FÜNFUNDDREISSIG

Generationen

Sie glauben, es wäre einfach, tot zu sein ...
... Sie glauben, man breitet sich einfach aus
in Träumen, die man niemals erzählt.
Sie wissen nicht, dass wir noch Pläne haben,
uns nach Liebe sehnen und Sachen wie Hüte
und Kochtöpfe vermissen.

Tess Gallagher
Tableau Vivant

Als er in seinem Wohnwagen nach etwas zum Anziehen im Schrank kramte, stieß Falke in einer Ecke auf den Pappkarton mit den Sachen seines Vaters: Medaillen, alte Münzen, Nagelscheren, Schuhcreme, ein zerrissenes Foto seines Vaters, seine Sozialversicherungskarte, Papierfetzen in unleserlicher, verschmierter Handschrift, Stirnbänder, Knöpfe aus Knochen, Gürtelschnallen und das ganze Allerlei, das das Leben eines Mannes dokumentiert. Am Boden des Kartons fand er ein schwarzes Notizbuch mit lauter Eselsohren, voller Namen von Frauen in verschiedenen Staaten. Er entdeckte darin auch seinen eigenen Namen und seine Adresse in Süddakota, als er noch mit Aufsteigender Rauch zusammenlebte.
Unter dem Adressbuch lag ein Lederbeutel, den man sich um den Hals hängte. Er fühlte etwas Hartes darin. Als er ihn öffnete, kam ein runder Stein mit einem Loch in der Mitte zum

Vorschein. Er hielt ihn gegen das Fenster, und das rasch vergehende Sonnenlicht bündelte sich zu einem Strahl in der winzigen Öffnung, den Falke auf die Wände des Raums projizieren konnte, wenn er den Stein sachte bewegte.

»Das ist dein Steinmann, stimmt's?« Falke sprach mit seinem Vater.

»Das ist der Steinmann, von dem du mir im Traum erzählt hast. Er will mit mir arbeiten.« Falke legte den Stein zurück in den Lederbeutel, zog die Schnüre fest zusammen und hängte ihn sich um den Hals.

»Ich werde ihn tragen. Ich werde diesen Steinmann, den du mir vermacht hast, in Ehren halten. *Mitakuye oyas'in.«* Falke nahm das Foto seines Vaters und steckte es in die Tasche.

»Adam! Eva! Kommt her!«, rief Lucy ihre Kinder, die auf einem alten Reifen an einem Ahornbaum schaukelten. Sie tollten atemlos und wie zwei tapsige Welpen auf sie zu. Ihr fiel auf, dass Falkes Wagen wieder da war. Zu gern hätte sie gewusst, ob er die vergangene Nacht bei Meggie verbracht hatte.

Die Kinder rannten geradewegs in die Küche, wo sie ihnen Kekse und Milch bereitgestellt hatte. Auf dem Küchentisch stand ihr neuer Kassettenrekorder. »Setzt euch«, sagte sie und war erstaunt, wie rasch ihre kleinen Racker wuchsen. Sie zogen ihre Stühle über den Boden, bissen in die Kekse und schlürften ihre Milch. »Passt ein bisschen auf. Kleckert nicht auf den Kassettenrekorder«, ermahnte sie sie.

Verwundert bemerkten sie, dass ihre Mutter den Rekorder so ungeschützt auf den Tisch gestellt hatte. »Ich habe eine

Kassette von eurer Großmutter. Sie wollte, dass ihr beide sie hört. Okay?«

Die Kinder nickten mit ernster Miene.

Lucy drückte den Knopf.

»Also«, krächzte die Stimme der alten Frau auf dem Tonband.

»Also, Lucy, diese Kassette ist für dich. Du hörst sie dir an, wenn du so weit bist. Ja? Ich war dir vielleicht keine besonders gute Mutter, aber ich habe dich immer geliebt. Darum mache ich jetzt diese Kassette für dich. Heb sie gut auf und spiel' sie den Kindern vor. Die Kassette ist nämlich auch für sie ...«

Ich hab' dich auch lieb, Mutter. Lucy empfand keine Bitterkeit mehr.

Ich würde lieber draußen spielen. Eva behielt diesen Gedanken für sich.

Jeden Tag denke ich an dich, Großmama. Warum bist du weggegangen? Aufmerksam lauschte Adam den Worten auf der Kassette, dem Klang ihrer Stimme. Ein deutliches Bild von ihr erschien in seinem Kopf. Ihre Worte schufen ein Gefühl der Zugehörigkeit, banden ihre Enkelkinder in die Familie ihres Volkes ein.

Es dämmerte rasch, während Meggie ihre Arbeit beendete. Das Erntedankfest stand vor der Tür, und sie musste für den Feiertag planen. Bald würden ihre Eltern eintreffen. *Wenigstens,* seufzte sie, *muss ich die Schwangerschaft nicht erklären.*

Sie stellte sich vor, wie ihr Papa die peinliche Frage nach dem Vater des Kindes stellte. Oder ihre Mutter. Bestimmt wollte sie dann wissen, wo der Ehemann denn nun sei.

Es war das Beste, ihnen gar nichts von dem Baby und der Fehlgeburt zu erzählen. Stattdessen würden sich die Fragen auf ihr Gewicht beziehen.

»Du wirst ein bisschen rund um die Mitte«, würde ihr Vater bemerken.

»Meggie, mein Liebes, du müsstest ein bisschen Diät halten«, würde ihre Mutter sie rügen.

Auf diese langweilige Art und Weise wiederholen Eltern und Kinder bis ins hohe Alter die gleichen Muster wohlmeinender, aber sofort vergessener Ratschläge.

Als Falke nach Chrysalis aufbrach, hatte sich die Dunkelheit bereits über die Halbinsel Leelanau gesenkt. Während der Fahrt kehrte er in Gedanken stets zu seinem Steinmann zurück, dessen ausgehöhlte Mitte das Licht bündelte. Drei Beines Stimme unterbrach seine Überlegungen.

»Grüß dich, Neffe.«

Falke erschrak und wandte sich nach rechts. Sein alter Geisterlehrer saß auf dem Beifahrersitz. Von der Erscheinung abgelenkt, geriet Falke versehentlich über den Mittelstreifen.

»Schau geradeaus«, mahnte Drei Beine grinsend.

Falke korrigierte seine Fahrweise, konnte sich aber nicht beherrschen, sich noch einmal zu überzeugen, dass sein Lehrer in Wirklichkeit dort saß.

»Großvater!« Seine Stimme wollte ihm kaum gehorchen.

Der Mann neben ihm war zierlich und drahtig. Sein von langem grauen Haar gerahmtes Gesicht war wettergegerbt und zerfurcht. Er hatte eine breite Nase und lebhafte tanzende Augen. Um seinen Mund lag ein verschmitztes und vergnügtes Lächeln. Seine Kleidung war aus Hirschleder, hatte

Fransen, aber keine Perlenstickerei. Er starrte auf die Straße vor ihnen.
Der alte Mann genoss Falkes Überraschung.
»Großvater, was tust du hier?« Falkes Augen weiteten sich vor Verwunderung.
Drei Beine lachte ihn aus. Er kurbelte das Fenster herunter; der kalte Novemberwind ließ die Windschutzscheibe beschlagen. Falke schaltete die Heizung an.
»Ich brauchte etwas frische Luft«, sagte Drei Beine.
Den Blick auf die Fahrbahn gerichtet, nickte Falke. Seine Finger umklammerten das Lenkrad. Jedes Mal wenn er in die Kurve ging, schlug ihm der Lederbeutel seines Vaters gegen die Brust.
»Du lebst in der Welt des Steinvolkes«, erklärte Drei Beine und zeigte auf die wogenden Hügel, die der Rückzug der uralten Gletscher zurückgelassen hatte. »An sie musst du dich wenden, wenn du Rat brauchst, denn sie sind das Rückgrat der Großmutter. Der Steinmann an deinem Hals ist rund, massiv und hat ein Loch in der Mitte. So musst auch du lernen, innerhalb des Kreislaufs zu leben, nicht zu wanken und im Herzen offen zu sein. Wenn du in den Vierecken der Weißen lebst, wirst du dich immer wieder an ihren Kanten stoßen.« Drei Beine lachte über das Bild und tippte sich mit der flachen Hand an die Nase.
Die Lichter eines anderen Wagens warfen Drei Beines Schatten auf den Sitz. *Wie kommt es, dass er, obwohl er aus einer anderen Dimension kommt, einen Schatten wirft?* Falke lächelte und nahm die rechte Hand vom Lenkrad. Kaum hatte er sie neben sich auf den Sitz gelegt, als der alte Mann die Hand kurz berührte.
Drei Beine fuhr mit seinen Belehrungen fort. Mit beiden Hän-

den beschrieb er einen Kreis in der Luft. »Dein Vater hat diesen Steinmann sein ganzes Leben lang bei sich getragen, aber er hat es nicht geschafft, seine eigene Mitte zu öffnen. Jedes Mal wenn er versuchte, ein Loch zu machen, fiel er hinein. Er war nicht stark genug, um die Leere zu ertragen. Bittest du Wakan Tanka und Unci Maka, durch dich zu wirken, werden sie dich benutzen, aber du musst dein Gleichgewicht halten, mit den Beinen fest auf der Erde stehen, wenn das geschieht. Dabei hilft dir die Pfeife. Die Chanunpa Wakan schützt dich vor der Gewalt der heilenden Mächte.«

Falke nickte, beide Hände wieder auf das Lenkrad gelegt. Er drosselte sein Tempo, als er sich Meggies Haus näherte. Er wollte das Gespräch mit seinem Lehrer hinauszögern. Dennoch drängte ihn sein Herz zu Meggie. *Würde es immer so bleiben? Die Entscheidung zwischen der Pfeife und der Frau?,* fragte er sich.

Drei Beine bemerkte die Auffahrt von Chrysalis. »Wenn du deinen Verstand und deine Energie beisammenhältst, wird das Licht, dass durch dich hindurchscheint, die Fragen erhellen. Das ist eine der Lehren des Steinmannes. Es kann das Licht des Heilens sein, aber auch das Licht der Erkenntnis. Es kann aber auch ein Licht sein, das dich verbrennt.

Spiele nicht mit diesen Mächten. Und lass dein Ego nicht zu stark werden. Ein Mann kann sich in seinen eigenen Schatten verlieben und sein Ebenbild für die Quelle des Lichts halten. Deine Pfeife – hohl in der Mitte – ist stärker als du. Liebe diese Pfeife, und sie wird dich am Leben erhalten.«

Falke bog in die Auffahrt ein. Drei Beine bat ihn, anzuhalten. »Ich genieße die frische Luft«, rief der Alte. »Bei den Frauen brauchst du meine Hilfe ja nicht. Außerdem wüsste ich gar nicht, was ich mit einer Weißen anfangen sollte.« Im Gedanken

an seine wilde Jugend lachte er. Langsam ließ er sich von seinem Sitz und schlug die Tür hinter sich zu.
»Großvater«, rief Falke ihm nach und griff in seine Hosentasche, »Hier ist ein bisschen Tabak für dich.« Er reichte dem Alten ein halb volles Päckchen Pfeifentabak.
»Pilamaya«, bedankte sich Drei Beine. Ehe er im Schatten der Nacht verschwand, unkte er noch: »Neffe, vergiss nicht, die Liebe ist äußerst verzwickt.«
In der Ferne hörte Falke einen Hund winseln.

SECHSUNDDREISSIG

Von Dämmen und Wildwasser

Die Seele kennt viele Regungen, der Leib nur eine.
Ein alter windzerzauster Schmetterling flog herab
und schlug mit seinen Flügeln in den Staub,
Schwingen des Geistes geben keinen Laut.
Unser Hirn lebt nur durch Lust und Triebe,
und stets trauern wir um die Zuversicht der Liebe.

Theodore Roethke
The Motion

Fritzie hörte als erster den alten Truck die Auffahrt hinaufrumpeln. Er bellte laut und warnend, dann fragend und schließlich unsicher und freudig – bevor er sich ins Haus zurückzog. Das Brummen des Motors am Hang war ihm vertraut. Er senkte den Schwanz zu einem freundlichen Wedeln. Der Mann war zurückgekommen.

Kaum hatte Falke die Wagentür geöffnet, sprang Fritzie in den Truck und in seine Arme, zwar ungebeten, aber auch unerschrocken; schließlich kannten sie sich. Fritzie leckte sein Gesicht und schnupperte die vertrauten Gerüche: Pfeifentabak, Seifenschaum, ein Hemd, das zu lange im Schrank gehangen hatte, und den Geruch, der einen Zweibeiner vom anderen unterscheidet. Fritzie schnüffelte nach Keksen, fand aber keine. Bei der Begrüßung seines Freundes beschnupperte er alle Teile der Bank.

Am Fenster auf der anderen Seite nahm Fritzie eine schwache, unbekannte Witterung auf, die sich auf dem zerknitterten Stoff abzeichnete, ein Geruch so ähnlich wie von Blitz aufgeladene Luft – scharf und von Ozon durchdrungen. Er erkannte ihn nicht und hätte ihn gern näher untersucht, aber der Mann hob ihn hoch und setzte ihn wieder auf der Auffahrt ab. Fritzie schnüffelte überall herum, konnte aber die Witterung des Fremden nicht mehr aufnehmen.
Die Aussicht auf ein Ballspiel zwang Fritzie, seine Untersuchungen abzubrechen. Er holte seinen alten, zerbissenen gelben Tennisball, aber Falke schritt desinteressiert auf das Haus zu. Enttäuscht ließ der Terrier den Ball fallen und trottete hinter ihm her. Fritzie kannte die Unberechenbarkeit der Zweibeiner schon lange.

In der Küche war Meggie gerade dabei, eine zweite Portion Ingwerbrot mit wenig Fett zu backen – ein unbefriedigender Kompromiss zwischen ihrem Appetit auf Süßigkeiten und der Notwendigkeit, abzunehmen. Da sie keine Besucher erwartete, hatte sie Fritzies Gekläffe als Hysterie abgetan. Sie öffnete die Backofentür, um das Gebäck herauszunehmen.
Die Küchentür öffnete sich so leise, dass sie Falkes Gegenwart nur durch die veränderte Temperatur und nicht durch das Geräusch wahrnahm. »Oh«, sagte Meggie erschrocken.
Zwei Ingwerbrotmännchen glitten vom Backblech auf den Boden und zerbrachen. Sie verschwanden sofort in Fritzies Maul. Erwartungsvoll sah der Terrier Meggie an und leckte sich die Lippen.
Falke warf ihr einen heißhungrigen Blick zu.

Dem Ansturm ihrer Gedanken nicht gewachsen, blieb sie ungewöhnlich stumm. In ihrem Kopf wirbelte alles durcheinander. *Was sollte sie sagen?*
Ich liebe dich.
Liebst du mich oder die andere Frau?
Ich habe das Baby verloren, Falke, kannst du den Verrat meines Körpers verzeihen?
Wo warst du die ganze Zeit?
Verdammt, ich hätte dich so gebraucht.
Beschämt und zornig wandte sie den Blick ab.
Über die Barriere des Tisches streckte Falke seine Hand nach ihr aus, berührte ihren Arm und drehte sie zu sich. »Meggie«, flüsterte er leise und liebevoll.
»Falke, ich habe das Baby verloren.«
Meggie entzog sich ihm und schob ein Blech mit Ingwerbrotbabys in den heißen Ofen. Sie weigerte sich, ihrem Kummer durch Tränen Erleichterung zu verschaffen. Der Knoten in ihrer Kehle, die Dürre in ihrem Herzen, die Härte ihres Entschlusses überwältigten sie. Ihre Nackenmuskeln versteiften sich, um den Schrei abzufangen und zu ersticken.
Sein Schweigen tadelte sie und klagte sie an.

Falke hatte Freude über seine Ankunft erwartet. Er wollte ihr sagen, wie sehr er sie und das Kind in ihrem Leib liebte. Diesen Schmerz in ihren Augen, der ihn über den Küchentisch hinweg anklagte, ihren Blick voller Verwirrung und Zweifel, Augen, die ihm auswichen – darauf war er nicht gefasst gewesen. Seine romantischen Träume hatten ihn so gefangen gehalten, dass er die Tage seines Schweigens und seiner Abwesenheit vergessen hatte. Seine eigene Gedankenlosigkeit beschämte ihn.

»Meggie«, flüsterte er. *Oh, Meggie, lass mich dich lieben,* hatte er sagen wollen.

Ihre Stimme klang hart, pragmatisch, gleichgültig. »Falke, ich habe das Kind verloren.«

Sie verurteilte das »ich« mit trockener Betonung. Sie drehte sich herum und fuhrwerkte mit hängenden Schultern am Ofen herum.

Benommen schwieg er und sah zu, wie sein Traum Risse bekam und zerbrach, wie wieder ein Kind aus seinem Leben glitt und die Frau, niedergedrückt vom Tod in ihrem Leib, ihm den Rücken zukehrte. Auf allen Ebenen von Gefühlen überwältigt – Erinnerungen an die Vergangenheit, Verzweiflung über die Zukunft – spürte Falke, wie er die Fassung verlor. Der Steinmann im Beutel um seinen Hals begann zu vibrieren. Mit der linken Hand umschloss Falke den Beutel und bat wortlos um Hilfe.

»Meggie«, flüsterte er. »Ich liebe dich.«

Dann erst spürte er seine Tränen – über das verlorene Baby und den Schmerz seiner Frau.

Aufgeregt schoss Fritzie unter den Tisch und überbrückte die Kluft zwischen Falke und Meggie. Zuerst leckte er die nach Zimt und Teig riechende Hand der Frau. Danach wirbelte er herum, stupste mit seiner Nase an das Knie des Mannes und schlug mit dem Schwanz gegen ihr Bein. Die Frau drehte sich um, so dass ihre Knie dem Mann zugewandt waren. Unter dem Tisch drehte sich Fritzie in langsamen Kreisen, leckte, knab-

berte, schnupperte, stupste – auf der einen Seite der Mann, auf der anderen die Frau – und lenkte mit seinem Körper die Aufmerksamkeit der beiden aufeinander.
»Fritzie«, sagten die Zweibeiner im Chor. Erst jetzt entspannte er sich.

Als sie den aufgeregten Terrier tätschelte, sah Meggie Falke an und entdeckte die Tränen in seinen Augen. Linkisch fuhr er sich mit dem Arm übers Gesicht.
Er weint wegen mir.
Erstaunt über seine Tränen, ganz das Gegenteil ihrer eigenen trockenen Reaktion, spürte Meggie, wie sich hinten in ihrem Hals eine Blockade löste. Die Trauer überwältigte sie. Ungebändigt und frei durchfluteten ihre Gefühle sie; chaotisch wie ein reißender Fluss, der lange durch eine enge Schlucht getost war.
Er weint wegen mir, über meinen Schmerz, über den Tod unseres Babys. Sie streckte die Hand nach ihm aus, um sich zu stützen. Er zog sie um den Tisch herum in seine Arme.
»Ich liebe dich, Meggie«, flüsterte er immer wieder, die Lippen an ihr Ohr gelegt, mit rauer Stimme. Die Nässe aus seinen Augen drang durch ihr Haar. Wieder und wieder überspülten sie seine Worte, beschwichtigten den wilden Strom ihrer Gefühle. Meggie legte ihren Kopf an seine Schulter, fühlte sich in seiner Gegenwart geborgen und ließ ihre Tränen über die Ufer ihrer Augen treten.

»Gute Frau«, sagte Falke. »Erzähl mir eine Geschichte, denn ich habe eine lange Reise hinter mir.« Ein verschmitzter Kojotenblick huschte über sein Gesicht, während sie am Küchentisch saßen und einander tief in die Augen sahen.
»Oh, ich habe eine schlimme Geschichte zu erzählen«, neckte ihn Meggie mit den Worten von Maulwurfsfrau.
Seine Finger zeichneten ein Muster auf die weiche Innenseite ihres Armes.
»Oh, ich habe eine wirklich schlimme Geschichte zu erzählen«, wiederholte sie, »aber vielleicht kann sie diesmal anders ausgehen. Vielleicht müssen wir uns nicht dauernd nur im Kreis drehen, die alten Geschichten aufwärmen und zu ihrem ewiggleichen Ende verfolgen. Ich würde mich lieber an der Erschaffung einer neuen Geschichte versuchen.«
Und so reihten sie ganz einfach Wort an Wort und verflochten die Strähnen ihrer Liebe aufs Innigste durch ihre Berührungen. Seine Hand auf ihrer Wange, sein Mitgefühl und seine Bewunderung, der Duft seines Körpers, das durchdringende Aroma von Ingwerbrot an ihren Händen, die Küsse – einer kurz und einer verweilend, die anderen lang, hungrig und voller Leidenschaft.
Sie vergaß das Gebäck im Ofen.
Er nicht.
Er rettete es vor dem Ofen und der Hitze des Augenblicks. In Dreierreihen wartete das Heer der Ingwerbrotmännchen auf dem Kuchenblech darauf, verzehrt zu werden.
Den Arm um seine Mitte gelegt, führte Meggie ihn zu einem Liebesfest die Treppe hinauf ins Schlafzimmer.

Er liebt mich wirklich. Das weiß ich jetzt. Meggies Herz begann zu heilen.

* * * *

Ich liebe diese Frau. Meine Heimat wird immer dort sein, wo Meggie ist. Die Erkenntnis prägte sich Falke ein, ehe das Verlangen jeden Gedanken auslöschte, außer dem einen, seinen Körper, seine Seele, sein Herz und seinen Geist mit ihr zu vereinen.

SIEBENUNDDREISSIG

Feuer und Rauch

Diese menschlichere Liebe wird jener ähneln, die wir dringend und mühsam vorbereiten, der Liebe, die darin besteht, dass zwei Einsamkeiten einander schützen, grenzen und grüßen.

Rainer Maria Rilke
Briefe an einen jungen Dichter

Nachdem sie ihr erstes Verlangen gestillt hatten, brachte Falke Meggie heißen Kakao und Ingwerbrot ans Bett. Er berichtete von seinen Erlebnissen mit dem Steinmann und seinem spirituellen Lehrer Drei Beine. Er erzählte von Lachender Bär und wie sehr er Meggie in Süddakota vermisst hatte. Nervös sprach er von Aufsteigender Rauch, dass er sie ins Reservat zurückgebracht hatte. Über Kojote und seine Spuren hatte er wenig zu sagen, außer zu wiederholen: »Was für ein Narr bin ich gewesen, Meggie. Ich habe unsere Liebe mit Füßen getreten. Von zwei Frauen geliebt, hofiert von einer spirituell ausgehungerten Gemeinschaft, berauscht von der Macht des Medizinmannes – ich habe einfach mein Gleichgewicht verloren.«

Sie wandte sich ihm zu. Auch Falke rollte sich auf die Seite und seufzte. »Erst das tote Baby hat mich zur Besinnung gebracht.«

Er blickte sie prüfend an und sah erleichtert, dass ihr Kummer im Augenblick besänftigt war. Sie knabberte an einem Ingwerbrotmann, leckte sich die Krümel von den Lippen, trank ihren Kakao und lächelte ihn an.

Ich bin zu Hause.

Mit ihrem Becher Kakao in den Händen bekannte Meggie: »Ich war so wütend auf dich, Falke. Und blind vor Stolz. Ich trug unser Kind und wollte es für mich allein behalten. Dazu hatte ich kein Recht. Verzeih mir ...«

»Schsch.« Behutsam legte er seinen Zeigefinger auf ihre Lippen. »Bei den Sioux gibt es kein Wort für ›Verzeih‹. Wenn man Fehler gemacht hat, ändert man sein Verhalten. Die Wiedergutmachung ist die Tat und nicht das Wort. Ich kann den Schmerz, den ich dir zugefügt habe, nicht zurücknehmen, Meggie, aber ich habe etwas über mein Ego gelernt. Es wird nicht wieder vorkommen.«

Meggie lächelte verschmitzt. »Und was stellst du dir als Wiedergutmachung vor?«, fragte sie und stellte ihren leeren Becher auf dem Nachtschränkchen ab. Es stimmte, Taten waren interessanter als Worte.

Unten hopste Fritzie in sein eigenes Bett und begann, wütend nach einem Floh zu beißen.

Nachdem das zweite leidenschaftliche Feuer in eine lange Ruhepause gemündet hatte, fragte Meggie noch einmal: »Was stellst du dir vor?« Sie wusste, dass sie ihn drängte, aber die Zeit des Wartens war für sie vorbei.

Er tat, als verstünde er ihre Frage nicht. »Noch mal, Meggie? Ich bin einundvierzig.«

Sie ging nicht auf seinen Scherz ein. »Was werden wir jetzt

tun, Falke? Welche Rolle spiele ich, wenn du Medizinmann wirst? Was wird aus uns?«

Er schubste sie mit den Füßen und drängte sie langsam aus dem Bett.

»Was willst du mir damit sagen?« Lachend hielt sie sich an der Matratze fest, aber das glatte Laken konnte gegen die Kraft seiner Beine nichts ausrichten. Sie landete unsanft auf dem kalten Boden.

»Lass uns rausgehen«, verkündete er und schnappte seine Kleider vom Boden.

»Raus. Spinnst du, Falke? Es ist mitten in der Nacht.«

»Mit deiner Heiligen Pfeife«, fügte er hinzu.

»Was?« Sie saß nackt auf dem Teppich.

»Zieh deine Mokassins und warme Sachen an. Wir gehen nach draußen, um zusammen zu beten«, bestimmte er. Falke zog seine Jeans und sein Hemd an.

»Brrr, ist das kalt«, jammerte Meggie und bekam Gänsehaut.

Falke warf ihr ein Hemd zu. »Ohne Kleider ist es viel kälter als mit.«

Mit einem letzten sehnsüchtigen Blick auf ihr Bett mit den zerwühlten Laken, Kissen und Decken schlüpfte Meggie in ein Sweat-Shirt, um sich vor der Kälte zu schützen. *Was für ein sonderbarer Mann. Wochenlang verschwindet er, kommt zurück, um zu beichten und zu lieben, und will dann draußen in der Kälte beten.* Meggie schüttelte ungläubig den Kopf.

Sie sah sich nach Fritzie um. Der Terrier lag, alle viere von sich gestreckt, auf dem Rücken in seinem Bett und schlief. »Wenigstens einer von uns ist noch bei Trost«, murmelte sie und zog eine Hose an.

Während Meggie ihr Medizinbündel aus dem Schrank nahm, holte Falke eine große Hudson-Decke vom Vordersitz seines

Wagens. Das Öffnen und Zufallen der Küchentür weckte schließlich auch Fritzie aus seinem Schlummer. Er sprang aus dem Bett und zottelte hinter Meggie her auf die Veranda. Der eisige Wind vom Michigansee drang ihnen bis ins Mark. Das Mondlicht ließ dunkle Schatten und groteske Formen am Waldrand hervortreten. *Wo ist er?* Meggie fröstelte.

Falke kam mit einer großen Decke und einem kleinen Zedernholzkasten zurück. Auf der Erde kniend, nahm Meggie Salbei aus ihrem Bündel, rollte ihn und zündete ihn in ihrer Räucherschale an, während Fritzie ihre Hände beschnüffelte. Sie verteilte den Rauch über ihren Köpfen und setzte die Pfeife so zusammen, dass der Blitz auf sie zeigte. Falke öffnete den Zedernholzkasten und nahm zwei Adlerfedern heraus, die er an das Lederband von Meggies Pfeife knotete; die beiden Federn schwirrten um die Heilige Pfeife.

»Pilamaya«, sagte Meggie.

»Es ist gut für eine Chanunpa Wakan, die Federn von *Wanbli* zu tragen.« Falke bedeutete ihr fortzufahren. Da es ihre Pfeife war, musste sie die Zeremonie leiten.

Sie wusch die Federn im Salbeirauch. Bedächtig dem alten Ritual folgend, stopfte sie die Chanunpa Wakan mit Tabak. Nach Westen gewandt hob sie die Pfeife und begann zu beten:

»Wakan Tanka, hier stehen wir und danken dir für unser Leben. Nie werden wir die heiligen Geheimnisse und die Kraft der Pfeife ganz begreifen, aber wir bitten dich, uns zu helfen, deine Anweisungen für uns Zweibeiner zu erkennen. Wir sind Teil deiner Schöpfung. Hilf uns, Menschen zu werden.«

Falke nickte zustimmend. Sie fügte eine weitere Prise Tabak hinzu und drehte die Pfeife gen Norden.

»Waziyata, wir danken dir für die Heilung unserer Herzen. Was einst fast zerbrochen ist, kehrt im Geist der Liebe zurück. Ich danke dir für die Kraft, die nun nach dem Verlust des Kindes in meinen Körper zurückfließt. Wir bitten dich, lass uns wieder im Gleichgewicht wandeln.«

»Hau!«, ergänzte Falke.

Meggie hielt die Pfeife nach Osten.

»Wiyohiyanpa, mit dieser Chanunpa Wakan habe ich dich gebeten, mir den Mann zu bringen, um eine Familie zu gründen. Wie du siehst, Großvater, ist er nun hier bei mir. Dafür sage ich großen Dank. Dich bitte ich, uns zu helfen, die Feuer in unseren Herzen am Leben zu erhalten und tief in uns die Wahrheit der Dinge zu erkennen.«

Falke nickte eifrig.

Meggie hielt die Pfeife nach Süden:

»Itokagata, ich bitte dich, unsere Tochter auf ihrer Reise nach Hause zu dir zu beschützen. Ihre Zeit auf dieser Erde war zu kurz ...«

Tränen hinderten sie am Sprechen. Ihr Körper zitterte vor Kälte. Falke legte ihr die Decke um. Er rückte näher an sie heran und schirmte mit seinen Schultern den Wind ab, während Meggie die Pfeife dem Himmel darbot:

»Wakan Tanka, Himmelswesen, in der Tiefe der Nacht beleuchtet ihr unseren Weg mit den Sternen und dem Mond. Ihr zeigt uns, dass es Licht da draußen gibt, auch wenn alles schwarz und leer erscheint. Die Macht der Donnerwesen und der Blitze schenkt uns die Gabe des Wassers und des Feuers; wir Zweibeiner müssen lernen, diese Gaben weise zu gebrauchen.«

Tief hängende blau-schwarze Wolken eilten über den Himmel. Die Decke schützte sie. Meggie deutete mit der Pfeife zur Erde:

»Unci Maka, Großmutter, zu dir kehren wir stets mit unseren Gebeten zurück. Du bist es, die uns nährt, uns kleidet und Zuflucht gewährt. Dafür sagen wir Dank und beten, dass wir stets mit Achtung auf dir wandeln mögen. Großmutter, deine Enkelin ruft dich an. Nimm unser Kind zu dir.«

Wieder musste Meggie um Fassung ringen. Sie spürte, wie Falke seinen Körper an den ihren lehnte, wie um einen Teil ihres Schmerzes aufzunehmen und ihr Liebe dafür zu geben.

»Mitakuye oyas'in«, beschloss sie das Gebet.

Falke sang das Lied, zu dem man die Pfeife stopft, während Meggie die Tränen über die Wangen rannen. Es war das erste Mal, dass sie und Falke nach dem Tod ihres Babys gemeinsam beteten. Seine kraftvolle Stimme hallte durch den Wald:

Kola lecel ecun wo!
Kola lecel ecun wo!
Kola lecel ecun wo!
Hecanu ki, nitunkasila
Waniyang u ktelo.
Freund, komm und tue dies!
Freund, komm und tue dies!
Freund, komm und tue dies!
Tust du es, wird dein Großvater
dir zusehen.

Der Gesang der Weißen Büffelkalbfrau umgab sie mit dem Mitgefühl und der Verheißung der Chanunpa Wakan:

Diese geheiligte Zeremonie
setzt euch nieder zu ihrem Beginn,
denkt an mich, wenn ihr die Pfeife füllt!
So wird euer Wunsch erfüllt.

Der Gesang, Weiße Büffelkalbfrau und Falke sagten ihr, dass die Welt mit ihr fühlte und dass ihr Leben weitergehen würde. Ihr Großvater hörte ihr zu und sorgte sich um sie. Ihre Großmutter wiegte ihren Körper und gab ihr Kraft. Die Pfeife in ihren Händen würde ihr geben, was sie zum Leben brauchte. Falkes Stimme tönte kraftvoll durch die Nacht:

Wenn ihr euch zum Beginn
der Pfeifenzeremonie setzt,
denkt an mich, wenn ihr sie füllt.
tut ihr dies, wird euer Wunsch erfüllt.

Seit neunzehn Generationen sangen die Lakota-Indianer dieses Lied. Neunzehn Generationen von Großeltern, Vätern, Müttern und Kindern, die liebten, lebten, verloren und stets die Pfeife in Ehren hielten, sie mit Gebeten, Tabak und Gesang füllten und so die Menschen in Einklang mit der Schöpfung brachten. Auch Meggie verhalf Falke mit seinem Gesang zum Gleichgewicht.

Kola lecel ecun wo!
Kola lecel ecun wo!
Kola lecel ecun wo!
Hecanu ki, nitunkasila
Waniyang u ktelo.

Freund, komm und tue dies!
Freund, komm und tue dies!
Freund, komm und tue dies!
Tust du es, wird dein Großvater
dir zusehen.

Als der letzte Ton in der tiefen Stille der Nacht verklungen und ihr die letzte Träne übers Gesicht geronnen war, hielt Meggie die Pfeife gen Westen:

»Tunkasila, Wakan Tanka, Großväter aller Richtungen, Unci Maka, Wanbli Gleska. Diese Blitzpfeife in den Händen, stehe ich vor euch. Ich bitte euch, diese Chanunpa Wakan anzuerkennen. Habt Dank für mein Leben, Großväter, beschützt meine alten Eltern. Lasst sie gesund bleiben und gebt ihnen ein schönes Leben in ihren letzten Jahren. Wenn ihre Zeit gekommen ist, nehmt sie rasch zu euch und ohne Schmerzen. Großväter, ich bitte euch, beschützt die Menschen, die mit Leid in ihren Herzen und Köpfen zu mir kommen. Helft mir, ihre Wunden zu sehen, lasst mich eure heilenden Kräfte übermitteln.

Ich bitte euch, all jene zu führen, die in diesem Jahr hinübergegangen sind: Winona, Savannah und Sascha Todd, Falkes Vater und unser ungeborenes Kind. Ich bitte euch, jenen zu helfen, die den Weg des Herzens suchen: Katya und Paul, Lucy und Larry. Behütet die Einsamen: Bev, Karl, Aufsteigender Rauch und Sam Waters; lasst sie einen Sinn in ihrer Einsamkeit finden.

Mein Herz singt, weil ihr diesen Mann Falke sicher zu mir zurückgebracht habt. Helft uns, die Zeit zu finden, um unsere Gefühle zu ordnen. Behütet ihn. Er ist ein guter Mann. Großväter, ich bitte euch, auch ein Auge auf meinen Vierbeiner zu werfen. Er ist ein treuer Gefährte. *Mitakuye oyas'in!*«

Meggie hob die Pfeife, senkte sie wieder und reichte sie an Falke weiter.

Die Adlerfedern wehten in der Brise. Falke hielt die Pfeife lange in der Hand, den Schaft nach Westen gerichtet. Seine

Stimme war weich und nachdenklich. Er rief die Großväter, die Großmutter, den Gefleckten Adler, Drei Beine und seine Medizinhelfer und bat die Geister, sich ihm zuzuneigen, um sein Gebet zu hören:

»Mit Winonas Pfeife, mit dieser Pfeife, die bei Meggie ist, stehe ich vor euch und erkläre, dass ich diese Frau heiraten möchte. Mit der Chanunpa Wakan werde ich Lachender Bär bitten, die Wolldeckenzeremonie zu vollziehen, so dass Meggie für immer meine Frau wird. Nicht nur in dieser Dimension, sondern für immer – in der nächsten und darüber hinaus.

Vor elf Monaten hat mich meine Lehrerin, meine Verwandte Winona, mit dieser Frau bekannt gemacht und mir aufgetragen, sie gut zu behandeln. So stehe ich nun vor euch und schwöre bei der Pfeife, dass ich eine gute Ehe führen werde. Ihr habt mir befohlen, mit Bedacht vorzugehen und sie mit Respekt zu behandeln. Ich werde auf ihre Antwort warten. Hau! *Mitakuye oyas'in!*«

Meggie holte tief Luft. *War das ein Antrag?*

Falke reichte ihr die Pfeife, traute sich aber nicht, sie anzusehen.

Lange standen die beiden schweigend beieinander, beobachteten das Versteckspiel der Sterne mit den dunklen, mondbeschienenen Wolken. Falke nahm einen Zipfel der Decke in die Hand und zog sie über sie beide – so schuf er ein warmes Plätzchen in der kalten Nachtluft.

Hell und dunkel, warm und kalt, Liebe und Gebet, weiß und rot.

Wird mein Leben immer auf der Grenze zwischen zwei Welten verlaufen?, fragte sich Meggie.

Sie entzündete die Pfeife und bot sie den Großvätern und der Großmutter dar. Mit der Hand fächerte sie sich etwas von dem

Rauch ins Gesicht. Falke blieb stumm. Sie reichte ihm die Pfeife mit den Worten: »All meine Verwandten.«

Ihr Verstand arbeitete auf Hochtouren.

Ich liebe ihn. Aber ich kann doch nicht die Frau eines Medizinmannes werden und ständig zwischen zwei Kulturen stehen? Ich weiß es nicht.

Möchte ich jeden Morgen, wenn die Sonne aufgeht, sein Gesicht sehen? Ja.

Möchte ich mich in der Nacht an ihn schmiegen? Ja.

Werde ich ihn heiraten? Ich weiß es nicht.

Falke rauchte die Pfeife zu Ende und gab sie ihr zurück. »*Mitakuye oyas'in.*« Kein weiteres Wort wurde gesprochen.

Behutsam nahm sie Schaft und Kopf auseinander, stopfte den Kopf mit Salbei und legte ihn, gefolgt von Schaft, Stopfer, Feuerzeug und Tabak, in den Pfeifenbeutel. Sie legte die Federn übereinander, damit sie nicht zerdrückt wurden. Als Meggie ihr Medizinbündel zusammenpackte, bemerkte sie den erwartungsvollen Ausdruck auf Falkes Gesicht.

»Also«, fragte er, »was hast du mir zu sagen?«

»Du hast den Geistern versprochen, mir Zeit für meine Entscheidung zu lassen.«

Falke nickte nachdenklich. »Genau.« Er pflückte einen Grashalm. »Ich möchte nicht, dass du dich bedrängt fühlst. Es ist eine wichtige Entscheidung.«

Er pflückte einen zweiten Grashalm und begann, ihn mit dem ersten zu verflechten. »Verabrede dich mit anderen Männern, wenn du willst. Sprich mit deinen Freunden und deiner Familie. Tu, was immer nötig ist, um deine Entscheidung zu treffen. Nimm dir so viel Zeit, wie du brauchst. Ich erwarte deine Antwort nächste Woche um dieselbe Zeit.«

»Nächste Woche?«

Falke grinste sie an. Er reichte ihr die verflochtenen Grashalme. »Es waren zwei. Aber zusammen sind sie stärker. Ich finde, eine Woche sollte genügen.«

ACHTUNDDREISSIG

Die Welt dreht sich immer weiter

Oh, meine Joannie, weißt du nicht
langsam senden die Sterne ihr Licht,
und die Meere rauschen sanft
wie sie es schon lang getan.
Wenn ich dir etwas geben sollt',
würde ich dir noch mal sagen,
dass die Welt sich dreht und dreht,
bereit für einen neuen Morgen.

Gordon Bok
Turning Toward the Morning

Zu Thanksgiving trafen Meggies Eltern ein. Meggie erklärte ihnen, dass sie Falke und Bev zum Truthahnessen eingeladen hatte. Zum Braten sollte es Salat mit Preiselbeergelee, Austern, Wildreis, Rosenkohl, Sauerteigbrötchen und Traubensaft geben. Als alle vor ihren dampfenden Tellern am Tisch saßen, stand Meggie auf und erhob ihr Glas: »Ich möchte einen Toast aussprechen. Vor vielen Jahren, als die ersten weißen Einwanderer Hunger litten, versorgten die Ureinwohner sie mit Nahrung. Unser heutiges Festmahl findet zum Andenken an dieses Willkommensgeschenk statt. Ich möchte daran erinnern, dass Menschen verschiedener Rassen zusammenkommen, einander helfen, einander lehren und ihre unterschiedlichen Gaben würdigen können.«

Sie machte eine Pause. »Über das Meer brachten die Weißen, gefolgt von den Schwarzen und dann den Asiaten verschiedene Ideen und einen Blick für neue Möglichkeiten herüber. Die auf diesem Kontinent verwurzelten einheimischen Völker lehrten und lehren die Achtung vor dem Land und all seinen Bewohnern, und dass wir alle Teil einer Schöpfung sind. Ihr Geschenk an die Pilgerväter, an uns, ist Zeugnis der Kraft des Gebens, in dem der Sinn des Lebens selbst liegt. Das ist der Anlass für unser *Thanksgiving*-Fest.«
Alle erhoben ihre Gläser und prosteten Falke zu, der leicht verlegen, aber auch belustigt wirkte.
Aber Meggies Trinkspruch war noch nicht beendet. Abermals erhob sie ihr Glas. »In der geschätzten Anwesenheit von Freunden und Familie«, Meggie nickte jedem Einzelnen zu, »möchte ich euch mitteilen, dass Falke mich um meine Hand gebeten hat.«
Meggies Mutter stockte der Atem. Ihr Vater verschluckte sich am Traubensaft. Aller Augen richteten sich auf Falke. Von ihrer Ankündigung überrumpelt, starrte auch er sie verwundert an. Erfreut über ihre gelungene Überraschung, grinste Meggie ihm zu.
»Wie lautet deine Antwort?«, fragte Bev, die sich als Einzige rasch von ihrem Schock erholt hatte.
»Er hat mir eine Woche Zeit für meine Entscheidung gelassen, und das war vor sieben Tagen.« Meggie genoss die Spannung in vollen Zügen. Falke sah aus, als würde er am liebsten im Erdboden versinken.
»Und?«, fragte Bev ungeduldig.
Meggie wandte sich an ihre benommenen Eltern. »In all den Jahren, in denen ich euch beobachten konnte, habe ich viel über die Ehe gelernt. Mit wie viel Geduld ihr eure gegensei-

tigen Träume unterstützt habt. Mit wie viel Humor ihr eure Gegensätzlichkeiten akzeptiert habt. Mit wie viel Verständnis ihr füreinander da wart, wenn einer von euch schwach und furchtsam war.«

Ihre Mutter blickte ihren Vater liebevoll an; er streichelte ihre Hand, war aber immer noch sprachlos über die Mitteilung seiner Tochter.

Falke starrte auf den Tisch und zwang sich dazu, nicht zu lächeln.

Er kennt meine Antwort. Meggie stiegen die Tränen in die Augen. Überwältigt von Liebe und Dankbarkeit rang sie um Fassung.

Sie holte tief Luft. »Ich werde erzählen, was das vergangene Jahr mich gelehrt hat. Liebe ist eine Kraft, die weit über einfache menschliche Regungen oder psychologische Einsichten hinausgeht. Sie ist die Energie, die das Universum antreibt und unser kurzes Erdendasein erhellt. Liebe kommt aus allen Richtungen, verleiht Sinn, Gleichgewicht und Identität.

Zu behaupten, Liebe habe nur ein menschliches Gesicht, ist Unwissenheit. Die Liebe trägt das Gesicht der ganzen Schöpfung. Das Opfer der Pfeife. Die Anerkennung einer anderen menschlichen Seele. Die treue Freundschaft eines Hundes. Und nicht zuletzt die Ehrfurcht gebietende Schönheit der dunklen Wälder, die Wildblumen der Wiesen, die Früchte und Blüten der Apfelbäume, das Wehen einer Brise, der Sonnenaufgang am Morgen.

Liebe ist die Geschichte, die immer wieder aufs Neue erzählt wird. Wieder und wieder und wieder.«

Meggie unterbrach sich und ließ den Blick über die Menschen schweifen, die sie in ihrem Leben am meisten liebte – ihre Eltern, ihre Freundin Bev und Falke. »Ich betrachte meine erste

Ehe nicht als ein Scheitern«, fügte sie hinzu, »sondern eher als einen Leitfaden für Anfänger. Ich wusste nicht, ob ich je eine zweite Gelegenheit erhalten würde.«
Falke sah sie neugierig an. Seine Finger spielten nervös mit einem Löffel.
Meggie blickte ihn mit hochgezogenen Brauen an und deutete mit ausgebreiteten Armen zum Fenster. »Chrysalis ist mein Zuhause, es wurde von meinen Vorfahren geschaffen. Es ist der Ort, an dem die Geister meiner Großmutter und Urgroßmutter walten. Hier hütet meine Mutter ihre wilden Träume. Hier verbrachte ich die Sommer meiner Kindheit, bis das Land von mir Besitz ergriff, sich meiner Seele einprägte und mich rief, um sie zu heilen. Das Haus ist mit der Zeit alt geworden und bedarf ständiger Wartung. Das Land braucht die liebevolle Betreuung derer, die seine Geheimnisse wertschätzen und mit Achtung darauf schreiten. Und so möchte ich euch im Geiste von Chrysalis mitteilen, Mutter und Vater, dass ich ›Ja‹ sage.«
»Ja was, Liebes?« Ihr Mutter sah verwirrt aus.
Meggie wandte sich Falke zu. »Ja, ja, ja!« Lautlos formte sie mit den Lippen: »Ich liebe dich!«
Er wurde rot und freute sich, war aber auch verlegen.
Das Glas in der Hand und nach den richtigen Worten suchend, erhob sich Meggies Vater steif. »Ich trinke auf meinen zukünftigen Schwiegersohn. Mögt ihr beide mit einer ebenso wunderbaren Harmonie gesegnet sein wie meine Frau und ich all die Jahre.« Er sah seine Frau an. Seit sechzig Jahren waren sie nun schon ein Paar.
Meggies Mutter stand auf, ergriff die Hand ihres Mannes und lächelte ihm zu. Dann wandte sie sich an Meggie und Falke. »Ich habe deine Fähigkeit, hier allein zu leben, nie bezweifelt, Meggie. Doch sein Leben mit einem anderen Menschen teilen, auch

den trübsten Stunden eine heitere Seite abgewinnen und gemeinsam lachen, die kleinen Momente des Tages schätzen und Geschichten eines Lebens voll Liebe erzählen können – was kann man sich Schöneres wünschen? Willkommen in unserer Familie, Falke.« Sie warf ihm einen Kuss über den Tisch zu.

Meggie beugte sich zu Falke und flüsterte ihm triumphierend ins Ohr: »Jetzt hab' ich dich!«

Er umschloss fest ihre Hand und lachte.

Sie hatte ihn eindeutig überrascht.

Kojote ist auch ihr nicht fremd. Ein ernüchternder Gedanke. Falke wusste, dass sein ganzes Leben voller Überraschungen stecken würde. Sie war eine starke Frau, aufgeweckt, vital, und er wusste, er würde sie für immer lieben. Nicht nur in diesem Leben, auch im nächsten und im übernächsten, wie viele Leben sie eben noch vor sich hatten. Gemeinsam würden sie die Kluft zwischen ihren Kulturen überbrücken. Gemeinsam würden sie einander erziehen und versuchen, das Beste aus beiden Welten in ihr gemeinsames Leben zu bringen.

Mitten hinein in seine Träume vom Glück marschierte Winona. *Du würdest unserer Verbindung zustimmen. Du warst immer der Meinung, ich bräuchte eine starke Frau, um mich zu erden.*

Er sah Meggie an, die vor Liebe zu ihm glühte.

»Hab' dich«, flüsterte sie in sein rechtes Ohr.

»Hab' dich«, raunte Drei Beine ihm hämisch ins linke.

»Hab' dich«, murmelte die Liebe in seinem Herzen.

Von allen Feiertagen liebte Fritzie *Thanksgiving* am meisten. Sein Bauch war vom vielen Naschen völlig aufgebläht: Truthahn, Reis mit dicker Soße, angebrannte Kruste von Sauerteigbrötchen, Butterkekse, Austernbrotfüllung und Rosenkohlstückchen, die er allerdings prompt auf den Küchenboden zurückspuckte. Die ganze Nacht lang musste er rülpsen.

Bald würden die alten Leute abreisen, ein Ereignis, das ihn traurig stimmte. Die alte Frau fiel leicht auf seine flehenden Blicke herein und steckte ihm unter dem Tisch Speckstückchen zu. Der alte Mann krümelte so ausgiebig, dass es am Ende jeder Mahlzeit für einen leckeren Imbiss unter dem Tisch reichte. Beide nannten ihn aus unerklärlichen Gründen gerne Baby, aber sie durften ihn nennen, wie sie wollten, solange sie gleichzeitig seine Ohren kraulten oder diese wunderbare Stelle über seinem Schwanz kratzten.

»Auf Wiedersehen, Fritzie. Gib gut auf Meggie Acht.« Der alte Mann beugte sich zu ihm und kraulte sein Kinn.

»Leb wohl, Baby«, sagte die alte Frau und pflanzte einen feuchten Kuss auf seine lange Nase.

Als die Frau an diesem Nachmittag ohne die alten Leute zurückkam, rollte sich Fritzie im Wohnzimmer zu einem netten, ruhigen Schläfchen zusammen, um sich von den Anstrengungen der Familienfeier zu erholen. Kurz darauf hörte er jedoch das Scheppern des alten Trucks, der sich die Auffahrt hinaufarbeitete. Fritzie sprang auf und schoss in die Küche. Die Frau war vor ihm dort und öffnete die Tür.

Er rannte nach draußen und warf sich auf den Mann, der einen Seesack voller Kleider schleppte. Lachend folgte ihm die Frau. Der Mann nahm ihn hoch, und Fritzie zappelte vor Ekstase.

Ich rieche es.

Der Mann ließ ihn herunter, und während Fritzie mit seinen Klauen an dem Seesack riss, legten die beiden Menschen die Arme umeinander und drückten ihre Lippen aufeinander.

Er ist da drin. Ich weiß es.

Die Frau packte ihn am Halsband und zog ihn zurück. Der Mann bückte sich, öffnete den Reißverschluss des Sacks und griff in das dunkle Innere.

Ja! Ja!

Die Spannung war beinahe unerträglich.

Es gibt besondere Momente im Leben, in denen alles zusammenkommt – die Freude im Lachen der Menschen, ein Gefühl der Sicherheit und Liebe – Momente, in denen man der Erfüllung seiner Möglichkeiten, seines Schicksals ganz nahe kommt. Dies war ein solcher Moment für ihn. Fritzie katapultierte seinen Körper in die Luft, besiegte die Schwerkraft, besiegte sein Hundsein und sprang nach dem fallenden Objekt seiner innigsten Begierde:

Der gelbe Ball.

»Davis, du Hundesohn. Wieso hast du so lange gebraucht, um mich zu finden?«, raunte Winona und drohte ihrem Mann mit dem Finger, ließ ihn aber sofort wieder sinken. *Gut aussehend wie eh und je.* »Ich habe ganz schön lange gewartet. Ich dachte, im Namen der Pfeife verheiratet zu sein, hieße, du bist nach meinem Übergang gleich zur Stelle! Oder was heißt ›für immer‹ sonst?«

Er schlenderte zu ihr hinüber. »Psst, alte Frau«, erwiderte er liebevoll. »Jetzt bin ich ja bei dir. Früher hätte es dir nichts genützt. Lucy, die Enkel, Falke, diese Psychologin – sie mussten dich zuerst gehen lassen. Sonst hätten sie dich immer weiter an sich gebunden.«

»Die beiden Kinder haben sich verlobt.« Winona klang stolz.

Davis nickte und trat hinter ihren Rücken. »Du brauchtest Zeit, um aufzuhören, dich in ihre Leben einzumischen, sie loszulassen, ehe du mit deinem Leben hier beginnen kannst. Aber ich sehe, ein Strang bindet dich noch an das vergangene Leben.« Er zeigte auf ihren Rücken, wo sie das sanfte Ziehen eines einzelnen Altweibersommerfadens spürte.

»Was ist das?«, fragte sie.

»Du musst auch die Blitzpfeife loslassen. Wenn du weiter an dieser Pfeife hängst, wird die Psychologin nie ihren eigenen Weg zu Wakan Tanka finden.«

»Und wenn sie nicht stark genug für die Chanunpa Wakan ist?« Winona hielt den Strang fest.

»Winona, niemand von uns ist je wirklich vorbereitet, die Pfeife zu hüten. Wir tun unser Bestes und vertrauen darauf, dass die Pfeife uns vor unserer eigenen Dummheit bewahrt.«

Langsam, ganz langsam ließ Winona den Faden durch ihre Finger gleiten. »Ich bin tot für jene Welt, oder? Ich habe dort keinen Platz mehr – bei Lucy und den Enkeln, bei Falke und Meggie. Lucy muss lernen, eine Lakota in der modernen Welt zu sein. Keine leichte Aufgabe.«

»Wenn sie unseren Geschichten Aufmerksamkeit schenkt, wird sie ihren Weg finden«, sagte Davis wissend.

»Adam Der-seinen-Hund-liebt, ein großartiger Junge, mein Enkel«, prahlte Winona. »Er hat ein gutes Ohr und ist aufmerksamer als die meisten Leute. Hoffentlich machen ihn die Weißen nicht blind in ihren Schulen. Ich habe ihm gesagt, dass ich seine Gebete immer hören kann, unsere Begegnungen aber aufhören müssen. Das ist schwer für ihn zu verstehen.«

Davis nickte mitfühlend.
»Die weiße Psychologin, Meggie O'Connor, beginnt gerade erst mit der schweren Aufgabe, zwei Kulturen miteinander zu verbinden. Ich wusste, dass der alte Trottel Lachender Bär den beiden ihre Hochzeit schwer machen würde, weil sie weiß- und er rothäutig ist. Dem habe ich's gegeben«, lachte Winona.
»Selbst als Tote bist du noch eine Bedrohung für die Lebenden, Winona. Was hast du mit meinem Lieblingsschüler gemacht?«
»Keine Zauberei. Ich habe nur ein hübsches, kesses Polenmädchen direkt vor seine einsamen Augen geschubst. Und jetzt hat er sich verliebt und muss an seinen eigenen Reden ersticken.«
»Mit solchem Unsinn musst du jetzt aufhören«, ermahnte Davis sie.
»Meggie O'Connor ist eine starke Frau, die für sich selbst sorgen kann. Donnerwetter, sie hat sogar gelernt, ein paar Geschichten zu erzählen, so wie ich es ihr beigebracht habe. Wahrscheinlich braucht sie meine Hilfe wirklich nicht mehr. Sie hat Grips genug, die Pfeife zu nehmen, wenn sie nicht weiterweiß.«
»Weil du es ihr beigebracht hast.«
»Falke muss sie weiter unterrichten«, fügte Winona hinzu. »Genau wie du mir geholfen hast, als ich zu dir gezogen bin. Der Junge tut mir Leid, Davis. Er weiß noch nicht, wie schwer es ist, den Medizinpfad zu beschreiten, und was die Leute von ihm verlangen werden. Aber wie ich hatte er das Glück, seine Seelenverwandte zu finden; sie wird ihm helfen, mit beiden Füßen fest auf dem Boden zu stehen. Die beiden lieben sich wirklich.«
Davis wartete geduldig darauf, dass seine Frau alles selbst herausfand.
»Für sie bin ich tot. Das ist die Wahrheit, stimmt's? Ich darf

nicht weiter zu ihnen zurückblicken und herausfinden, was in ihrem Leben geschieht. Ich darf sie nicht ermuntern und mit einem Schubs hier und einem Ziehen dort lenken. Ich muss loslassen, nicht wahr?«

Davis nickte.

Winona sah ihm ins Gesicht. »Es ist schwer, Abschied zu nehmen. Es fällt mir schwer, meine Liebe zu ihnen aufzugeben und weiterzuziehen.«

»Es ist Zeit. Eine Reise liegt vor uns.« Er streckte ihr die Hand entgegen. Ihr Gesicht war bereits jünger geworden.

Ein letztes Mal wandte sich Winona mit sehnsüchtigem Blick um. Sie sah Lucy und Larry in tiefem Schlaf; Adam und Eva in ihrer eigenen Traumzeit; Falke und Meggie lagen einander in den Armen. Sie nahm Davis' Hand und stand auf.

Sie war endlich frei, um weiterzuziehen.

»Werden sie mir fehlen?«, fragte sie Davis.

»Nein«, antwortete er.

Sie warf ihm einen fragenden Blick zu.

»Sie werden dich ganz bestimmt vermissen«, erklärte er, »bis sie erkennen, dass Liebe am Ende unserer Erdenwanderung nicht stirbt. Liebe ändert einfach ihre Form und vollzieht den nächsten Schritt.«

»Und was ist der nächste Schritt für uns?«, erkundigte sie sich.

»Wir haben eine lange Reise vor uns – zu den Wohnungen der Großväter, zuerst gehen wir zu Wiyohpeyata und zum Schluss zur Hütte von Itokaga. Es wird Zeit, aufzubrechen, Winona.« Wieder übernahm Davis die Rolle des Lehrers, wie in alten Zeiten.

»Was geschieht jetzt mit Kojote?« Meggie und Falke, Lucy und ihr Mann und die Enkel wirkten so verletzlich im Schlaf.

Davis lachte. »Dich wird er bestimmt nicht belästigen. Er hat

mit den Menschen dort drüben alle Hände voll zu tun. Er wird weiter seine Streiche spielen, den Zweibeinern ein Bein stellen, sie wieder ins Gleichgewicht mit der Schöpfung bringen und sie lehren, sich nicht allzu wichtig zu nehmen. Ob sie von ihm lernen, hängt ganz von ihnen ab.«
Mit einem letzten Blick zurück und einem ersten Schritt nach vorn äußerte Winona ihr Mitgefühl für die, die sie hinter sich ließ.
»Die Liebe ist äußerst verzwickt«, bemerkte sie, »und Kojotes Spuren sind überall.«

MITAKUYE OYAS'IN.

GLOSSAR

der Worte aus dem Lakota

Chanunpa Wakan: Heilige Pfeife
Hanbleciya: Visionssuche; Traumfasten
Hanhepi Wi: dunkle Sonne, Mond
Heyoka: eine Person, die die Donnerwesen sieht; Gegenwesen, Narr
Inipi: Schwitzhüttenzeremonie
Inyan: Stein; Volk der Steine
Itokaga, Itokagata: Großvater des Südens, in Richtung der Mittagssonne
Lila Wakan: sehr heilig
Mahpiyata: in Richtung der Wolken
Makatakiya: nach unten zu Großmutter Erde
Mitakuye oyas'in: all meine Verwandten
Mni: Wasser
Pilamaya: Danke
Ptesan Wi: Weiße Büffelkalbfrau
Tatanka: Büffel
Tiyospaye: ein Verband von Menschen
Tunkasila: Großvater
Unci Maka: Großmutter Erde
Wakan Tanka: Großvater; Großer Geist
Wanbli: Adler
Wanbli Gleska: weiß gefleckter Adler, der die Gebete zu den Großvätern trägt
Waziya, Waziyata: Großvater des Nordens, in Richtung der Pinien

Wi: Sonne

Wicasa Wakan: heiliger Mann

Wiyohiyanpa, Wiyohiyanpata: Großvater des Ostens, zum Sonnenaufgang

Wiyohpeyata, Wiyohpeyatakiya: Großvater des Westens, wo die Sonne hinunterfällt

Wopila: Dank sei dem Schöpfer, den Geistern

BIBLIOGRAFIE

Um die Dichter aus Vergangenheit und Gegenwart zu ehren, die uns mit ihrer Sprache zu einem tieferen Erleben von Schönheit und Gleichgewicht ermutigen, möchte ich folgenden Autoren für ihre poetischen und weisen Worte danken. (Alle nicht in deutscher Ausgabe vorhandenen Zitate wurden von der Übersetzerin ins Deutsche übertragen.)

Aiken, Conrad, »At a Concert of Music«, in: Collected Poems, 2. Aufl., New York 1970, S. 480.

Bibelzitat, Altes Testament, Prediger Salomo 1,4-7, aus: Die Bibel, Nach der Übersetzung Martin Luthers, Dt. Bibelgesellschaft Stuttgart 1984, S. 649.

Black Elk, Ich rufe mein Volk, Freiburg 1984.

Bok, Gordon, »Turning Toward the Morning«, Sharon, Connecticut, Folk-Legacy Records, 1975.

»Coyote's Quarrel with Mole Woman«, in: Heister Dean Guie (Hg.), Coyote Storys, Lincoln 1990, S. 113-118

Dickinson, Emily, »A Throe Upon the Features«, in: Thomas H. Johnson (Hg.), The Complete Poems of Emily Dickinson, Boston 1960, S. 37.

Dickinson, Emily, »Ein schmaler Bursche«, in: Dichtungen, Mainz 1995, S. 43.

Eiseley, Loren, »Men Have Chosen the Ice«, in: Notes of an Alchemist, New York 1972, S. 28ff.

Eliot, Thomas Stearns, »Chöre aus ›The Rock‹«, in: Gesammelte Gedichte 1909-1962, Frankfurt 1972, S. 239.

Estés, Clarissa Pinkola, Die Wolfsfrau, München 1997.

Frost, Robert, »Beim Mauer-Ausbessern«, in: Gedichte, Mannheim 1952, S. 64.
Frost, Robert, »Das Geheimnis«, in: In Liebe lag ich mit der Welt im Streit, Berlin o. J., S. 104.
Gallagher, Tess, »Tableau Vivant«, in: Die Umarmung. Gedichte, Salzburg, Wien 1996, S. 80.
Harley, Bill, »Coyote«, in: Coyote. Round River Records, 1987 (lieferbar über: Debbie Block, 301 Jacob St., Seekonk, MA 02771).
Hopkins, Gerard Manley, Gedichte, Schriften, Briefe, München 1954, S. 151.
Irish Blessing, rezitiert von der Geschichtenerzählerin Maggie Pierce während eines National Storytelling Festivals in Jonesborough, Tennessee.
Irokesischer Willkommensgesang, in: Emily Morrison Beck (Hg.) Bartlett's Familiar Quotations, Boston 1980, S. 928.
Jay, Fred, Ein schöner Tag, Text zur Melodie von Amazing Grace!
Jung, Carl G., Psychologie und Alchemie, Gesammelte Werke Bd. 12, Düsseldorf 1995, S. 25
Kazantzakis, Nikos, Alexis Zorbas, München o. J., S. 247.
Kern, Jerome und Harbach, Otto, »Smoke Gets in Your Eyes«, Polygram International Publishing 1933.
Limericks zit. n. Bloid, Helmut, Da ging er ganz nackt, Puchheim 1998, S. 15, 17, 74, 99.
MacLeish, Archibald, J. B., Boston 1956, S. 124.
Niebuhr, Reinhold, »Humor und Glaube«, in: Die Zeichen der Zeit. Predigten für heute und morgen, München 1948, S. 73.
Porter, Cole, »Let's Do It (Let's Fall in Love)«, in: Best of Cole Porter, Miami 1928.
Rich Adrienne, »XII. Wenn wir im Schlaf uns um und um-

drehen wie Planeten«, in: Der Traum einer gemeinsamen Sprache. Gedichte, München 1980, S. 41.
Rilke, Rainer Maria, Briefe an einen jungen Dichter, Leipzig o. J., S. 41f.
Roethke, Theodore, »The Motion«, in: Collected Works of Theodore Roethke, New York 1966, S. 235.
Seferis, Jorgos, »Auf der Bühne«, in: Geheime Gedichte, Köln 1985, S. 43.
Sexton, Anne, Buch der Torheit. Das ehrfürchtige Rudern hin zu Gott, Frankfurt 1998, S. 329.
William Shakespeare, Sämtliche Werke in einem Band, Romeo und Julia, übersetzt von August Wilhelm Schlegel, Wiesbaden o. J., II. Akt, 2. Szene, S. 76.
Simmerman, Jim, »Maddy Woods«, in: Moon Go Away. I Don't Love You No More, Oxford, Ohio, 1994.
Stoppard, Tom, Rosencrantz and Guildenstern Are Dead, New York 1967, S. 115.
Schwedisches Volkslied, engl. Fassung »Who Can Sail Without the Wind«, vgl. Sally Rogers, in: Generations, Chicago: Flying Fish Records Inc. 1989.
Swinburne, Algernon Charles, »Atalanta in Chalydon«, in: John Frederick Nims (Hg.), The Harper Anthology of Poetry, New York 1981, S. 434.
Twain, Mark, Dem Äquator nach, Hamburg 1965, 11. Kapitel, S. 107.
»Vision Quest Song« (Lakota), vgl. Albert White Hat, Sr. (Übersetzer), in: Lakota Ceremonial Songs, Rosebud, Süddakota, 1983, S. 10, 18f. Die vorliegende Übersetzung basiert auf Priscilla Cogans Übertragung aus dem Lakota ins Englische.
Wilde, Oscar, Bunbury oder wie wichtig es ist, ernst zu sein, Frankfurt 1998, S. 20.

Woolger, Jennifer Barker und Roger, »Persephone: Medium, Mysterium und Herrin der Toten«, in: Göttinnen. Urbilder für eine Psychologie der Frau, Bergisch-Gladbach 1994, S. 257ff.

Yeats, William Butler, »Eintagsfliege«, in: Ein Morgen grünes Gras, München 1998, S. 21.

DANKSAGUNGEN

Für ihre großherzige Liebe danke ich:
Duncan Sings-Alone – Seelenverwandter
Polly Parson – Schwester und Überlebenskünstlerin
Frances Cogan – Mutter und Vorbild.

Für die Unterstützung meiner schriftstellerischen Arbeit:
Katie Rock, Lesley Shore, Helen Chen.

Für ihre Lehren und ihre Liebe zur Pfeife:
George Whitewolf und Larry Redshirt.

Für ihr ausgezeichnetes Lektorat:
Laurie Chittenden.

Für ihre Liebe zu Träumen:
Jacob Goering und Long Man.

Für ihre visionären Erfahrungen:
Laura McKlevey.

Für ihre finanzielle Beratung:
Barbara Henins, Michael Schwartz.

Für ihre Förderung von Geschichten und Musik:
Jennifer Barker, The Magpies, The National Storytelling Association, FAB.

Für die letzten Tage seines Lebens:
Wilbur Holcomb.

Und nicht zuletzt allen Freunden, Verwandten
und Buchhändlern, die Mundpropaganda
für dieses Buch betrieben haben.

Ang Chin Geok

Wind über den Wassern

ISBN 3-426-66102-0

Wind und Wasser tragen den jungen Ong zu Beginn des 20. Jahrhunderts über das Südchinesische Meer. Über Nacht hat er sein Heimatdorf im völlig verarmten Norden Chinas verlassen, um in Singapur sein Glück zu versuchen. Doch das Schicksal ist ihm nicht gewogen. Seiner Familie wird kein männlicher Erbe geboren, und die fünf Töchter bekommen die Enttäuschung ihrer Eltern zu spüren. Als Ong dann auch noch ohne erkennbaren Grund seine Arbeit verliert, ist er sich sicher: Ein böser Fluch lastet auf ihm und seiner Familie. Doch wer hat die schlechten Einflüsse verursacht? Und kann er sie am Ende abwenden?

Ein bewegender Roman über eine chinesische Familie, die mit ihrem Schicksal hadert. Zugleich ein tiefer Einblick in die spirituelle Kultur des fernen Ostens.

Knaur
MensSana

Julia Cameron

Wer sagt, dass Gott nicht gerne lacht?

Die Leichtigkeit des Göttlichen im Alltag entdecken

ISBN: 3-426-66653-7

Um ein spirituell erfülltes Leben zu führen, braucht es nicht viel, sagt Julia Cameron. Jedenfalls kommt es nicht darauf an, wie viele Workshops man schon hinter sich hat oder wie lange man an einem Stück meditieren kann.
Angesichts aller Widersprüche und Paradoxa, auf die man heutzutage in der spirituellen Szene oftmals stößt, gibt Cameron praktische und auch humorvolle Tipps, seinem eigenen Kompass zu folgen. Nur so kann man seine persönliche Verbindung mit dem Göttlichen stärken und seinen eigenen Weg finden.
Wer mit offenen Augen und ganz bewusst durchs Leben geht, kann täglich Wunder erleben, wie zum Beispiel Düfte oder Musik oder die Sonne auf der Haut. Dazu ist es aber auch notwendig, hin und wieder die Stopp-Taste zu betätigen, um bewusst innezuhalten und den Augenblick genießen zu können.

Knaur
MensSana